한국소설 텍스트의 시학

지은이 **박상준**은 1965년 서울에서 태어났다. 서울대학교 국어국문학과, 동 대학원을 졸업했다. 문학박사이자 문학평론가. 주요 논저로는 『한국 근대문학의 형성과 신경향파』, 『1920년대 문학과 염상섭』, 『소설의 숲에서 문학을 생각하다』, 「임화 신문학사론의 문학사 연구 방법론적 성격에 대한 연구」, 「신소설과 우연의 문제」 등이 있다.

한국소설 텍스트의 시학

2009년 10월 1일 1판 1쇄 인쇄
2009년 10월 10일 1판 1쇄 발행

지은이 _ 박상준
펴낸이 _ 박성모
펴낸곳 _ 소명출판
등록 _ 제13-522호
주소 _ 137-878 서울시 서초구 서초동 1621-18 (란빌딩 1층)
대표전화 _ (02) 585-7840
팩시밀리 _ (02) 585-7848

somyong@korea.com | www.somyong.co.kr
ⓒ 2009, 박상준
값 22,000원
ISBN 978-89-5626-431-8 93810

한국소설 텍스트의 시학

The poetics of the text of Korean Novel

박상준

소명출판

　『한국 근대문학의 형성과 신경향파』,『1920년대 소설과 염상섭』에 이어 오랜만에 세 번째 연구서를 엮는다. 2000년대 들어 쓴 논문들 중에서 소설작품론에 해당하는 것들을 근간으로 하였다. 발표 시기가 2001년에서 2009년에 이르므로 밀도에 있어 다소간의 편차가 없지 않지만, 이들을 하나로 묶음으로써 지난 연구 과정을 돌아보고, 논문 한 편 한 편을 마무리할 때마다 절감하던 망양지탄을 거둘 수 있는 새로운 길을 향해 숨을 고르고자 한다.

　머리말을 쓰기 위해 지난 10년을 돌아보니, 가을 초엽의 청명한 날씨가 주는 빛과 그림자의 뚜렷한 대비가 하나의 상징처럼 떠오른다. 이 대비의 변주는 다음과 같다.

　대학에 자리를 잡기 전과 후의 변화가 가장 뚜렷하면서도 근본적인 것이다. 자기 검열을 한층 강화함에 따라, 패기보다는 심려가 논문 쓰기의 바탕이 되어 왔다. 가능한 한 연구사 검토에 부족함이 없도록 애쓰게 된 것이 표면적인 결과이다. 이에 따른 지난함만큼 안목이 넓어지고, 선행연구와의 긴장이 작품의 목소리를 오롯이 읽어내는 데 보탬이 되었기를 바랄 뿐이다.

두 번째 대비는, 직업인으로서의 교수 역할을 하면서 문학연구자의 길을 지속하는 것이다. 천성이 일 벌이기를 좋아하는 터라 전공과의 상관성을 따지지 않고 여러 업무에 발을 담가 왔다. 지방 소재 이공계대학이라는 포스텍의 특성에 맞게(?) 지역사회와의 소통이나 과학과 인문학의 교류, 폭넓은 의미의 교양교육 등에 시간을 아끼지 않았다. 그러다 보니 업무시간에는 연구 작업에 손을 댈 수 없는 지경에까지 이르러, 자정 넘어서까지 연구실을 지키는 것이 일상이 되었다. 포항에서 쓴 논문들의 마감은 거의 대부분, 연구실 창으로 들어오는 새벽빛 속에서 이루어졌다. 이 책을 내면서, 긴 호흡의 공부 길을 찾고자 함에는, 이런 패턴을 바꾸려는 의도도 한 자락 깔려 있다.

끝으로 위의 두 가지를 표층으로 하여 내밀하게 숨겨져 있는 대비가 있다. 연구자의 길에 들어선 이래 지금껏 품고 있는 국문학 논문 쓰기의 명암이 그것이다.

문학작품을 대상으로 논문을 쓰는 일은 분열되어 있다. 쓰는 것과 쓰고자 하는 것 사이에 건너뛰기 어려운 심연이 있는 까닭이다. 쓰는 행위의 문법이 쓰고자 하는 것을 말해주는 어법과 다르기 때문이다. 요컨대, 논문의 규범과 문학작품의 원리가 동떨어져 있는 탓에, 쓰는 것이 쓰고자 하는 것을 장악하기 어렵다. 말로 사랑을 표현하고 손가락으로 달을 가리킬 때의 안타까움을 나는 여전히 벗지 못하고 있다.

이러한 대비는 문예학 일반에 해당하는 것이므로 조금 거창하게 말하자면 일종의 숙명일 터인데, 20년이 되도록 나는 논문 한 편을 끝낼 때마다 밀려오는 아득함을 어쩌지 못한다. 내 글의 의미와 흐름이 대상이 되는 문학작품의 의미 효과를 제대로 옮긴 것이라 할 수 있는가 하는 질문에 자신 있게 답하기 어려운 탓이다. 답이 따르기 어려운 질문이라면 질문을 던지지 않을 수 있어야 하기도 하지만, 그것은 나의 길이 아니라는 생각에 그럴 수도 없다.

내가 꿈꾸는 논문 쓰기란 주체의 있고 없음이 무한히 길항작용을 하는 과정이다. 문학 연구의 주체란 비어 있는 중심이나 내용을 갖지 않는 좌표계와 같아야 한다고 나는 믿는다. 작품을 재단하는 폭력적 주체가 아니라 작품이 말하는 바를 옳게 들으려 부단히 노력하는 수동적 주체여야 하는 것이다. 주체이되 주체가 아닌 것, 이름을 걸고 논문을 쓰되 실상 자신은 없어야 하는 것, 이것이 내가 지향하는 문학 연구자의 초상이다.

이러한 생각 위에서 나는 문학 전문 담론의 장 속에서 두 가지에 끊임없이 저항해 왔다. 논문의 평론화 경향이 하나고 정론화 경향이 다른 하나다. 문학 연구의 평론화·정론화 경향은 많은 경우 대척적인 양상을 띠지만 실상 근본에서 보면 이 둘은 동일한 자세에서 연원하는 쌍생아에 해당된다. 연구 주체를 연구 대상에 앞세우는 것이, 이들 경향의 본질이다. 작품 이전에 작품 해석의 틀이 존재하는 것이다. 이러한 해석의 틀이 무엇으로 이루어져 있든, 해석의 틀이 선재한다는 사실은 그러한 해석이 이데올로기적일 수밖에 없음을 말해준다. 연구자의 소망이 묻어 있는 까닭이다. 이런 의미에서, 문학 연구의 평론화·정론화 경향에 대한 나의 저항은, 문학 연구의 이론화에 대한 지향이라고 고쳐 말할 수 있다.

문학 연구의 이론화란 일견 동어반복처럼 보일 수도 있지만, 내게 있어서는 그렇지 않다. 작품을 대상으로 글을 쓰되, 한편으로는 평자의 문학관이 배게 마련인 비평과 거리를 두고 다른 한편으로는 연구자의 문학사관과 긴밀히 연관되는 정론적 시론을 경계하는 것, 이러한 글쓰기야말로 항상 아슬아슬한 줄타기와도 같기 때문이다. 문학 연구의 이론화라는 나의 지향은 이처럼 소극적이고 어찌 보면 소심한 것이다. 한국문학의 이론을 구축하겠다는 거창한 포부와는 아직 아무런 인연도 없음은 물론이다. 논문 한 편 한 편이 갖는 이론들이 성기게나마 한국문학 일반의 지형도에 가까워지기를 바랄 뿐이다.

이제, 밀린 인사를 드려야 할 시간이 되었다. 나의 연구를 이끌어준 모든 스승들께 마음속 깊은 데서 우러나오는 감사 인사를 드린다. 내가 인사를 드리는 스승에는, 그동안 적을 두어온 곳들의 선생님들뿐만 아니라, 내가 접한 모든 논저들의 필자 분들까지 포함된다. 그 논지에 기대어 나의 논문이 풀려나간 경우나 비판과 부정의 맥락에서 대면하게 된 경우를 가리지 않고, 이 책에서 언급한 선행 연구를 남겨주신 모든 선생님들, 선배, 동학, 후배 분들이 모두 나의 스승이다. 이 분들이 없었다면 이 책 또한 없다. 다시 한 번 감사의 인사를 드린다.

쑥스러운 노릇이지만 사적인 감정도 조금 드러내고자 한다. 최적의 연구 환경을 갖춰 준 포스텍과, 연구 자료의 수집 및 정리에 도움을 준 조교와 근로학생들에게 이 자리를 빌려 고마움을 표한다. 한국문학 연구에 대한 애정 하나로 상업성이 전혀 없는 책을 흔쾌히 출간해 주시는 소명출판의 박성모 선생님과, 복잡한 원고를 멋진 책으로 만들어 주신 편집부 선생들께도 깊은 감사의 인사를 드린다.

지난 6년간 남편과 아비를 학교에 빼앗겨버린 아내와 정환이, 지현이 두 아이들에게는 미안함이 앞서 뭐라 할 말이 없다. 모쪼록 나의 사랑이 전해지기를 바랄 뿐이다. 멀리서 지켜봐 주시는 어머님의 건강을 빌며 글을 맺는다.

2009년 가을, 포항에서

제1부_한국 근대소설의 시선

제2부_식민지시대 소설의 지평

제3부_현대소설의 주제와 형식

제1부
한국 근대소설의 시선

한국 근대소설의 형성 및 분화와 우연의 구사 양상

「만세전」 연구를 통해 본, 한국 근대문학 연구의 문제와 과제

한국 근대소설의 형성 및 분화와 우연의 구사 양상

1. 우연 연구의 의의와 방법

본고는 한국 근대소설 주요 갈래의 특징과 차이를 우연의 구사 양상 및 기능이라는 일관된 기준을 갖고 개괄적으로 분석함으로써, 한국 근대소설의 형성 및 분화 과정에 대한 기존 연구를 풍요롭게 하고자 한다.

우연을 분석틀로 하여 한국 근대문학의 형성 및 분화기를 수놓은 다양한 작품 갈래들을 두루 검토하는 일은, 실증적 분석보다 해석이 승한 현재 국문학 연구 상황 속에서 한 단계 고양된 채로 요청되는 실증적·내재적 국문학 연구의 한 가지 주요 방법이 될 수 있다. 우연은 신소설에서 모더니즘소설에 이르기까지 광범위하게 나타나는 서사기법이어서, 실증적 분석에 취약한 사조사적 연구의 한계나 리얼리즘—모더니즘을 지나치게 떼어놓는 이원화의 문제 등을 간단히 돌파할 수 있게 한다. 우연이야말로 소설서사의 특징에 주목하되 근대소설의 형성 및 분화 과정을 통시적·공시적으로 유형화할 수 있는 효과적인 연구 범주인 것이다.

근대소설에서의 우연의 문제는 제대로 논의되지 않아 왔다.[1] 고전문학 전공분야에서는 고소설의 우연을 다양한 방식으로 검토해 왔으나, 신소설 이후의 근대소설을 대상으로 하는 현대문학 전공분야에서는 이 문제를 깊이 있게 다루지 않았다. 우연의 맥락에서 고소설 특히 영웅소설과 의미 있는 관련 양상을 보이는 신소설의 경우만 봐도, 세부전공의 벽이 연구를 막은 탓에 이 문제에 대한 논의는 대단히 미흡하다. 다른 한편 근대소설 연구사 내의 문제로서 '고소설에 흔히 등장하던 우연이 근대소설로 오면서 지양되었다'는 잘못된 판단[2]이 실증적으로 검토되지 않은 채 답습됨으로써, 근대소설의 우연의 문제는 별로 주목되지 못해 왔다.

이러한 상황을 넘어서기 위해서는 소설의 우연을 정확히 검출하고 분

---

1) 근대문학 연구에 있어서 우연에 대한 주요한 논의는 다음 정도이다. 강진구, 「한국 근대초기 小說論 硏究」, 중앙대 박사논문, 2002; 김동리, 「偶然性의 硏究―小說에 있어 偶然性의 虛構面과 眞實面에 對한 考察」, 『新思潮』, 新思潮社, 1950.5; 김윤식, 「소설과 우연성의 문제―김동리·조연현·九鬼周造」, 『한국근대문학사상연구』 2, 아세아문화사, 1994; 김현숙, 「『無情』의 플롯에 있어서 偶然의 機能」, 동국대한국문학연구소, 『韓國文學硏究』 9, 1986; 오종호, 「新小說의 偶然性 考察」, 영남대 석사논문, 1983; 조동일, 「英雄小說 作品構造의 時代的 性格」, 『韓國小說의 理論』, 지식산업사, 1977; 조동일, 『新小說의 文學史的 性格』, 서울대 출판부, 1973; 조연현, 「小說에 있어서의 偶然性의 問題」, 『동국대논문집』, 1964.3.

　　이들 논의 대부분은, 소설작품을 직접 분석하는 대신 플롯이나 우연과 관련된 글들을 연구대상으로 하여 실제 작품에 드러난 우연의 양상과 기능을 밝히지 못하거나, 작품을 대상으로 검토하는 경우 우연을 검출하고 유형화하는 데 있어서 뚜렷한 이론적 기준을 구사하지 못하는 문제를 보이고 있다. 이에 대한 자세한 논의는 박상준, 「신소설과 우연의 문제―우연의 분석 방법 구축 및 영웅소설과의 대비를 중심으로」, 한국문학연구학회, 『현대문학의 연구』 33, 2007, 187~192면 참조.

2) 이러한 오류 판단은, 『新小說硏究』(새문사, 1986)로 묶인 전광용 교수의 신소설 연구들이나, 김우종 교수의 「構成 및 文體에 關한 古代小說과 新小說의 比較硏究」(『충남대논문집』 3, 1963) 등에서 확인된다. 이들의 판단이 잘못된 것임은, 흥미를 높이기 위해 우연을 적극적으로 구사하는 대중소설만 떠올려도 분명해지는데, 이른바 본격소설들에서도 사정이 그렇지 않음을 보이는 것이 본고의 주요 목적 중 하나이다.

류하는 방법론을 마련하여 일관되게 구사할 수 있어야 한다. 본고는 '단락 및 핵 서사물 분석을 통한 서사 정리 및 쿠키슈우조우의 우연 철학에 근거한 우연의 검출 및 분류' 방법을 구사한다. 이는 우연에 대한 긍·부정적인 인식을 전제하지 않고 우연의 빈도와 유형 등 제반 구사방식을 객관적·실증적으로 분석하기 위한 것이다.

사조사적 갈래에 좌우되지 않고 소설의 우연을 일관되게 분석하기 위해서는 소설작품을 하나의 '체계'로 간주할 필요가 있다. 체계란 시간적으로 연속되는 사건들에 의해 상상되는 바 '사건들이 공존하게 되는 세계'를 의미한다.[3] 소설 내의 시공간 곧 작품 내 세계는 '사건들의 시간적 연속성'에 힘입어 하나의 동질적인 재현 세계 곧 체계로 파악될 수 있다. 시간성을 벗어나지 않는 한 사조나 갈래와는 무관하게 모든 소설은 바로 이런 의미의 체계 측면에서 검토될 수 있다. 이러한 체계를 이루는 하위 단위들 곧 시간적·공간적 연속성이 단속됨으로써 서로 변별되는 서사단위를 '단락'이라 할 수 있다.[4]

본 연구가 소설에서 우연을 검출하는 층위는, 사건들의 연쇄에 필연성이 있는지를 확인할 수 있는 체계와 단락이다. 좀 더 세밀하게는 제랄드 프랑스가 말하는 '핵 서사물' 단위에서 우연을 검출하고자 한다. 핵 서사물은 "n개의 사건을 이야기하고(n≥2), 상황이나 상태의 수정을 하나만 포함하고 있는" 것인데,[5] 상황이나 상태의 수정 과정에서 필연성이 없을 때

---

3) 리몬—케넌, 최상규 역, 『小說의 詩學』, 문학과지성사, 1985, 37면 참조.
4) 리몬—케넌의 용법을 이어가자면, 사건들이 결합된 '소연속(micro—sequence)'이 모여 이루어지는 '대연속(macro—sequence)'이나, '대연속'과 '스토리' 사이에서 확인되는 '스토리—선(story—line)'(위의 책, 32~33면 참조)이 '단락'에 해당된다.
5) 제랄드 프랑스, 최상규 역, 『서사학—서사물의 형식과 기능』, 문학과지성사, 1988, 129면.

우연적 서사로 다룰 수 있다. 소설을 하나의 체계로 보고 단락과 '핵 서사물' 층위에서 우연을 검출하는 이유는, 등장인물이나 서술자, 작가 등의 의식이 아니라 현실에 해당하는 작품 내 세계야말로 가장 객관적인 우연 검출의 범주이기 때문이다. 우연 여부에 대한 서술자나 등장인물의 판단은 상호 모순되기도 하는 것이어서 주관성의 한계를 벗어나지 못한다. 작품 내 세계를 우연을 판단케 해 주는 하나의 단일한 체계로 볼 때 '필연—우연'을 '현실—비현실 · 초현실'이나 '합리성—비합리성 · 불합리성' 등과 혼동하지 않을 수 있다는 점도, 본고의 우연 검출 층위가 갖는 적절성을 강화해 준다.

이렇게 검출된 소설의 우연은 크게 다섯 가지 유형으로 정리할 수 있다.[6] ① '목적적 소극적 우연'과 ② '목적적 적극적 우연', ③ '인과적 소극적 우연', ④ '인과적 적극적 우연', ⑤ '기타 우연[이접적 우연, 이유적 적극적 / 소극적 우연]'이 그것이다. 이해를 돕기 위해 간단한 예시를 들면 다음과 같다. ①은 '두 개의 머리가 난 뱀'이나 특이한 성격 · 능력의 인물처럼 목적관에 위배되는 사례를 말하며[목적 없는 우연], ②는 나무를 심으려고 땅을 파다 보물을 발견하듯이 목적하지 않은 결과를 맞이하는 경우를 가리킨다[목적 · 의도와 결과의 상위]. ③은 공부하지 않아도 깨우치는 것처럼 인과성이 없는 경우이고[원인 없는 우연], ④는 지붕의 기와가 떨어져 지나가는 사람이 맞는 경우와 같이, 둘 이상의 사건에 인과성 이외의 관계가 존재하는 경우이다[별개 서사의 연결].[7] 이에 더하여, 모월 모일 만나는 경우 하필

---

6) 우연의 유형에 대한 이하 ①에서 ⑤까지의 정리는, 쿠키슈우조우의 『우연이란 무엇인가』(김성룡 역, 이회, 2000) 2 · 3장에 의거한 것이다. 이러한 정리를 도출한 논리에 대해서는, 박상준, 「신소설과 우연의 문제—우연의 분석 방법 구축 및 영웅소설과의 대비를 중심으로」, 한국문학연구학회, 『현대문학의 연구』 33, 2007, 194~197면 참조.

그 날짜인 것처럼 전체—부분의 관계에서 부분이 갖는 우연을 지칭하는 '이접적 우연'과, 성명 판단이나 수의 관계 등에서 나타나는 '이유적 적극적 우연', 꿈이나 광기 등에서처럼 이유의 비존재 상황을 가리키는 '이유적 소극적 우연'을 묶어 ⑤로 표시한다(기타의 우연).[8]

2. 근대소설 형성기의 우연 − 신소설과 『무정』

신소설에는 우연이 많다. 신소설에서 우연의 빈도가 잦다는 점은 주지의 사실이어서 새삼 논할 여지조차 없는 것처럼 여겨질 수도 있지만, 소설사의 맥락과 우연 구사의 특성을 생각하면 그렇지 않다.

앞서 언급했듯이 신소설의 우연에 대한 논의는 신소설의 문학사적 위상에 대한 일반론 속에서 이미 정리된 것처럼 간주되었다. 전근대소설과 근대소설의 과도기로 신소설의 위상을 규정하는 논리 곧 주제 및 내용 면에서는 신소설이 근대소설적인 새로움을 보이되 구성 및 형식 면에서는 고소설의 전근대적인 성격을 떨쳐버리지 못했다는 식의 이원론적 논의 속에서, 신소설의 우연은 후자의 부정적인 특성 중 하나로 지적된 바 있다.

그러나 이러한 통념과는 달리 신소설의 우연은 보다 적극적으로 검토될 필요가 있다. 기능 면에서 보자면 흥미 제고에 초점을 두어 영웅소설

---

7) 일반적으로 생각하는 우연(coincidence)이 이에 해당하는데, 독립된 복수의 인과의 사슬이 교차되는 데서 생기는 이러한 우연을 자크 모노는 '본질적 우연'이라고 칭한다(자크 모노, 김진욱 역, 『우연과 필연』, 범우사, 1999, 148~149면).

8) 이후 작품 분석에서 확인되는 우연들을 위의 하나에 귀속시키고 '④−2' 등과 같이 구사된 횟수를 알 수 있게 표시한다. ⑤의 경우는 '이유적 적극적 / 소극적 우연'을 '이유−적 / 소'로 '이접적 우연'을 '이접'으로 요약하여 '⑤(이유−소)−3'과 같이 표시한다.

과 긍정적 계승관계를 맺고 있지만, 사용 빈도에 있어서 한층 강화되어 확대 발전의 양상을 띤다는 점을 먼저 지적할 수 있다. 보다 주목할 점은 구성상의 오류를 무릅쓰면서까지 의도적·적극적으로 우연을 구사할 만큼, 신소설 작가들의 경우 우연에 대한 부정적인 의식을 갖지 않았다는 점이다.9)

이인직의 신소설들을 보면 우연과 중심 메시지를 구별하여 병렬적으로 구사하는 방식이 확인된다. 이인직은 우연의 흥미 제고 기능을 명확히 인식한 위에서 우연의 적극적인 구사와 계몽적·정치적 주제의 구현을 명확히 변별함으로써 재미와 계몽 두 가지를 모두 추구하고 있다.10) 우연의 기능과 효과를 적절히 인식할 때만 가능한 이러한 특징은 비단 국초의 경우에 한정되지 않는다. 요컨대 신소설의 경우 주제의 구현과는 별개로 흥미를 제고하는 방편으로 우연을 적극적으로 구사했다고 할 수 있다. 이러한 점은, 신소설 이후의 한국 근대소설사에서 우연을 다루는 방식에 비추어 볼 때, 신소설의 주요 특징에 해당되는 것이다.

우연을 부정적으로 의식하고 배제하려는 대신 그와는 정반대로 작품의 중요 요소로 우연을 사용하는 신소설의 이러한 특징은 이광수의 『무정』(1917)에서도 기본적으로 지속된다. 한걸음 더 나아가 『무정』은 주제 효과의 직접적 구현을 위해 노골적으로 우연을 구사하는 면모까지 보인다. 『무정』에 드러난 대표적인 우연 몇 가지와 그에 대한 김동인의 논의를 통해 이러한 사정을 밝혀 본다.

---

9) 이상과 관련해서는, 박상준, 앞의 글, 209~211면 참조.
10) 박상준, 「우연을 통해 본 이인직 신소설의 특징─소설과 우연 연구 2」, 한국현대문학회, 『현대문학연구』 22, 2007, 4장 참조.

『무정』에서 확인되는 두드러진 우연은 다음 두 가지이다. 첫째는 대동
강에 빠져 죽기로 결심한 박영채가 평양으로 가는 기차에서 병욱을 만나
새 삶을 살게 되는 것이고, 둘째는 유학길에 오른 이형식—김선형과 김병
욱—박영채가 같은 날 같은 기차를 타게 된 것이다.

영채가 자살하지 않게 되는 데는 두 가지 우연이 개재되어 있다. 하나
는 실로 사소한 것으로서, 차창에 턱을 괴고 앉은 영채의 눈으로 석탄가
루가 날아 들어간 사건이다.[11] 이 사소한 우연은 곧 의미 있는 우연으로
이어진다. 석탄가루 때문에 나오던 눈물이, 가루가 나오지 않아 화가 난
영채가 우는 눈물로 전이되고는, 몇 시간이 지나면 죽게 될 자신의 처지
를 슬퍼하는 눈물로 변하였을 때 병욱이 등장하여 둘이 인연을 맺게 되는
것이다(512~517면).

이상의 우연과 관련하여 주목할 점은, 이러한 처리방식에 앞서 서술자
가 다음처럼 당당히 선언해 두었다는 사실이다.

이제는 영치의 말을 좀 ᄒᆞ자 영치는 과연 대동강의 푸른 물결을 허치고 룡
궁의 긱이 되엇ᄂᆞᆫ가 독자 여러분즁에는 아마 영치의 죽은것을 슬퍼ᄒᆞ야 눈
물을 흘리신이도 잇슬지오 (…중략…) (고소설의 ᄲᅡ한 전개와 마찬가지리라
고 예상하면서; 인용자) 소설 짓는 사름의 좀된 솜씨를 넘겨보고 혼쟈 우스신
이도 잇스리다 (…중략…) 이러케 여러 가지로 독자여러분의 ᄉᆡᆼ각ᄒᆞ시ᄂᆞᆫ바와
나가 쟝ᄎᆞ 쓰려ᄒᆞᄂᆞᆫ 영치의 쇼식이 엇더케 합ᄒᆞ며 엇더케 틀닐지ᄂᆞᆫ 모르지
만은 여러분의 ᄒᆞ신 ᄉᆡᆼ각과 ᄂᆡ가 ᄒᆞᆫ ᄉᆡᆼ각이 다른것을 비교히 보ᄂᆞᆫ것도 ᄆᆡ우

---

11) 이광수, 김철 교주(校註), 『바로잡은 '무정'』, 문학동네, 2003, 512면. 이하는 인용문 말미 괄
   호 안에 면 수만 표시함.

홍미잇는 일일쯧ᄒ다(508~509면).

이 구절이 의미하는 바는 무엇인가. 작가는 고소설에 익숙한 독자들의 읽기 관습을 염두에 두고, '자신이 생각한 바'와 비교해 보라고 요구하고 있다. 당당한 태도가 문면에 드러나는 이 글에서 세 가지를 읽을 수 있다. 작가가 독자에게 일종의 게임을 제안하고 있음이 첫째요, 독자의 예상을 뒤집을 좀스럽지 않은 솜씨를 자부하는 것이 둘째며, 게임에의 권유로 작가가 내세운 미끼가 바로 '홍미'라는 사실이 셋째다.

이상 세 가지 사실과, 이러한 호언장담 뒤에 작가가 내세운 것이 바로 영채의 눈에 석탄가루가 들어가고 영채와 병욱이 만나게 되는 연속된 두 가지의 우연일 뿐이라는 점을 함께 고려해 볼 필요가 있다. 당당한 호언 뒤에 나온 것이 바로 우연이라는 사실은, 우연의 구사가 호언장담의 대상이 되는 것이며, 우연을 어떻게 구사하는가가 독자와의 게임거리가 되는 담론 상황을 말해준다. 이 모두가 홍미를 지향하며 전개되는 것 또한 빼놓을 수 없다.

두 가지를 주목할 필요가 있다. 하나는 이러한 호언이 우연의 우연성을 가리려는 것이 아니라는 점이다. 우연을 구사하되 필연으로 보이게끔 하려는 것이 아니라는 점을 분명히 하는 것이 중요하다. '우연적인 사건의 필연적인 구성'이란 우연을 부정적으로 보는 문학관에서만 가능함을 생각할 때, 우연에 대한 『무정』의 태도가 여기서 명확해진다. 주목해야 할 또 다른 하나는, 우연에 대한 부정적인 의식을 전혀 찾을 수 없다는 점이다. 여기서 우연은 감추거나 해명해야 할 것이 아니라, 독자와의 게임에서 독자들이 예상치 못한 방식으로 이야기를 이끌어나가는 기술·재능으로 사고되고 있다. 요컨대 독자의 예상을 넘어 재미를 돋우는 작가의 재능을 발휘하는 방법들 중의 하나로 우연이 구사되고 있는 것이다.

이러한 특징은『무정』이 신소설과 공유하는 것이다. 부정적인 의식 없이 우연을 기법 중의 하나로 보는 것은 물론이요[12] 우연의 구사에 있어서 독자와의 게임 양상을 전제하는 것 또한 신소설들에서 쉽게 추론되는 양상이다.

『무정』의 우연 구사가 신소설의 계승 발전에 그치지만은 않는다. 신소설들의 경우 영웅소설과 마찬가지로 작품의 주제효과를 드러내는 부분에서는 우연을 배제하고 있는 데 반해,『무정』은 계몽주의적 주제를 향해 중심인물들을 모으는 과정에서 대담한 우연을 구사하고 있는 까닭이다. 동경 유학길에 오른 영채와 병욱이 탄 기차가 남대문에 섰을 때 미국 유학을 떠나는 형식과 선형이 동승하게 됨으로써 4인이 조우하게 되는 것이다.

네 명이 같은 날 같은 기차에 타게 되는 이 우연과 관련해서 주목할 점은 세 가지이다. 첫째는 작가가 아무런 해명도 하지 않는다는 사실이며 둘째는 이 우연이 작품의 중심 주제에 연결된다는 점이다. 전자는 신소설과의 동질성을 후자는 차이를 가리킨다고 했는데, 이 우연이 사실 또 다

---

12) 이러한 태도는 김동인에게서도 확인된다. 병욱의 급조 문제, 영채의 자살 포기 등과 관련하여『무정』을 혹평하는 맥락에서도 동인은 "한 가지 재미있는 것은 박영채가 자살하러 가는 '기차'에서 병욱을 만나게 된 이 汽車上의 奇緣'이라는 점이다. 春園의 소설에는 흔히 汽車上의 奇緣(혹은 정거장)이 있다. 「흙」에도 누차 이런 장면이 있었고, 「再生」에도 그런 곳이 있고, 「어린 벗에게」도 (그것은 汽船이다) 그런 곳이 있고, 그밖에도 車上의 奇緣이 흔히 있다. 이것은 혹은 춘원이 과거에 있어서 기차에서 기이한 일이라도 경험한 일이 있어서 자연히 소설마다 이런 장면이 나오는지?"(376면)라 할 뿐, 우연의 구사에 대해 아무런 비판도 가하지 않고 있다. 1938년의 김동인에게 있어서도 '차중기연'과 같은 우연이 부정적인 것으로 의식되지는 않았던 것이다(김동인, 「春園研究」, 『三千里文學』, 1938.1~4; 인용은 『金東仁文學全集』 12권, 대중서관, 1983).

른 우연에 의해 간접화되어 있다는 점이 주목해야 할 셋째 사실이다.

기차가 남대문을 출발할 때 영채와 병욱이 '만셰 리형식군 만셰' 소리를 듣고 깜짝 놀라나(603면) 이것만으로는 네 사람이 만나기 어렵다. 이들의 조우는 그 전에 마련된 또 다른 우연에 의해 가능해진다. 경애와 병욱의 만남이 그것이다. 선형을 배웅하러 나온 경애가 병욱을 우연히 만나서 선형이 약혼자와 기차를 탄다는 사실을 알려주었기에(601~602면), 이형식 환송 소리를 들은 병욱이 선형을 찾아가고, 끝내 4인의 만남이 가능해지는 것이다.

경애가 기능적인 인물임은 의문의 여지가 없는데, 4인의 조우라는 우연과 관련하여 이 인물의 기능이 무엇인지를 살필 필요가 있다. 경애의 설정과 그녀가 병욱과 만나는 우연은 서술의 편의 맥락에서라도 필요한 것이 아니다. '자긔의 동창친구나 맛날가 ㅎ고 풀닛트홈에 ㄴ려셔 이리져리 건일'던 병욱이 우연히 선형의 환송 인파를 봤다고 하는 것이 우연을 드러내는 데는 오히려 간편할 것이기 때문이다. 그렇다고 경애의 설정이 4인 조우의 우연을 우연이 아니게 만들어 주는 것도 아니다. 경애의 설정과 우연은, 이 부분의 우연을 중층화함으로써 주요 인물 넷이 희한한 우연으로 한날한시에 같은 기차를 타게 된다는 사실을 '독자에게 알려주고' 그 결과로 4인이 조우하는 우연의 스토리상의 우연성은 유지하되 서술상의 우연성은 약화시키는 기능을 하고 있다. 경애와 병욱이 만나는 우연을 앞에 배치함으로써, 4인 조우의 우연이 작품 내 세계에서 갖게 마련인 사실로서의 우연성을 다소 완화시키고 있는 것이다.

이런 미묘한 기능은 우연의 소설사 속에서만 이해될 수 있다. 이것은, 흥미 제고의 방법으로 우연을 적극 구사하되 주제 구현 부분에서는 기피하던 신소설까지의 전통이 와해되는 한 가지 양상에 해당된다. 계몽주의적 주제가 펼쳐질 장면을 마련하고 흥미를 돋우기 위해 4인 조우라는 우연을 구사하되 주제와의 거리를 조금은 띄운 결과가 바로 경애와 병욱의 만남을 끼어 넣어 우연을 중층화한 것이라 할 수 있다.

지금까지 살펴보았듯이 『무정』은 신소설의 연장선상에서 우연을 적극적으로 구사하고 있다. 우연 구사의 묘를 자부하여 독자와의 게임 상황을 드러내놓고 연출하기도 할 만큼 확대 발전의 면모를 띠기도 한다. 이 경향은 작품의 주제효과 부분에까지 우연을 확장하는 것으로 나아가지만 결국은 우연을 중층화하여 주제와 우연의 거리를 무화시키지는 않는데, 이러한 양상이야말로 소설과 우연의 관계사에서 『무정』이 차지하는 위치를 드러내주는 것이다.[13]

3. 리얼리즘소설의 우연 － 『삼대』의 경우

한국 근대 리얼리즘소설의 대표작에 해당하는 염상섭의 『삼대』에는 총 16회의 우연이 등장한다. ④ '인과적 적극적 우연'이 8회, ② '목적적 적극적 우연'이 4회, ⑤ '이접적 우연'이 4회 보이는 것이다. 작품에 등장하는 순서대로 종류와 횟수를 표시하고, 말미에 주요 기능을 밝히면 다음과 같다.

---

13) 뒤에서 논하겠지만 「소설가 구보 씨의 일일」에 오면 우연 자체가 구성 및 주제 구현상의 기본 방식으로 기능하는데, 넓게 볼 때 『무정』의 우연 구사 방식은 신소설의 방식과 「소설가 구보 씨의 일일」의 방식 사이에 놓이는 것이라 할 수 있다.

②-1. 병화가 덕기를 끌고 간 술집이 홍경애가 일하는 곳(3회 : 홍경애—
1)14) → 인물 제시 기능

④-1. 일본 국수집 앞에서 덕기와 병화가, 일을 마치고 돌아오는 필순을 만
남(18회 : 너만 괴로우냐—2) → 인물 제시 기능

④-2. 제사 준비 시중을 피해 거리를 배회하던 덕기가, 홍경애를 보러 바커
스에 갈지 고민하던 차에 경애를 만남(22회 : 새 누이동생—1) → 인
물 제시 기능. 배다른 동생 및 경애 모친의 등장 계기

⑤(이접)-1. "부친의 소실 수원집과 경애 모녀와는 공교히도 한고향"(41회
: 제일 충돌—5) → 서술의 편의. 상훈의 홍경애 사단이 조 의관에게
알려져 있는 연유로 설정됨.

④-3. 병화와 함께 술꾼과 다투다 교번소에 끌려갔다 나온 상훈이 바커스
로 향해 가는 도중에, 웬 청년이 다가와 덕기, 경애 동창이라며 아는
체를 하고 술을 사 달라 조름(62회 : 봉욕—3) → 홍미 제고

②-2. 아범이 편지 답신을 외투 주머니에 넣은 채 병화에게 외투를 빼앗기는
바람에, 김의경에게 상훈이 보내는 답신이 발각됨(81회 : 외투—6).

④-4. 경애의 부탁으로 아범을 찾아가던 병화가 병문에서 그를 만남(96회 :
밧갓애—1) → 서술의 편의 및 홍미 제고

⑤(이접)-2~3. 저녁에 상훈이를 어떻게 할지, 김의경에게는 어찌할지 궁
리하다 활동사진을 보러 들어가는 경애. 안면 있는 운전수가 알은
체함. 다시 나온 경애가 올라탄 차의 운전수도 아는 사람(104회 : 김
의경—6).

---

14) 『삼대』의 인용은 『조선일보』 연재본(1931.1.1~9.17)을 기준으로 하여 지금처럼 '연재 횟수
: 절 이름—절 횟수'로 표기한다.

②-3. 경애가 운전사를 끌고 병화가 말해준 대로 겨우 찾다가, 젊은 여자 [수원집]가 노파[매당]와 속삭이는 소리를 듣게 되어 조상훈이가 와 있음과 매당의 의도를 알게 됨(104~105회[15] : 김의경-6~7).

④-5~6. 부친에게 문안드리고 나오던 상훈이 수원집을 만남. 수원집과 헤어져 사랑으로 들어가다 최 참봉을 만남(113회 : 가는 이-4).

④-7. 병화의 얼굴을 아는 형사가 경애의 집 근처에서 그를 밤낮으로 보고는 이상히 생각하여 확인 차 경애의 집으로 순사를 들여보냄(119회 : 활동-5) → 긴장 고조

②-4. 사랑에서 나가던 지 주사가 창훈의 목도리를 주워 올리는 것을 본 덕기가(141회 : 입원-5), 안으로 들어가 창훈을 잡고 따져 금고에 눈독 들이지 말라고 주의를 줌 → 숫보기가 아니라, 재산을 지키고자 하는 당찬 면모를 보이는 덕기의 성격 변화 제시의 계기

④-8. 서툴게 자전거를 타던 병화가 원삼을 칠 뻔함(147회 : 새 출발-1) → 홍미 제고

⑤(이접)-4. 병화의 상점으로 구경나온 덕기. "박람회통에 일자로 부쩍 는 일본집들" 사이로 산해진을 찾다 길을 물어볼 요량으로 들어선 가게에서 필순을 만남(151회 : 진창-3) → 독자의 공감 유발 계기

『삼대』의 우연은 그 기능에 따라 크게 네 유형으로 나눠 볼 수 있다. 첫째는 인물의 등장 및 제시 기능에 해당하는 경우이다. 홍경애 및 그 가족, 필순이 처음 등장하게 되는 처음의 세 가지 우연이 그러하다. 이들 우연은 독자의 홍미를 유발하기도 하여, 홍미 제고의 기능에 초점이 맞춰진

---

15) 연재 당시 105회가 106회로 표시되어 있으나 여기서는 바로 잡아 표기한다.

둘째 유형과 밀접히 관련된다. ④-3과 ④-8이 이에 부합하는 경우이다. ⑤(이접)-4는, 덕기와 필순 둘이 만나 이야기를 나누게 됨으로써 산해진을 차린 돈의 출처에 대한 양인의 호기심을 증폭시키는 계기로 기능하고 있다. 장훈이 패의 병화 폭행 사건에 덕기가 자연스레 개입하는 상황 앞에 놓이나 서사구성상 꼭 필요한 것은 아니므로, 양인의 호기심에 독자를 공감시키는 효과가 앞선다고 할 수 있다. 『삼대』에서 우연이 행하는 셋째 기능은 서술의 편의를 도모하는 경우로서, ⑤(이접)-1과 ④-4가 이에 해당되고, 작품 내 세계의 사건에 아무런 의미도 갖지 않는 ⑤(이접)-2~3 또한 이 경우로 묶어 볼 수 있다.

인물의 제시와 서술의 편의를 위해 우연을 구사하는 경우나 흥미 제고의 목적으로 우연을 사용한 것은, 소설 구성상 긴요한 것도 아니고 주제효과의 구현에 있어서 의미 있는 것도 아니다. 이상 세 경우가 이렇게 소설미학적인 측면에서 볼 때 부차적인 반면, 『삼대』에 구사된 나머지 우연들은 스토리의 전개에 의미 있는 영향력을 행사한다. 이들이 넷째 유형에 해당한다. ②-2와 ②-3, ④-5~6, ④-7, ②-4가 그것이다.

이들은 기능에 따라 다시 세 갈래로 나눠 볼 수 있다. 하나는 ②-2와 ②-3으로서, 우연이 스토리의 전개에 중요한 역할을 하는 경우이다. 다만 이들은 홍경애와 조상훈이 중심이 되는 스토리라인에서 기능한다는 점에서 『삼대』의 중심 사건과는 거리가 있음을 알 수 있다. 다른 하나는 ④-5~6과 ②-4인데, 이들 우연은 인물의 성격을 부각시키거나 성격변화를 알려주는 기능을 한다. 수원집과 최 참봉의 경우는 큰 의미가 없으나, 덕기가 학생 티를 벗고 집안의 주인으로서 당당한 면모를 띠는 변화를 보이는 ②-4는 의미 있는 기능을 한다고 하겠다. 창훈이 패의 음모

가 보다 명확해진다는 점에서도 이 우연은 무게를 지닌다. 끝으로 ④-7
은 긴장을 고조시키는 역할을 한다. 피혁과 병화의 스토리라인에서 등장
하긴 하지만, 핵심 사건이 지나간 후 흥미 제고 기능을 겸하여 인물의 긴
장을 높이는 경우에 그치고 있다.

이상 살펴본 바와 같이 『삼대』는 16회의 우연을 구사하고 있다. 이 자
체가 많은 것은 아니어도 리얼리즘소설이라는 선입견적 기준에 비추어
보면 적다고 보기도 어렵다. 여기서 중요한 것은 이들 우연의 기능일 터
이다. 『삼대』의 우연 중에서, 주제효과를 구현하거나 구성상 긴요한 장
면에서 쓰인 경우는 거의 없다고 할 수 있다. 엄밀히 말하자면, 조덕기의
성격 변화 및 조씨 집안의 재산을 둘러싼 사건의 전개에서 의미 있는 역
할을 하는 ②-4 하나가 주목할 만할 뿐이다. 기타의 우연들 중 인물 설
정상의 기본적 필요에 의한 것이거나 서술의 편의에 따른 것은 소설 일반
에서 보이는 것이므로 『삼대』 혹은 리얼리즘소설의 특징을 구명하는 데
유효한 것이 아니다. 따라서 ②-4 외에 눈에 띄는 것은, 흥미를 고조시
키는 몇몇 경우에 국한된다. 이는 우연의 구사가 갖는 기본적이고 전통적
인 효과를 연재소설인 『삼대』 또한 활용하고 있음을 알려 주는 것이다.

물론 소설과 우연의 맥락에서 『삼대』가 보이는 기본적인 특징은, 작품
의 주제 구현이나 중요한 서사구성에서는 우연을 사용하지 않고 있다는
점이다. 이는 앞의 『무정』이나 뒤의 「소설가 구보 씨의 일일」과 비교할
때 확연해지는 것으로서, 『삼대』의 리얼리즘적 면모를 입증하는 것이라
할 수 있다. 앞의 정리에서 확인되듯이, 조씨 집안의 재산을 둘러싼 암투
가 본격적으로 전개되고 주의자들의 사건 또한 해결되는 작품의 뒷부분
에서는 우연을 찾을 수 없는 사실이 이를 증명한다.

4. 모더니즘소설의 우연 — 「소설가 구보 씨의 일일」의 경우

「소설가 구보 씨의 일일」이 전개되는 양상은 구보의 동선으로 파악될 수 있다. 구보가 움직이는 대로 스토리가 진행됨으로써 집에서 종로 네거리에 걸치는 그의 행적이 그대로 서사구성의 뼈대가 됨은 물론이거니와, 그의 상념 또한 여정에 의해 촉발되거나 중단된다는 사실에서 그러하다. 여기서 본고가 주목하는 점은, 서사를 진행시키는 구보의 동선에 우연이 점철되어 있으며, 작품의 주제효과를 풍성하게 하는 갖은 상념을 촉발시키는 데 있어서 이러한 우연이 중요한 역할을 한다는 사실이다.

이 소설에는 24회의 우연이 구사되어 있다. 별개의 사건이 겹쳐지는 ④ '인과적 적극적 우연'이 14회 나타나고, ⑤ 기타 우연 중 '이유적 소극적 우연'이 6회, '이유적 적극적 우연' 1회, '이접적 우연'이 1회 등장하며, 목적하지 않은 결과를 맞이하는 ② '목적적 적극적 우연' 또한 2회나 구사되어 있다.

여기서 특징적인 점은 두 가지이다. 첫째는 인과적 필연성을 결여한 우연④이 꽤 많이 등장한다는 것이고, 둘째는 다른 소설들에서는 흔치 않은 '이유적 우연'이 무려 7회나 구사되었다는 사실이다.

「소설가 구보 씨의 일일」에서 구보가 경성 거리를 배회하며 우연히 만나게 되는 사람은 놀라울 정도로 많다. 면식이 있는 경우를 순서대로 꼽아보면 다음과 같다. '예전에 혼삿말이 있었던 여성'을 전차에서 만나고,[16] 다방에서는 관계가 서먹한 '그 사나이'를 만나고(243면), 태평통 거리에서는 '행색이 초라해진 옛 동무, 보통학교 때의 급우'와 마주치며(248

---

16) 박태원, 「小說家 仇甫氏의 一日」, 『조선중앙일보』, 1934.8.1~9.19; 인용은 『小說家 仇甫氏의 一日』, 문장사, 1938, 234면. 이하는 본문에 면 수만 표시함.

면), 경성역 개찰구 앞에선 애인을 거느린 '중학시대의 열등생'을 만나고 (252면), 회상 속 동경의 가을에 알게 된 여자와 무장야관(武藏野館) 앞에 내렸을 때는 영어교사인 외국 부인과 맞닥뜨리고(271면), 광화문통에서 망연히 서 있다가는 '어느 벗의 조카들'을 만나고(277면), 다시 들른 다방에서는 반갑지 않은 '어느 생명보험회사의 외교원'을 만나는 것이다(281면).

소설의 배경인 경성바닥이 아무리 좁고 인구가 많지 않다 해도 길을 배회하다가 여섯 명이나 되는 사람들을 지속적으로 만날 가능성은 극히 희박하다. 이들 중 밑줄 친 세 명은 오랜만에 만난 경우라는 점을 보태면 이러한 조우의 우연성이 한층 두드러진다. 물론 이런 특성이 놀랄 만한 일은 아니다. 실제의 경성에 비추어 그럴 법해서가 아니라, 이 모두가 당연히도 작가의 의도에 따른 것이기 때문이다. 우연을 적극적으로 구사하는 작가의 의지와 그 결과인 우연의 극대화는, 구보가 그토록 만나고자 하는 벗들은 길에서도 다방에서도 마주치지 않고 찾아가도 제자리에 없는 점과 이상의 우연들이 대비될 때 더욱 명확해진다.[17]

이 소설의 우연한 만남에는 면식 없는 경우들도 포함된다. '세 명의 여학생'(227면)과 '정력가형 육체와 탄력 있는 걸음걸이의 장년'(246면), '어린애 울음소리'(261면), '한 여자'(278면), '자전거 탄 전보 배달원'(279면), '아낙

---

17) 이상의 진술은, 「소설가 구보씨의 일일」의 경우 작가 박태원에 의해 우연이 내용과 형식 양면에서 근본적인 원리로 설정되었음을 강조하기 위한 것일 뿐, 우연 검출의 방식에서 작가의 의도를 고려하는 것이 아니다. 어떠한 사건이 소설에서 우연으로 판명되는 것은 체계로서의 작품 내 세계를 기준으로 해서일 뿐이다. 우연의 검출 과정에서 작가의 우연 설정 의도는 고려 사항이 아니다. 작품이 배경으로 했다고 여겨지는 실제 세계에서 방불한 사건이 갖게 될 우연성의 정도 또한 고려되어서는 안 된다. 소설의 우연에 대한 논의는 작품이라는 하나의 구성물 속에서 판단될 때에만 학적 객관성을 유지할 수 있기 때문이다. 따라서 예컨대 이 소설이 배경으로 하는 1930년대 경성의 상황을 추론하여 그러한 조우의 가능성을 따지는 일은, 서사구성상의 우연을 검출하고 그 기능을 살피는 일과는 아무런 상관이 없다. 마찬가지로 작가 박태원이 즐겨 다니던 행적과 구보의 동선을 비교하는 일도 이 맥락에서 유의미한 연구라고는 하기 어렵다.

네'(292면), '번 드는 순사'(295면)가 그들이다. 이들 중 밑줄 친 네 명과의 조우는, 구보의 심정을 드러내며 작품의 주제효과를 구성하는 데 기여하는 다양한 상념들을 이끌어내는 계기로 기능하고 있다. 작품의 주제효과를 드러내는 데 있어서 우연을 적극적으로 구사하고 있는 것이다.

우연과 주제효과의 관련성은, 앞서 언급한 면식 있는 자와의 우연한 만남 중 반 이상에서도 확인된다. 이로써 「소설가 구보 씨의 일일」의 주제 구현에 있어서 ④ '인과적 적극적 우연'이 의도적으로 그리고 폭넓게 구사되었다고 할 수 있다.

이 소설이 보이는 우연의 중시 경향은 ⑤ '기타 우연'에서도 잘 드러난다. 특히 '이유적 소극적 우연'이 여섯 차례나 쓰인 점이 주목된다. '이유적 소극적 우연'이란 말 그대로 행위에 이유가 없고 사태에서 인과관계를 찾을 수 없는 경우를 말하는데, 바로 이러한 까닭에 여타 계열의 소설들에서는 찾아보기 어려운 우연에 해당한다. 이 우연은, 인물의 꿈이 펼쳐지지 않는 한, 사실성이 중시되는 작품 내 세계에서는 좀처럼 등장하지 않는다. 이런 맥락에서 '이유적 소극적 우연'이 여섯 차례 등장한다는 사실 자체가 모더니즘소설로서 「소설가 구보 씨의 일일」이 보이는 한 가지 주요 특징이라 할 수 있다.

이러한 특징은 이들 우연의 기능에서 한층 강화된다. 「소설가 구보 씨의 일일」에 구사된 '이유적 소극적 우연'은 두 가지 기능을 수행한다. 하나는 서사의 뼈대를 이루는 구보의 동선을 낳는 기본 원리로 쓰인다는 사실이고, 다른 하나는 앞서의 ④와 같이 상념을 유발한다는 점이다. 논의를 간명히 하기 위해 전자에 해당하는 세 경우만 밝혀 둔다.

집을 나선 구보는 광교 근처에서 종로네거리 쪽으로 발걸음을 옮기는 데, 이에 대해 서술자는 "처음에 그가 아무렇게나 내어놓았던 발이 공교로웁게도 왼편으로 쏠렸기 때문"(230면)이라고 해명 아닌 해명을 하고 있다. 구보가 화신상회로 들어갔다 나오는 데 대해서도 "저도 모를 사이에 그의 발은 백화점 안으로 들어서기조차 하였다. (…중략…) 다시 밖으로 나오며 (…중략…) 발 가는 대로, 그는 어느 틈엔가 安全地帶에 가 서서"(231면) 운운하고 있다.

이러한 구절들은 구보의 경성 만보가 이유를 갖지 않는 채로 곧 우연에 의해서 이루어짐을 알려 준다. 이러한 동선의 우연성은 '공교로웁게도'나 '저도 모를 사이에', '발 가는 대로' 등의 구절을 통해 부각되기까지 한다. 구보의 정처 없음이 '이유적 소극적 우연'을 통해서 작품 초반에 이렇게 강조되는 것은, 「소설가 구보 씨의 일일」에서 구보가 보이는 움직임이 기본적으로 어떠한 이유도 목적도 필연성도 띠지 않는 배회 행위임을 알려 주는 것이다. 작품 도처에서 구보가 갈 곳을 몰라 하며 뜸을 들이는 장면이 확인되는데, 그럴 때마다 사실 위와 같은 우연이 이어졌을 것임은 쉽게 상상할 수 있다.[18]

이상과 같이 「소설가 구보 씨의 일일」은 의도적, 적극적으로 수많은 우연을 구사하며 이들 우연이 서사구성의 근본 원리이자 주제 구현의 주요 요소로 기능하는 특징을 보인다. 이를 다음 셋으로 정리해 볼 수 있다. 첫째는 우연의 적극적 구사. 이 소설은 신소설들 일반에 비추어도 많은 수인 24회의 우연을 (소설의 사회 반영의 측면을 아랑곳하지 않고) 의도적으로 구

---

18) 이러한 특성에 주목하여 본고는, 구보의 인물성격이 '산책자'가 아니라 '배회자'에 해당한다는 김명인의 주장을 지지한다. 김명인, 「근대소설과 도시성의 문제─박태원의 「小說家 仇甫氏의 一日」을 중심으로」, 민족문학사학회, 『민족문학사연구』 16, 2000.6, 221~222면 참조.

사하고 있다. 둘째는 이들 우연에 의해서 작품의 뼈대를 이루는 구보의 동선 자체가 이루어진다는 점이며, 셋째는 작품의 주제효과를 이루는 상념의 상당수 또한 우연에 의해 유발된다는 사실이다. 여기서 의미 있는 것은 당연히도 뒤의 두 가지이다. 이 둘은 「소설가 구보 씨의 일일」의 경우 작품의 형식[구성]과 내용[주제 구현] 모두에서 우연에 기초를 두고 있음을 알려 준다.[19]

요컨대 중요한 것은, 구보가 경성을 배회하며 만나게 되는 우연들에 의해 그의 상념이 전개되고 그것에 의해서 작품 전체의 주제효과가 상당 부분 영향을 받게 구성되어 있다는 점이다. 이렇게 우연이 서사를 구성하는 근본 원리로 기능하면서 주제를 강화하는 것이 「소설가 구보씨의 일일」의 특징이다.

한국 모더니즘소설의 대표작에 해당하는 「소설가 구보 씨의 일일」이 보이는 위와 같은 특징은, 모더니즘 문학이 필연의 구축을 가상이라 여기는 철학적 입장에 의해 우연성을 전면적으로 수용한다는 일반론[20]을 한국 근대소설에서 입증해 주는 것이라 할 수 있다.

---

19) 이러한 특성은, 우연이 아니지만 우연인 듯이 기술되는 '유사 우연'의 경우도 여섯 차례나 확인된다는 데서 더욱 두드러진다. "二週日間 熱病을 앓은 끝에, 갑자기 衰弱해진 視力"(230면) 운운하는 부분의 경우 체계로서의 작품 내에서는 확인되지 않지만 정황상 우연이라 보기 어려운 사실에 대해 '갑자기'라는 어휘를 사용함으로써 우연성을 강조·부각하고 있다. 전화를 걸었더니 "多幸하게도 벗은 아직 社에 남아 있었다. 바로 지금 나가려든 次야 하고, 그는 말했다"(256면)라는 구절이나, 다방을 경영하는 벗과 길을 걷다가 "문득 「春夫」의 一行詩를 仇甫는 입 밖에 내어 외어본다"(285면) 등 또한 '다행하게도'라든가 '문득'을 통해서 사태의 우연성을 가장하는 예에 해당된다.

20) 전위문학, 실존주의 소설, 누보로망 등을 망라하는 모더니즘소설의 경우 현실세계에 대한 총체적·합리적인 파악 가능성을 부정하면서 의식적으로 우연을 구사한다고 말해진다. 이러한 특징에 대해서는 다음과 같은 논의들을 참고할 수 있다. 페터 뷔르거, 최성만 역, 『前衛藝術의 새로운 이해』, 심설당, 1986, 109~117면; 미셸 레몽, 김화영 역, 『프랑스 현대소설사』, 열음사, 1991, 373~377·392~402면; 시모어 채트먼, 김경수 역, 『영화와 소설의 서사구조』, 민음사, 1990, 54~55면.

5. 한국 근대소설의 형성 및 분화와 우연의 양상

이상의 분석 결과를 간략히 정리하면 다음과 같다. 신소설은 고소설의 특징을 한층 강화하여 흥미를 제고하기 위한 방편으로 우연을 빈번히 구사한다. 우연을 적극적으로 구사하되 계몽적·정치적 주제의 구현 부분에서는 피하는 데서 확인되듯 우연의 유희적 기능에 주목하고 있다.

이광수의 『무정』은 기본적으로 신소설의 연장선상에서 우연을 다룬다. 우연 구사에 있어 독자와의 게임 양상을 전제할 정도로 우연에 대한 부정적인 의식 없이 서사 기법의 하나로 우연을 구사한다. 더 나아가 『무정』은 계몽주의적 주제의 구현을 위해 중심인물들을 모으는 장면에서도 우연을 구사하여 주제효과 부분에까지 우연을 확장하는 것으로 나아가지만, 결국은 우연을 중층화하여 주제와 우연의 거리를 무화시키지는 않는다. 이러한 미묘한 양상이야말로 소설과 우연의 관계사에서 『무정』이 차지하는 위치를 드러내준다.

한국 근대 리얼리즘소설의 대표작인 『삼대』는 16회라는 적지 않은 수의 우연을 구사하지만, 작품의 주제효과를 발하는 중심 서사에서 긴요하게 구사하는 경우는 거의 없다. 이 소설의 우연들은 대체로, 서사구성상의 기본적 필요에 의한 것이거나 서술의 편의를 도모한 것, 흥미 제고 기능을 위해 구사된 것 들이다. 이는 현실성을 중시하는 리얼리즘소설의 일반적 성격에 닿아 있는 것이라 할 수 있다.[21]

---

21) 『삼대』와 더불어 염상섭 리얼리즘소설의 대표작에 해당하는 『사랑과 죄』에서는 우연에 대한 적극적인 해명을 확인할 수 있다: "해주ㅅ집이 병원에서 나오다가 덩마리아를 만낫다고 하면 그것은 소설가다운 공상으로 일을 공교하게도 쑴이랴고 하는 그짓말이라고 할 듯 십다. 그러나 세상에는 그짓말 가튼 정말이 하도 만흔 것이다. 사실 해주ㅅ집의 운수가 조화서 그래ㅅ

반면 모더니즘소설의 대표작 중 하나인 「소설가 구보 씨의 일일」은 의도적·적극적으로 수많은 우연을 구사하는 특징을 보인다. 일반적인 신소설보다도 많은 24회의 우연을 구사한 점이 일견 눈에 띄지만, 작품의 뼈대를 이루는 구보의 동선 자체가 우연에 의해 이루어지며 주제효과를 이루는 상념의 상당수가 우연에 의해 유발된다는 사실이 특히 주목할 만하다. 곧 「소설가 구보 씨의 일일」에서 우연은, 작품의 형식과 내용 양자를 결정하는 주요 소설미학적 장치로 기능하고 있다.[22]

지금까지의 요약정리를 통해 분명해지는 것은, 근대소설의 발전과정에서 우연이 고소설의 잔재로서 지양되었다고 단정할 수 있을 만큼 단선적으로 다루어지지는 않았다는 사실이다. 신소설과 『무정』에서 우연은 흥미의 제고라는 기본적인 효과 면에서 의식적으로 그리고 적극적으로 다루어졌다. 반면 리얼리즘의 대표작인 『삼대』에서는 우연이 구성 및 주제 구현에 있어서 의미 있는 역할을 담당하지 않는다. 한편 이러한 갈래들과 달리 모더니즘소설의 대표격인 「소설가 구보 씨의 일일」에 오면 우연이 작품 구성 및 주제 구현의 기본 원리로 기능하고 있다. 이러한 차이는, 한국 근대소설의 형성 및 분화 과정에서 우연이 각각의 사조·갈래에서 상이한 기능을 발휘하며 의식적으로 선택 혹은 배제되어 왔음을 알려 준다.

이상의 개괄을 다른 측면에서 보면, 우연을 통해 근대소설사를 검토할 때 다양한 사조 및 갈래의 특성을 단일한 분석 논리로 일목요연하게 정리

든지 병원 문을 나서기 전에 마리아와 싹 마조첫다"(『廉想涉全集』 2, 민음사, 1987, 163~4면).
22) 이상의 소설에서는 우연이 그다지 많이 구사되지 않는다. 그러나 「날개」의 경우, 주제효과 구현 및 서사구성상 핵심적인 부분 곧 아내와의 관계가 파탄나면서 주인공의 지향이 좌절되게 하는 데 결정적인 역할을 하는 귀가 장면들이 대부분 우연을 수반하는 특징을 보인다. 「날개」의 서사구성상의 특징에 대해서는 박상준, 「잃어버린 정체성을 찾아서―'날개' 연구 1」, 한국문학연구학회, 『현대문학의 연구』 25, 2005 참조.

할 수 있다는 점이 확인된다. 우연이야말로 다양한 갈래의 근대소설을 실증적으로 일관되게 분석할 수 있게 해 주는 유효한 범주에 해당함이 명확해지는 것이다. 우연 분석의 이러한 일관성은, 계몽주의, 리얼리즘, 모더니즘과 같은 상이한 근대소설 갈래들에 대한 연구의 통약가능성[commensurability]을 제시한다는 점에서 중요하다. 물론 어떠한 기준을 들이대든 다양한 갈래를 분석·재단할 수는 있으므로 이 지적만으로 충분할 수는 없다. 한국 근대소설의 제 갈래에 대한 우연 분석이 외재적·재단적인 평가방식을 넘어서게 되는 것은, 우연 범주가 이들 여러 갈래의 소설들이 의미·주제효과를 구현하는 데 있어서 보이는 특징과 차이를 대비적으로 보여주는 국면에서이다. 요컨대 우연이란 한국 근대소설의 형성과정을 채우고 있는 다양한 사조의 작품들을 일관되게 분석할 수 있게 하는 유효성을 제시해 주는 범주라 할 수 있다.

이러한 유효성은 서사에서 우연이 갖는 궁극적인 의미로 지적되는 바에 의해 한층 강화된다. 우연의 사용 양상은 세계관에 닿아 있으며, 문학작품을 대하는 작가 및 독자의 태도와도 긴밀히 관련되고, 해당 시기 문학 장의 양상과 문학적 관습의 특성과도 뗄 수 없는 관련을 갖는다고 말해진다.

여기까지 와서 보면 본고의 의의와 한계 및 남는 문제가 명확해진다. 한국 근대소설의 형성 및 분화 과정에서 주요한 위치를 차지하는 작품들에서 우연이 구사되는 양상 및 기능의 차이를 밝힌 것이 본고의 의의에 해당할 것이다. 그러나 이러한 양상의 미학적·소설사적인 의미를 충분히 밝히지 못한 것은 엄연한 한계이다. 이 한계는, 앞서 말한 우연의 궁극적인 의미를 한국 근대소설의 형성 및 분화 과정의 폭넓은 실사를 통해 검증하고 재논리화해야 한다는 과제로 이어진다. 근대소설의 제 갈래에 해당하는 작품들을 폭넓게 검토함으로써 귀납추론의 정당성을 갖춘 위에서 한국 근대소설에서 우연이 행하는 기능을 정교하게 논리화하는 것이 본고의 추후 과제이다.

「만세전」 연구를 통해 본, 한국 근대문학 연구의 문제와 과제

1. 「만세전」 연구의 문제성

염상섭의 「만세전」에 대한 근 30년간의 논의는, 「만세전」 및 이 소설을 포함한 염상섭 소설문학에 대한 연구 열기와 동향을 잘 보여주는 한편, 이제 80년을 바라보는 한국 근대문학 연구의 현재 상황을 돌아보게도 해 준다는 점에서 주목할 만하다.

시야를 넓혀서 볼 때, 염상섭의 소설 세계에 대한 연구 열기는 염상섭에 대한 적극적인 재평가와 궤를 같이하고 있으며, 그 바탕에는 리얼리즘 문학에 대한 복권이라는 한국문학 연구사 차원의 변화가 깔려 있다. 민족문학론의 정립 과정과 염상섭에 대한 연구가 연동되어 온 것이다. 그 결과 최근 민족문학론이 쇠퇴함에 따라 염상섭의 소설에 대한 관심도 그 열도를 다소 떨어뜨린 것처럼 보인다.

그러나 「만세전」만큼은 예외라고 할 수 있다. 새로운 연구방법론에 의거한 논의들이 시도되고, 기존의 연구 성과에 이어 해석과 재해석을 더하는 연구들이 계속되고 있다. 관심의 폭과 깊이가 부단히 증대되고 있는 셈이다. 그 결과 「만세전」에 대한 연구는 개별 작품을 대상으로 하는 국문학 연구들 중에서 수위에 꼽힐 만큼 왕성한 생산력을 자랑하고 있다.

이 과정에서 몇 가지 문제도 생겨났다. 연구사 검토의 부담이 커지고 해석의 상이함이 증대되면서 연구 갈래들 사이에 보이지 않는 장벽이 세워진 것이 첫째 문제이다. 둘째 문제는, 한편으로는 비평과의 경계에 걸치는 언설들이 없지 않고 다른 한편으로는 학술운동 차원의 주장이 제기되면서, 문학 연구의 엄정성 면에서 다소 아쉬운 경우들이 생겨났다는 점이다. 「만세전」 연구들 사이의 장벽은 후속 논의들의 '분화 경향'을 강화하고 상호소통을 어렵게 하면서, 이데올로기에 의해 추동되는 비평과 학술운동 경향의 증대라는 '학적 성격의 위기'와 맞물린다. 이러한 문제는 사실 「만세전」 연구에만 국한되는 것이 아니라는 점에서 그 심각성이 더하다. 따라서 「만세전」 연구에 대한 검토는 개별 작품의 연구사를 정리하는 데 그치지 않고, 한국 근대문학 연구의 현재 상황을 점검하는 데도 유의미한 시사점을 제공하리라 여겨진다.

2. 「만세전」의 복합적 · 분열적 면모

「만세전」 연구가 지속적으로 수행되면서 국문학 연구 경향을 반성해 볼 여지까지 주게 된 데는, 근래에 이르러 이 작품의 복합적 · 분열적인 특징이 명확하게 된 것이 중요한 원인으로 작용한다. 초기 연구들이 현실 인식에 초점을 맞추어 논의를 구성해 왔다면 지난 20년에 걸쳐 일각에서는 그것에 더하여 이인화에게서 드러나는 근대성의 요소에도 관심을 쏟기 시작했다. 그 결과 연구 성과들 전반을 일람해 볼 때, 「만세전」이 내장하고 있는 복합적·분열적인 면모가 명확해지게 된 것이다.

「만세전」에 대한 연구 성과들의 분화와 그 의미를 검토하기에 앞서 이 소설의 복합적·분열적인 면모를 확인하기 위해, 사건시와 서술시를 밝히며 서사구성과 의미소들을 정리해 본다.[1]

- 첫째 낟만 0.5일 / 1~30, 30면 : 1장 이틀째의 연종 시험을 치르고 하숙으로 왔다가 아내의 위독함을 알리며 귀국을 종용하는 급전을 보고서 이인화의 여정이 시작된다(5면). W대학, 이발소, 서점 등을 거쳐(5~10면), 정자가 있는 카페에 들른 후(10~21면), 거리를 배회하면서 <u>터무니없는 울분에 이어 자기의 구원, 사람의 공통한 성질, 위선과 관련된 근대인의 운명</u> 등을 생각한 후(21~27면), 짐을 챙겨 밤 열한 시 차로 동경을 출발하여, 기차 안에서 여행의 첫 밤을 보낸다(30면).

- 둘째 낟만 1.5일 / 31~48, 18면 : 2장 기차 속에서 정자의 편지를 읽고 <u>이지적 타산적인 자신을 의식하며 자신을 살리는 일의 맥락에서 정자와의 관계를 생각하다 스스로를 '정신적 창부'라 의식해 본다</u>(31~36면). 신호에서 내려, A카페에 들렀다가, 을라를 찾아가서 만난 뒤(40~48면), 역전 여관에서 둘째 밤을 보낸다.

---

1) 본고가 다루는 「만세전」은 1924년 고려공사에서 출간된 작품이다. 이하 괄호 속에 면 수만 표시한다. 요약문의 밑줄 친 부분은 이인화가 보이는 주요한 상념들이다.

• 셋째 날만 2.5일 / 48~75, 28면 : 이튿날 저녁 하관에 도착, 간단한 심문 후, 배에 오르자마자 목욕탕으로 갔다가 조선인 노동자를 모집해 돈을 버는 일인들의 대화를 듣게 되어 놀라면서, 과거의 자신을 반성하고 '내가 지금 하는 것, 이로부터 하려는 일이 결국 무엇인가 하는 의문과 불안'을 느낀 뒤, 지난봄의 공상과 천려를 부끄러워하며 소작인의 노예적 상황을 생각한다(50~62면). 조선인임에 분명한 작자와 '일본 사람 앞에서 희극을 연작하는 앵무' 노릇 끝에 배에서 내려져(62~66면), 얼이 빠진 듯 가슴이 두근두근한 상태에서 수색을 당한다(67~71면). 배 갑판으로 올라와서는 '인간계를 떠난 방랑의 몸이 된 자처럼' 멀어지는 불빛을 혼돈 상태에서 바라보다 눈물을 흘린다(72면). 3장 우열감에 따른 개인간 집단간의 관계를 생각하다 자존심이 강한 경우가 굴욕을 통해 새로운 광명의 길에 나아갈 수 있다는 판단에 이르나 곧 자신까지를 믿을 수 없다며 생각을 접는다(73~74면). 선실에 들어오니 새삼 분한 생각이 나나 일본인의 눈이 의식될 뿐 하소연할 곳이 없다(74~75면).

• 넷째 날만 3.5일 / 75~143, 69면 : 이튿날 아침, 매사에 경쟁인 삼등실의 인종들을 거리를 두고 낮추어 보며 아침을 먹는다(75~79면). 부산에 도착하여(80면) 다시 파출소로 불려가 '막연한 공포와 불안'을 느끼며 대하나 쉽게 나와(81~83면), 거리로 나선다(83면). 4장 거리를 걸으며 부산에 대해, 조선 사람의 습성에 대해, 그들이 유랑민으로 떠돌게 되는 상황에 대해 상념을 하다(83~90면), 호기심에 일본 국수집에 들어가 여자들과 수작을 하며 일선 혼혈인 여자의 심리를 짓궂게 들춰 그 심리를 판단하고는(91~100면), 급히 정거장으로 와서 기차에 뛰어 오른다. 5장 기차가 김천(金泉)에 도착하자(101면), 마중 나와 있는 형을 따라 함께 이야기하며 두절감을 느끼고(102~107면), 집으로 가서는, 형이 새로 들인 작은 형수와 관련하여 '진정한 사랑', '자기

구제'를 운위하며 논쟁하고(109~117면), 집안의 산소 문제에 대해 이야기한 뒤(118~122면) 정거장으로 나와 역 사무실에서 일본인과 조선인(순사)의 차이를 생각하고 일본인 사무원의 이중적인 태도에 놀란다(123~124면). 다시 기차에 오른다. 사냥꾼 일행의 대화를 듣고(126~128면) 김 의관에 대해 생각을 하다(128~131면), 마주 앉게 된 갓 장수와 이야기하다 '당장의 급한 욕'을 면하기 위한 고식 · 미봉 · 가식 · 굴복 · 비겁한 처세술을 생각한다(132~136면). 공동묘지 문제가 나와 푸념에 가까운 열변을 토한 뒤 불유쾌해 한다(132~141면). 헌병보조원이 올라와 뜨끔해하고, 그가 데려간 갓 장수가 떨어뜨린 우산을 건넨 역부가 일본말 하는 데 어이없어 한다(141~143면).

• 다섯째 날[만 4.5일 / 143~158, 16면] : 자정 지나 대전역에 도착해서(143면), 차를 내려와 한데서 떨고 있는 조선인 승객들과 포박된 죄수들, 7년 사이에 변한 거리를 보고(144~145면), '구더기가 우글우글하는 共同墓地다!'하며 '망할 대로 망해버려라!' 생각한다(146~147면). 자다 깨다 하면서 아침에 서울에 도착, 뒷자리의 기생을 의식하다 종형과 함께 인력거를 탄다(148면). 6장 집에 들어와서(150면), 병인을 본 뒤(151~153면), 부친께 인사하고(153~154면), 김 의관에 대해 누이와 실없는 이야기를 한 뒤(154~156면), 아이를 잠시 쳐다보고는 사랑 건넌방으로 나갔더니(156~157면), 교번소(交番所)에서 나온 청년이 미행을 하겠다며 들렀다 간다(158면).

• 서울에서의 약 9일[158~174, 17면] : 7장 3,4일은 집에서 그럭저럭 세월을 보내고(158면), 또 며칠 음산한 날이 계속된 뒤에(160면), 일주일이나 지나 정자에게 엽서를 부쳤다(161면).[2] 엽서를 부치던 날 저녁에 지난 해 여름을 생

---

2) 해방 후 개작본에서는 이 부분의 시간 경과를 보다 명확히 기술하고 있다. "서울 온 지 일주일이나 지난 뒤"(염상섭, 「萬歲前」, 『新韓國文學全集』 20, 어문각, 1982, 231면) 정자에게 엽서

각하며(161~162면) 병화에게 들러 을라의 이야기를 하다가(163~165면), 밤 늦게 집에 돌아와서는 부친 등이 술을 먹는 것을 보고, 큰집 형과 따로 술을 하며 김의관이나 차지(差支), 새로 온 시골 의원, 병화와 을라에 대한 이야기를 듣게 된다(168~173면). 이튿날 병화 집 형수와 을라가 찾아온다(174면).

● 이후의 6일 혹은 13일3)[174~195, 22면 : 8장 그 다음날, 새 의원의 약을 쓴 지 이틀 만에 병인이 죽는다(174~177면). 고집을 피워 3일장으로 끝내고 (178면), 장사 지낸 이틀 뒤 남은 자식의 문제를 김천 형과 약조해 두고서는 자유로운 느낌을 갖는다(179면). 일주일간의 청명한 날씨가 지난 후 집을 가시는 무당 굿(180면)에 떠날 작정을 하는데 을라가 들른다(181면). 상 중에 정자로부터 받았던 편지를 아궁이에 버리고, 형에게 떠날 뜻을 말하며 돈 삼백 원을 받아 낸다(183~184면). 정자에게 답장을 쓰려는데, 병화가 들어와 을라에 관한 어색한 대화를 하는 끝에, '구심적 생활' '내적 생활의 방향 전환'이라는 결의를 내비친다(184~189면). 아내의 죽음을 통해 스스로를 구할 책임을 깨달았다며, 스스로의 길을 살아나갈 자각 위에 전세계에 가득한 신생의 서광을 실현하는 방안으로 개개인으로서의 우리의 생활을 광명과 정도로 인도하자 하고 진정한 사랑이란 행복을 축원하는 것이라는 내용의 편지를 정자에게 쓴 뒤 우편국을 향한다(189~194면). 형님, 병화, 을라 등의 배웅을 받으며 '겨우 무덤 속에서 빠져나간다'며 기차에 몸을 싣는다(194~195면).

를 부쳤다고 쓰고 있다.

3) 뒤에 나오는 '일주일간의 청명한 날씨'를 어떻게 보는가에 따라 시일이 달라지는데, 장사 이틀 후에서 다시 일주일이 지나 가심굿을 한다고 보기는 다소 어색하므로, 굿을 하던 날 전후의 날씨 변화를 언급하는 표현으로 보는 것이 낫겠다. 이 경우 서울에 머무는 날은 총 15일이 된다.
    해방 후 개작본에서는 이 부분을 좀더 명확히 처리하고 있다. '그동안 청명한 겨울날이 계속하더니 오늘은 또 무에 좀 오려는지'(어문각, 239면)라고 하여 시간의 경과를 나타내지 않는 것이다. 전체적인 시간의 설정은 다르게 되어 있어서, '한 열흘 더 있다가'(어문각, 243면) 떠나는 것으로 처리하여, 서울에서 총 25일 가량을 머무른 셈이 된다.

위의 요약이 보여주듯이 「만세전」의 기본 구조는 여로를 따라 이루어진다. 여기서 주의할 점은 두 가지이다. 널리 알려진 바 여로가 회귀형으로 되어 있다는 점이 하나이다. 이것이 원점회귀인가 아닌가를 두고 벌어진 논란이 '이인화의 의식을 발전된 것으로 볼 것인가 여부'를 거쳐 '이 소설의 주제효과를 어떻게 볼 것인가'에까지 이어지는 까닭에, 이 구성방식에 대한 해석은 아직도 논의의 여지가 있는 문제이다.

둘째는 아내가 위독하다는 소식으로 촉발된 이 여정이 두 가지 방식으로 지체된다는 점이다. 작품 내 세계의 실제에 있어서는 '여로의 우회와 지체'로, 서술의 맥락에 있어서는 '비여정적인 상념 및 대화의 확대'로 드러난다.[4] 여로의 우회와 지체는 두 가지 기능을 한다. M헌을 찾고 거리를 배회하거나 을라에게 들르는 일본에서는 이인화의 면모를 보이는 기능에 중점을 두는 반면, 부산 거리를 배회하다 국수집에 들르고 김천에 내려 형님을 만나고 대전역에서 잠시 소요하는 조선에서의 여정의 지체는 식민지 현실의 모습을 보여주는 데 초점을 맞추고 있다.

물론 이는 중점이 어디에 두어지느냐를 현해탄 양편으로 나누어 지적한 것에 불과하다. 보다 중요한 것은 서술의 비중과 초점이 어디에 맞추어지는가일 터이다. 이는 서술시와 사건시를 비교하여 보다 확실하게 따져볼 수 있다. 여정의 실제적인 전개를 느리게 하면서 개진되는 이인화의 상념이나 대화에 대한 꼼꼼한 묘사는, 「만세전」이 인물의 행동이나 사건보다는 그 내면이나 의식을 드러내는 데 중점을 두고 있음을 알려준다. 물론 이 경우 문제는 그의 내면이나 의식이 무엇을 향하고 있는가 하는

---

4) 이에 대해서는 박상준, 「지속과 변화의 변증법－'만세전' 연구」, 서울대 국문과, 『관악어문연구』 22집, 1997, 2절 참조; 박상준, 『1920년대 문학과 염상섭』, 역락, 2000에 재수록.

문제이다. 식민지 현실의 비참함에 대한 자각과 그에 따른 자기반성인가, 아니면 자신이 포지하고 있는 근대적인 이상이 워낙 강해서 그 실현을 막는 반대세력으로 현실이 포착되는 것인가를 두고 이견의 여지가 있다. 이인화의 주요 상념들을 표시한 밑줄 친 부분의 내용을 전후맥락에 유의하면서 일별하면 이러한 사정이 잘 드러난다.

이상에서도 확인되듯이, 「만세전」은 의미 구성상 분열된 작품이라고 할 수 있을 만큼 해석의 여지를 풍성하게 갖춘 작품이다.[5] 여정의 진행과 현실 인식의 발전이 정비례로 맞아떨어진다고 단선적으로 전체 서사를 정리하는 경우도 없지 않지만,[6] 조선에 도착하기 전의 서사 비중이 적지 않고, 그 부분에서 보이는 이인화의 면모가 작품 말미의 편지에까지 지속되는 점을 무시할 수 없다. 사정이 이러한 탓에, 현실의 경험과 그에 따른 인식의 발전 여부를 쟁점으로 하여 근래의 연구들이 둘로 갈라져 대립적인 양상을 보이는 것은 오히려 당연하다 할 것이다.

문제는 중층적이다. 이인화의 의식 상태에서 실제로 발전적인 면모를 확인할 수 있는가 하는 의문이 먼저 오는데, 여기서 다시 두 가지가 주목된다. 부산에서 대전에 이르는 과정까지 보이는 발전적인 면모를, 서울 체류 기간의 상태와 다시 동경으로 떠나는 설정에 비춰볼 때 어느 정도 인정해야 하는가가 첫째이다. 둘째는 인식 내용의 양이 아니라 그 의미를 따질 때 생겨난다. 식민지 현실에 대해 사실 차원에서 더 많이 알아나가

---

5) 같은 의미에서 이보영은 여러 시각의 검토를 허용하는 것이 이 소설의 매력이자 가치라 말한 바 있다(이보영, 「한국 지식인소설의 출발점―'만세전'」, 『염상섭 문학론―문제점을 중심으로』, 금문서적, 2003, 164면).
6) 유병석, 하정일, 홍경표, 김양선 등의 경우 각기 주장하는 바는 달라도 이러한 파악 면에서는 동일하다.

는 것이야 명확하지만 그러한 인식의 증대가 그의 태도에 어떠한 변화를 낳는가가 문제가 된다. 이 맥락에서는, 거리를 두고 그려지는 이인화의 의식 세계가 자신의 의식까지를 반성의 대상으로 놓을 만큼 중층적인 면모를 계속 유지하고 있음도 고려해야 한다. 요컨대 이인화에게서 변화와 발전의 면모를 어느 정도 인정하느냐가 관건인 것이다.

3. 「만세전」론의 다섯 갈래와 대립의 의미

이인화에 대한 해석, 현실 인식과 개인의 탐구라는 주제효과의 의미망 등을 염두에 두고 현재의 「만세전」 연구 상황을 간단히 분류해 보면 다음과 같다.7) 일본 유학생 이인화의 귀국 여정을 따라 전개되는 이 소설을 두고, Ⓑ 한편에서는 식민지 조선 현실의 정확한 인식을 강조하는 반면8) Ⓓ 다른 한편에서는 주인공 이인화의 근대적이고 개성적인 면모에 주목한다.9) 이 두 경향 중간에 Ⓒ 현실의 인식에 따라 인물이 발전해 간다고

---

7) 이하의 분류는, 1970년대 이후 출간된 연구들을 주요 대상으로 하여 각 연구들의 초점·핵심 논의·결론 등을 고려하여 행해진 것이다. 따라서 개개 논문의 의미 영역이 각 유형이 내세우는 의미소에 한정되지 않을 수 있음은 물론이다. 「만세전」 연구계의 동향을 일목요연하게 보고, 넓은 시각에서 문제를 지적하고 향후 연구 방향을 모색해 보기 위한 유별화일 뿐이다.

8) 김종균, 『廉想涉 硏究』(고려대 출판부, 1974), 이재선, 「日帝의 檢閱과 '萬歲前'의 改作」(『韓國文學의 解釋』, 새문사, 1981), 채훈, 「萬歲前論」(김열규·신동욱 편, 『廉想涉 硏究』, 새문사, 1982), 하정일, 「후기 자본주의와 근대소설의 운명」(1995)(『20세기 한국문학과 근대성의 변증법』, 소명출판, 2000), 이보영, 『난세의 문학―염상섭론』(예지각, 1991; 예림기획, 2001) 등이 이에 해당한다.

9) 김윤식, 『염상섭 연구』(서울대 출판부, 1987), 한형구, 「한국 근대소설의 진정한 출발, 그 근대성의 기념비적 성격―염상섭의 '萬歲前論'」(정호웅 외, 『장편소설로 보는 새로운 민족문학사』, 열음사, 1993), 정호웅, 「만세전', 한국 근대소설의 기점」(『우리 소설이 걸어온 길』, 솔, 1994), 김상욱, 「만세전'론―3·1운동의 소설적 평가」(우한용 외, 『한국 현대문학의 이론과 지향』, 국학자료원, 1997), 서영채, 『사랑의 문법』(민음사, 2004) 등이 이에 해당한다.

두 요소의 조화에 주목하든,10) 현실 폭로에 따른 비애와 환멸이나 (식민지) 지식 청년으로서의 자의식에 초점을 맞추어 두 요소의 분열상에 초점을 맞추든,11) 현실 인식과 근대적 개인의 각성이 공존한다고 보는 입장이 있다. 이에 더하여 세 가지 경향의 양쪽 끝에 다소 극단적인 견해들이 자리 잡고 있다. 곧 Ⓐ 식민지성의 인식을 통해 이인화가 식민지 근대성의 본질을 간취하게 되었다고 보기도 하고,12) Ⓔ 식민지 현실의 반영이라고 말해진 것들은 삽화에 불과하고 근대의 인간 본성 등을 파악한 작품이라 하기도 한다.13)

---

10) 유병석,『廉想涉 前半期 小說 硏究』(아세아문화사, 1985), 이선영,「시각상의 진보성과 회고성」(1986)(『리얼리즘을 넘어서-한국문학 연구의 새 지평』, 민음사, 1995), 김양선,「염상섭의 '만세전' 연구」(『1930년대 소설과 근대성의 지형학』, 소명출판, 2003), 최원식,「식민지 지식인의 발견 여행」(1987)(『한국 근대문학을 찾아서』, 인하대 출판부, 1999), 홍경표,『韓國近代小說作家意識硏究』(형설출판사, 1989), 김종균,「廉想涉의 '萬歲前-自傳的 省察의 樣相」(이재선 · 조동일 편,『한국 현대소설 작품론』, 문장, 1996), 김병구,「염상섭 소설의 탈식민성-'만세전'과 '삼대'를 중심으로」(한국현대소설학회,『현대소설 연구』18, 2003) 등이 이에 해당한다.

11) 조연현,『韓國 現代文學史-第一部』(현대문학사, 1956), 김우창,「韓國 現代小說의 形成」(『궁핍한 시대의 詩人-現代文學과 社會에 관한 에세이』, 민음사, 1977), 구인환,「小說의 空間性과 時間性-'萬歲前'을 中心으로」(한국비교문학회,『비교문학』, 1978), 김중하,「廉想涉 文學의 社會的 意味-現實認識의 變化를 中心으로」(김열규 · 신동욱 편,『廉想涉 硏究』, 새문사, 1982), 조남현,「廉想涉 小說 試論」(『韓國 現代小說 硏究』, 민음사, 1987), 나병철,「염상섭의 민족의식과 타자성의 경험」(『근대서사와 탈식민주의』, 문예출판사, 2001), 나병철,「한국문학의 근대성과 탈근대성』(문예출판사, 1996), 이현식,「식민지적 근대성과 민족문학-일제하 장편소설」(문학과사상연구회,『염상섭 문학의 재인식』, 깊은샘, 1998), 박상준,「지속과 변화의 변증법」(1997)(『1920년대 문학과 염상섭』, 역락, 2000), 박상준,「환멸에서 풍속으로 이르는 길-'만세전'을 전후로 한 염상섭 소설의 변모 양상 논고」(민족문학사학회,『민족문학사연구』24, 2004), 김종욱,『한국 소설의 시간과 공간』(태학사, 2000), 이보영,「한국 지식인 소설의 출발점-'만세전'」(『염상섭 문학론』, 금문서적, 2003), 김명인,「비극적 자아의 형성과 소멸, 그 이후」(민족문학사학회,『민족문학사연구』28, 2005) 등이 이에 해당한다.

12) 하정일,「보편주의의 극복과 '복수'의 근대」(1998)(『20세기 한국문학과 근대성의 변증법』, 소명출판, 2000), 하정일,「염상섭 혹은 탈식민문학의 세계성」(『실천문학』, 2002.5)이 대표적인 예가 된다.

13) 김윤식,「廉想涉의 小說構造」(김윤식 편,『廉想涉』, 문학과지성사, 1977)이 대표적인 예이다. 이 작품의 초점이 현실 인식에 놓인 것은 아니라고 본다는 점에서는 박상준,「1920년대 초기 소설 연구」(서울대 석사학위, 1993), 박상준,『한국 근대문학의 형성과 신경향파』(소명출판, 2000), 장수익,「염상섭 초기 소설과 계몽주의」(『한국 근대소설사의 탐색』, 월인, 1999),

Ⓐ에서 Ⓔ에 이르는 편폭은 대단히 넓다. 포괄적으로 말하자면 리얼리즘·민족문학론(Ⓐ, Ⓑ)과 근대성론(Ⓓ, Ⓔ)이라 할 수 있겠지만, 양쪽 끝의 논의(Ⓐ, Ⓔ)를 맞세워 두면 동일한 작품을 대상으로 한 것이라고 보기 어려울 정도가 된다. 이 점에 주목할 때 「만세전」에 대한 최근의 연구는 두 경향의 대립 양상을 보이게까지 되었다고도 할 수 있다.

「만세전」의 현실 인식적 측면은 연구사 전반에 걸쳐 지속적으로 강조되어 왔다. 식민지 현실에 대한 인식의 수준과 그와 관련된 주인공의 변화 정도에 대한 해석에서는 유의미한 차이를 보여도, 이 소설의 초점이 식민지 조선의 현실을 반영해 내는 데 있다는 점에 대해서는 대체적인 합의가 이루어졌다고 할 수 있을 정도였다. 그러던 것이 1980년대 후반 이래로 이인화의 근대적 개인으로서의 면모나 근대사회의 속성 등에 주목하는 새로운 해석 경향이 생겨나게 되었다. 통칭 근대성론이라 할 수 있는 이 갈래가 이제 「만세전」을 해석하는 자기 관성을 획득하여 현실 인식을 강조하는 리얼리즘·민족문학적 논의와 맞서게까지 된 것이다.

리얼리즘론과 근대성론의 대립이 이렇게 이루어진 것인데, 후자의 선편에 해당하는 김윤식의 논의가 선명한 대립각을 내세우며 주장되기는 했지만,[14] 사실 근대성론이 현실 인식을 강조하는 리얼리즘·민족문학

손정수, 『텍스트의 경계』(태학사, 2002), 서재길, 「만세전」의 탈식민주의적 읽기를 위한 시론」(사에구사 도시카쓰 외, 『한국 근대문학과 일본』, 소명출판, 2003) 등도 이 부류에 속한다.
14) 1977년의 글에서 김윤식은 '식민지적 현실을 가장 잘 반영한 것이 아닌가' 하는 "일련의 물음은 우리의 관점에 의하면, 이 작품의 가장 졸렬한 부분이라고 답할 수 있다"(김윤식, 「廉想涉의 小說 構造」, 김윤식 편, 『廉想涉』, 문학과지성사, 48면)고까지 주장한다. 반영론을 비판하며 구조사회학을 통해 '작품 전체의 구조적 특성'에 주목한 이 글은 「만세전」의 주된 특징으로 '線的 긴장'을 강조하고 있을 뿐이어서, 이 자체로 근대성론에 해당한다고 보기는 곤란하다. 다만 리얼리즘적인 「만세전」 이해에 반대의 기치를 선명히 했다는 의의를 갖고 있으며 이어지는 연구 성과들에 비추어 이 맥락에서 언급할 만하다 할 것이다.

론과 배치될 이유는 없다고 할 수 있다. 1990년대 이후 국문학계에서 본격적으로 모색된 근대성론은 그것이 제기된 문제의식상에서든 그 이론 자체의 내용에 있어서든 리얼리즘론과 배치될 까닭이 없는 것이다.[15]

그럼에도 불구하고 이 두 경향이 「만세전」을 연구하는 데 있어서 서로를 배척하다시피 하며 맞서 있는 것이 엄연한 현실이다. 왜 이러한 문제가 생겼는가를 따져보는 것은 「만세전」 연구를 진일보시키는 데 있어서 긴요하고, 더 나아가 한국 근대문학 연구 방법론상의 문제를 점검해 보는 데도 의미 있는 작업이 된다.

이러한 대립의 바탕에는 일차적으로 작품에 대한 '실증적인 분석에 있어서의 차이'가 깔려 있다. 그리고 상이한 검토 내용을 근거로 하여 내려지는 역시 상이한 평가를 핵으로 하는 '이론 구성의 욕망들 사이의 차이'가 이 대립의 궁극적인 원인으로 작용하고 있다. 따라서 이 대립은 작품을 달리 보고 그 결과로 평가를 달리 내리는 데 그치지 않는다. 「만세전」에 대한 평가의 구체적인 내용이 '근대문학의 진정한 출발'이라거나 '리얼리즘 혹은 민족문학의 주요한 이정표'라는 식으로 제시되는 것까지 고려하면,[16] 앞서 말한 이론 구성의 욕망이, 한국 근대소설사 전체를 어떻게

---

15) 진정석이 요령을 짚어 정리했듯, 근대성론은 '리얼리즘과 모더니즘의 양분법과 같은 거시적인 틀'이 규범적인 원리로 인지되면서 그 극복을 위하여 제기된 것이라 할 수 있다(진정석, 「염상섭의 소설시학을 위하여-최근의 연구 성과에 대한 검토를 중심으로」, 문학사와비평연구회, 『한국 현대문학의 근대성 탐구』, 새미, 2000, 10면).

　사실 문제는 근대성론의 제기 자체가 아니라, 그 전개 과정에서 '사회·역사적 근대성'을 소홀히 하고 '미학적 근대성'이나 '근대적 개인 주체'에만 주목하는 새로운 편향에 있다 할 것이다. 전자에 강조점을 두는 하정일·이현식과 후자에 집중하는 장수익·서영채 사이의 거리가 더 높은 지평에서 융합되어야 할 '근대성론의 불행한 분열'을 잘 보여 준다.

16) 갈래는 달라도 한형구, 「한국 근대소설의 진정한 출발, 그 근대성의 기념비적 성격-염상섭의 '萬歲前'論」(정호웅 외, 『장편소설로 보는 새로운 민족문학사』, 열음사, 1993), 정호웅, 「만세전」, 한국 근대소설의 기점(『우리 소설이 걸어온 길』, 솔, 1994), 하정일, 「후기 자본주의와 근대소설의 운명」(1995)(『20세기 한국문학과 근대성의 변증법』, 소명출판, 2000) 모두 이 점

파악할 것인가 하는 문제에 직접 닿아 있기 때문이다.

결국 이상의 대립은 「만세전」이라는 한 편의 작품에 대한 해석과 평가
의 차원에서부터 한국 근대소설사를 어떻게 구성하고 그 의의를 어떻게
마련해낼 것인가 하는 국문학 연구의 최종적인 차원에까지 걸쳐 있는 것
이다. 사정이 이러하기에 「만세전」을 둘러싼 논의들을 검토하면서, 한국
근대소설 연구의 동향과 그에 내재해서 그것을 이끄는 욕망을 살피고 그
문제와 한계를 짚어보는 것이 요청된다.[17]

4. 연구 성과들의 분열상을 낳는 문제와 한계

앞서 말한 연구사적 과제에 생산적으로 기여할 만한 요소로, 「만세전」
에 대한 연구 성과들이 분열상을 보이는 현상에서 본고가 주목하는 문제
와 한계는 다음 두 가지이다.

첫째는 작품을 대하는 데 있어서 그 전체를 고려하지 않는 문제이다.
연구자의 관심사에 맞춰 작품의 요소들을 취사선택하는 경향이 매우 심
하다. 정신사나 문학사, 작가론 등 계열체의 맥락이 중시되는 경우라 해
도 문제가 없지 않은데, 개별 작품론의 경우에서도 작품의 전체적인 면모
를 중시하지 않는 경향을 적지 않게 볼 수 있는 것이 현실이다. 작품보다
논문의 입론이 우선적이어서 논의 구성에 적절한 것은 취하고 그렇지 않

을 힘주어 강조하고 있다.
17) 앞서 살핀 대립 양상을 지양하는 데 이 작업의 필요성이 있으며, 이러한 작업이 초석이 되어
   소설 연구의 방법론에 대한 실질적인 논의가 탄력을 얻을 경우, 한국문학 연구 방법론의 모색
   이라는 연구사적 과제에 의미 있는 진전을 이룰 수 있으리라는 데에 그 의의가 있다.

은 요소는 일부러 배제하거나 왜곡하기까지 하는 경우를 보면, 문학 연구라기보다 '자율적인 성격을 갖는 예술로서의 비평' 혹은 그러한 이름으로 자신의 문학관을 펼치는 이데올로기적인 담론 실천에 가깝다 할 수 있고, 심할 경우에는 일반 독자의 키치적인 작품 이해[18]와 별다를 바가 없다고까지 할 수 있다.

이러한 지적은 사실 대상을 거론할 경우 연구자 사회에서 너무 심한 것이 되고, 원리적으로 볼 때도 형식주의적인 한계에 갇히기 십상인 것이어서 말하기 매우 어려운 것이지만, 딱히 「만세전」이 아니라 하더라도 작품론에 해당하는 국문학 논문들 중 이러한 혐의를 벗기 어려운 경우가 없지 않은 것이 엄연한 현실임을 생각하면, 한 번쯤 진지한 성찰의 대상이 되어야 할 듯싶다.

둘째는 연구사의 동향에 대한 검토나 자기 논의와 상반되는 연구 성과들에 대한 비판 혹은 문제 제기에 소홀한 문제 및 한계이다. 연구사 검토와 그에 근거한 문제 제기가 부실하게 되는 것은 연구의 학문적 성격을 취약하게 하는 것이라는 점에서 매우 중요한 문제이다. 기존 연구들에 대한 검토는 학위논문의 1장을 장식하는 한낱 형식적인 절차에 불과한 것이 아니라 학(science)으로서의 문학 연구가 자신의 과학성을 구축하는 데 있어서 어느 경우든 생략할 수 없는 요소에 해당한다. 이론적 실천으로서의 학적 연구란, 과학이라는 장에서 '기존의 이론들을 대상으로 하거나 염두에 두고서' 수행되는 것인 까닭이다.[19]

---

18) 문화수용 양상으로서 키치(Kitsch)는, 작품의 온전한 이해보다 감상자의 욕망 충족을 우선시하는 방식을 가리킨다. 칼리니스쿠, 이영욱 외역, 『모더니티의 다섯 얼굴』, 시각과언어, 1993, 293~294면.
19) 알뛰세르는 '이론 생산'의 구조를 밝히면서 '일반성 I'로 기존의 과학적 성과(연구)들을 설정

여타 연구 성과들에 대한 비판이나 문제 제기에 소홀한 관행 혹은 연구자들의 한계 역시 공론의 대상으로 올릴 만한 문제이다. 연구 성과들이 서로 대립되다시피 갈라진 「만세전」 연구의 경우 그 필요성이 더욱 긴절하다고 할 수 있지만, 원칙적으로 이 문제 또한 한국문학 연구 일반의 학적 성격을 강화하는 데 있어서 한 번쯤은 진지하게 따져볼 사안에 해당한다.

객관적인 실험 자료나 연구 결과의 실제적 응용이라는 사실 차원의 검증 요소를 갖지 않는 인문과학에 있어서, 논문을 통한 연구자들의 상호소통은 원칙적으로 필요한 것이라고 할 수 있다. 그러나 유감스럽게도 국문학계의 풍토는 상호비판적인 의사소통에 대단히 취약한 면모를 보이고 있다. 이는, 국문학 연구자 사회가 갖는 권위주의적인 면모가 과학 연구자 집단들 일반이 갖게 마련인 공통된 기초들20)의 통약불가능성을 더욱 강화하기 때문일 수도 있고, 198,90년대의 학술운동을 겪은 연구자들이 암암리에 갖고 있던 자연과학적 학문·이론관 때문에 그들간의 이론적 상호 교류가 극단적인 생존투쟁의 지경까지 치달았던 역사적 경험 때문일 수도 있다.21)

이유를 정확히 파악해야 문제 해결의 방향도 제대로 모색할 수 있는 것이겠지만 그보다도 우선적인 것은, 비판과 문제 제기에 소홀한 부정적인 관행이 지나쳐서, 연구사 검토가 갖는 이론적 의미가 몰각됨과 동시에 선행 연구 성과들에 대한 검토 자체가 매우 부실해지는 지경에 이르렀다는 사실이다. 「만세전」을 둘러싼 양극화된 논의들이 통약불가능한 상황에까

하고 있다(Althusser, trans. by B. Brewster, *For Marx*, NLB, 1977, pp.183~185).

20) 토마스 S. 쿤, 조형 역,『과학학명의 구조』, 이화여대 출판부, 1980, 209면.

21) 이에 대해서는 박상준,「한국문학 연구의 상호소통을 위하여」,『소설의 숲에서 문학을 생각하다』, 소명출판, 2003, 23면 참조.

지 이르게 된 데는 이러한 문제가 분명 주요한 원인으로 작용하고 있다.

작품을 대하는 데 있어서 전체를 충실히 고려하지 않고, 선행 연구 성과들이나 여타 연구자들과의 이론적인 긴장 관계를 맺는 데 소홀히 하는 이 두 가지 문제는, 국문학 연구를 '(이데올로기적인 실천 혹은 예술의 한 분야로서의) 비평' 쪽으로 끌어가는 현상으로 드러나고 있다. 연구논문과 비평의 경계가 흐려지면서 국문학 연구의 이론적 성격이 약화되고 이데올로기적인 색채가 짙어지는 것이다.

앞서도 언급했듯이 사실 이러한 문제는 특정 연구자나 연구 성과를 짚어가면서 제기하고 논의할 만한 성질의 것이 못 된다. 연구자 사회의 맥락 때문이 아니라, 그런 식으로 사례화하고 각론화한다고 해서 해결을 기대할 수 있는 문제가 아니기 때문이다. '국문학 연구의 학적 성격'으로 범주화하거나 '연구의 비평화'로 문제화하여 학계의 공적 논의 대상으로 삼는 것이 여러 모로 적절한 방식이 될 것이다.

5. 향후 「만세전」 연구에서 주목되는 문제들

지금까지 제기한 문제와 한계를 넘어서고자 할 때, 「만세전」에서 주목할 만한 세부 쟁점들을 생각해 볼 필요가 있다. 연구 성과의 분열상을 낳는 것이 연구 풍토 문제나 연구자들의 잘못된 자세에 국한되는 것은 아니기 때문이다. 그것은 여건에 해당되는 것이어서 이론의 문제를 직접 풀어줄 수는 없다. 「만세전」에 대한 향후 연구들이 작품의 전체상을 고려하는 한편 연구사의 동향에 대한 검토와 이론적인 상호소통에 주의를 기울일 경우, 현재의 연구 상태를 확장하고 그 수준을 높일 만한 지점은 다음 다섯 가지로 보인다.

첫째로, 논의를 구성하는 데 있어서 「만세전」의 발표 시점을 어떻게 잡아야 하는가이다. 현재 상황을 보면 대부분의 연구들이 「묘지」가 『신생활』지에 연재되다 중단된 1922년을 상정하고 논의를 진행해 왔다.[22] 이에 대해 1924년으로 시기를 명확히 획정하고 입론을 전개한 경우는 소수에 해당한다.[23] 문학사적 구도를 염두에 둔 연구의 경우 1920년대 초기 소설계의 상황을 고려하면 2년의 시차를 무시할 수 없음은 당연한 일이다. 이보다 더 중요한 것은, 시점을 어떻게 잡는가에 따라 초기 3부작이나 「E선생」, 「해바라기」 등과 「만세전」의 관계를 달리 볼 수밖에 없게 되고, 그 결과로 1920년대 중기의 '변모된' 소설 세계로 나아가는 메커니즘의 규명에서도 차이를 보일 수밖에 없다는 점이다.[24] 따라서 이 문제

---

22) 연도를 명시하지 않은 경우라 하더라도 '초기 3부작 → 「만세전」 → 「E선생」'의 구도를 보이는 연구들은 모두 이에 해당한다.

23) 이재선, 「日帝의 檢閱과 '萬歲前'의 改作」(『韓國文學의 解釋』, 새문사, 1981)과 하정일, 「보편주의의 극복과 '복수'의 근대」(1998)(『20세기 한국문학과 근대성의 변증법』, 소명출판, 2000), 손정수, 『텍스트의 경계』(태학사, 2002)가 그러하다.

24) 필자의 경우 1993년(박상준, 「1920년대 초기 소설 연구」, 서울대 석사학위, 1993; 『한국 근대문학의 형성과 신경향파』, 소명출판, 2000에 재수록), 1997년(박상준, 「지속과 변화의 변증법」, 『관악어문연구』, 서울대 국문과, 1997; 『1920년대 문학과 염상섭』, 역락, 2000에 재수록)의 글에서는 초기 3부작과 「만세전」의 친연성을 강조했고, 2004년의 글에서는 "1920년대 초기 염상섭 소설의 전개 과정을 '초기 삼부작―「萬歲前」―「E선생」 이하'로 보겠다"고 명기하기까지 했다(박상준, 「환멸에서 풍속으로 이르는 길―「만세전」을 전후로 한 염상섭 소설의 변모 양상 논고」, 민족문학사학회, 『민족문학사연구』 24, 2004, 319면). 「묘지」와 「만세전」의 차이를 강조하는 손정수의 논의를 검토하면서도 두 작품이 '유의미한 차이'를 보이지는 않는다는 판단을 내세워 그렇게 했는데, 본고의 시점에서 이를 바로잡고자 한다. '「묘지」 / 「만세전」 → 「E선생」'으로 보는 방식이 의미를 가질 수 있는 연구의 층위들을 부정하는 것은 아니지만 작품사·소설사의 맥락에서는 1924년으로 산정하는 것이 적절하다는 판단에서이다. 2004년의 글을 두고 김명인이 「해바라기」를 다루지 않은 것은 의외라고 했는데(김명인, 「비극적 자아의 형성과 소멸, 그 이후」, 민족문학사학회, 『민족문학사연구』 28, 2005, 298면), 지금 생각하면, 「만세전」의 시기를 잘못 잡은 부적절한 구도 설정 때문에 누락하게 된 것은 아닌가 싶다.

는 1920년대 염상섭 소설 세계의 변모 양상을 적절히 구명하기 위해 합의가 필요한 사항이라 하겠다.

둘째로, 그다지 주목되지는 않은 편이지만 「만세전」이 보이는 '자민족 비하'의 내용 요소들을 어떻게 볼 것인가도 연구 지평의 발전적 확장이라는 점에서 의미 있는 항목이 된다. 일찍이 조연현이 "自民族에 對한 同情 없는 批判과 弱點의 노출"을 지적했지만,[25] 현실 인식의 성과를 강조해 온 연구사의 경향이 우세해지는 속에서 이런 요소들은 논의 지평에서 배제되어 왔다. 자연스럽게도 반대 경향의 연구에서 지적되기 시작하였는데,[26] 이들 입론을 전체적으로 받아들일 만한가와는 별개로 그 세부 논의는 주목할 점이 크다.

개인의 기질이나 문화적 차이에 불과한 것을 수치로 여기는 이인화의 인식 구조를 통해 '비역사적인 민족성 담론이 식민주의 담론으로 전화하는 것'을 지적하거나,[27] 이인화에게서 '계몽 이성'과 '해체된 공동체'라는 이중적인 관점을 찾고 전자의 '자아주의'가 무지하고 비합리적인 조선인을 비판하는 근거로 작용하는 한편 그의 이질적이고 타자적인 위상이 민족을 발견하게 한다는 논의[28] 등은, 탈식민주의적인 연구 시각을 적용하여 이러한 내용 요소를 놓치지 않고 「만세전」의 연구 지평을 넓혔다는 점

---

25) 조연현, 『韓國 現代文學史―第一部』, 현대문학사, 1956, 392면.
26) 장수익의 경우 이런 요소를 지적하면서 이광수의 「민족개조론」과 비교하기도 하였다(장수익, 「염상섭 초기 소설과 계몽주의」, 『한국 근대소설사의 탐색』, 월인, 1999, 150~152면).
27) 서재길, 「「만세전」의 탈식민주의적 읽기를 위한 시론」, 사에구사 도시카쓰 외, 『한국 근대문학과 일본』, 소명출판, 2003, 4절 참조. 이와 관련하여 김병구도 "이인화의 시선에 포착된 조선인들의 이러한 표상은 일본 제국주의자들이 식민지 지배의 정당화를 위해 인종적 편견에 따라 고안한 조선인의 이미지와 중첩되고 있음은 물론이다"라 지적하고 있다(김병구, 「염상섭 소설의 탈식민성―'만세전'과 '삼대'를 중심으로」, 한국현대소설학회, 『현대소설 연구』 18, 2003, 182면).
28) 나병철, 「염상섭의 민족 인식과 타자성의 경험」, 『근대서사와 탈식민주의』, 문예출판사, 2001, 299~303면.

에서 고무적이다. 탈식민주의적인 연구가 의미 있는 성과를 계속 낳기 위해서는, 식민주의 및 탈식민주의적인 인식을 등장인물, 주인공, 서술자, 작가의 층위로 세심하게 나누어 고찰하면서 연구사의 지평에 융합시키는 일이 요청된다.

셋째는 「만세전」의 현실 인식과 염상섭의 의식을 평가하는 문제와 관련되는 것으로서, 3·1운동 전후의 현실을 어떻게 볼 것인가 하는 문제이다. 「만세전」이 3·1운동에 이르는 1910년대 사회의 역학을 인식하는 데 실패했다고 보는 것이 조연현 이후 기존 논의의 상당수를 차지하고, 이에 대해 소수의 반론이 제기되어 있는 상황이다.29)

3·1운동 전후의 현실에 대한 연구자들의 평가는 「만세전」의 현실 인식 수준을 가늠하는 데 중요한 요인일 뿐만 아니라, 「만세전」 및 191,20년대 나아가 식민지시대 문학 일반을 해석하고 문학사의 구도를 짜는 데 있어서도 의미 있는 요소가 된다.30) 따라서 염상섭과 그 주변의 작가들, 그리고 그들이 속한 계층, 지주나 농민 등 그 외의 계층에 있어서 3·1운동이 갖는 의미가 치밀하게 조명될 필요가 있다.31)

---

29) 최원식의 경우 「만세전」이 "3·1운동이 왜 폭발할 수밖에 없었는가를 절실하게 묘파한 가장 뛰어난 문학적 보고"라고 한껏 고평한 바 있다(최원식, 「식민지 지식인의 발견 여행」, 『한국 근대문학을 찾아서』, 인하대 출판부, 1999, 206면). 이에는 동의하기 어렵지만, 폭넓은 의미에서 현실 인식의 한계를 지적하는 논의들 일반이 암암리에 전제하고 있는 바 '3·1운동은 실패한 운동'이라는 인식에 대해 정면으로 문제를 제기한 김명인의 인식(김명인, 「비극적 자아의 형성과 소멸, 그 이후」, 민족문학사학회, 『민족문학사연구』 28, 2005, 290면)은 향후 「만세전」 연구가 논리적으로 끌어안아야 할 사항이라 생각된다.
30) 이는, 우리 근대문학사를 평가하는 데 있어서 '처음으로 근대적 시민의식다운 시민의식을 갖게 된' 3·1운동의 역사적 의의를 고려해야 한다는 백낙청의 문제 제기에 닿는 것이다. 그의 제안에 담긴 정당성이 제대로 다루어진 적이 없다는 점과, 연구 지평의 공분모로서 현실 역사가 유용하게 기능하리라는 점에서, 새삼 참조할 만한 사안이라 생각된다. 백낙청, 「市民文學論」(1969), 『민족문학과 세계문학』 I, 창작과비평사, 1978, 44~47면.
31) 필자는 1993년 논문에서 토지조사사업과 3·1운동에 걸치는 역사의 전개가 지주, 부르주아, 농민 등 일반 민중, 작가들에게서 갖는 의미를 변별적으로 살펴, 지주와 부르주아가 일정한 소

넷째로, 한국 근대문학의 특성·본질과 관련하여 「만세전」의 문학사적 의의를 넓은 의미의 근대성에서 찾고 있는 논의들 상호간의 지양이 중요한 과제라고 할 수 있다. 김윤식, 한형구, 정호웅의 논의들이 한편을 차지하고 있으며 그 반대편에 하정일, 이현식의 논의가 있다. 이들과 조금 떨어진 자리에서 서영채 또한 자기 고유의 입론을 펼쳐 보이고 있는 것이 현재 상황이다.

김윤식의 『염상섭 연구』는 '증기기관'으로 상징되는 생산력의 발전에 근거하여 형성된 근대사회와 그 속의 삶의 특징을 포괄적으로 조명하는 데 제일 확실한 것이 「만세전」이라고 하여 근대사회 일반론에 가까운 근대성론의 면모를 보인다.[32] 이러한 논의는 「만세전」을 포함한 염상섭 소설 연구의 지평을 넓히고 총체적 이해를 증진시킨 의의를 갖고 있지만,[33] 사실 발흥기 부르주아 계급의 진보적 이념에만 해당되는 것이어서 「만세전」뿐 아니라 우리 식민지 근대문학의 개별 작품들을 검토하는 데는 너무 큰 틀이라는 문제가 있다 하겠다.[34] 이와는 반대편에서 하정일은 「만

득을 얻은 반면 농민 등 하층계급은 3·1운동을 무장투쟁으로 이끌어나갈 수밖에 없게끔 수탈을 당했으며, 이러한 상황에서 이 시기 작가들이 사회로부터의 도망자의 면모를 선택했다고 본 바 있다(박상준, 『한국 근대문학의 형성과 신경향파』, 소명출판, 2000, 29~34면). 염상섭을 포함한 작가들의 의식과 이 시기 문학장의 상태를 현실 상황 및 제 세력과 관련하여 정확히 따져 보기 위해서는, 역사학계의 최근 성과를 참조하여 3·1운동 전후의 현실에 대한 이해의 공분모를 마련해 나아가는 작업이 필요하다.

32) 김윤식, 『염상섭 연구』, 서울대 출판부, 1987, 208~209면. 이 저작을 두고 김윤식 자신은 '제도적 장치로서의 근대'와 현실의 괴리에서 생겨난 초기 3부작 이후의 작품 세계를 구명하기 위해, 헤겔·루카치와 푸코 사이에서 중산층 보수주의라는 계층적 세계관에 주목했다고 하지만(김윤식, 「염상섭 연구'가 서 있는 자리」, 문학사와비평연구회, 『염상섭 문학의 재조명—염상섭 선생 탄생 100주년 기념 논문집』, 새미, 1998, 30~34면), 본고가 보기에 「만세전」을 다루는 『염상섭 연구』의 핵심은 위에 말한 근대성론에 있다고 할 수 있다.

33) 양문규, 「근대성·리얼리즘, 민족문학적 연구로의 도정」, 문학과사상연구회, 『염상섭 문학의 재인식』, 깊은샘, 1998, 216면.

34) 김윤식의 이 연구에 대해서는 이 외에도, '근대 민족문학적 의미'를 간과했다는 지적과(양문규, 앞의 글, 218면), '주체의 계기에 소홀'했다는 문제제기가 제출된 바 있다(진정석, 「염상섭의 소

세전」이 '엄격한 의미에서 근대소설의 출발을 이루는 작품'이라 하고[35] 그 근거로 이인화가 자기 성찰적으로 발전하여 현실을 달리 보게 되는 주객변증법적 경험을 통해 조선 현실의 총체를 깨닫게 된다는 설명을 제시하고 있다(125~127면).[36] 이들 중간에서 한형구는 고백체 문체와 여로 형식, 식민지 현실 비판, 주체적 자립 사상을 들어 「만세전」이 '근대성을 체현한 한국 근대소설의 진정한 출발'이라고 주장한 바 있으며,[37] 정호웅은 인물 설정과 시간성, 공간성의 측면에서 이전 작품들이 비근대적인 이유를 밝힌 뒤에 「만세전」이야말로 근대소설의 기점이라고 주장하였다.[38] 한편 서영채는 염상섭이 「만세전」에 이르러 '보편적인 근대성의 산물이라 할 장인 의식'을 띠고 '리얼리즘의 자리'를 차지하여 근대 '사회 현실 속

설 시학을 위하여」, 문학사와비평연구회, 『한국 현대문학의 근대성 탐구』, 새미, 2000, 11면).

35) 하정일, 「후기 자본주의와 근대소설의 운명」(1995), 『20세기 한국문학과 근대성의 변증법』, 소명출판, 2000, 124면.

36) 하정일의 이러한 논의는 「보편주의의 극복과 '복수'의 근대」(문학과사상연구회, 『염상섭 문학의 재인식』, 깊은샘, 1998)에 와서는 더욱 진전되어, 「만세전」이 식민지성의 성찰을 통해 식민지 근대화의 본질이 경제적 수탈과 독점에 있음을 끈질기게 파헤치고 근대를 '조선적 특수성' 속에서 이해하게 되어, '복수의 근대'의 지평으로까지, '계몽 이념의 새로운 길의 모색'에까지 나아가게 되었다고 평가한다(55~63면). 그의 주장은 더 나아가서 염상섭 소설문학 전체에 있어서 「만세전」이 가장 훌륭한 작품이라는 판단에까지 이른다(69~74면). 이상 정리한 결론적인 주장들은, 작품의 구체적인 분석에 근거하기보다는 해당 시기 염상섭의 평론이나 그의 개인사적 이력에 대한 참조와, 개제(改題)의 의도나 재일 유학생의 이중 심리 등에 대한 추론에 근거하고 있어 논리적인 설득력을 갖기 어렵다고 보인다.
「만세전」 연구 동향에서 보면 한쪽 극을 이루는 것이지만, 하정일의 이러한 결론적인 주장은 탈식민주의를 통해 근대문학사를 재구성하려는 자신의 연구들 속에서 반복되고 있다. 「만세전」을 루쉰의 「광인일기」, 「아Q정전」과 소세키의 『마음』 등과 비교하는 글에서는, 그들의 두 편향과 달리 「만세전」에서는 '개인적인 것과 사회적인 것' 곧 내면과 사회성이 "간단없이 상호작용하면서 식민지적 근대의 극복 가능성에 대한 모색이라는 하나의 서사로 통합"(410면)되고, "식민지라는 사회성이 내면의 외부인 동시에 내부"(411면)가 된다고 주장하는 데까지 이른다(하정일, 「염상섭 혹은 탈식민문학의 세계성」, 『실천문학』, 2002.5). 스케일이 커지고 표현은 정교해졌지만 작품에 대한 분석은 생략될 만큼, 그의 논의는 앞 글의 수준에서 그쳐 있다.

37) 한형구, 「한국 근대소설의 진정한 출발, 그 근대성의 기념비적 성격―염상섭의 『萬歲前』論」, 정호웅 외, 『장편소설로 보는 새로운 민족문학사』, 열음사, 1993.

38) 정호웅, 「만세전」, 한국 근대소설의 기점」, 『우리 소설이 걸어온 길』, 솔, 1994.

의 냉소주의'를 포착할 수 있었다고 한다. '내면의 기술'과 더불어 이러한 특징을 근대소설의 본령으로 주장하여 「만세전」의 근대소설사적 위상을 밝히고 있는 셈이다.39)

이들 5인의 주장은 각 연구자의 입장과 관심사의 차이에도 불구하고, 보편적 지지를 얻지 못하는 상태로 나름의 거대담론을 꾸린다는 점에서 공통점을 보인다. '바로 이 작품'으로서의 「만세전」의 특징을 적절히 규명하면서 이 소설을 일분자로 하는 한국 근대문학 일반의 흐름을 '분절과 변화를 포괄하면서 일관된 논리로 밝히는 설명력'을 입증하지 못하는 한 이러한 논의들은 사실 공소한 주장을 면키 어려운 것이다.

해서, 적어도 이들 논의 서로간에 보이는 「만세전」에 대한 해석 및 그에 구사되는 개념 및 용어의 차이를 지양하는 노력이라도 시급하게 요청된다고 하겠다. 이로부터 시작하여 「만세전」의 근대소설적 특성에 대한 이해가 상호적이 된다면, 한국 근대소설의 본질과 그 역사에 대한 탐구 또한 (가능하지는 않겠지만 단일한 상에 이르든, 예상할 수 있는 대로 다기한 양태를 유지하더라도 서로간의 이동점에 대한 인식을 공유한다는 점에서) 생산적으로 발전할 수 있을 것이다.

이상에 덧붙여서 「만세전」의 문체를 두고 보인 논의들의 생산적인 지양도 필요하다고 하겠다.40)

---

39) 서영채, 『사랑의 문법』, 민음사, 2004, 169~175면.
40) 김윤식, 유병석, 한형구 등이 「만세전」을 두고 '고백체'를 지적한 데 대해 손정수가 의미 있는 교정을 가한 바 있다(손정수, 『텍스트의 경계』, 태학사, 2002, 96 · 110~111면). '현실의 복합성에 대한 문체적 대응'의 양상을 살핀 김양선이나(김양선, 「염상섭의 '만세전' 연구」, 『1930년대 소설과 근대성의 지향학』, 소명출판, 2003, 281~283면), 「묘지」를 대상으로 하여 '들고 남'의 서술 구조의 기능에 주목하여 인물의 행위와 작품의 구조를 분석하고 '나'의 관찰의 주객체로의 분화 및 서술자의 분화 현상 등을 정치하게 검토하는 최태원(최태원, 「'묘지'와 '만세전'의 거리―'묘지'와 '신석현(新潟縣) 사건'을 중심으로」, 『한국학보』 103, 2001, 2 · 4절)의 경우도

6. '분화 경향'의 극복 — 한국 근대문학 연구의 과제

앞서 제시한 다섯 가지 쟁점은 「만세전」 연구계의 이론적 지형을 고려할 때 뚫고 나아가야 할 문제 지점이자 돌파구라 할 수 있다. 그러나 「만세전」 연구가 안고 있는 문제들을 해결하는 데 있어 이것만으로는 충분하지 못하다. 본고 역시 지녀왔던 입장이 있기에 생산적인 쟁점을 제대로 제출하지 못했을 수도 있다는 문제 외에도, 앞에 열거한 쟁점들 자체가 기존의 논의 지평에 갇혀 있는 것이라는 근본적인 문제가 있는 까닭이다. 따라서 문제의 궁극적인 해결을 꾀하기 위해서는, 기존의 연구 동향 전체와 거리를 띄우고 근본적·발본적인 반성적 시선을 마련해 볼 필요가 있다.

필요성은 제기하였지만 이 자리에서 구체적인 해결 방안을 제시할 수는 없다. 이 작업은 결국 한국문학 연구 일반의 특성에 대한 성찰로 이어지는 문제이기 때문이다. 따라서 향후 논의의 활성화에 조금이나마 기여하고자 하는 의도에서 한 가지 복안, 문제 해결을 향한 시론적인 방향을 제시해 볼 뿐이다. 실제적인 해결이야 연구자들 모두의 향후 연구를 통해서 이루어질 수 있을 뿐이다.

문제 해결 방향을 정하는 첫째 단계는, 「만세전」을 둘러싼 대립적인 해석들 대부분이 빠져 있는 공통의 문제점을 찾는 것이다. 이러할 때 이들 논의가 보이는 '분화 경향'이 눈에 들어온다. 통합적인 시각보다 대상

문체 문제, 나아가 작품의 내적 분석의 맥락에서 참고할 만하다. 「만세전」이 다성성과는 거리가 먼 '독백적 소설'이라는 판단에 동의하기는 어렵지만, 민중과 거리를 둔 이인화의 면모를 문체와 관련하여 해석하는 나병철의 논의도 주목할 만하다(나병철, 『한국문학의 근대성과 탈근대성』, 문예출판사, 1996, 327~328면). 이러한 검토의 바탕에 「만세전」의 언어가 보이는 양상을 두루 정리한 이상억의 논의를 깔아 둘 만하다(이상억, 「'萬歲前'의 言語相 分析」, 권영민 편, 『廉想涉 文學 硏究』 전집 별권, 민음사, 1987).

을 잘게 쪼개고 문제의식을 예각화하면서 대상 작품의 해석과 평가를 사실상 단선적으로 만드는 경향이 모두에게서 보이는 것이다.

리얼리즘 · 민족문학론적인 이해와 근대성론 양자 모두, 각자가 따로 마련하고 있는 고유의 연관성 위에서 「만세전」을 분석하고 평가할 뿐이다. 이러한 상황은 서로 대립하는 이론들이 통상 갖게 마련이고,[41] 보편적인 현상인 만큼 그 해결 및 극복 방안 또한 어렵지 않게 찾아볼 수 있다. 서로 의식하고 소통하는 장을 활성화하면서 상대의 신념체계를 뒤흔들 수 있을 만한 설명력과 설득력을 갖추거나, 둘 모두가 갇혀 있는 문제점을 찾아내고 넘어서는 일이 요청될 뿐이다. 전자에 대해서는 이미 그 문제를 지적하고(4절) 연구자 모두의 향후 실행을 기대하며 논의의 쟁점을 제시해 보았고(5절), 이제 여기에 더하여 '분화 경향'을 지적해 본 것이다.

이러한 분화 경향을 넘어서는 방향 또한 두 가지를 생각해 볼 수 있겠다. 하나는 소설사의 전개 과정을 합리적으로 해명하려는 거시적인 안목을 갖추고 의식하는 일이며,[42] 다른 하나는 작품의 전체적인 면을 존중하는 포괄적인 분석 방법을 지향하는 일이다. 포괄적인 분석 방법은 연구의 비평화 · 학술운동화를 경계하는 한편 그 수행 과정상에서 필연적으로 상대편 입론의 근거들을 고려하게 만들 것이며, 거시적인 안목은 개개 논의들의 생존경쟁을 공정히 해 줄 근거로 작용할 것이다.

시야를 넓혀 좀더 적극적으로 볼 때, 이상 두 가지 방향은, 「만세전」 연구 갈래들이 각기 특징적으로 관련되어 있는 바 한국 근대문학 연구의 자

---

41) 토마스 S. 쿤, 조형 역, 『과학학명의 구조』, 이화여대 출판부, 1980, 187면.
42) 앞 절에서 제시한 세 번째 쟁점 곧 3 · 1운동 전후의 현실을 바라보는 문제는, 이러한 안목 구축의 바탕을 이루는 한 요소가 된다.

장을 형성하는 세 가지 지향성의 학적 성격을 유지·발전시키는 데 있어 갖추어야 할 기본자세이기도 하다.

한국 근대문학 연구의 자장은 「이념 지향성―이론 지향성―실증 정신」을 세 정점으로 하는 삼각형으로 그려 볼 수 있다. 식민지시대 좌파 문학 활동의 한 갈래로 시작되고 1970년대 이래 면면히 이어진 리얼리즘론·민족문학론 계통의 연구 갈래들이 이념 지향성을 잘 보여 준다. 궁극적으로는 한국문학의 이론을 찾고 수립하고자 하는 이론 지향적 연구 또한 근대문학 연구사의 주된 줄기 중 하나이다. 조윤제나 조동일 등이 대표적인 예라 할 것이다. 한편 이들 연구 경향의 근간을 이루면서 연구사의 학적인 면모를 한층 강화해 준 것이 바로 실증 정신이다. 각 양식이나 장르에 대한 기념비적인 연구 성과들이 자신의 지위를 차지한 데는 바로 이 실증 정신이 바탕이 되어 있다.[43]

이 세 가지 지향성은, 그것들이 한국 근대문학 연구의 역사를 이루어왔다는 바로 그 사실 때문만으로도 지양되어야 할 것이지 상호 배제적으로 선택 대상이 되는 것은 아니라 할 수 있다. 그럼에도 불구하고 이들 중 어느 한 가지에 지나치게 정향되는 경우를 어렵지 않게 보게 된다. 본고가 검토하고 있는 「만세전」 연구계 또한 유감스럽게도 이러한 잘못의 적절한 예가 된다. 앞서 지적했듯 '분화 경향'에 맹목이 되면서, 한편으로는 논의 범주가 추상적으로 확장되고 다른 한편으로는 이론들이 보다 정치해지는 만큼 협소한 문제 영역에 갇히게 되어, 위의 세 정점을 아울러야 한

---

43) 개별 장르사를 장식하고 있는 선구적인 업적들 예컨대 김윤식의 『한국 근대 문예비평사 연구』(일지사, 1976)와 이재선의 『한국 현대소설사』(홍성사, 1979), 유민영의 『한국 현대 희곡사』(홍성사, 1982), 김용직의 『한국 근대시사』(학연사, 1986) 등이 이에 해당한다.

다는 정당한 문제의식이 실종되는 경우가 드물지 않게 된 것이다.

이념 지향성에 치우칠 때 문학 연구의 범주를 떠나 문학운동·학술운동으로 나아가게 되는 것은 불문가지의 사실이다. 이들 운동이 어떻다는 것은 아니나, 이론적 실천으로서의 국문학 연구가 그에 휘둘려서는 안 됨도 분명하다. 이데올로기와의 경계를 지키지 못할 때 국문학 연구의 과학성이 손상되는 것은 췌언의 여지가 없다. 이론 지향성이 부정적인 양태를 보이는 경우는 외국 문학이론에 대한 맹목적인 추수 끝에 주관적인 비평으로 넘어가거나 재단비평적인 오류를 범하기 십상이다. 작품에 대한 실증적인 분석이 도외시된 채 외국 문학 이론의 시험적인 적용 사례에 불과하다고 보이는 경우가 없지 않다. 실증적 태도의 강조가 지나쳐서 분석주의의 폐해에 빠지거나,[44] 국문학 연구를 질적으로 고양시킨 정신과학적인 성취[45]를 소홀히 하는 것도 경계해야 할 일이다.

이러한 위험들을 피하고 세 가지 지향성을 지양해 나아가기 위해서는, 다시 강조하지만, '분화 경향'을 의식하고 넘어서는 일이 궁극적으로 요청된다. 이 위에서 연구사의 동향을 의식하며 작품을 전체로서 검토하고 적극적으로 상호 소통해 나아갈 때, 비평과 학술운동으로의 일탈을 막고 국문학 연구의 과학적 정체성을 확고히 할 수 있을 것이다. 염상섭의 「만세

---

44) 인문학의 위기를 검토하는 자리에서 최종덕은 "실증주의라는 인문학의 도구가 인문학의 내용을 점거해 버리는 분석주의의 폐해"를 본말이 전도된 것이라 지적하고 있다(최종덕, 「우리 인문학은 무엇을 질문하는가?」, 전국대학 인문학연구소협의회, 『현대사회 인문학의 위기와 전망』, 민속원, 1998, 108면).

45) 19세기 독일에서 수립된 정신과학은 자연과학적 방법론에 갇혀 역사와 의미를 탐구하는 데 취약했던 인문학의 문제를 극복하며 등장한 것이다(최종욱, 「인문과학 위기에 대한 담론분석을 위한 시론」, 학술단체협의회 편, 『한국 인문사회과학의 현재와 미래』, 푸른숲, 1998, 332~333·340~341면 참조). 국문학 연구의 경우도 김윤식이 선도한 정신사적인 탐구가 실증주의의 한계를 돌파하는 데 큰 역할을 한 것이 사실이다.

전」에 대한 연구는, 이러한 문제와 과제를 명확히 하고 풀어 나아가는 데
시금석이 된다는 점에서도 그 의의가 크다.

제2부
식민지시대 소설의 지평

우연을 통해 본 이인직 신소설의 특징

1. 우연 분석의 필요성과 방법

본고는 한국 근대소설의 형성 및 전개 과정에 있어서 우연의 문제를 검토하는 일련 작업의 둘째로서, 이인직의 소설 세계를 우연을 통해 살펴보고자 한다. 우연 범주를 통해 전대의 영웅소설과 신소설의 관계를 검토한 위에서, 신소설의 우연 구사가 보이는 특징을 분석 정리하는 첫걸음으로 이인직의 소설들을 논하는 것이다. 개별 작품에 대한 연구사의 쟁점들을 염두에 두고는 있지만 우연의 문제와 관련되지 않는 한 따로 논하지는 않았다. 본고의 목적은 어디까지나 이인직의 신소설에 나타난 우연의 양상과 기능을 살펴보는 데 놓인다.

이인직의 문학 세계에 대한 조명은 자료가 허용하는 한에서 폭넓게 이루어져 왔다. 작가에 대한 검토는 사실상 마감된 수준에 이르렀고,[1] 작품 세계에 대한 검토 또한 다양한 방면으로 수행되어 왔다.[2] 그러나 신소설이 전대소설 및 이후의 근대소설과 변별되는 주요 자질에 해당하는 우연의 문제로 이인직의 소설을 검토한 사례는 거의 없는 편이다. 물론 우연에 대한 검토의 부재는 이인직의 경우에만 한정되지 않는다. 신소설의 우연에 대한 진지한 접근이나 한국 근대소설의 형성 및 전개과정에서 우연이 다루어지는 양상에 대한 고려 자체가 거의 없는 것이다.

기존 연구사에서는 이렇게 우연을 주목하지 않아 왔으나, 우연은 생산적인 논의의 지평을 열어줄 수 있는 문제이다. 전근대 서사문학의 우연이 근대소설에 와서 지양되었다는 일반적인 통념과 달리, 소설에서의 우연은 근대소설의 다양한 갈래에 따라 의식적으로 선택되거나 배제되는 양상을 보인다.[3] 한국 근대소설의 형성 및 발전 과정에 있어서는 그러한 선택 및 배제의 양상이 보다 유의미한 굴곡을 보이기에 연구자의 주의를 요한다. 이 중에서 신소설은 두 가지 점에서 특히 주목할 만하다. 첫째는 신소설의 우연 구사가 고소설의 단순한 답습이 아니라 확대 발전의 면모를 띠고 있는 까닭이다. 둘째는 1910년대 이광수의 소설이나 1920년대 중반의 신경향파 소설 등에서도 우연이 부정적으로 다루어지지 않는 데서 확인되듯이, 신소설의 우연에 대한 고찰은, 1900년대로부터 1920년대까지

---

1) 전광용의 「李人稙의 生涯와 文學」(김열규·신동욱 편, 『新文學과 시대의식』, 새문사, 1981)과 「李人稙研究」(『新小說研究』, 새문사, 1986) 등에서 다지리 히로유끼의 『이인직 연구』(국학자료원, 2006)에 이르기까지 작가 연구의 필요사항이 주어진 자료 내에서 폭넓게 논구되어 왔다.
2) 최원식의 「開化期 小說 研究史의 검토」(김열규·신동욱 편, 『新文學과 시대의식』, 새문사, 1981)와 최종순의 『이인직 소설 연구』(국학자료원, 2005, 10~23면) 등에 기존의 연구 성과들이 잘 정리되어 있다.
3) '선택'의 경우로 전위주의 문학이나 실존주의 문학, 누보로망 등을 들 수 있고, '배제'의 경우로는 리얼리즘을 꼽을 수 있다. '우연의 의식적인 선택·구사'의 경우에 대해서는 페터 뷔르거의 『前衛藝術의 새로운 이해』(최성만 역, 심설당, 1986, 109~117면)와 미셸 레몽의 『프랑스 현대소설사』(김화영 역, 열음사, 1991, 373~377·392~402면) 참조.

의 소설사를 연속선상에서 파악할 수 있게 하는 한 가지 통로가 되기 때문이다.

우연의 문제를 통해 이인직의 신소설을 검토하는 작업의 필요성과 의의 또한 이러한 맥락에서 마련된다. 궁극적으로는 한국 근대소설의 형성 과정을 좀 더 다양하게 살피는 데 일조하고, 직접적으로는 이인직 소설 연구사를 보다 풍요롭게 해 줄 수 있을 것이다.

이인직의 소설을 본격적으로 검토하기에 앞서, 신소설의 우연을 다룬 기존 연구의 경향과 문제를 간략히 지적하고 본고의 우연 분석 방법론을 제시하고자 한다.

신소설이 보이는 우연에 대한 논의는 대체로 부정적 · 비판적인 면모를 보인다. 해방 이후 신소설 연구의 선편을 쥔 전광용 교수의 경우 '자살 미수의 빈번한 삽입' 등을 지적하면서 우연성을 '엽기성'과 더불어 신소설의 '통폐'로 규정하였다.4) 신소설이 근대소설에 미달하는 주요 근거 중의 하나로 우연을 사고한 것이다. 김우종 교수 또한 동일한 태도를 견지한다. 우연성이 남용된 사례들을 근거로 하여 그는 신소설이 사건 형성에 있어서 필연성을 부여할 필요를 분명히 인식하지 못하였다고 비판한 바 있다. 이 위에서 그는 "이 '必然性 缺如'만은 新小說이 그 構成面에서 지니고 있는 가장 뚜렷한 古代小說的인 遺物이었다"라고 규정한다.5)

본고의 입장에서 볼 때 이러한 판단의 근저에는, 근대소설을 리얼리즘 소설과 암암리에 등치시키는 편협한 소설관과, '필연—우연'의 문제를 '현

---

4) 전광용, 『新小說硏究』, 새문사, 1986, 21 · 274~275면 참조.
5) 김우종, 「構成 및 文體에 關한 古代小說과 新小說의 比較硏究」, 『충남대논문집』 3, 1963, 75~77면 참조(강조는 인용자).

실—비현실[허탄무계함, 황당함]'이나 '합리—비합리'와 혼동하는 오류 등이 놓여 있다.[6] 이들의 견해는 일종의 통념처럼 널리 퍼지면서 소설 연구를 제한하여, 신소설 등이 당대에 가졌던 의미를 재구성하는 데 어려움을 겪게 했다는 점에서 문제적이다.

우연에 대한 부정적인 인식으로부터 조금 자유로운 자리에서 신소설의 우연을 검토한 사례가 없지는 않다. 문학사회학적인 구도 속에서 신소설에 우연이 요구되었던 사정을 밝히고 있는 오종호의 소론을 들 수 있다. 그런데 우연을 '自殺', '海外留學', '絶處逢生', '凶計陰謀', '奇緣奇逢' 등으로 뚜렷한 기준 없이 유형화하는 데서 보이듯, 우연의 검출과 분류에 있어서나 우연에 대한 실제 논의에 있어 논리성이 떨어지는 아쉬운 면모를 보인다.[7]

이러한 문제의식 위에서 본고는, 우연에 대한 가치 평가를 전제하지 않는 한편, 우연의 검출에 있어서 '체계'로서의 작품 세계에 준거를 두고, 쿠키슈우조우의 우연성의 철학에 기대어 우연의 유형을 분류한다.

소설에서 우연을 검출하는 데 있어 엄밀성을 갖추기 위해서는 검출의 지평을 확정할 필요가 있다. 반영론적인 입장과 같이 특정한 소설론을 앞세우거나 서술자나 등장인물의 판단을 기준으로 하여 우연 여부를 따지

---

6) 김우종의 경우 『혈의 누』에서 옥련 모가 자살을 시도하는 것이나, 김관일이 유학을 떠나는 것, 옥련이 자살코자 하는 것 등을 우연의 사례로 들고 각각에 대해 '必然的인 理由'의 부재나 '釋然치 않음', '無理한 構成' 등을 판단 근거로 내세운 바 있다(김우종, 「構成 및 文體에 關한 古代小說과 新小說의 比較硏究」, 『충남대논문집』 3, 1963, 76면). 그러나 자살 시도의 경우는 합리적이지 않을 뿐이며(이들 경우에서는 자살이 아니라 자살의 실패가 우연적으로 이루어진다), 유학을 떠나는 것은 상황에 비춰 비현실적인 설정이라 해야 옳을 것이다. 요컨대 그의 판단은 우연성과 '비합리성', '비현실성'을 혼동하고 있다.

7) 오종호, 「新小說의 偶然性 考察」, 영남대 석사논문, 1983, II·IV장 참조. 예컨대 '자살'과 '해외 유학'을 검토하는 논의를 보면, 그러한 모티프의 우연성을 밝히는 것이 아니라, 이들 모티프가 수행하는 장면 전환과 흥미 제고의 기능을 지적할 뿐이다.

는 방식을 지양한 위에서,[8] 본고는 소설작품을 '체계'로 보고 핵서사물 단위에서 우연을 검출하고자 한다. 체계란 '사건들의 시간적 연속성'에 의해 상상되는 바 '사건들이 공존하게 되는 세계'를 의미한다.[9] 일종의 자율적인 세계인 이러한 체계 속에서, 상황이나 상태가 한 번 수정되면서 복수의 사건을 이야기하는 핵서사물[10]이 우연을 검출하는 객관적인 지평이 된다. 핵서사물 내부의 '수정' 과정에서 우연 여부를 파악할 때, 비현실성이나 불합리성 등과 혼동하지 않으면서 우연 검출 작업을 수행할 수 있다.

이렇게 검출된 소설의 우연은 크게 여섯 가지 유형으로 정리할 수 있다.[11] ① '목적적 소극적 우연'과 ② '목적적 적극적 우연', ③ '인과적 소극적 우연', ④ '인과적 적극적 우연', ⑤ '기타 우연'[이접적 우연, 이유적 소극적 우연] 및 ⑥ '우연적 필연의 잔재'가 그것이다. 이해를 돕기 위해 간단한 예시를 들면 다음과 같다. ①은 '두 개의 머리가 난 뱀'이나 특이한 성격·능력의 인물처럼 목적관에 위배되는 사례를 말하며[목적 없는 우연], ②는 나무를 심으려고 땅을 파다 보물을 발견하듯이 목적하지 않은 결과를 맞이

---

8) 소설의 일부 갈래에 한정되지 않는 보편적인 방법론을 취해야 한다는 점에서 특정한 소설론에 입각하는 것은 피해야 한다. 사건을 바라보는 서술자나 등장인물의 시선에 주목하는 경우, 우연을 규정하는 것 자체가 곤란해질 수 있어서 문제다. 『무정』에 그려진 형식과 영채의 7년 만의 해후가 좋은 예가 된다. 형식 입장에서 영채의 방문은 우연이지만(76면) 영채로서는 의지에 따른 것(114면)이므로 형식과의 만남이 우연일 수 없다. 사정이 이러한데 서술자는 영채의 경우도 우연인 양 기술하고 있다(75면). 동일한 사건을 두고 두 등장인물과 서술자의 판단 셋이 모두 다른 것이다(이광수, 김철 교주(校註), 『바로잡은 '무정'』, 문학동네, 2003). 이러한 예는, 우연에 대한 작품 속 인물의 주관적인 판단에 갇히지 않고 우연을 우연 그 자체로 파악할 필요성을 제기한다.

9) 리몬-케넌, 최상규 역, 『小說의 詩學』, 문학과지성사, 1985, 37면 참조.

10) 제랄드 프랭스, 최상규 역, 『서사학—서사물의 형식과 기능』, 문학과지성사, 1988, 129면 참조.

11) 우연의 유형에 대한 이하 ①에서 ⑤까지의 정리는, 쿠키슈우조우의 『우연이란 무엇인가』(김성룡 역, 이회, 2000) 2·3장에 의거한 것이다.

하는 경우를 가리킨다(목적·의도와 결과의 상위). ③은 공부하지 않아도 깨우치는 것처럼 인과성이 없는 경우이고(원인 없는 우연), ④는 지붕의 기와가 떨어져 지나가는 사람이 맞는 경우와 같이, 둘 이상의 사건에 인과성 이외의 관계가 존재하는 경우이다(별개 서사의 연결).12) 이에 더하여, 모월 모일 만나는 경우 하필 그 날짜인 것처럼 전체—부분의 관계에서 부분이 갖는 우연을 지칭하는 '이접적 우연'과 꿈의 서사, 정신이상자의 의식세계 등을 가리키는 '이유적 소극적 우연'을 묶어 ⑤로 표시한다(기타의 우연). 끝으로, 이원화된 작품 세계를 보이는 고소설에서 지상계의 우연이 사실은 천상계의 예정에 의한 필연인 경우를 '우연적 필연'으로 규정할 수 있는데, 이러한 사례가 '예지나 경계의 기능을 하는 꿈'처럼 신소설 등에도 보일 때 ⑥으로 분류한다(우연 아닌 우연).13)

　이후 본고의 논의는 다음과 같이 전개된다. 2절에서는 먼저 『혈의 누』의 서사를 요약하면서 우연이 구사된 경우를 병기한다. 서사구성상의 특징을 밝힌 위에서 우연의 양상 및 기능 등에 대해 상세히 고찰한다. 3절을 통해서는 나머지 작품들을 대상으로 우연의 사례들만 따로 뽑아서 간단히 정리하고 그 의미를 추론해 본다. 이상의 분석을 바탕으로 하여 4절에서는 이인직 소설에서의 우연 구사 양상의 특징을 정리하고 그 효과와 의미를 추론해 본다.

---

12) 일반적으로 생각하는 우연이 이에 해당하는데, 독립된 복수의 인과의 사슬이 교차되는 데서 생기는 이러한 우연을 자크 모노는 '본질적 우연'이라고 칭한다(자크 모노, 김진욱 역, 『우연과 필연』, 범우사, 1999, 148~149면).

13) 이후 작품 분석에서 확인되는 우연들을 위의 하나에 귀속시키고 '④-2' 등과 같이 구사된 횟수를 알 수 있게 표시한다. ⑤의 경우는 '이유적 소극적 우연'을 '이유-소'로 '이접적 우연'을 '이접'으로 요약하여 '⑤(이유-소)-3'과 같이 표시한다.

2. 『혈의 누』를 통해 본 우연의 구사 양상 및 의미

이인직의 『혈의 누』는 『만세보』에 1906년 7월 22일부터 10월 10일까지 연재되고 1907년 광학서포에서 단행본으로 출간된 작품으로 신소설의 효시를 이룬다.[14] 잘 알려져 있듯이 이 소설은, 김옥련과 구완서의 서사를 통해 청일전쟁 이후 조선 사회가 나아가야 할 방향을 제시함으로써 정치소설의 면모를 띠고 있다.[15] 자민족을 비하하고 일본과 만주 조선의 연방을 주장하는 등 친일적인 내용을 담고 있어, 작가의 이력에 비추어 문학사적인 의의가 비판적으로 평가되기도 하였다. 그러나 전대소설의 전통을 계승하는 한편 새로운 소설의 세계를 열어젖혔다는 의의를 부정할 수는 없는 작품이다.

이하에서는 『혈의 누』의 전체 스토리를 요약하면서 우연이 구사되는 경우를 정리해 본다.[16]

일청전쟁이 끝나던 때, 평양성 모란봉 피난길에 딸 옥련과 남편을 잃은 여인

---

14) 『혈의 누』가 미완임은 주지의 사실이나 그 후속편이 무엇인가에 대해서는 이론이 분분하다. 『매일신보』에 연재된(1913.2.5~6.3) 『모란봉』을 후편으로 보는 입장이 대세인 듯하나, 이재선의 주장대로 『제국신문』(1907.5.17~6.1)의 『혈의 누』 하편을 후속으로 보고 『모란봉』은 『혈의 누』 하편의 후속편으로 보는 것이 타당할 듯하다(이재선, 『韓末의 新聞小說』, 한국일보사, 1975, 52~53면 참조). 그러나 어느 경우든 역시 미완이라는 점에서, 본고에서는 따로 다루지 않았다.

15) 김윤식은 개화기 서사문학을 신소설과 고대소설, 정치소설이 각축을 벌이는 상황으로 보고(19면), 정치소설과 신소설의 관계를 세밀히 따지는 일이 신소설 연구를 진전시키는 데 긴요하다고 주장하였다(17면). 이런 문제의식 위에서 그는 "한국에서의 민권 운동의 부진과 식민지화의 성격"(36면)을 들어 『혈의 누』나 『은세계』 등을 '정치소설의 결여 형태'로 규정한 바 있다(김윤식, 「'정치 소설'의 결여 형태로서의 신소설」, 『韓國近代小說史研究』, 을유문화사, 1986).

16) 인용은 『新小說·飜案(譯)小說』 1권(한국학문헌연구소 편, 아세아문화사, 1978)에 의한다. 이하 다른 작품들 모두 이 전집을 이용한다. 면 수는 영인된 원본의 그것을 가리키며, 우연에 해당하는 부분은 밑줄로 표시한다.

이 가족을 찾아 산중을 헤매다 우연히 어떤 사내를 만나 겁탈 위기에 빠진다 [④-1; 인과적 적극적 우연, 별개 서사의 연결](4면). 마침 일본 보초병들이 소리를 듣고 다가와[④-2] 사내가 도망하고 옥련 모는 헌병에 이끌려 헌병대로 간다(7~8면). 옥련 모가 자기 집 앞을 지날 때 개가 짖는다. 마침 집안에는 남편 김관일이 있었는데(11면), 외국 군대들이 들어와 전투를 치르는 조국의 약함을 생각하고 나라 사업을 위해 공부할 목적으로 출가를 결심한다(14면). 다음날 귀가한 모친이 옥련과 남편 생각에 보름을 보내다 대동강 물에 뛰어들어 죽고자 하나(20면), 모래톱에서 한두 자 깊이의 물로 뛰어내린 까닭에 죽지 않고 떠내려가다[②-1; 목적적 적극적 우연, 목적과 결과의 상위] 배를 타고 있던 고장팔에게 구출된다[④-3](21면). 사위를 만난 장인 최 주사가 딸과 손녀의 행방을 알고자 옥련의 집을 찾아왔다가 옥련 모가 벽에 써둔 영결의 말을 보고 놀라 애통해 한다(23면). 하인 막동에게 애국의 필요성을 말하고 오히려 양반들이 나라를 망쳤다는 말을 듣는다(27면). 팔자 한탄, 세상 원망, 딸에 대한 그리움에 술을 마시고 잠들어 꿈속에서 딸을 보는데 마침 딸이 찾아와 깨운다[⑤-1; 이유적 소극적 우연, 꿈의 서사](29면). 남편 소식을 들은 옥련 모가 부친을 보내고 장팔의 어미와 집을 지키며 고생한다[고장팔의 어미가 본래 최씨 집 하인이었다; ⑤-2](32면).

부모를 잃고 헤매던 옥련이 '철환에 독흔 약이 석긴' 청인의 것이 아니라 일인의 총탄을 맞고[⑤-3; 이접적 우연] 일본 적십자 간호부에게 구출되어[④-4] 치료를 받는다. 3주 못 되어 완치된 후 통사와 더불어 집으로 가나, 모친이 자살코자 나간 때여서 일본 군의(軍醫) 정상 소좌에게 돌아가고(33면), 그의 제안에 따라[④-5] 양녀 격으로 일본 대판으로 건너간다(34면). 대판에 내렸을 때 마침 야전병원에 함께 있던 병정이 있어[④-6](37면) 그를 따라 정상 군의의 집에 도착한다. 옥련이 정상 부인과 친해지고, 빼어난 자질로 반년 만에 일본어에 능통해진다(③—1; 인과적 소극적 우연, 원인 없는 우연)(41면). 그러던 중 정상 군의가 전사하여 상황이 어려워진다(④—7)(43~46면). 부인의 냉대 속에 3년간 눈치를 보며 생활하다 심상소학교를 우등으로 졸업하나(47면), 우연히 주변사람들의 말을 듣고(④—8) 집에 와서는 부인의 신세타령을 듣자, 죽을 작정으로 대판항구로 나섰다가 순경에게 이끌려(④—9) 귀가한다(48~50면). 꾸지람을 들은 뒤 잠을 못 이룬 상태에서 부인과 노파가 자신을 욕하는 말을 듣는다(④—10)(53~54면). 꿈속에서 부모를 보고 잠이 깬 옥련이 다시 자살코자 항구로 갔다가 기절하여 꿈에 모친을 보고는 자살을 포기한다(⑥—1; 우연 아닌 우연, 꿈의 계시)(55~58면). 갈 곳 없는 신세가 된 옥련이 남의 집 살이를 할 요량으로 정처 없이 기차를 탔는데(59면), 미국 유학을 생각 중이던 조선 서생이 옥련을 보고(④—11) 따라 내린다(63면). 말을 걸어온 서생에게 옥련이 그간의 사정을 말하자, 서생이 함께 미국으로 유학을 가자고 제안한다(④—12)(64면).

3주 만에 미국 상항에 도착, 말이 안 통해 답답해 할 때 우연히 강유위를 만나 그의 주선으로 워싱턴에 가서 청인들과 공부하게 된다(④—13)(65~68면). 5년 뒤 옥련이 고등소학교를 우등으로 졸업하게 되어 신문에 기사가 나자, 미국 온 지 10년 되는 김관일이 신문을 보고(④—14) 자기 딸이 아닌가 생각하여 학교로 찾아가나 만나지 못한다(69~70면). 호텔에 돌아와 우울해 하는 옥련에게 서생(=구완서)이 와서 축하한다. 구완서가 자신이 미혼임을 알리며 조혼제도의 폐해를 비판한다. 구완서가 돌아간 뒤 옥련이 자신의 처지를 생각하다, 산소에 가서 죽은 부모를 만나는 꿈을 꾼다(76면). 김관일이 신문에 낸 옥련을 찾는 광고를 옥련이 보고(④—15) 찾아가 부녀가 상봉한다(80면). 부녀가 구완서를 찾아가, 김관일이 신세 진 것을 치하하고 구완서에게 옥련과 백년가약 맺기를 청한다(84면). 몇 해 더 공부하여 계몽운동에 힘쓰자며 두 사람이 혼인 언약을 맺는다(85면). 조선에서 불행해 하며 지내던 옥련 모친이 옥련의 편지를 받고 놀란다(93면).

서사구성 면에서 볼 때 『혈의 누』의 특징은 서사의 단속 현상이 심하지 않다는 점에서 찾을 수 있다. 이해조의 『고목화』나 『빈상설』, 『원앙도』 등은 물론이요 이인직의 『귀의 성』이나 『치악산』 등에서 보이듯, 중심인물을 달리하는 '스토리—선'[17]이 순차적으로 대체되는 서사의 단속 현상은 신소설 일반에서 흔히 찾아볼 수 있다. 『혈의 누』 또한 처음 1 / 3은 옥련 모의 서사이고 이후 2 / 3가 김옥련의 서사로 되어 있으니 그렇다고 볼 수도 있으나, 김옥련이 등장하는 스토리—선의 우위성이 확연하여 여타 작품들과는 다르다.[18] 한편으로는 옥련 모의 서사 부분을, 배경과 주요 등장인물들을 소개하고 옥련의 첫 번째 고난을 구성하는 것으로 볼 수도 있다는 점이 이러한 맥락을 강화해 준다. 요컨대 『혈의 누』는 주인공 김옥련을 중심으로 하여 이야기가 진행되는 구성을 취하고 있다 하겠다. 내용형식 면에서 보아 옥련의 고난과 극복이 연쇄되어 있음은 물론이다.

---

17) '스토리—선'이란 리몬—케넌의 개념이다. 그는 소설의 구조적 기술과 관련하여 스토리를 이루는 하위 단위들을 밝힌 바 있다. 그에 따르면, '사건들'이 결합하여 '소연속(micro—sequence)'이 되고 그것들이 모여 '대연속(macro—sequence)'이 되며 이들이 모여 '스토리'를 이룬다. 이에 더하여 그는, '대연속'과 '스토리' 사이에 '스토리—선(story—line)'이 있는 경우를 지적한다. 스토리—선이란 '일정한 개인들의 집합에만 한정되어 있는 일련의 사건'으로서 작품 내의 우위성에 따라 '주 스토리—선(main story—line)'과 '부 스토리—선(subsidiary story—line)'으로 구별된다고 한다(리몬—케넌, 최상규 역, 『小說의 詩學』, 문학과지성사, 1985, 32~33면 참조).

18) 『모란봉』을 이어서 생각할 때 이러한 판단은 더욱 힘을 받는다. 전체적으로 보아 김옥련의 '수난—극복'의 연쇄로 수미일관하게 진행된다고 할 수 있는 것이다.

『혈의 누』에는 적지 않은 우연이 구사되어 있다. 별개의 서사가 연결되는 ④ '인과적 적극적 우연'이 15회, 목적과 결과가 상위되는 ② '목적적 적극적 우연'이 1회, 원인 없는 우연인 ③ '인과적 소극적 우연'이 1회, 이유적 소극적 우연과 이접적 우연 등 ⑤ '기타의 우연'이 3회, 우연 아닌 우연인 ⑥ '우연적 필연의 잔재'가 1회 등장하여, 총 21회의 우연이 보인다.

우연과 관련하여 먼저 두 가지의 특징을 꼽을 수 있다. 하나는 우연의 구사 횟수가 많다는 점이고, 우연의 유형 면에서 그 종류가 다양한 편이라는 사실이 다른 하나다.

『혈의 누』에서 보이는 21회의 우연이란 고전소설들에 비해도 양적으로 매우 많은 것이다. 우연이 빈번하게 구사되는 것으로 여겨지는 영웅소설들의 경우 『유충렬전』이 9회, 『조웅전』이 8회의 우연을 구사할 뿐이다. 천상계의 개입에 의한 '우연적 필연'을 포함해야 각각 21회, 20회가 되어 『혈의 누』와 비슷해지므로, 『혈의 누』가 영웅소설에 비해 보다 많은 우연을 구사하고 있음을 확인할 수 있다.

다음으로, ④가 가장 많기는 해도 구사되는 우연의 종류가 다양하다는 점을 지적해 둘 수 있다. ⑤에 '이유적 소극적 우연'과 '이접적 우연'이 포함되어, 『혈의 누』에는 모두 여섯 종류의 우연이 구사되고 있다. 이는 이인직의 다른 소설들에 비해도 특기할 만한 사실이다. 뒤에 분석 · 정리해 두었듯이 『귀의 성』에는 5종류, 『치악산』에는 4종류, 『은세계』에는 3종류의 우연이 구사될 뿐이다.

우연의 구사 양상을 좀 더 자세히 살피면 다음과 같은 점을 확인할 수 있다. 설명의 편의를 위해 우연의 종류와 빈도, 의미 기능을 나타내는 도표를 먼저 제시한다.

	고난·위기	구원·극복	기타
옥련 모의 서사(32면)	④-1(겁탈 위험)	④-2(일본 헌병) ②-1(투신하나 얕은 물) ④-3(고장팔)	⑤-1(친정 아비 꿈) ⑤-2(고장팔 모친이 최씨 집안 하인)
옥련의 서사 (62면) 조선 (3면)		⑤-3(일병의 총탄) ④-4(일본 간호부 구원) ④-5(정상 군의의 양녀 되기)	
일본 (29면)	④-7(정상 군의 사망) ④-8(주변의 말) ④-10(부인과 노파의 말)	④-6(일본 병정의 안내) ④-9(순검의 자살 만류) ⑥-1(꿈꾼 후, 자살 포기) ④-11(구완서와의 조우) ④-12(구완서의 미국유학 제안)	③-1(일본어 능통)
미국 (30면)		④-13(강유위의 주선으로 공부) ④-15(김관일의 구인 광고)	④-14(졸업기사)

위의 표에서 확인되는 첫째 특징은, 앞서 밝힌 서사구성상의 특징이 우연의 빈도에서도 확인된다는 점이다. 옥련 모의 서사에서는 ④ 3회, ② 1회, ⑤ 2회로 총 6회의 우연이 구사된 반면, 옥련의 서사에서는 ④ 12회에 ③과 ⑤, ⑥에 각 1회씩 총 15회의 우연이 설정되어 있다. 서술시의 비중과 우연의 횟수가 비례관계에 있음을 알 수 있다.

그러나 이러한 비례관계에도 불구하고 전체 스토리에 우연이 고루 분포되어 있는 것은 아니라는 사실을 주목할 필요가 있다. 옥련의 서사를 공간적 배경에 따라 나누어 우연의 빈도 및 분포 양상을 살펴보면 『혈의 누』가 우연을 구사하는 또 다른 특징이 드러난다.

피난길에 부모를 잃고 일본으로 떠나게 되기까지 조선에서의 옥련의 서사는 겨우 3면에 불과한데(33~35면) 여기에 그녀의 고난·구원과 관련된 3회의 우연이 등장한다(⑤-3, ④-4·5). 옥련이 일본에서 지내는 부분에서는 모두 9회의 우연이 확인되는데, 이 중 3회는 고난·위기와 관련되고(④-7·8·10), 5회는 구원·극복에 해당되며(④-6·9·11·12, ⑥-1), 나머지 1회는 옥련의 재능을 알려주는 기능을 부여받는다(③-1). 끝으로 옥련이 미국에서 수학하고 부친을 상봉하는 서사에서는 단 3회의 우연이 등장할 뿐이다.

이와 같은 우연의 빈도 및 분포 양상을 통해서, 『혈의 누』의 우연 구사가 보이는 둘째, 셋째 특징을 정리해 볼 수 있다.

둘째 특징은 서사구성상 고난·위기와 구원·극복 과정에 우연이 빈번하게 구사된다는 점이다. 이는 옥련의 서사에서 두드러진다. 옥련의 고난·위기와 구원·극복이 점철되는 조선과 일본에서의 서사에 우연이 빈번하게 등장하는 반면, 고난이나 위기가 없는 미국에서의 서사에서는 우연 또한 거의 등장하지 않음을 알 수 있다.

이러한 사실은 주제 측면에서도 의미를 갖는다. 『혈의 누』의 정치소설적인 면모의 핵심은 조선이 일본, 만주와 연방도를 구성해야 한다는 구완서의 견해(85~86면)에서 확인되는데, 바로 이 장면은 우연이 드문 미국 부분에 속하고 있다. 이는 작품의 핵심적인 주제를 드러내는 서사 단계에서는 우연을 끌어들이지 않음을 뜻한다. 이로부터, 우연이란 주제적인 측면과 긴밀히 관련되지 않고 흥미를 높이는 기능적인 역할에 머물 뿐이라고 추론해 볼 수 있다. 이러한 추론의 적절성은, 풍속의 개량·교정이나 신지식인의 사명 등에 대한 언설 부분도 우연에 의존하지 않는다는 사실에 의해 뒷받침된다.

물론 이러한 파악은 위의 도표만으로 가능하지 않다. 『혈의 누』의 스토리 자체가 옥련의 도미 이후에는 특기할 만한 고난이나 위기가 없다는 점을 함께 고려한 것이다. 『혈의 누』 전편에 걸쳐 고난·위기 및 구원·극복의 사례를 확인해 보면 다음과 같다. 우연이 등장하는 경우는 위의 도표에 표시했으니 그 외의 경우 곧 우연이 구사되지 않는 경우를 따로 살펴본다.

『혈의 누』에서 확인되는 우연 아닌 고난·위기는 다음과 같다. ① 남편과 딸을 기다리다 낙심한 옥련 모가 죽을 결심을 하는 것(19면), ② 정상 군의의 사망 후 그 부인이 옥련을 냉대하는 것(46면), ③ 심상소학교 우등 졸업 후, 공부는 그만하고 자신을 먹여 살리라는 부인의 말에 옥련이 자살하러 대판 항구로 가는 것(49면), ④ 두 번째의 자살 시도를 포기한 후 집에 왔다가 부인과 노파의 말을 듣고 돌아서 나온 옥련이 갈 곳 없는 신세가 된 것(58면), ⑤ 구완서와 옥련이 상항에 도착한 직후 영어를 몰라 답답해하는 것(66면). 이 중에서 ②의 경우를 정상 군의의 사망이라는 우연(④-7)의 연장으로 보면, 『혈의 누』에서 확인되는 인물의 고난·위기 서사 중에서 우연에 해당하지 않는 경우는 네 차례라고 할 수 있다.

요컨대 『혈의 누』는 인물의 고난·위기 서사를 총 8회 보이는 바 이 중 절반인 4회에 걸쳐 우연에 의지하고 있다. 여기에 더하여 가족의 이산을 초래하는 청일전쟁이라는 고난의 상황까지 고려해야 할 것인데,19) 그렇다 해도 작품의 고난·위기에서 우연이 차지하는 비중이 꽤 크다고 할 수 있다.

구원·극복의 서사도 확인해 둘 필요가 있는데, 이 경우는 위의 표에

---

19) 이러한 판단은 사실 유보해야 할 점이 없지 않다. 권영민이 지적하듯이, 일본 군대의 도움을 매개로 하여 '새로운 삶의 가능성'을 제시하는 배경으로 청일전쟁이 설정되어 있는 까닭이다(권영민, 「신소설과 조선보호론의 담론적 실체」, 『서사양식과 담론의 근대성』, 서울대 출판부, 1999, 158~159면 참조). 요컨대 『혈의 누』의 청일전쟁은 작품의 경계 안팎에서 기회와 고난의 두 의미를 띠고 있다. 조동일은 이를 좀 더 일반화하여, 신소설에서는 고난을 쉽게 벗어날 수 있도록 인물의 속성이 마련되고 외부 원조자를 맞이하는 행운이 설정됨으로써 '시대적인 고난'이 "作品의 全體的인 展開에서는 극히 制限된 의의밖에 갖지 못하게 된다"라고 정리한 바 있다(조동일, 『新小說의 文學史的 性格』, 서울대 출판부, 1973, 125면 참조).

모두 반영되어 있다. 다시 말해서 『혈의 누』에 등장하는 구원·극복의 사례는 우연에 의한 13회가 전부이다. 여기서 특징적인 것은, 구원과 극복이라 했지만 외부에 의한 구원이 12회로 절대다수를 차지한다는 점이다. 인물들의 의지에 의한 극복 사례는 엄밀히 보면 전무하고, 김관일이 옥련을 찾는 신문기사를 내는 것만이 의지적인 행위라 할 수 있다.

셋째 특징은 고난·위기 관련 서사보다 구원 및 극복 과정에 우연이 집중된다는 점이다. 전체적으로 볼 때 고난·위기 부분에 4회의 우연이 구사된 반면, 위기로부터의 구원 및 극복 과정에는 13회의 우연이 구사되어 있다. 옥련의 경우도 전자에 3회, 후자에 10회의 우연이 구사되어 편중 현상이 뚜렷하다. 우연이 구원 및 극복에 집중되는 특징은, 고난·위기와 구원·극복의 서사에서 우연이 차지하는 비중이 앞의 경우는 50% 미만인 반면 뒤에서는 100%라는 사실에서도 확인된다. 이러한 특징으로부터, 고난이나 위기는 다소 현실적인 반면 그 해결은 전적으로 우연에 의하고 있음을 알 수 있다. 이를 일반화하여 '현실적인 위기의 우연적인 극복'이라고 정리할 수 있겠다.

끝으로 넷째 특징은, 우연이 집중되는 구원·극복의 경우 극복에 해당하는 바는 찾기 어렵고 타인에 의한 구원이 절대다수를 차지하면서, 구원의 주체가 대부분 일본인이라는 사실이다. 13회의 구원·극복 사례 중 외국인의 구원이 6회를 차지하며 그 중 일본 및 일본인의 경우가 5회에 이른다. 이는 조선인에 의한 도움 3회의 두 배에 해당하는 것이다. 일본인에 의한 구원이 많은 것과 관련되어 그들에 의한 고난도 없지 않지만, 정상 군의의 사망이나 옥련이 졸업할 무렵 듣게 되는 주위사람들의 말은 옥련에게 해를 가하려는 의도에 따른 것이 아님을 주목할 필요가 있다. 이렇게 구원·극복의 서사에 우연을 구사하면서 일본인을 시혜자로 설정한 사실은, 내용 면에서의 명시적인 친외세 경향보다도 더 근본적으로 『혈의 누』의 몰주체적인 성격을 입증하는 사례라 할 수 있다.[20]

이상을 간략히 정리하면 다음과 같다. 『혈의 누』에는 고난·위기 및 구원·극복 과정에 집중되어 총 21회의 다양한 종류의 우연이 서술시의 비중과 비례하여 구사되어 있다. 이들 우연은 작품의 명시적인 주제가 표출되는 부분을 피하면서, 사건의 전개과정을 흥미진진하게 하는 기능을 담당하는 것으로 보인다. 좀 더 구체적으로 보면, 고난·위기보다 그 구원 과정에 우연이 집중되어 '현실적인 위기의 우연적인 해결'이라는 패턴을 보인다. 극복 사례는 미미하고 타인에 의한 구원의 사례가 전면화되어 있으며 구원의 주체가 외국인 특히 일본인으로 설정된 점도 특징적이다. 이러한 서사구성상의 특징이야말로 작품의 주제 및 작가의식의 몰주체성을 입증하는 주요 근거라 할 것이다.

3. 『귀의 성』, 『치악산』, 『은세계』의 경우

본 절에서는 『귀의 성』(1906~1908)과, 『치악산』(1908), 『은세계』(1908)에 구사된 우연성을 검토한다. 지면 관계상 서사 정리는 생략하고, 작품에

---

20) 이러한 분석은, 신소설들에서는 "幸福에 이를 수 있게 되는 根本的인 原因으로서 開化된 世界의 公明 正大한 秩序가 强調되고 있"으며 "어느 작품에도 일제에 대한 抗拒나 反感 같은 것은 찾아볼 수 없다"며 신소설 일반의 특징으로 '沒主體的 依他的 開化論'을 주장한 조동일의 논의를 구체적으로 뒷받침하는 것이다.(조동일, 『新小說의 文學史的 性格』, 서울대 출판부, 1973, 99면 참조)

구사된 우연을 그 종류를 표시하여 순서대로 정리하고 개별 작품의 특징을 밝힌다.

『귀의 성』은 상권이 「만세보」에 연재(1906. 10. 10~1907. 5. 31)된 뒤 광학서포에서 단행본으로 출간되고(1907. 10. 3) 하권은 그 뒤에 중앙서관에서 발행된(1908. 7. 25) 작품이다. 주인공의 비극적인 죽음과, 폭력의 묘사에서 확인되는 일본 활극의 영향[21] 등이 특징적이다. 이 소설에 구사된 우연을 추려보면 다음과 같다.

- 상권

⑤(이유—소)—1 : 두 살 된 자신의 아들을 큰 마누라가 씹어 먹는 내용의 길순의 꿈(13면)[22]

②—1 : 길순이, 죽어 혼령이나마 모친에게 가고자 하며 우물 위로 올라서다가 미끄러져 자살에 실패한다(41~42면).

④—1 : 순검이 길순을 발견하여(43면) 병원으로 옮긴다.

④—2 : 춘천집[길순]이 재차 자살코자 전기철도에 엎드렸다가, 웬 부인을 태운 인력거꾼이 자신에 걸려 넘어지게 되자, 운신도 못하는 그 부인을 제 집으로 옮기는데 그녀가 침모이다(56~57면).

④—3 : 남편 작은돌이의 속을 뽑아 춘천집의 거처를 알게 된 점순이 집안으로 들어가려다 김 승지 있는 것을 보고 돌아서는데 마침 들어오는 박 참봉을 만난다(70면).

③—1 : 밤중에 닭을 잡은 후로 김 승지 집안에 일이 많이 생긴다(101면).

---

21) 임화, 「續新文學史」, 『조선일보』, 1940. 2. 27.
22) 이 꿈은 이후 서사전개의 복선 역할을 할 뿐 주인공의 행동에 영향을 미치지는 않는 까닭에 ⑥이 아니라 ⑤로 분류한다.

④―4 : 거복이를 데려온 점순이가, 어미 춘천집과 아이를 한시에 죽이겠다
　　한 뒤 김 승지 부인 듣기 좋을 험악한 말을 늘어놓을 때 김 승지가 등장한
　　다(106면).23)

⑤(이유―소)―2 : 침모가 자신이 죽는 흉악한 꿈을 꾼다(113면).24)

④―5 : 자신의 알리바이를 만들기 위해 김 승지 집에 들른 후 춘천집에게로
　　가던 침모가 탄 인력거가 최 서방이 탄 인력거와 충돌하는 사고가 발생한
　　다(133면).

■ 하권

④―6 : 최 서방이 춘천집을 끌어낸 후, 점순이가 사태를 알리려고 김 승지
　　부인에게로 오다가, 귀가하는 김 승지와 조우한다(17면).

⑤(이유―소)―3 : 춘천집이 죽은 시각, 친정어머니가 흉한 꿈을 꾸고 깬다
　　(25면).

⑥―1 : 꿈 이야기를 남편에게 하고 딸을 보러 가자 하여 강동지 부부가 서
　　울 올라갈 생각을 한다(26면).

④―7 : 딸네 집에 들른 강동지 내외가 할미의 말을 듣고 났을 때 마침 점순
　　이가 들어온다(34면).

⑤―4 : 김 승지가, 춘천집 모자의 머리를 부인이 방망이로 치는데 '빙충맞
　　게' 말리다가 저도 맞아 이가 빠지는 꿈을 꾼다(52면).

―――――――――――――

23) 우연이기는 하되, 서사의 진행에는 아무런 영향도 미치지 못한다. 상황을 아슬아슬하게 하여
　　흥미를 진작시키고, 점순과 부인의 간계 및 김 승지의 아둔함을 알려주는 역할을 수행하는 경
　　우이다.
24) 여기서 우연은, 침모가 춘천집 살해 사건 음모를 벗어나게 되는 계기이자, 그렇게 벗어나는
　　과정의 흥미로운 서사를 이끌어주는 역할을 한다. 궁극적으로 서사의 재미를 고양시키는 기능
　　을 하는 것이다.

④-8 : 봉은사로 가다가 다리쉼을 하던 김 승지가 마침 심히 울던 까마귀를 쫓으라 한다(54면).

④-9 : 김 승지의 명으로 까마귀를 쫓던 갑쇠가 구렁에 빠져, 죽은 지 나흘 된 춘천집 모자의 시신을 발견한다(55면).

④-10 : 송장을 붙들고 울던 김 승지가 봉은사로 가서 박 참봉에게 시체 처리를 상의하는 편지를 띄우나, 마침 박 참봉이 출타 중이어서 강동지가 편지를 보게 된다(56~57면).

④-11 : 그 밤에 봉은사로 향하던 강동지 내외가 삯군과 실랑이하다 길을 잃고 헤매는데, 강 동지 처가 딸의 시체가 있는 구렁에 빠진다(62~64면).

④-12 : 부산으로 도망가던 점순이 대전에서 지폐 가방을 도둑맞는다(73면).

⑤-5 : 최가가 죽던 때, 점순이 갑작스레 깨어 꿈 이야기를 하나, 예지몽에 해당하는 점순의 흉몽을 판수가 개꿈이라 해 버린다(105면).

④-13 : 침모의 집 담을 넘은 강동지가 몇을 죽일지 확인하느라 동정을 살피는데, 등걸잠을 자는 침모를 모친이 깨우며 편히 자라 하자(121면), 침모가 일어나 춘천집 모자가 죽지 않게 해달라고 치성을 드려, 강동지로부터 목숨을 구하게 된다.

이상에서 보듯 『귀의 성』에는 ④ 13회, ⑤ 5회, ② 1회, ③ 1회, ⑥ 1회로 다섯 종류 총 21회의 우연이 구사되어 있다. 우연과 관련하여 크게 네 가지 특징을 말해 볼 수 있다.

첫째는 상·하권 두 권으로 되어 있기는 해도 21회의 우연 구사는 양적으로 많다는 점이다. 둘째는 종류 또한 다양한 편이라는 점을 들 수 있다. 셋째로, '이유적 소극적 우연'에 해당하는 '꿈'이 특히 많이 등장하는 사실을 주목할 필요가 있다.

『귀의 성』에는 모두 다섯 차례의 꿈이 보이는데, 그 기능상 세 유형으로 나누어 볼 수 있다. 복선과 예지, 경계 기능이 그것이다.[25] 『귀의 성』에 나타난 꿈은 모두 예지 기능을 수행하는데 그 중에서 일부는 '경계'나 '복선' 효과까지 낳고 있다. ⑤-3 · 5는 예지가 예지로 그치는 경우인데, ⑤-3의 경우 강동지 내외가 서울로 올라가는 계기를 이루며, ⑤-5는 점순의 징치 과정을 좀 더 흥미롭게 만들어준다. ⑤-1의 길순의 꿈은 작품 내의 예지 기능과 더불어, 작품 밖의 독자에 대해 춘천집 모자의 죽음을 암시하는 복선 기능을 수행하고 있다. 한편 ⑤-2 · 4는, 인물들이 예지적인 꿈을 일종의 경계로 받아들여 행동의 변화를 보임으로써 서사의 전환이 야기되는 경우로서, 행위에 대한 경계로 꿈이 기능하고 있다.

꿈의 경계에 따른 서사의 전환 양상에 대해서는 좀 더 살펴볼 필요가 있다. ⑤-2는, 점순의 춘천집 살해 음모에 가담하고자 했던 침모가 마음을 돌리는 계기로 작용한다. 이 꿈 때문에 침모가 모친을 찾게 되고 확실히 태도를 결정하는 것이다. 여기서 중요한 점은, 침모 모녀의 상봉 이후 노인의 지혜와 충고에 따른 일련의 서사가 진행된다는 사실이다. 춘천집 살해 사건으로부터 자신을 지켜줄 알리바이를 만들어 내는 침모의 서사는 하나의 독립된 에피소드에 해당한다. 이 서사는 한편으로는 작품의 흥미를 돋우고 다른 한편으로는 춘천집의 운명에 대한 독자의 안타까움을

---

25) 개념상 명확히 변별되기는 곤란한 예지와 경계는 꿈 전후의 서사 전개에 의해 사후적으로 구별된다. 꿈의 예시가 행동상의 별다른 변화를 낳지 못하면 '예지'에 그치지만, 꿈을 심각하게 받아들인 인물에 의해 서사의 전환이나 반전이 생길 경우 '경계'라 하여 분리해 생각해 볼 수 있다. 또한 꿈의 예시가 독자와 관련 속에서 복선 기능을 하는 경우도 따로 살필 여지가 있다.

중대시킨다. 민담 등에서 보이는 '문제해결형' 이야기의 재미를 부여하면서, 춘천집이 죽을 수밖에 없는 운명에 처했다는 사실을 확인시켜 서사의 의미구조를 강화하는 것이다.

김 승지가 꾸는 꿈(⑤-4)은 조금 다른 기능을 수행한다. 꿈을 깬 뒤 잠을 못 이룬 김 승지가 이튿날, 찾아오는 손과 마누라의 넉살을 피해 '종용이 잇스려'고 봉은사로 나서는 데서 그의 꿈이 일종의 경계로 작용함을 알 수 있다. 그런데 이 꿈은 김 승지 개인에게 경계몽으로 작용하는 데 그치지 않고, 소설 전체 서사의 전환에서 중요한 역할을 하게 된다. 주지하다시피 봉은사행에서 김 승지가 춘천집 모자의 시신을 발견하게 되고, 시신 처리 관련 편지 사단으로(④-10) 강동지 내외 또한 딸의 시신을 보며, 급기야 강동지가 김 승지를 압박하여 돈을 얻어내 복수극을 펼치게 되는 것이다. 이렇게 김 승지의 꿈은, 전체 서사 차원에서 일련의 문제 해결 과정을 이끌어내는 계기(trigger)로 작용하고 있다.

이상 다섯 차례 꿈들의 분석을 통해, 『귀의 성』이 서사의 주요 전개에 있어서 우연에 크게 의지하고 있음을 확인할 수 있다.

우연 구사 면에서 『귀의 성』이 보이는 넷째 특징은, 우연이 고루 퍼져 있다는 점이다. 30면 내외에 걸쳐 우연이 나타나지 않는 부분은 상·하 두 권에 걸쳐 단 두 군데뿐이다. 우연이 구사되지 않은 이들 부분의 특징은, 이 소설이 우연을 구사하는 방식의 효과와 특징을 추론해 볼 수 있게 한다.

우연이 등장하지 않는 첫째 서사의 지절은 상권 ④-3에서 ④-4 사이로서, 점순이가 간계를 수립하여 김 승지 부인을 꾀는 장면이다. 둘째 경우는 하권 ④-13에서 ④-14 사이의 작품 말미로서, 강동지의 돈을 받은

장 판수가 점순과 최가를 꾀어 마침내 강동지가 최가와 점순이를 죽이고, 서울에 올라와 김 승지 부인까지 죽이는 복수 부분이다. 요컨대 문제를 일으키고 해결하는 발단과 종결 부분에서 우연이 배제되고 있는 것이다. 우연이 배제된 이들 부분은, 계몽사상 등이 명시적으로 나타나지 않는 『귀의 성』의 주제효과를 스토리 차원에서 결정짓는 부분이라고 할 수 있다. 따라서 이들 부분에서 우연이 구사되지 않음은, 『혈의 누』와 마찬가지로 『귀의 성』에서도, 의미 구성의 핵심적인 요소에는 우연이 구사되지 않고 있음을 뜻한다.

다음으로 『치악산』(유일서관, 1908)의 경우를 살펴본다. 『치악산』은 『귀의 성』과 함께 가정소설형에 속하는 작품으로 발표 당시 『혈의 누』 등보다 사람들의 인기를 끌었다고 전해진다.[26] 고부갈등을 축으로 하되 후실 시어머니와 개화 집안의 며느리라는 변형을 가하는 한편, 중심인물을 달리하는 스토리—선의 대체가 뚜렷한 만큼 이야기의 전개가 흥미를 끌기 좋은 굴곡을 보이고 있다. '이씨 부인의 고난'—'검홍 일행의 활약과 홍 참의 집의 몰락'—'김씨 부인과 남순의 패배'—'홍정식의 귀국과 부부의 재결합'—'김씨 부인의 개과천선'과 같이 크게 다섯 부분으로 서사의 지절을 나눌 수 있다.

우연이 구사된 사례들을 보이면 다음과 같다.

■ 상권

④—1 : 달을 구경하는 이씨 부인에게 교전비 검홍이 작은 아씨[남순]가 밉다

---

26) 임화, 「續新文學史」, 『조선일보』, 1940.2.15.

는 말을 하는데, 그것을 남순이 듣고 부모에게 전한다(7~12면).

④-2 : 백돌의 유학 이후 고두쇠와 옥단이 최치운의 욕심을 채워줄 요량을 한다(66~67면).

④-3 : 이씨가 음행을 일삼는 듯이 홍 참의가 오해하도록 옥단이 꾸미는데, 그 과정에 '왼 사람 ᄒ 느'가 엮인다(91~92면).

④-4~8 : 치악산 산중에 버려져 넋두리하는 이씨에게 최치운이 다가와 함께 살자며 욕심을 채우려 할 때 장 포수가 등장하여 최치운을 죽이고④-4](135~136면) 제 집에 데려가 처를 삼고자 한다. 산중으로 도망쳐 나온 이씨를 찾던 장 포수가 호랑이 밥이 된다④-5](147~148면). 이씨 부인은, 마침 치악산을 구경하던 수월당을 만나④-6](149면) 금강산에 들어가 여승이 된다. 흑심을 품던 승들의 모함으로 절에서 쫓겨나 자살하려던 이씨가 마침 들려온 종소리에 마음을 고쳐먹는다④-6](159~160면). 다른 절을 찾아가다가 까마귀가 떨어뜨린 썩은 창자가 얼굴에 맞자④-7](161면) 그걸 씻으려 물을 찾다가 웬 송장을 만나④-8](162면) 정신없이 어느 마을에 이르러 신세한탄 끝에 자살할 생각으로 우물에 뛰어든다(166면).

■ 하권

④-9, ⑤(이접)-1 : 치악산을 유람하고 송도를 향하던 홍 참의가 우물에 거꾸로 박혀 있는 여승[이씨 부인]을 꺼내어④-9], 어둠 속에서 검홍 등이 살고 있던 인가를 찾아들어간다⑤(이접)-1](27~31면).

④-10~1, ⑤-2 : 추월 길동 부부가 수작하는 말을 엿들은④-10] 춘심이 그 내용을 남편 금돌에게 전하자(41면), 최치운의 처였던 송도집을 후실

로 데리고⑤(이유—소)—2] 마침 원주 주막에 당도한[④—11] 홍 참의에게 금돌이가 사정을 알리는 편지를 전한다(42~43면).

④—12~4, ②—1 : 남순이 매사에 이를 갈아도 못 본 체하던 송도집이, 어느 날 남순의 욕설을 듣고는[④—12] 그예 성질을 내어 안방을 차지한다(57 ~59면). 꿈이 사나워 잠을 깬[④⑥]—13] 송도집이 인기척을 느끼고 은신하자(61면), 괴한들이 송도집으로 오인하여 남순을 치악산 오두막으로 납치해 간다[②—1](62~63면).

④—14 : 남순이 지난일을 후회하며 목을 매나 녹용 사냥꾼 일행[이 판서]이 남순을 발견하여 구해낸다(76~78면).

④—15 : 김씨 부인 일행이 홍 참의에게 의지할 요량으로 서울로 가다가 가평에서 주막에 들려 하다(114면) 주막장이와 실랑이를 벌이고 그때 끼어든 술주정뱅이에게 뭇매를 안기는데 그가 만득이다(115~117면).

『치악산』에서 확인되는 우연은 총 18회로, ④ 15회, ⑤ 2회, ② 1회로 이루어져 있다. 상·하 두 권으로 되어 있으니 절대량이 많은 것은 아니지만, 별개의 서사가 연결되는 ④만 따지면 다른 신소설 작품들에 비해 많은 편이다.

『치악산』은 우연의 분포 면에서 두드러지는 특징을 보인다. 이씨 부인의 고난과 구원의 서사에 상당수의 우연이 집중된 반면, 주요 문제가 해결되는 부부의 재결합 및 김씨 부인의 개과천선 과정에서는 우연이 거의 없는 것이다. 이씨 부인의 서사에는 전체 18회의 우연 중 절반 이상인 10회의 우연이 집중되어 있으며 ④만 볼 경우 15회 중 9회가 구사되어 집중도가 매우 높다. 고난·위기에 5~6회 구원·극복에 4~5회가 배치되어 이씨 부인의 서사에서는 우연이 고르게 분포되어 있다.

이와 같은 현상은, 서사구성 전략 면에서 볼 때 이씨 부인의 스토리—
선이 선택되어 우연이 집중적으로 구사된 셈이라고 하겠다. 유서 깊은 여
인의 수난사를 우연으로 점철시킨 이러한 현상은, 앞의 소설들과 마찬가
지로, 『치악산』 또한 흥미를 제고하기 위한 방편으로 우연을 구사하고
있음을 알려준다.

끝으로 『은세계』(동문사, 1908)를 살펴본다. 『은세계』에 대해서는 주제
를 중시한 고평과[27] 구성을 문제시한 비판[28]이 병존한다. 전반부가 최병
도의 서사인 데 반해 후반은 옥남 남매의 서사로 작품이 이분되다시피 한
점이 특징적이어서, 이인직 개인의 창작 여부에 대해서도 논란이 없지 않
다.[29] 우연 또한 전반에는 거의 구사되지 않다가, 최병도가 죽게 되는 시

---

27) 임화의 경우, 사회현실을 전면적으로 반영하여 객관소설을 건축하려 한 작품으로 『은세계』
의 의의를 고평하고 아무런 주저 없이 '걸작'의 반열에 올린 바 있다. 그에 의하면 이 소설은 양
식 면에서도 구소설과 절연한 최초의 작품으로서의 의의를 갖는다(임화, 「續新文學史」, 『조선
일보』, 1940.2.27).

28) 전광용의 경우, 최병도 사후 옥남 남매의 서사로 이어지는 것을 두고 "사건 취급에서의 통일
성이 결여되어 후반을 약화시키는 동시에 정치적인 해설을 노골화시키고 말았다"며 비판적으
로 조명하고, 남매의 미국 유학이 필연성을 지니지 못하며 귀국 후 모친의 회복이 지나친 우연
이라고 비판한 바 있다(전광용, 『新小說研究』, 새문사, 1986, 180면).

29) 이와 관련하여 최원식은 『은세계』의 전반부가 이미 존재하는 「최병두타령」의 개작이리라고
추정한 바 있다(최원식, 「銀世界 研究」, 『民族文學의 論理』, 창작과비평사, 1982). 반면에 양승
국은 당대의 맥락에서 '연극 개량론'과 '신연극'의 요체가 '계몽적 기능의 강화'였다는 판단에 근
거하여(양승국, 「신연극'과 '은세계' 공연의 의미」, 한국현대문학회, 『한국현대문학연구』 6,
1998, 49면) 『은세계』의 '신연극'적 성격은 '후반부의 영웅소설적 성격'에서 보다 잘 확인된다
하고(56면) '최병두 타령'의 존재 자체를 의심한다(59면). 이 문제와 관련하여 채호석은 "『은세
계』의 후반이 전반과 다르다면, 그리고 전반이 뛰어나다면, 그것은 후반에서 그려지는 세계가
아직 존재하고 있지 않은 세계이기 때문이라 볼 수 있지 않을까" 하는 흥미로운 문제를 제기한
다(채호석, 「鬼의 聲'에 나타난 여인의 운명과 그 의미에 대하여」, 이용남 외, 『한국 개화기소
설 연구』, 태학사, 2000, 84면 각주15) 참조). "아직 존재하지 않는 현실을 이미 존재하는 것처
럼 그리지 않는다는 점에서 최소한의 리얼리스트의 면모"를 읽어내는 데는 동의하기 어렵지만,

점에서야 등장한다. 사례를 정리하면 다음과 같다.

④-1 : 죽을 지경에 이른 최병도가 감영 밖으로 나올 때, 남편 소식을 알고
자 올라온 처가 마침 원주 읍내로 들어온다(60면).

⑥-1 : 유문 주막에 머물던 부인이 까마귀 소리를 남편 사망 소식으로 생각
하여 천쇠를 감영에 보낸다(68면).

②-1 : 감영으로 소식을 알러 가던 천쇠가 최본평을 만난다(69면).

④-2 : 이국에서 살아갈 방도를 잃은 남매가 자살할 요량으로 철로 옆에 나
섰으나 기차의 방향과 선로를 잘못 판단한 덕에 죽지 않고, 그들을 수상히
여기던 경찰에 의해 구원된다(109면).

④-3 : 기독교인 씨엑기—아니쓰가 기사를 보고 동정하여, 몇 해든지 공부
할 돈을 대어 주기로 한다(110면).

④-4 : 귀국한 옥남이 세상이 달라졌다는 말을 하자 모친의 본정신이 돌아
온다(134~135면).

④-5 : 모친과 옥남 남매가 불공을 드리는데 총소리가 나며 '무뢰지비' 수백
명이 들이닥쳐 옥순, 옥남을 체포한 뒤, 자신들을 '의병'이라 칭하며 정체
를 묻는다(136면).

이상에서 보듯 『은세계』에는 ④ 5회, ② 1회, ⑥ 1회로 총 7회의 우연
이 등장하고 있다. 앞서 살핀 작품들에 비해 우연이 매우 적다는 점이 가

전후반부를 이렇게 나누어 생각하는 것은 작품의 실제를 고려할 때 적절한 발상이라 생각된다.
본고의 입장은, 전반부가 현실의 인식·반영에 기초한 반면 후반부는 자의적이고 주관적인 발
상의 표백에 해당된다는 것이다. 우연이 전반부에는 없고 후반부에 들어서야 구사되는 현상도
이러한 판단의 주요 근거가 된다.

장 두드러진 특징이다. 이는『은세계』의 주제가 다른 작품들에 비해 반봉건사회에 대한 비판이 강한 현실적 면모를 띠는 점과 관련된다고 보인다.『혈의 누』와『귀의 성』,『치악산』등에서 정치소설적인 내용이나 계몽사상을 피력하거나, 서사의 중심 문제를 해결하는 장면에서 우연이 배제되었던 현상과 같은 맥락에서 이해해 볼 수 있다.

이러한 점은 이 소설에 구사된 우연들의 기능을 살필 때 보다 분명해진다. 7회의 우연 중 처음 3회는 최병도의 죽음과 관련하여 구사되는데, 반봉건 의식이 잘 드러나는 감영에서의 서사 부분이 아니라, 사실상 병자를 인도하게 되는 서사에 한정된다는 점에 주목할 필요가 있다. 이들 우연과 관련하여 세 가지를 말해 둘 수 있다.

첫째는 이들이 주제의 구현과는 사실상 무관하다는 점이다. 둘째는 ④-1과 ⑥-1의 경우에서 보이듯 상황의 절박함을 강조하는 흥미 제고 기능을 수행한다는 점이다. 최병도가 물고 나는 시점과 그 부인이 찾아오는 시점을 일치시킨 ④-1은, 최병도의 죽음을 보다 절절하게 하려는 의도의 소산이라 할 수 있다. 같은 부분에서 술에 취한 교군들의 흥을 기술하여 상황을 대비적으로 강조하는 것과 같은 맥락에 놓여 있는 것이다. 끝으로 ②-1이 좋은 예가 되듯, (우연이 없다면) 현실적인 사건 처리가 번거로울 부분을 쉽고도 간명하게 처리하기 위해 우연을 사용한 점이다. 옥남의 말에 모친의 정신이 돌아온다는 실로 허황한 우연의 경우(④-4)도 이에 속한다고 할 수 있다.

『은세계』에 구사된 적은 수의 우연이 흥미를 제고시키는 데 기여하게끔 구사되었음은 옥남 남매의 자살 실패와 관련된 두 차례의 우연에서 보다 확연해진다. 이는, 전통적·일반적인 맥락대로 주인공의 위기와 구원

과정에서 우연을 구사한 경우에 해당한다.

이상으로 보면, 반봉건 현실 비판 및 계몽 의지의 표현이라는 주제효과와 관련된 부분에서는 우연이 구사되지 않고, 서사의 전개를 기묘하게 하여 흥미를 돋우거나 주인공들의 운명을 타개하는 손쉬운 방법으로 우연을 구사하고 있다는 점에서,『은세계』또한 다른 작품들과 유사한 면모를 보인다고 하겠다. 따라서『은세계』에 우연의 구사 횟수가 적은 것은 이 작품의 주제효과가 다른 신소설들보다 현실 지향적이고 무겁기 때문일 뿐, 소설 미학적인 차원에서 별다른 의미를 갖는 것은 아니라고 하겠다.

4. 이인직 소설에서의 우연 구사의 효과와 의미

여기서는 앞 절들의 분석을 정리하고, 이인직의 신소설에 구사된 우연의 효과와 의미를 추론해 본다.

이상의 분석에서 가장 먼저 확인된 바는 이인직의 신소설에 우연이 자주 구사된다는 사실이다. 본고에서 직접 논하지는 않았지만 이는『유충렬전』이나『조웅전』등에 비해서도 많은 것이다.『은세계』가 예외기는 하지만 이인직의 작품을 포함하여 신소설이 우연을 많이 구사한다는 점은 소설사적인 사실로 새겨 둘 필요가 있다.[30]

우연의 빈번한 구사와 더불어 주목할 사실은, 우연을 구사하되 필연으

---

30) 이해조의『고목화』,『빈상설』,『원앙도』,『모란병』등이나 최찬식의『추월색』등은 우연의 빈도가 훨씬 더 높을 뿐 아니라, 등장인물들 스스로가 사태의 기기묘묘한 우연적 전개에 감탄을 금치 못하는 모습까지 보인다. 이들에 대한 자세한 논의는 다른 기회로 미룬다.

로 보이게끔 시도하지 않는다는 점이다. 앞에서 검토한 어떠한 우연의 경우도 작가나 서술자가 합리화하려고 하지 않음을 알 수 있다. 『혈의 누』에서 옥련 모의 자살 시도가 실패하게 되는 우연의 경우(②-1) 그녀가 뛰어내린 곳의 수심이 깊지 않음을 작가-서술자가 꼼꼼히 설명하고 있는데, 이는 사태를 합리화하려는 것이라기보다 우연의 기묘함을 강조하는 것에 해당한다.[31]

이러한 상황은 어찌 보면 우연의 우연성이 지각되지 않은 / 못한 탓이라고 할 수도 있다. 그러나 신소설 일반에 우연이 미만하고 이광수의 『무정』이나 1920년대 중반의 소설에서도 우연을 부정적으로 의식하고 배제하려는 시도를 찾기 어려운 점을 염두에 두면, 신소설 시기에 우연은 작가 및 독자들에게 문학적 관습의 하나로 받아들여졌다고 보는 것이 옳다고 하겠다. 우연이 부정적인 것으로 의식되지 않음은 물론이고, 작품 내에서의 우연의 구사가 방법론적으로 보장받았다고 할 것이다. 이러한 상황에서 이인직 또한 우연을 어떠한 결함으로 의식하지 않은 채 필요에 따라 자유자재로 구사했다고 볼 수 있다. 이인직이 의식적으로 시도하고 어느 정도 성취해 낸 문체 및 구성에 대한 실험을 고려하면,[32] 이러한 판단의 적실성이 보다 강화된다. 우연을 부정적인 것으로 의식했다면 이렇게

---

31) 우연에 대한 해명이나 합리화의 경우로는, 염상섭의 『사랑과 죄』의 다음 구절을 예로 들 수 있다; "해주ㅅ집이 병원에서 나오다가 뎡마리아를 만낫다고 하면 그것은 소설가다운 공상으로 일을 공교하게도 쑴이랴고 하는 그짓말이라고 할 듯 십다. 그러나 세상에는 그짓말 가튼 정말이 하도 만흔 것이다. 사실 해주ㅅ집의 운수가 조화서 그래ㅅ든지 병원 문을 나서기 전에 마리아와 싹 마조첫다"(『廉想涉全集』 2, 민음사, 1987, 163~164면). 이런 경우와 비교해 보면, 『혈의 누』의 경우는 우연을 해명하는 것이 아니라 반대로 우연의 우연성을 강조하려는 것이라 할 수 있다.
32) 정선태는, 다양한 판본들까지 망라하여 이인직의 소설을 검토하면서, 새로운 소설문장을 확립하려 한 이인직의 노력을 상세히 입증해 낸 바 있다(정선태, 「신소설의 서사론적 연구—이인직 소설을 중심으로」, 서울대 석사논문, 1994, 9~24면 참조).

많은 우연을 그리도 빈번하게 구사하지는 않았을 터이다.

우연을 소설 기법 중의 하나로 마음 편히 구사했다는 본고의 주장은, 우연이 빈번히 구사되데 주제 구현 부분 곧 현실적인 문제를 폭로하거나 비판하는 서사에서는 배제되는 경향에 의해서도 근거를 얻는다. 앞서 살폈듯이 『혈의 누』나 『은세계』의 경우 정치소설적인 주제가 표출되는 부분에서는 우연이 구사되지 않는다. 『치악산』과 『귀의 성』의 경우도 문제가 해결되는 서사에서는 우연의 빈도가 현격히 떨어지고 있다. 이상은, 이인직의 소설에서 우연이란 주제의 표출에 기여하는 방식으로 사용되지는 않고, 작품의 흥미를 제고하기 위한 수단이나 사건 전개를 용이하게 하는 장치로 구사되고 있을 뿐임을 알려준다. 요컨대 이인직의 신소설에는, 우연의 구사가 주제의 구현에는 효과적이지 않다는 판단이 깔려 있는 셈이다.

우연의 구사가 소설의 흥미를 높이기 위한 것이라는 판단은 우연 일반의 효과33)에 의해서도 근거를 얻지만, 독자의 궁금증과 긴장을 유발하는 '인물의 고난·위기와 구원·극복이 극적으로 중첩되는 서사 과정'에 우연이 빈번하게 등장한다는 본고의 분석에 의해서도 입증된다. 극적 전개 과정의 흥미 제고 효과는 두루 인정되는 것인데, 『치악산』이나 『귀의 성』 등의 경우 서사의 대체 현상에 의해 이러한 효과가 더욱 부각된다. 이에 더하여, 이인직이 신소설을 쓰던 시기의 문학 공간의 사정도 고려할

---

33) 소설의 우연이 '경이감'을 주어 흥미를 높인다는 점에 대해서는 여러 논자들이 언급한 바 있다. 쿠키슈우조우는 좀 더 나아가서 "우연성이 문학의 내용 및 형식에 갖는 두드러진 의의는 주로 형이상적 경이와 그것에 수반되는 '철학적 미'에 있는 것"이라 하고, "예술 그것의 구조성격이 우연적"이라고까지 주장한다(쿠키슈우조우, 김성룡 역, 『우연이란 무엇인가』, 이회, 2000, 256~257면).

수 있다. 주지하듯이 이 시기의 신소설은 끊임없이 출판되는 전래의 고소설들과 독자를 대상으로 한 경쟁 관계에 놓여 있었다. 따라서 이러한 생존경쟁에서 살아남기 위해 작품에 갖춰야 할 흥미를 위해 우연을 적극적으로 구사하였으리라고 쉽게 추정해 볼 수 있다.

이상을 정리하여, 우연의 구사 목적이 흥미를 높이는 데 있으며, 진지하고 현실적인 내용을 표현할 때는 우연을 배제하는 양상이 이인직의 신소설 일반에 관철되고 있다 하겠다. 여기서 한걸음 더 나아가면, 이인직의 경우 우연을 통한 흥미의 제고와 계몽적·정치적 주제의 구현을 명확히 변별하면서 두 가지를 모두 추구하고자 했다고 할 수 있다.

이러한 점은 너무도 당연한 지적처럼 들릴 수 있지만, 작품의 주된 갈등을 구성하고 주제효과를 직접적으로 구현하기 위해 우연[차중기연(車中奇緣)]을 구사하는 『무정』이나, 꿈의 서사를 통해 주제의식을 상징하는 행동을 유발하는 최서해의 신경향파 소설, 그리고 이들과는 반대로 우연의 철저한 배제를 통해 주제를 구현하려 한 리얼리즘소설 등과 비교하면 소설사적인 맥락에서 신소설의 특징을 놓치지 않을 수 있다. 우연과 중심 메시지를 병렬적으로 제시하는 방식이야말로 이인직 신소설의 특징인 것이다. 비단 국초의 경우만 이런 것이 아님을 고려하면, 신소설이 주제의 구현과는 별개로 흥미를 제고하는 방편으로 우연을 적극적으로 구사했음은 한국 근대소설사의 전개에 비추어 강조할 만한 특성이라 하겠다.[34]

---

34) 바로 이러한 맥락에서, 신소설의 대중성을 검토하는 김석봉의 경우 주제와 문제의식 면에서 우연성에 주목할 법한데도 그러지 않은 점이 유감스럽다. 그의 경우는 작품상의 사실로서 우연을 간취하되, '멜로드라마의 사건 과잉 양상'이나 '대중소설의 문제 해결 양상'의 일환으로 우연 및 우연성을 해소하는 논의 구도를 보이고 있다(김석봉, 『신소설의 대중성 연구』, 역락, 2005, 3·5장 참조). 이는 우연 및 우연성이 소설 일반과 갖는 다양한 관계를 보지 못하고, 현실주의적인 견지에서 우연을 부정적으로 협소하게 바라보고 있는 탓이라 할 수 있다. 우연에 대한 이

지금까지 본고는, 이인직의 신소설이 우연을 하나의 기법으로 간주하여 자유자재로 풍부하게 구사하고 있으며, 주제의 구현과 병렬적으로 구사하는 점에서 볼 때 우연의 기능과 효과를 적절히 인식하고 있다는 점을 밝히고, 이러한 사실이 소설사의 맥락에서 볼 때 특기할 만한 것임을 주장하였다. 이와 더불어, 이인직 신소설의 몰주체적인 성격을 우연의 구사 양상을 통해 실증적으로 밝히고, '이유적 소극적 우연'에 해당하는 '꿈'의 유형과 기능을 구별한 것 등이 본고의 성과라 하겠다.

소설과 우연의 관계를 한국 근대소설의 형성과정을 따라가면서 구명하려는 기획의 일환으로 이인직의 신소설을 검토한 것이라, 의도와는 달리, 한편으로는 큰 스케일의 논의를 완미하게 꾸리지 못하고 다른 한편으로는 이인직 소설론으로서의 정치함도 갖추지 못한 감이 있다. 무엇보다도, 우연과 관련한 신소설 일반의 특징을 개관할 수 없었던 점이 제일 큰 문제라 하겠다. 이 자리에서는 차후의 과제로 남길 뿐이다.

러한 선규정적인 부정적 태도는 우연을 직접 검토하는 논의들에서도 어렵지 않게 찾아볼 수 있다. 우연을 객관적으로 보는 일은 이만큼 어려운 일이라고 하겠다.

역사 속의 비극적 개인과 계몽 의식

춘원 이광수의 1920년대 역사소설

1. 역사소설을 보는 문제

춘원 이광수의 역사소설에 대한 기존의 평가는 대체로 부정적이다. 딱히 춘원의 경우에 국한되지 않고, 식민지 시대에 나온 역사소설들 일반에 대한 연구사의 평가가 인색한 것이 사실이다. '역사소설'의 긴장을 낳는 두 요소 곧 '역사'와 '소설' 각각의 기준을 세운 뒤에 그에 비추어 외삽적인 평가를 내려 온 데 그 원인이 있다. 한편으로는 역사적 사실에 있어서의 착오나 과거를 바라보는 역사관이 문제되고, 다른 한편으로는 근대 장편 소설이 지녀야 할 문학성을 갖추었는가 하는 점에서 비판적인 지적들이 이루어졌다. 춘원의 경우에 한정하여 살펴도 사정이 그러하다.

춘원의 역사소설에 대한 당대의 평문에서부터 이러한 점이 두드러진 다. 『단종애사』를 두고서 주요섭은, 말미가 충실하고 감상성을 탈피했다는 점 등을 들어 춘원의 장편 중 가장 잘된 것이며 신문소설로는 성공한 것임을 지적하는 한편, 주인공 단종의 인격이 불분명하게 그려지는 등 인물들이 살아 있지 못하며 상황에 있어서 '歷史의 참 骨髓가 되는 大衆의 움즈김, 大衆의 生活, 大衆의 感情과 情緒'를 발견할 수 없다 하여 비판한 바 있다.[1]

'역사(에 대한 인식)'와 '소설(미학의 구축)' 양 측면으로부터 비판적으로 따져 들어가는 이러한 방식은, 춘원의 역사소설 일반에 대하여 포괄적인 비판을 행한 김동인에 의해 정식화된 감이 있다. 1921년 상해로부터 귀국하여 재차 문학 활동을 펼친 춘원의 작품들을 검토하면서 김동인은『허생전』과『일설 춘향전』을 '물어(物語)'라 하고,『마의태자』와『단종애사』,『이순신』의 세 편을 사담(史譚)에도 못 미치는 '사화(史話)'라 하여 비판하고 있다.[2] 그의 비판은 크게 두 부분으로 이루어져 있다. 한편으로는 역사적 사실의 재현이 적절치 못함을 수없이 지적함과 동시에 우리의 역사를 지나치게 소극적 · 부정적으로 바라보는 태도를 비판하였고, 다른 한편으로는 이야기성을 제대로 갖추지 못하여 소설의 권내에 들지 못하였다고 폄하하였다. 스스로는 소설적 구성에 초점을 둔다고 했지만 비판의 준거가 '역사'와 '소설' 각각에 놓여 있음은 물론이다.

이후의 연구 성과들도, 춘원의 역사소설이 역사적 사실에 충실하지 못하고 바람직한 역사관에 바탕을 두지 못했으며, 소설 미학적으로도 여러 가지 결함을 보였다는 식의 인식소를 대체로 공유하고 있다.

---

1) 주요섭,「通俗化의 悲哀―端宗哀史」,『東光』, 1931.1.
2) 김동인,「春園研究」(『三千里文學』, 1938.1~4),『金東仁文學全集』12권, 대중서관, 1983, 387면.

춘원의 역사소설들에서 발견되는 역사적 사실의 착오에 대한 지적은 여러 글에서 빈번히 지적되어 왔다. 김동인의 「춘원연구」는 이러한 항목이 이루 다 적을 수 없을 만큼 많다고 조롱조로 기술하고 있다. '묘사상의 오류와 史實의 부정확성'을 지적하거나,[3] 디테일의 정밀한 재현에 있어서의 오류들을 적시하는 것[4] 등 역시 같은 맥락에 놓인다.

춘원의 역사소설에 대한 보다 통렬한 비판은 작가의 사관(史觀)을 문제 삼는 경우이다. 대표적인 경우로 최일수의 소론[5]을 들 수 있는데, 이광수와 김동인의 역사소설을 대상으로 하면서 그는, 작가의 역사 해석이 '민족의 역사적인 발전에 기여했느냐 損失을 가져왔느냐'(313면)를 묻고 있다. 민족의 이해를 기준으로 삼는 것이다. '민족의 이해'를 고려하는 것이야 동의할 수 있지만 그것이 유일한 기준으로 구사되는 것은 문제이다. 유감스럽게도 그는, 우리의 역사소설들이 '王權의 부패상을 다 함께 誇張 描寫'함으로써 "우리 민족의 자주적인 역량의 缺如를 그러한 부패상을 통해 자인"(314면)했다고 비판하며 "작품이 좋다는 것을 民族的 價値 意識을 떠나 생각해서는 안 된다"(317면)고 단언한다. 해서 그는 "엄밀히 분석해 볼 때 이제까지 우리 文學의 歷史小說은 올바르고 확고한 史觀에 입각하여 現代的인 解釋을 내린 작품이 불과 몇 편 정도에 불과하다"(312면)고 인색한 평가를 내린다. 이러한 맥락에서 그는 춘원의 역사소설을 두고 "그의 전작품은 民族改造論에 입각한 啓蒙主義史觀으로 이루어지고 있으며 또한 그 史觀은 日帝植民史觀과 상통이 되고 있다"(317면)고 단언한다.

3) 김치홍, 「春園의 '端宗哀史' 硏究」, 명지대 국문과, 『명지어문학』 10호, 1978.2, 207~210면.
4) 강영주, 『韓國 歷史小說의 再認識』, 창작과비평사, 1991, 52면.
5) 최일수, 「歷史小說과 植民史觀—春園과 東人을 中心으로」, 『韓國文學』, 1978.4. 이하 괄호 안에 면 수만 표기함.

이러한 태도는 몇 가지 문제점을 가지고 있다. 구체적인 분석 없이 '식민사관과의 상통'을 매카시즘적으로 구사하는 것이 첫째 문제이고,[6] 문학의 특성을 전혀 고려치 않고 문학 활동의 경계를 심히 좁히는 발상이 둘째 문제이며, 우리의 문학사를 보잘 것 없는 것으로 마냥 폄하하는 것이 다음 문제이다.

같은 맥락에서, 작가의 미숙한 역사의식과 현실에 대한 안이한 태도의 지적,[7] 평민들의 사회상이나 민족의 참된 총체를 파악할 수 없다는 비판,[8] 춘원의 사상에 대한 '식민주의 사관의 정체성론', '관념사관', '보수적 민족주의' 등의 규정과 '이념의 제시를 위해서는 사실의 왜곡도 서슴지 않는 창작 태도'에 대한 지적,[9] 역사관의 정태적이고 단선적인 성격 및 역사인식의 미숙성과 현실을 대하는 안이한 태도에 대한 비판[10] 등을 들 수 있다.

춘원의 역사소설에 대한 부정적인 평가의 두 번째 갈래는, 근대소설의

---

6) 본고의 입장에서는, 춘원의 「民族改造論」(『開闢』, 1922.5; 『李光洙全集』 10권, 우신사, 1979) 이 식민사관에 이어진다고는 생각되지 않는다. 물론 이 소론이 구성원을 배치하는 사회 시스템의 정당성에 대한 반성이 전무한 채로 직분·안분론의 맥락에 그쳐 있는 점(10권, 140~141면)은 놓치지 않고 비판해야 하지만, 일체의 정치성을 배제하자 하고 우리 민족의 단점을 적나라하게 드러낸 것이, 식민사관과의 상통이라는 판단의 논리적인 근거로 작용할 수는 없는 터이다. 정치성 배제 선언과 관련해서는, (다소의 차이는 있지만) 춘원의 수양동우회 운동이 흥사단의 '국내' 조직이라는 점을 고려하면서, 식민지치하에서의 민족운동이 스스로를 유지하는 방편일 수 있다는 사실을 진지하게 생각해야 할 것이다. 또한 「民族改造論」에 나타난 우리 민족에 대한 평가가 결코 비하에 있지 않다는 점도 무시되어서는 안 된다. 따라서 친일 행적과 식민사관의 수용, 자민족 비하 등을 내용으로 하여 춘원의 1920년대 행적을 비판하는 것은, 일제 말기의 의식적인 친일 행위의 부정성을 확대하여 편의적으로 내린 단죄의 성격이 적지 않다. 이 문제에 관한 한 춘원은 동네북이요 죽은 개 취급을 받은 점이 없지 않은 것이다.
7) 백낙청, 「歷史小說과 歷史意識」, 임형택·최원식 편, 『韓國近代文學史論』, 한길사, 1982; 강영주, 『韓國 歷史小說의 再認識』, 창작과비평사, 1991, 49면 참조.
8) 김치홍, 「春園의 '端宗哀史' 硏究」, 명지대 국문과, 『명지어문학』 10호, 1978.2, 195면.
9) 강영주, 앞의 책, 54·62~63면 참조.
10) 윤병노, 『한국 근·현대 문학사』, 명문당, 1991, 160면.

미학이라는 기준에서 분석이 이루어지는 경우들이다. 작품의 구성상 미비점들이나 이전 시대 문학 같은 특성의 잔존 등을 지적하는 논의들이 이에 해당된다. 더 나아가서 루카치의 『역사소설론』11) 등에 의거하여, 춘원의 역사소설이 작품의 배경을 현재의 전사(前史)로 취하지 못했다거나 인물 설정에 있어서 중도적 주인공을 세우지 못했다거나 하고 비판하는 경우12) 역시 이에 속한다.

이상과는 달리, 춘원의 역사소설이 당시 상황에서 가졌던 의미 및 의의를 고려하여 평가를 달리하는 연구 성과들도 있다. 편의적인 비판 대신에, 작품과 그것이 산출되고 받아들여진 상황의 관련을 따지며 그 의미를 가늠해 본 것들이다. 이들은, 식민지 상황의 구체성(순종의 인산, 『동아일보』의 정간 등)을 고려하는 한편, 대중들을 끌어들이고자 하는 작가의 전략에도 주의를 기울임으로써, 역사의식의 한계와 작품의 여러 결점들에도 불구하고, 당대적인 의미를 인정해야 한다고 균형 잡힌 시각을 견지하거나,13) 춘원의 민족주의자로서의 의식 및 의도와 관련하여 그의 역사소설의 긍정적인 측면을 살려 읽어 주거나,14) 시대상황과 춘원의 이력을 폭넓게 충실히 검토한 위에서 작품들에 투사된 의도와 그것이 받아들여지는 양상을 지적하고 춘원의 문학 활동 전체에 비추어 비평을 가하거나15) 함으로써 기존 연구의 편향성을 바로잡고 그 지평을 넓혀 주었다.

모든 학적 연구는 연구사의 지평 속에서 즉 기존의 연구 성과를 의식하

---

11) 루카치, 이영욱 역, 『역사소설론』, 거름, 1987.
12) 백낙청과 강영주가 대표적인 경우라고 할 수 있다.
13) 송백헌, 『韓國 近代 歷史小說 硏究』, 삼지원, 1985.
14) 조희정, 「春園 李光洙의 歷史小說 小考」, 숭전대 국어국문학회, 『숭실어문』 3집, 1986.6.
15) 김윤식, 『李光洙와 그의 時代』, 한길사, 1986.

면서 이루어져야 한다는 사실에 비추어 본고는 기존의 평가들이 범한 잘 못을 교정하는 데 적지 않은 주의를 기울이고자 한다. 이는, 국문학 연구 의 세부 갈래 중 그다지 연륜이 오래 되지 못한 역사소설의 연구에 있어 서 드러난 일종의 편향을 바로잡는 데 한 걸음을 뗄 수 있었으면 하는 바 람에서이기도 하다.

물론 비판만으로 연구의 의의를 갖출 수는 없다. 그보다 중요한 것은, 문학 연구의 기본을 충실히 지키는 일이다. 다른 말이 아니라, 작품의 실 제를 꼼꼼히 분석하는 데서 출발하고, 작품이 놓인 시대의 문학 활동 일 체 속에서 해당 작품이 갖는 의의를 가늠해 본 뒤에, 이 위에서 문학사 적·정신사적 평가를 시도해야 한다는 것이다. 춘원의 역사소설을 연구 하는 데 있어서는 이러한 세 단계의 작업에 충실을 기하는 것이 더욱 요 청된다. 매우 유감스럽게도 춘원이 쓴 초기의 역사소설들에 대해서는 작 품의 실제조차도 제대로 검토하지 않고 잘못된 견해를 무반성적으로 끌 어다 쓴 경우가 적지 않은 까닭에, 이렇게 당연한 사실에 충실을 기하는 것만으로도 본고의 한 가지 의의를 얻을 수 있으리라 생각된다.

2. 텍스트 변용을 통한 주제 구현 – 춘원 역사소설의 초기 삼부작

1920년대에 발표된 춘원의 역사소설은 모두 다섯 편으로 줄곧 『동아일 보』에 연재되었다. 이 중 「가실」(1923.2.12~23) 한 편만이 단편이고 나머 지 『허생전』(1923.12.1~1924.3.21)과 『일설 춘향전』(1925.9.30~1926.1.3), 『마의태자』(1926.5.10~1927.1.9), 『단종애사』(1928.11.30~1929.12.11)는 모두

장편 신문 연재 소설이다.16)

일견 드러나는 특징은 모두가 신문에 연재되었다는 사실이다. 이와 관련해서 두 가지를 지적해 둘 필요가 있다. 첫째는, 춘원에게 있어 『동아일보』의 의미가 대단히 소중했다는 점이다. 「민족개조론」으로 반발을 사게 되어 문필 활동의 장이 봉쇄되었을 때 그에게 돌파구를 열어준 것이 바로 동아일보였다.17) 1933년에 이르는 10년간 춘원은 제1의 민족지를 표방하던 『동아일보』를 무대로 하여 자신의 생각을 구현할 수 있었는데, 역사소설 역시도 그 일환이었다. 둘째로는 통속성으로부터 자유롭기 힘든 신문을 매체로 하면서 오히려 그 점을 십분 이용하였다는 점이다. 이와 관련해서, 순수문학에 대한 열정으로 인해 문학이 독자로부터 분리되어 가던 문학 상황을 바꾸고 사람들을 '文學線'까지 끌어올리는 '문화적 문학 운동'의 길로 춘원이 나서게 되었다는 김동인의 평가18)를 고려할 필요가 있다. 물론 '문학'을 정점으로 놓는 동인의 해석을 뒤집어서 문학을 민족운동의 방편으로 여겼던 춘원의 입장에서 생각해야 하겠지만, 일차적으로 중요한 것은, 신문 연재 형식을 통하여 이광수가 일반 독자와의 접촉을 보다 직접화한 사실이다.

---

16) 같은 시기에 쓰였지만 중단된 것으로 『공민왕』(『조선일보』, 1937.5.28~6.10)이 있고, 1940년대 이후의 작품으로는 『세조대왕』(박문서관, 1940.7), 『원효대사』(『매일신보』, 1942.3.1~10.31), 『사랑의 동명왕』(한성도서, 1950.5)이 있다. 이하 모든 작품의 인용은 『李光洙全集』(우신사, 1979)에 의한다. 처음 나올 때만 '권 수;면 수'로 표기하고 이후는 '면 수'만 본문 속에 괄호를 넣어 병기한다.

17) 이광수는 「多難한 半生의 道程」(『朝光』, 1936.4~6)에서, 「가실」을 발표하게 해 준 『동아일보』측의 호의를 "埋葬된 나를 무덤 속에서 끌어내는 것"(『李光洙全集』8권, 455면)이라 감격적으로 기억하고 있다.

18) 김동인, 「春園研究」, 『金東人文學全集』12권, 대중서관, 1983, 385~386면.

첫 작품 「가실」부터 이상의 두 가지 사실에 밀접히 관련되어 있다. 김윤식의 지적대로 이 작품은 상해에서 귀국하여 「민족개조론」으로 물의를 일으킨 후 칩거하던 작가의 처지와 관련해서 의미 있게 읽을 수 있다.[19]

「가실」에서 주목할 점은 『삼국사기』에 실려 있는 '설씨녀 설화'와 비교했을 때 확인되는 변용의 측면이다. 세 가지를 지적할 수 있는데, 설씨녀가 아니라 가실이 주인공이라는 점, 고구려를 떠나 조국으로 향하는 가실의 기쁨을 드러내는 데서 그쳐 있다는 점, 전쟁이 갖는 의미를 적지 않은 비중으로 다루고 있다는 점이 그것이다. 처음과 끝의 항목은, 가실이 성실하고 신의 있는 인물로 제시되며 고구려에서도 그와 같은 인간됨과 논농사 기술로 해서 따뜻한 대접을 받게 된다(8:116~117면)는 점에 비춰볼 때, 이 작품을 통하여 민족 개조의 한 걸음을 떼고자 하는 작가의 의도가 현실화된 것이라 할 수 있다. 두 번째는, 생략을 통하여, 원래 설화와는 다른 의미의 함축을 꾀하였다는 점에서 이 작품의 근대소설적 성취도를 나타내 주는 것이라 하겠다.

이광수의 역사소설들을 두고 문학적인 측면에서 높이 평가해 줄 여지가 없다는 식의 인식이 일종의 통설처럼 굳어진 점을 부정할 수 없는데, 작품의 실제를 꼼꼼히 보면 이러한 생각이 다소 지나치고 근거 없음을 쉽게 알게 된다. 두 인물의 재회를 그리지 않은 「가실」의 서사 구성 역시 이러한 의미에서 주목할 만하다.

역사 기록이나 설화 등 재래의 서사에 변화를 가한 가장 뚜렷한 예로 『허생전』을 들 수 있다. 이 작품은 주제상의 변화와 소설적 가공의 정도

---

19) 김윤식, 『李光洙와 그의 時代』, 한길사, 1986, 781~785면.

가 심하여 연암 박지원의 '허생 이야기'와는 이질적인 작품이다. 연암의 글이 보이는 순차적인 구성을 비튼 점, 돌이와 홍 총각, 김문흠, 조곰보 등 새로운 인물들을 개입시켜서 상황을 구체화한 것, '～습니다' 체를 사용하는 서술자를 설정하여 판소리 사설체의 효과를 얻은 점, 흡사 암행어사나 의적과 같이 행동하는 허생을 그림으로써 활극적 요소를 갖춘 것, 각종 재담을 가미함으로써 읽는 재미를 더한 점 등이 소설적 가공의 결과이다. 좀더 세밀히 말하자면, 앞의 두 가지는 근대소설다운 면모를 갖추기 위한 장치이며, 나머지 셋은 주제 효과의 전달을 극대화하기 위하여 마련된 당의(糖衣)적인 요소라 하겠다.

형식적인 측면보다 더 중요한 것은 내용상의 변화이다. 다음의 두 가지가 주목된다. 첫째는 일종의 대체역사소설 혹은 공상소설로 보일 정도로, '새나라 건설' 부분을 매우 장황하게 짜 넣은 점이며,20) 둘째는 허생의 뜻이 당장의 북벌이 아니라 태평성대를 만들어 힘을 기른 후 도모하자는 것으로 제시되고 또 그것이 이완을 통해서 실현되고 있다는 사실이다.21) 이러한 변화에 민족주의 운동가인 춘원의 소신이 발현된 것임은 따로 생각할 여지도 없다.22)

『허생전』은 사태를 단순화하고 과장이 지나친 탓에 현실성이 무시되고 의미 층위가 저급해졌으며, 조선에서의 서사가 보이는 사회 비판적 함의가 새나라에서 전개되는 실제적인 방략에 의해 약화되는 내용구성상의

---

20) 전집을 보면 345면에서 402면에 걸쳐 있어, 양으로 볼 때 전체의 1 / 3 정도 된다.
21) 이러한 점을 생각하면, 몇몇 연구들에서 이 작품을 두고 '허생전'을 단순히 소설화한 번안소설 운운한 것은 실로 유감스러운 일이다.
22) 이 맥락에서 김윤식은 "『허생전』은 춘원 자신의 이념의 실천 행위의 일종인 셈이다"라 지적한 바 있다(김윤식, 앞의 책, 798면).

문제를 보이고 있다. 새나라를 이끌어갈 지침을 작가는 허생의 종복인 돌이의 입을 빌어 다음과 같이 말해 두고 있다. "첫째 사람마다 놀고먹지 말고요, 둘째 사람마다 속이지 말고요, 셋째 사람마다 남을 부리지 말고요, 넷째 다투지 말고요…… 그러면 잘살리라고 생각합니다."(1;402면)

　사정이 이러한 탓에, 새나라의 이상으로 제시된 모습을 현실 문제를 호도하는 것으로 지적한다든지 하는 비판이 가능할 수도 있겠다. 글 읽을 줄 아는 사람을 새나라에 남기지 않고(381면), 근본 윤리 외에는 나라를 다스릴 다른 방책을 마련하지 않는(401면) 등에서 근거를 찾으며 말이다. 사회 구성원 각자가 수신(修身)과 직분(職分)에 충실을 기하고 그러한 태도를 전파해야 한다는 주장은 「민족개조론」에서 이미 제시된 것인데, (이에 대한 판단이 당시의 상황과 인식 등을 고려하여 좀 더 세밀하게 내려져야 할 문제라는 점은 차치하더라도,) 이러한 인식적 요소가 있다 해서 그것만 가지고 작품 전체를 일의적으로 재단할 수 없음도 다시 말할 필요가 없을 것이다. 이에 더하여, 이 소설에 등장하는 새나라는 말 그대로의 유토피아에 가깝다는 사실과, 풍랑으로 헤어졌던 조곰보가 행악을 부리던 곳으로 들어가 그의 죽음을 사실상 방조한 뒤 또 하나의 새나라를 만드는 내용(386~395면)이 첨가된 점 등을 무시해서는 안 된다. 작품 내 세계에서 허생의 이상이 실현될 가능성을 마련하고 그것을 위해서는 군사들간의 싸움도 배제하지 않음으로써 '새나라 건설' 서사에 있어서 현실도피와는 거리가 먼 면모도 갖춘 까닭이다.

　『허생전』에 이어 『재생』을 발표한 이광수는 그 뒤에 『일설 춘향전』 연재에 들어간다. 이 작품의 발표는, 궁극적으로는 자신의 대중적 영향력을 강화하기 위하여, 춘원이 문학 독자들의 인기를 얻고자 한 데 있었으리라 짐작된다.

춘향전은 애국계몽운동기에 이르기까지 그 판본만도 50여 편이 넘을 정도로 전국민적인 예술이요 문학이라 할 수 있다.[23] 이해조가 쓴 신소설 『獄中花』(1912)의 인기 역시 대단하여 이후 '옥중화계 춘향전'으로 분류되는 작품들이 쏟아져 나왔다. 1912년에서 1942년에 이르는 기간 동안 각종 이본과 개작본 등을 합쳐 춘향전의 간행 횟수가 무려 97회나 되며, 1930년대 중반에 이르기까지 연간 7~40만 부 정도 팔린 것으로 추산되고 있다.[24] 창작・생산에 한정하지 않고 문학 활동을 포괄적으로 볼 때, 수용과 소비의 측면에서는 구활자본 소설의 세력이 상상 이상으로 막대했는데, 그 중에서도 춘향전은 수위에 든다.

춘원의 『일설 춘향전』은 바로 이러한 맥락 속에서 쓰여졌다. 그가 동아일보에 정착한 이후이므로[25] 이는 매문(賣文)이 아니며, 구체적인 내용을 보건대 문학적인 훼절도 아니다. 결론을 당겨 말하자면, 『일설 춘향전』은 전형적인 '춘원적 문학 행위'의 일환으로 이루어졌다고 할 수 있다. 독자대중들에게 스며들어서 그들을 교화하고 도움을 주는 것, 이야말로 민족주의 운동가인 춘원이 소설을 대하는 태도였던 것이다.[26]

---

23) 설성경이 정리한 자료집(설성경 편, 『춘향예술사 자료 총서』, 국학자료원, 1998)에 수록되어 있는 춘향전은 판각본과 필사본만 쳐도 35편에 이른다. 『獄中花』이후의 활자본은 18편이 수록되어 있다.

24) 천정환, 「한국 근대 소설 독자와 소설 수용 양상에 대한 연구」, 서울대 박사논문, 2002, 37~39면 참조.

25) 춘원의 회고에 의하면 『재생』(1924.11~1925.9)을 연재하던 즈음 그는 동아일보 편집국장의 자리에 있으면서 '社說, 小說, 甚至於 橫說竪說까지 말하자면 新聞의 四設'을 모두 맡아 썼다고 되어 있다(「端宗哀史」와 '有情—이럭저럭 二十年間에 十餘篇을」, 『三千里』, 1940.10; 『李光洙全集』 10권, 541면). 1926년 11월에 편집국장에 취임했다는 김윤식의 지적(김윤식, 앞의 책, 829면)을 보면 착오인 듯하지만, 어쨌든 사내에서 그의 지위가 안정적이었음은 확인할 수 있다.

이와 관련하여 김동인의 다음 지적은 시사하는 바가 적지 않다.

왜 이다지도 「獄中花」에 구속되었는지? 여기는 春園이 작품마다 즐겨서 집 어넣는 인도주의며 민족주의며 또는 비장한 기분까지 집어넣을 줄을 잊고, 조심조심히 전자의 발자국을 따랐다. / (…중략…) 조심조심히 썼다. 春園이 上海로 망명하기 이전과 다시 歸國한 뒤의 사이는, 文學的으로 朝鮮의 사회가 너무도 변하였으므로, 여기 질겁한 春園은 자기의 인제 밟을 길로서 '문화적 의미를 가진 문학운동'을 개척하려고 이렇듯 「許生傳」이며 「一說 春香傳」의 '레벨'까지 뒷걸음을 친 것이었다. / 그러나, 春園 자신으로도 기대하지 않았던 성원이 독자층에서 울리었다. / '당신의 作을 기다린 지 오래다. 목마른 우리에게 그대는 그 윤택 있는 作을 보여다고. 건조무미한 소위 문예들은 보기도 싫다.' / 이러한 聲援聲이 굉연히 독자층에서 울리우기 시작하였다.27)

'문인으로서의 위기 의식'을 강조하며 춘원의 위상을 좁게 보는 점을 제외하면, 이 인용문은 두 가지 측면에서 의미심장하게 읽힌다. 첫째는 물론 독자들의 호응이 대단했다는 지적이다. 김동인은 놀란 듯이 말하지만, 춘원 자신이 기대하지 않았을 리가 없다. 그가 생각하는 민족 개조가 민족 구성원 개개의 인간 개조 및 그 확산28)임을 고려하면 사정이 명확해진다. 자신이 주창하는 민족개조 운동에 관심을 갖고 호응해 줄 사람들

---

26) 일찍이 춘원은 '小說을 쓰는 것은 나의 一餘技'이며 소설가라고 자처하거나 지칭되는 것은 자존심 상하는 일이라 한 바 있다. 그에게 있어 소설 쓰기란, '朝鮮人에게 읽혀지어 利益을 주려 하는 것'에 목표를 둔 행위이다. 이광수, 「余의 作家的 態度」, 『東光』, 1931.4; 『李光洙全集』, 10권, 460면에 재수록.

27) 김동인, 「春園研究」, 『金東人文學全集』 12권, 대중서관, 1983, 392~393면.

28) 이광수, 「民族改造論」, 『李光洙全集』 10권, 우신사, 1979, 133~135면 참조.

을 가능한 한 많이 독자로 곧 자기 편으로 확보하는 데 있어서, 대중적인 호소력을 갖춘 춘향전만큼 유용한 것은 없었으리라고 여겨진다.

위에서 두 번째로 주목할 점은, 김동인이 사실을 왜곡하고 있다는 점이다. 이러한 지적은, 김동인 이래 춘원의 역사소설을 검토해 온 연구 성과의 대부분이 같은 잘못을 반복하고 있는 까닭에, 없는 듯이 넘어갈 수 없다. 춘원의『일설 춘향전』은『烈女春香守節歌』와도 적지 않이 상이하며 이해조의『獄中花』하고는 완연히 다른 작품이다. 판본들을 나란히 놓고 보면 누구라도 알 수 있는 사실인데, 매우 유감스럽게도, 김동인의 이 거짓말이 검증되지 않고 통용되어온 것이 사실이다.

『일설 춘향전』의 새로운 점, 이 작품의 고유성을 결정 짓는 특장은 크게 세 가지로 말할 수 있다. 첫째는 근대소설적인 의장을 두루 갖췄다는 것이고, 둘째는 춘원 소설 일반의 계몽주의적 성격을 빠뜨리지 않고 있다는 점이며, 셋째는 당시 인기를 얻고 있던 '옥중화계 춘향전'의 결말 처리를 다시 돌려놓았다는 사실이다. 각각을 좀더 부연해 본다.

『일설 춘향전』이 다른 경우들에 비해서 근대소설적인 면모를 갖췄다는 점은 작품의 허두에서부터 확인된다. 이몽룡이 글 공부를 하다 말고 경치 구경할 생각으로 방자를 부르는 말로 소설이 시작된다. 플롯화의 기본적인 특징인 급작스러운 시작을 보이는 것이다. 그 외에,『獄中花』등과 비교했을 때, 한문투 고사를 거의 사용하지 않고, 인물들의 행동과 심리를 구체적으로 묘사하는 데 치중하고 있는 점도 특기할 만하다. 인물들 간의 관계에 있어서도 상호성이 두드러지게 강화되어 있다. 그네 뛰는 춘향을 부르는 장면에서,『烈女春香守節歌』나『獄中花』와 달리, 춘향이 기생의 딸일 뿐 기생은 아니라는 점을 고려한 이 도령이 '그 어찌 좀 불러

올 수 없을까'(1;427면)하고 주저하며 말을 꺼내고 있다. 이몽룡이 떠나게 되었을 때 버리고 간다거든 돈을 얻으라고 주장하는 월매의 현실적인 태도(464면)나, 수절하는 춘향에 대해 사람들이 치근거리고 모욕을 주는 행위를 상세히 열거(468면)하는 등은 당대의 현실 세태를 비판적으로 반영한 것으로 보인다. 이런 점들에 비춰 『일설 춘향전』은 1920년대의 소설이라 할 수 있다.29)

다음으로, 내용 면에 있어서 『일설 춘향전』 역시 계몽주의적인 의도의 소산이라는 점을 확인할 수 있다. 다른 판본들에는 없는 내용 요소인 '목민관의 도리' 등을 기회를 만들어가며 자연스럽게 집어넣고 있다. 춘향을 보고 싶은 마음에 이몽룡이 부친의 퇴령(退令)을 기다리며 이 책 저 책 입으로만 읽을 때, 자식의 글 읽는 소리를 듣고 흡족해진 부친이 낭청과 나누는 대화(『獄中花』의 이 대목에는 낭청이 등장하지도 않는다)를 통해서(『烈女春香守節歌』와는 달리) 관리들이 백성을 수탈하는 현실을 환기시키고 목민관의 도리를 자연스레 제시하고 있는 것이다(436~437면). 어사또가 옥에 있던 춘향을 불러낼 때, 생일 잔치에서 놀음을 놀던 모든 기생을 안동하게 한 뒤에 기생들로 하여금 '춘향의 쓴 칼을 저의 이로 물어뜯어 즉각내로 벗기게 하라'고 명하는(521면) 것 등은, 지나치게 작위적이어서 현실성을 훼손시키는 바로 그만큼 작가의 의도를 직접적으로 드러내고 있다. 불의에

---

29) 소설문학의 발달 및 전개 과정에 있어서 1920년대 중기까지는 사실, 완미한 근대소설이 아직 수립되지 못했다고 할 수 있다. 근대문학이라는 것이 넓은 의미에서의 리얼리즘 문학을 기반으로 하며(강인숙, 「노벨의 장르적 특성」, 『한국 근대소설 정착 과정 연구』, 박이정, 1999), 그 구체적인 양상으로 작품 언어의 다성적인 성격(바흐친, 전승희 외역, 『장편소설과 민중 언어』, 창작과비평사, 1988, 41·69·127~130면 등 참조)과 스타일의 혼합(아우얼바하, 김우창·유종호 역, 『미메시스—근대편』, 민음사, 1979, 17~29면 참조)을 지적할 수 있다 할 때, 우리 소설계에서 이러한 면모가 드러나기 시작하는 것은 실상 신경향파 소설기에 이르러서이다(박상준, 『한국 근대문학의 형성과 신경향파』, 소명출판, 2000, 440~449면 참조).

굴하지 않고 선을 지킨 자에 대한 보상과 그 반대에 선 자에 대한 징치라는 권선징악의 논리 위에서 바람직한 인간 품성을 제시하고자 하는 춘원의 열망이 이러한 과장을 개의치 않게 했다고 추론해 볼 수 있다.

내용상 위와 이어지지만 따로 지적할 것은, 『일설 춘향전』은 결말 처리를 복원함으로써 옥중화계 춘향전들과의 차이를 의식적으로 드러내고 있다는 점이다. 『獄中花』에서는 어사 이몽룡이 변 사또를 징치하지 않는다. 오히려 "男兒(남아)의 貪花(탐화) 홈은 英雄烈士(영웅열사) 一般(일반)이라 그러나 擧賢薦能(거현천능) 아니ᄒ면 賢能(현능)을 뉘가 알며 本官(본관)이 아니면 春香節行(춘향절행) 엇지 아로릿가 本官(본관)의 수고홈이 얼마쯤 感謝(감사)ᄒ오"[30]라 하여, 춘향의 절개 있음을 드러내 준 본관사또의 '수고로움'에 어사가 감사를 표하고 있다. 특별히 정의감이 강한 인물이 아니라도 이를 용인하기는 쉽지 않을 것이니, 작가가 이를 재차 뒤집어 "어사도 변부사의 정경이 가긍하지 아님이 아니나, 봉명 사신으로 사곡한 정을 둘 수 없어 변부사를 봉고파직하여 즉각으로 지경 밖에 내치라고 엄히 분부하였다"(1;520면)로 쓴 것은 춘원다운 일이라 하겠다. 이는, 춘향전에 열광하는 독자들을 대상으로 하여 옥중화계 춘향전들의 잘못된 사태 인식 태도를 정면으로 부정했다는 점에서, 실천적인 함의를 띠는 것이다.

「가실」과 『허생전』, 『일설 춘향전』은 춘원 역사소설의 초기 삼부작이라 부를 만한 작품이다. 무엇보다도 이들 세 작품은 기존의 텍스트에 의탁하여 쓰여졌다는 공통점을 보인다. 이 사실은 두 가지 맥락으로 해석될 수 있다. 첫째는 창작상의 용이함이다. 『무정』으로 이미 문명을 날린 이

---

30) 설성경 편, 『춘향예술사 자료 총서』 2권, 국학자료원, 1998, 144면.

광수이기는 하지만, 상해에서의 민족운동 기간도 있고 역사소설은 아직 써 본 적이 없다는 점에서, 여러 사료들을 조사 정리해 가며 쓰는 것보다는 쉬운 방식을 취했으리라고 생각된다. 둘째는 독자를 확보하고 자신의 계몽적 의지를 전달하는 데 있어서 기존의 이야기에 바탕을 두고 변용을 가하는 방식이 효과적이었으리라는 점이다. 바람직한 인간형을 제시하고, 이상적인 사회를 꿈꿔 보고, 사람간의 도리를 말하는 데 있어서 '설씨녀 설화'와 '허생 이야기', '춘향가'만큼 사람들에게 자연스럽게 다가가면서도 작가의 의도를 집어넣기 좋은 것이 따로 있을까 의심스럽다.

춘원의 소설문학에 있어서, 이들 삼부작은 두 가지의 의미를 갖는다. 첫째는 당대의 현실을 직접 문제시하지 않으면서도 자신의 의지를 관철할 수 있는 효과적인 통로로 기능했다는 점이다. 상해에서의 급작스러운 귀국과 「민족개조론」의 발표로 맞게 된 곤란한 상황을 정면으로 돌파하는 대신에 취해진 길이고 나름대로 성공했다는 데서 이러한 의미 부여가 가능해진다. 다음으로는 김동인이 지적했던 바 '문화적 문학운동'의 성과 측면을 들 수 있다. 이 맥락에서의 의미는, 독자들의 호응을 얻어냄으로써 그들의 문학 활동의 질을 다소나마 끌어올리고 대중적인 문학 판도에 변화를 가져왔다는 점에서 찾아진다.

3. 서사체의 연쇄 복합을 통한 인물사의 구축—비극적 역사소설을 통한 현실 환기

「가실」과 『허생전』, 『일설 춘향전』을 거쳐 춘원은 보다 본격적인 역사소설 『마의태자』(1926.5.10~1927.1.9)와 『단종애사』(1928.11.30~1929.12.11)

를 선보인다. 『마의태자』는 제목과는 달리 통일신라 말기에서 후삼국시대를 거쳐 신라의 멸망에 이르는 시대를 배경으로 하여 궁예와 진헌, 왕건, 마의태자 등의 이야기를 담고 있다. 『단종애사』 역시 단종보다는 단종 폐위 사건과 관련된 여러 인물들 곧 세조 및 그 휘하의 인물들과 그에 맞서는 신료들의 이야기라고 할 수 있다. 이러한 지적은 인물 구성에만 국한된 것이 아니라 작품의 서사 전반에 걸친 것이다. 두 작품 모두 몇몇 인물들 각각을 주인공으로 하는 여러 가지 이야기들이 한편으로는 순차적으로 전개되면서 다른 한편으로는 큰 틀에서 관련되는 방식으로 구성되어 있다.

따라서 이들 두 작품의 특징은 크게 보아 다음 세 가지로 정리된다. 첫째는 초기 삼부작과는 달리 실제 역사를 제재로 했다는 점이고, 둘째는 특정한 주인공을 갖지 않는다는 점이며, 셋째는 서사 구성상 완미한 하나의 이야기를 굵게 끌어가기보다는 개개 인물들이 펼치는 서사체들의 연쇄 복합체로 이루어졌다는 점이다. 바로 이러한 점에서 『마의태자』와 『단종애사』는 앞의 세 작품과 변별되면서 이후 춘원 역사소설의 주된 특징을 제시한다.31)

『마의태자』는 크게 상하 양편으로 나뉘어져 있다. 전체의 절반이 넘는 상편은 궁예전에 다름 아니라고 선행 연구들이 지적할 만큼 일견 궁예의 일생을 중심으로 구성되어 있다. 하편은, 한편으로는 왕건의 등장과 고려 —후백제의 쟁패를 다루고 다른 한편으로는 신라 조정의 한심한 작태를

---

31) 본고가 잠정적으로 설정하는 춘원 역사소설의 전개 양상은 '초기 삼부작—이후의 식민지 시대 역사소설들[『마의태자』(1926~1927)에서 『원효대사』(1942)까지]—『사랑의 동명왕』'의 세 단계이다(『사랑의 동명왕』이 여타 작품들과 보이는 차이에 대해서는, 김윤식, 『李光洙와 그의 時代』, 한길사, 1986, 1108~1109면 참조).

상세히 보여준다. 김충[마의태재은 이러한 주서사와는 다소 거리를 띤 채 하편 두 번째 장에 와서야 소개되며 그가 실질적인 주인공의 지위에 오르는 것은 마지막 장에서이다.

이러한 사정을 두고서 김동인 이래 여러 논자들은, 구성상의 실패에 해당한다고 공박해 왔다. 김동인은, 전체 700페이지 중 앞의 "400여 페이지나 되는 대부분을 弓裔의 이야기로 종시"한 탓에 이 작품이 "소설로서의 일관한 이야기의 줄기가 없고 계통이 없다[으며 이 이야기에는 소설적 의미의 주인공도 불분명하다" 하여 "두 개의 이야기를 맞이은 데 지나지 못한다"고 평하며, 그 이유를 "아마 작자는 본시 먼저 弓裔로 시작하여 신라 말년의 어지러운 政界를 성큼성큼 소개하고, 麻衣太子를 주인공으로 삼고 본편에 착수하려던 것이 篇이 본격적으로 되고 너무 길어지므로 本篇인 部를 간략히 꾸민 모양이다"라고 추측한 바 있다. 한 마디로 『마의태자』는 소설이 아니라는 것이다.[32] 이후 연구의 상당수가 동의한 바 있는 김동인의 이러한 비판은 일견 그럴 듯해 보인다.

그러나 사실을 따져 보면, 『마의태자』 상편이 궁예의 이야기로 종시되었다는 판단 자체에 동의하기 어렵다. 구체적으로 살펴보자.

『마의태자』 상편은 11장으로 나뉘는데 이중 2~7장은 궁예의 이야기로 읽힌다. 그 다음 8장 '징조'가 신라 조정의 이야기이고, 9~10장은 기헌과 양길 사이에서 궁예가 벌이는 군사 행동과 국가 존망의 문제를 인식하게 되는 신라 조정의 사정, 궁예에 대한 난영의 사랑 등이 얽혀 있다. 그런 뒤 마지막 11장 '배반'에서 궁예의 등극 및 그 이후의 실정과 후삼국 상황, 신라의 처세, 왕건의 모반, 궁예의 죽음이 그려진다. 이렇게 장의

---

32) 김동인, 「春園研究」, 『金東人文學全集』 12권, 대중서관, 1983, 412~413면.

구분만 보면 김동인 등의 지적에 하등 잘못이 없는 것처럼 보인다. 전체 11장 중에서 6~7개 장이 궁예의 이야기로 읽히기 때문이다.

그러나 작품의 실제 구성 상황, 직접적으로는 양을 따져 보기만 해도 사정이 그렇지 않음을 알 수 있다. 『김동인 전집』의 면 수를 기준으로 볼 때 2~7장은 모두 합쳐 22면인 데 비해 8장은 단독으로 27면을 차지하며, 9~10장이 21면, 11장이 28면으로 되어 있다. 상편의 말미를 제외할 때 8장 이후는 딱히 궁예의 이야기로 규정할 수 없다. 또한 이 부분에 등장하는 다른 인물들의 이야기를 궁예의 서사 속에 삽입된 에피소드들로 격하할 수도 없다. 실제 다루는 내용이 그렇지 않을 뿐더러, 여러 가지 에피소드들을 즐겨 사용하여 개개 서사체들의 연쇄 복합을 이루는 춘원 역사소설의 일반적인 기법을 고려해도 그러하다.

따라서 『마의태자』의 경우 궁예 이야기는 전체 스토리 중의 중요한 한 개 '스토리—선'이라고 보는 것이 적절하다 하겠다. 그의 죽음에 주목하는 상편 말미의 강조 정도를 빼면 통일신라 말기의 여러 인물들 중의 주목할 만한 하나 이상의 의미를 갖지는 않는 것이다. 정리하자면 『마의태자』의 서사 구성은 '궁예의 스토리—선'과 '신라조정의 스토리—선', '마의태자의 스토리—선'의 세 가지를 줄기로 한 위에서, 사건들의 대연속(macro—sequence)에 그치는 부차적인 에피소드들이 풍부하게 마련되어 있는 상태라고 할 수 있다.[33]

---

33) 리몬—케넌에 따를 때, '사건'이란 '하나의 사태로부터 또 하나의 사태로의 변화'라 할 수 있으며, 소설의 서사 구조는 "사건들이 결합하여 소연속(micro—sequence)이 되고 그것들이 다시 결합하여 대연속(macro—sequence)이 되며, 이 두 가지가 합하여 완전한 스토리를 창조"하는 방식으로 기술될 수 있다. 또한 "대연속과 스토리 사이에서는 스토리—선(story—line)이라고 부를 수 있는 중간적 단위를 분리해서 생각하는 것이 편리"하다 한다. 리몬—케넌, 최상규 역, 『소설의 미학』, 문학과지성사, 1985, 31~33면 참조.

서사구성상의 이와 같은 특징 위에, 서술자의 발화전략상의 특징을 정리한 뒤『마의태자』의 작품의도(Werkintention)34)를 살펴본다.

서사 구성상 주요 인물로 확인되는 궁예의 행적에 대한 서술 전략을 검토할 때 다소 놀라운 점은, 마진 건국의 구체적인 과정 및 사람들을 모으고 다루는 방식 등에 대한 언급이 전혀 없다는 사실이다. 원회를 이용한 양길의 궁예 암살 시도가 양길의 딸인 난영에 의해 방지되는 사건(2;333~348면)을 상술한 뒤에 막바로, 솔뫼[松岳]에서 쇠두레[鐵圓]로의 천도 이야기를 허두로 하여 궁예의 몰락이 전개되는 것이다. 그의 유년기와 행자 시절 이야기가 길게 나오고, 난영과의 인연이 상술되며, 다소 신비한 죽음이 꼼꼼히 그려진 점에 비하면 이는 특기할 만하다. 마의태자의 경우에서도 동일한 양상이 확인된다. 망국으로 향해 가는 과정에서 마의태자가 보였을 국가 개혁의 의지 등속은 거의 언급이 없는 반면, 망국을 앞둔 시점에서 부왕인 경순왕, 낙랑공주 등과 얽히는 운명적인 관계 부분(428~437면)은 대단히 꼼꼼하게 상술되고 있다. 김충이 태자가 되기 전에, 세상을 바로잡으려는 뜻을 가슴속에 숨기고 있는 청년들과 교류했다(402~405면)고 그런 점을 염두에 두면, 이러한 처리 역시 주목을 끈다. 신라 조정의 상황을 그리는 스토리—선 부분에서도 사정은 동일하다. 여왕들의 음탕함 등 궁중의 쇄말사에 대해서는 매우 상세히 기술하면서도 전황이나 외교관계 등 정작 역사적인 큰 사건들에 대해서는 간략히 처리하고 있다.

---

34) '작품의도'란 원래 페터 뷔르거(최성만 역,『前衛藝術의 새로운 이해』, 심설당, 1986, 14면)에 의해 사용된 개념이다. 여기서는, '발화 전략과 서사 구성상의 요소들이 빚는 구조적 관계, 달리 말하자면 작품의 효과를 드러내는 데 있어 이 요소들이 맺는 중층결정(overdetermination) 관계'를 의미한다. 이에 관한 상세한 내용은, 박상준, 「한국 근대소설 연구방법론 시고」, 『1920년대 문학과 염상섭』, 역락, 2000, 12~18면 참조.

이렇게 서술의 초점이 개개인의 행적에 맞춰져 있기는 하지만, 이 사실이 막바로 '역사를 추동하는 것은 개인의 능력이나 운명이어서, 몇몇 인물들의 음모나 영웅성 등에 의해서 역사의 흐름이 바뀐다는 의식이 『마의태자』를 지배하고 있다'는 식의 판단을 뒷받침해 주지는 않는다. 공정하게 말하자면 이 소설은 인물의 행위나 사건의 정치적인 함의 등에 대해서는 사실상 별다른 주의를 기울이지 않는 편이다. 이 작품의 전체적인 내용 및 서술 방식은, 몇몇 인물들의 개인사 및 그들의 운명적인 관련에 초점을 맞추고 있다.

여기까지 와서 보면, 『마의태자』는 역사의 원리, 역사를 움직여나가는 힘이나 그 법칙 등에 관심을 두는 것이 아니라, 역사 속에서 살다 간 사람들의 인생에 흥미를 가진다고 할 수 있다. 달리 말하자면, 이 소설을 쓰는 춘원의 태도가, 역사적 사건의 재구축이 아니라 그러한 역사 속에서 명멸해 간 인물들의 내면이나 운명 및 상호 관련 등에 초점을 맞추었다고 할 수 있다. 교설적인 언사가 별로 없는 사실 또한 이러한 판단의 작은 근거가 되겠다.

『마의태자』가 중점적으로 제시하는 바 인물들의 삶의 굴곡이 담고 있는 것은 무엇인가. 단순화의 위험을 무릅쓰고 간명히 말하자면 운명의 비극성이 주된 하나라 할 수 있다. 모함을 받은 설부인이 용덕왕자[궁예]를 연못에 던지고 자결하는 장면(238~242면)이나, 그 복수를 꿈꾸는 궁예에 의해 신라의 국운이 위태로워진 상태에서 자신들의 죄업을 토로한 뒤 두 태후가 자결하는 부분(326~331면), 낙랑공주에 현혹된 경순왕이 그 아들 마의태자에게 칼까지 빼어드는 장면(436~437면), 신라 망국 이후 마의태자와 낙랑공주, 왕건의 조우 부분(456~464면) 등에는 서양 고전 비극의 분위기가 물씬 풍긴다. 스스로도 어찌할 수 없는 운명에 인물들이 얽혀들어 빚어내는 내용이 그러할 뿐만 아니라, 세세한 대화를 중심으로 하는 극적인 형상화 방법이 주로 구사되는 형식적인 측면도 그러하다.

이러한 비극적인 장면들은 각 스토리—선들의 결절점 역할까지도 하고 있다. 피할 수 없는 기구한 운명에 인물들이 말려들어 피해를 주거나 희생되어 가고 복수를 꿈꾸고 후회를 낳는 과정이 각 스토리—선의 주된 내용을 이루는 것이다. 이 부분들에서 사건시에 비해 서술시가 확장되면서 그 운명성과 비극성을 강조하는 형식적인 특성 역시 우리의 판단을 뒷받침해 준다. 사정이 이러하기에 실제 역사상의 주요한 사건들과 민중들의 삶 등은 『마의태자』에서 자기 자리를 갖지 못하는 것이다. 말을 바꾸어 다시 강조하자면, 『마의태자』는 '역사 자체'가 아니라 '(역사 속의) 비극적인 인물'을 그리고 있는 작품이다. 역사비극의 빼어난 한 예라 할 수 있을 것이다.35)

『단종애사』는 그 자체로 반(半)소설이라 할 '단종 폐위 / 세조 등극' 사건을 다루고 있다. 이는 독자들을 사로잡을 여지가 많다는 점에서 주목할 만한 사실이다. 단종 폐위 사건을 바라보는 춘원의 시각도 역시 이 점에 주의를 돌린다.36)

---

35) 『마의태자』가 보이는 이러한 성격과 관련하여 송백헌의 지적을 참고할 수 있다. 그는 작품 내적인 측면에서는 여타의 비판적인 연구들과 입장을 같이 하지만, 작품 외적인 시대상황을 고려하여 이 소설의 '당대적 의의'를 인정해 준다. 순종의 비극적 죽음과 민족적 항쟁의 실패에 따르는 좌절감으로 시대적 비운이 겹쳤던 데다가, 동아일보가 140여 일의 무기 정간 끝에 발간될 만큼 검열이 심한 상황 속에서 『마의태자』가 보여준 "儒教의 忠의 意味나 東學思想을 통한 革命의 可能性을 感傷的으로나마 作品化했다는 의미는 肯定的으로 評價되어야할 素地가 있다"는 것이다(송백헌, 『韓國 近代 歷史小說 硏究』, 삼지원, 1985, 87~91면).
36) 작가의 말에서 춘원은, 단종 폐위 사건이야말로 전세계적으로도 드문 비극이며, 인정과 의리

이 절의 허두에 지적했듯이, 『단종애사』도 제명과는 달리 단종의 이야기로 한정되지 않는다. 단종의 출생과 죽음으로 소설의 처음과 끝이 장식되긴 하지만 단종의 일대기라 할 수 없음은 분명하다. 이 소설에서 단종은 서사의 표면에 지속적으로 등장하지도 않으며, 보다 중요하게는, 서사의 추동력이라는 측면에서 보자면 사실 아무런 역할도 하지 않는다. 수양과 그 휘하 세력이 사건을 만들고 이끌어나가는 반면, 단종과 그 측근들은 대체로 수동적이고 소극적인 양태를 띤다. 실상 이 작품에서 살아움직이는 인물은 수양과 그 측근들이며, 부분적으로는 개별 에피소드의 주인공들이다. 단종의 경우도 그들 중의 하나일 뿐이다.

결론적으로 당겨 말하자면, 『마의태자』와 마찬가지로 이 작품 역시 개별 서사체의 복합적인 연쇄 양상을 띠는 것이다. 물론 여기에는 수양의 등극과 왕권 강화라는 주 스토리—선이 지배적인 인자로 기능하는 차이를 보인다. 인물들에 대한 서술자의 호오(好惡)를 겸해서 달리 말하자면, 능동적인 악인과 피동적인 선인의 이분법이 『단종애사』가 보이는 인물 구성상의 한 가지 특징이라 할 수 있다.

악인이라 했지만, 한명회를 제하면, 왕위 찬탈 세력에 속한 인물들을 도덕적으로 선규정해 들어가지도 않는다. 단종에게 양위할 것을 직간하고, 뜻이 다른 신료들을 정적으로 삼아 제거하는 데 핵심적인 역할을 하게 되는 정인지의 경우가 좋은 예가 된다. '세종으로부터 才勝하다는 비평을 받을 만큼 덕이 재보다 부족하다'(4;202면)고는 했어도, 문종의 스승

가 살아있는 한 사람들의 흥미를 끌 것이라 한 바 있다(이광수, 「作者의 말」, 『동아일보』, 1928.11.24; 『李光洙全集』 10권, 506~507면). 이 말 역시 독자들의 눈길을 끌기 위함임은 물론이다.

격인 정인지는 능력 있는 신료로 등장할 뿐이다. 그런 정인지가 수양의 편을 들게 되는 것을 작가는 "정인지도 판이 뒤집히어 이 세상이 수양대군의 세상이 될 것을 보았으므로 수양대군에게 허락한 것이다"(323면)라고 담담히 기술하고 있다. 요컨대 '생존 및 권력에 대한 욕망'이 그의 능동적인 공격성을 낳는 것으로 그려지는 것이다. 수양대군을 위시하여 그 휘하 세력의 경우도 마찬가지이다. 특히 수양의 경우는 선악을 잘라 말하기 힘들 정도로 복합적인 면이 잘 형상화되어 있다.37)

이렇게 보면, 서사 구성에 있어서 이 작품이 개개 인물들이 펼치는 서사체들의 연쇄 복합의 양상을 띠게 된 데는, 권력을 지향하는 인물들의 내력과 욕망을 밝히는 것이 한 가지 원인이라고 할 수 있겠다. 다른 원인으로, 『단종애사』가 보이는 서술 방식상의 특성을 지적할 수 있다. 여기

---

37) 이에 관해서도 김동인이 신랄한 비난을 행한 바 있다. 선악의 측면에서 수양의 성격이 통일되지 못했다고 비판한 것인데, 이는 이형식의 성격이 통일되지 못함을 근거로 『무정』을 혹평(김동인, 「春園研究」, 『金東仁文學全集』 12권, 대중서관, 1983, 372~380면 참조. 이하의 면수는 모두 이 책을 가리킴)한 것과 동일한 오류에 불과하다. 그는 "이런 때는 이렇듯 굳센 성격의 주인이 되고, 어떤 때는 어린애나 일반으로 좌우되는 성격의 주인인 이형식은 우리의 소설 상식으로는 상상치 못할 인물이다"(378면. 강조는 인용자)라고 하였는데, 따지고 보면, 그가 말하는 '소설 상식'은 단편소설의 성격 구현 방식에는 맞을지 몰라도 일반화될 수 있는 것은 아니다(김동인의 이러한 논의에 대한 적절한 비판은 김우종이 제시한 바 있다. 김우종, 『韓國現代小說史』, 성문각, 1982, 87~88면 참조). 『단종애사』에 대한 김동인의 논의는, 인물들이 애초부터 선악의 이분법 위에서 설정되었으며 이야기의 전개가 '기정 코오스'에 매어 있다는 등의 근거 없는 추정 위에 놓여 있는 까닭에, 충분한 설득력을 얻지 못한다. 수양에 대한 허후의 직언과 관련된 부분의 해석 등이 동인 자신의 선입견을 반증해 준다(422면). 이런 식의 억지 해석(?) 위에서 그는 "이 이야기에서는 지금껏 어린 임금을 동정하여 그 반대되는 '악'을 만들고, 誣에 가깝도록 首陽 및 그 일당의 하는 일을 나쁘게 들추어 왔다"(424면)고 잘못 단정한다. 더 나아가서, 『일설 춘향전』이 『獄中花』를 그대로 옮겼다고 거짓되게 비난을 퍼부었던 것과 똑같이, 『단종애사』가 남효온의 "소설에 一字一劃을 가감치 못하고 충실히 그를 현대어로 고쳐만 놓는다"(427면)고 매도한다. 이에 대해서는 조희정이, 『단종애사』가 많은 사료들을 취합한 것임을 밝힌 신봉승의 「역사소설연구」(1983)를 끌어와 비판한 바 있다(조희정, 「春園 李光洙의 歷史小說 小考」, 숭전대 국어국문학회, 『숭실어문』 3집, 1986.6, 161면). 김동인의 「春園研究」의 해당 항목들을 이렇게 교정하는 것은, 그의 근거 없는 주장이 이후의 연구들에서 무반성적으로 반복된 사례가 적지 않은 까닭이다.

서 서술자는 향후 벌어질 사건을 미리 밝혀 두는 방식을 피하지 않는다(275 · 403면 등). 복선을 쓰는 것이 아니라 독자들도 이미 알고 있는 사건을 기술한다는 태도인데, 이로부터, 사건의 추이에 대한 소개가 아니라 그 내막을 상술하는 데 서술의 목적이 있음을 알 수 있다.『마의태자』에서처럼 역사 자체보다는 인물의 운명과 행적에 초점을 맞추고 있는 것이다. 사정이 이렇다 보니, 문종이 세자였을 때 그 빈을 갈아들이게 되는 에피소드들(276~286면)이나, 김종서의 애첩 야화의 에피소드(332~335면)도 당당히 등장하게 된다. 작품의 후반부에서라도 새로운 인물이 끌어들여질 때는 빠짐없이 그의 출신, 전력 등을 제시하는 것(408~411면) 역시 같은 맥락에서 이해할 수 있다.

작품의 서사적 특성과 관련하여 서술자(=작가)의 특징을 두 가지 더 지적할 수 있다. 첫째는 사료를 중시하는 태도이다.『단종애사』에는 여러 가지 방식으로 원사료가 등장한다. 왕의 교서 등의 원문을 그대로 인용한 뒤 대의를 풀어 주는 방식을 취하기도 하고(365 · 392 · 442면 등), 해석을 달지 않고 원문만 제시하는 경우도 있으며(380 · 411 · 447면 등), 축자적으로 번역하는 경우도 있다(397 · 465 · 482면 등). 연재 중에 사료를 검토하여 오류를 발견한 후, 작품 속에 '著者註'를 달아 등장인물의 이름을 바꾸기도 하였다(353면). 사료의 취재에 대해 춘원이 적지 않게 신경을 쓴 것인데, 이는 우리 민족의 역사를 알리겠다는 계몽주의적인 작가의식의 발로로 볼 수 있겠다.38)

---

38) 이와 관련하여 다음 지적을 참조할 수 있다. "춘원 全代의 사정이 어떠했든 1920년, 30년의 춘원이 누구도 부정할 수 없는 민족주의자, 계몽주의자였음을 인정한다면, '단종애사'에서 역사적 기록에 치중하고자 했던 그의 작품에 대한 태도는 '역사라는 것에 대한 지나친 결벽증이나 현학적 허장성세'(백낙청)로 보기보다는 '역사적 지식의 광역적 살포에 의한 민족 정신의 고취'

다음은 서술자가 대단히 친절한 설명 방식을 취하고 있다는 점이다. 사태를 해설하는 데 있어 '첫째' '둘째' 하고 항목을 다는 경우를 흔히 볼 수 있다(383 · 391 · 395 · 406~407면 등). 사육신을 죽인 뒤 세조가 내린 반교문을 제시한 다음 그 구절구절을 뜯어가며 꼼꼼히 설명하기도 한다(465면). 이러한 태도는 발화전략상 청자 · 독자 대중들의 편의를 고려하고 그들의 동의를 확실하게 이끌어내려는 계몽주의적인 작가 의식에서 유래된 것이라 하겠다.[39]

서술자(=작가)의 발화전략상의 특징 중 주제적인 측면과 관련해서 한 가지 짚어 둘 것은, 단종에 대한 동정이 수양 일파에 대한 직접적인 비난을 수반하지는 않는다는 점이다. 앞서 지적했듯이 수양대군에 대한 형상화는 김동인이 실패라고 평할 만큼 복합적인 면모를 띠고 있으며, 그 휘하 세력에 대해서 부정적인 인식을 심어 주기는 해도 편집자적 논평이나 위에 말한 식의 상세한 설명을 통해서 비판하거나 하지는 않는다. 거리를 두고서 인물들의 행동을 보여주는 데 그치는 것이다. 세조의 친국을 당하는 사육신들의 과장된 언행을 통하여 왕위 찬탈 세력에 대한 비판을 드러내고 있을 뿐이다.

이러한 사실은 무엇을 의미하는가. '애사(哀史)'를 쓰기는 하되 우리의 역사를 욕된 것으로 그리지는 않으려는 의식의 소산이 아닐까. 이와 관련하여, 기존 연구사에서 빠지지 않는 '악명 높은' 구절을 검토해 본다.

(이재선)의 태도로 보는 것이 타당한 것 같다."(조희정, 「春園 李光洙의 歷史小說 小考」, 숭전대 국어국문학회, 『숭실어문』 3집, 1986.6, 161면)

39) 이러한 양상은 다음 작품인 『이순신』(『동아일보』, 1931.6.26~1932.4.3)에서는 조금 더 강화되기까지 한다. 이는, 사료를 중시하고 설명에 중점을 두는 것이 역사소설을 쓰는 춘원의 의식적인 태도라고 볼 수 있게 해 준다.

세살 적 버릇이 여든까지 간다. 오백년 전에 있던 우리 조상들의 장처 단처는 오늘날 우리 중에도 너무도 분명하게, 너무도 유사하게 드러나는구나. 그 성질이 드러나게 하는 사건까지도 퍽이나 오백년을 새에 두고 서로 같구나. 우리가 역사를 읽는 재미가 여기 있는지도 모른다.(404면)

이 구절은, 춘원의 역사소설가로서의 의식을 비판하는 자리에 즐겨 인용되어 왔다. 춘원이 우리 민족성을 정체된 것으로 보았다거나, 그의 역사의식이 식민사관의 정체성론에 닿아 있다고 하는 식의 비판의 근거로 제시되곤 했다. 그러나 이러한 비판은, 사실, 오독의 결과라고 할 것이다. '세 살 적 버릇 여든까지 간다'는 속담 곧 비유를 확대하여 문맥조차도 고려하지 않은 것이기 때문이다. '오백 년을 새에 두고'가 '오백 년 내내'일 수 없음은 따로 설명이 필요하지 않으리라.

이 구절에서 주목할 것은, 춘원이 역사소설을 대하는 태도와, 『단종애사』를 통해 노리는 주제 효과이다. 과거를 통해 현재에 교훈을 주고자 하는 것이 첫째 답이고, 당시의 상황이 불의의 권력[일제]이 우리를 압살코자 하는 비상시국임을 독자 대중들에게 알리고자 함이 둘째 답이다. 단종의 운명에 동정의 시선을 보내는 서술자가 왕위 찬탈 세력을 직접적으로 비난하지는 않는 사실은, 이러한 판단의 근거이자 동시에 이러한 사정의 결과일 것이다.

『마의태자』와 『단종애사』는 이후의 춘원 역사소설들이 즐겨 취하는 서사구성 방식의 원형에 해당된다는 점에서 일차적인 의의를 갖는다. 좀 더 나아가 1920년대 소설사에 비추어 보면, 다음의 두 가지 의의를 지적할 수 있다. 염상섭과 더불어 장편소설의 흐름을 지속시켰다는 점이 첫째이다. 둘째는, 이들 작품이 독자 대중의 열렬한 호응을 이끌어냄으로써, 전래의 구활자본 소설과 본격소설 간의 분열상을 어느 정도 해소했다는 점이다. 춘원의 의식과 관련해서 이 두 작품은, 우리 민족이 처한 현실을 대중들에게 효과적으로 환기시켰다는 점에서 또 한 가지 의의를 갖는다.

이들 작품에서 확인되는 여러 가지 결함들 곧 역사적 사실상의 오류나, 구성상의 긴밀성이 다소간 떨어지는 점, 인물의 행위를 그리는 데 있어서 발견되는 지나친 과장, 그리고 궁극적으로 역사관의 맥락과 관련하여 민중들의 삶에 대한 관심이 없다는 점 등은, 바로 앞에 지적한 두 가지 의의를 인정하는 자리에 설 경우 곧 당시의 사회 상황 및 문학 상황을 진지하게 고려할 경우, 다소간 지나치고 편의적인 비판의 소산이라 하지 않을 수 없다. 소설 미학 차원에서 제기되는 앞의 세 항목은 1920년대 소설들의 수준을 섬세하게 고려하지 않은 것이며, 끝의 항목은 누차 지적했듯이 한편으로는 춘원의 이후 친일 행적을 끌어와 비판한 감이 없지 않고 다른 한편으로는 김동인의 비난을 무반성적으로 반복한 탓도 적지 않다고 할 수 있다.

4. 1920년대 춘원 역사소설의 특징과 의의

1920년대 춘원 역사소설들의 특징과 위상을 검토하는 한 가지 방식은 작가의 의도와 독자의 반응이라는 두 항목을 염두에 두는 것이다. 소설가이자 동시에 언론인이며 민족운동가인 이광수가 소설을 대하고 다루는 태도와 전대의 문학 유산이라 할 구활자본 소설 등에 침윤되어 있던 독자 대중들이 그에게 보인 호응을 의식하는 일은, 그의 역사소설들이 당대에 가졌던 위상 및 의의를 파악하는 데 있어 긴요하다. 당대성에 대한 신중한 고려는, 작품의 실제에 대한 세밀한 독해와 더불어서, 문학사상의 궁극적인 평가를 적절히 내리는 데 있어서 초석이 되는 작업이라 할 수 있다.

작품의 실제 측면에서 우리가 살핀 바 특기할 만한 사항은 다음과 같다. 서사 구성 방식에 있어서 여러 스토리—선을 구사하여 '서사체들의 연쇄 복합체' 양상을 띠며, 수많은 인물들의 에피소드를 즐겨 사용한다는 점을 우선 꼽을 수 있다.

에피소드의 빈번한 구사는 다음과 같은 의미를 갖는다. 작품의 분량을 (필요 이상으로) 길게 하여 독자를 오래 잡아 두는 것이 첫째며, 이야기 구조를 세밀하게 분절시킴으로써 신문 연재 형식을 효과적으로 활용한 방식이라는 점이 둘째고, 인물들의 제시 및 성격화와 관련해서 볼 때 서술자의 직접적인 규정을 넘어서는 방식으로서 근대소설적인 위상을 갖추게 해 준다는 사실이 셋째, 흥미나 교훈을 제시하고자 구사된 경우에 있어서는 주제 효과 차원의 효과적인 장치로 기능한다는 점이 마지막 의미이다.

서사 구성상의 복합적인 양상과 에피소드의 풍성한 활용 양자는, 역사를 움직여나가는 힘이나 그 법칙 등 역사의 원리에 초점을 맞추기 힘들게 하는 대가로, 역사 속에서 살다 간 사람들의 인생을 흥미진진하게 바라볼 수 있게 해 준다. 바로 이 지점에서 춘원 역사소설의 특징과 작가의 의도가 만나게 됨은 물론이다.

역사 속의 인물들을 통하여 작가의 의도가 표출되는 것인데, 이는 초기 삼부작과 이후의 두 작품에서 적지 않은 변화를 보인다. 기존의 텍스트에 변형을 가하는 방식으로 작가의 의도를 표출하는 초기 삼부작의 경우는 계몽의 의지가 적극적이어서 긍정적인 인물형을 제시하는 양상을 보인다.[40] 반면에 뒤의 두 작품은 전체적으로 보아 소극적인 인물을 통하여 비극성을 담아내는 데 주력하고 있다. 비극성의 구현은, 독자 대중들을 끌어들이기 용이하며 시대의 암울한 상황과 맞아떨어진다는 점에서 작가와 당대인 양측에 일정한 의미를 갖는다. 작가의식의 측면에서는 시대의 비극성을 환기시키는 것이 되며, 독자 측면에서는 재래의 저급한 문학 활동으로부터 벗어날 수 있는 기회가 되는 것이다. 또한 역사비극의 창출이라는 공적으로, 이들 작품이 1920년대 소설사의 전개에 있어서 자기 자리를 차지하게 하는 중요한 근거로 작용한다.

춘원의 1920년대 역사소설이 보이는 대중성은 1930년대 대중소설들을 논의할 때 지적하지 않을 수 없는 부정적인 성격과는 거리가 있다. 당시 독자 대중들의 문학 수용 양상과 춘원의 계몽주의적 의도를 고려할 때, 이들 작품이 보이는 대중적인 성격은 오히려 긍정적으로 평가할 여지를 많이 갖는다 하겠다.

이와 관련해서 서술자의 친절한 서술 태도 역시 교설적인 것이라고 마냥 비판할 수 있는 것은 아니다. 작가의 언어가 아무 거리낌없이 작품의 표면에 등장하는 것이 근대소설의 미학에서 볼 때 부정적인 것은 틀림없

---

40) '긍정적인 인물형의 제시'는 역사소설에 한정하지 않고 춘원 문학 일반을 볼 때도 다소 특이하다고 할 수 있다. 자신의 문학 활동을 회상하는 자리에서 이광수는, 시대의 그림을 그리고 각 시대 청년계급의 사실적인 일단면을 포착하고자 하는 사실주의적 색채가 짙은 문학을 해 오면서, '理想的 人物을 鑄出하여 讀者의 模範이 되게 하는 것'을 의도해 본 일이 없다 한 뒤에, "있다 하면 「許生傳」, 「嘉實」 같은 歷史小說이라고 할까."(이광수, 「余의 作家的 態度」, 『李光洙全集』 10권, 우신사, 1979, 461면)라 말한 바 있다. 작품에 대한 작가의 말이란 것이 믿을 만한 경우는 드물지만, 여기서는 적절하다고 생각된다.

지만, 앞서 지적한 바 시대적인 의미를 갖는 계몽의도의 표출이라는 점과, 1920년대 소설의 수준에 비춰본다면 딱히 춘원만이 매도당해야 할 만한 것은 아닐 만큼 당대 소설 일반의 수준에 걸쳐 있는 문제라는 사실, 서술의 맥락을 알려 주는 등 독자들을 배려하는 방식으로 쓰일 때가 적지 않다는 점 등을 고려해야 한다.

한국 근대소설의 발전이라는 측면에서 춘원의 1920년대 역사소설이 기여한 점도 없지 않다. 대화를 통한 극적인 처리 방식을 적극적으로 활용함으로써 비극성을 효과적으로 구현한 점은 우리 소설계의 풍요로움에 이바지한 경우에 해당한다. 실상, 대단한 분량의 장편소설 네 편을 지속적으로 발표했다는 사실 하나만으로도 이 시기 춘원의 행적은 소설사에서 무시될 수 없다.

춘원의 1920년대 역사소설들이 당대에 지녔던 의의를 검토하는 맥락에 본고가 주목한 바는 크게 세 가지이다. 첫째는 식민지라는 시대적인 상황성과 민족운동가로서 춘원이 보인 의도의 차원이고, 둘째는 이 시기 소설사의 특성이며 셋째는 창작·생산뿐 아니라 출판·유통과 수용·소비 모두로 이루어지는 문학 활동 일체의 동향이다. 이를 뭉뚱그려서 범박하게 말한다면 문학사적인 감각을 잃지 않으면서 춘원 역사소설의 의의를 가늠해 보고자 한 것이라 하겠다.

결론적으로, 춘원의 1920년대 역사소설들은, 첫째 작가가 포회한 민족 개조 운동의 직간접적인 방략으로 기능했으며, 둘째 (결과적으로는 긍정적이든 부정적이든) 한국 역사소설의 한 유형을 세웠고, 셋째 대중적 독서물의 주요한 한 장르로 자리잡음으로써 문학 활동의 저변을 넓히는 역할을 십분 수행했다는 점에서 그 의의를 부여받을 수 있다.

환멸에서 풍속으로 이르는 길

「만세전」을 전후로 한 염상섭 소설의 변모 양상 논고

1. 1920년대 전반기 염상섭 소설문학을 보는 문제

염상섭의 문학 세계에 대한 본격적인 연구는 1960년대 이후부터 이루어졌다고 말해진다. 국문학 연구사의 흐름에서 보자면 리얼리즘적인 연구 경향이 수립되어 가면서 염상섭에 대한 재평가가 내려졌다고 할 수 있다. 곧 1960년대 이후 리얼리즘론의 맥락에서 염상섭 문학을 조명하게 됨으로써 그 문학사적인 의의와 한계가 가늠된 것이 염상섭 연구의 주된 흐름인 것이다.[1]

이러한 흐름은 염상섭의 비평과 소설이 보이는 인식 내용의 특징 중 어떤 측면을 강조하는가에 따라 두 가지 경향으로 나누어 볼 수 있다.[2] 하

---

[1] 양문규, 「근대성·리얼리즘, 민족문학적 연구로의 도정」, 문학과사상연구회, 『염상섭 문학의 재인식』, 깊은 샘, 1998 참조.

나는 '개성론'으로 묶이는 평문들과 초기 작품 세계 특히 「만세전」 등을 주된 근거로 삼아 근대적 개인(혹은 내면성)의 포착·형상화를 강조하는 경우이다.3) 다른 하나는 '생활론'에 해당하는 평문들의 입론과 1920년대 (장편)소설들의 흐름에서 간취되는 현실 인식의 측면에 주목하는 것이다.4) 최근에는 좀더 다각적인 측면에서 염상섭의 문학 세계를 조명하는 시도들이 이에 더하여졌다.5)

염상섭의 문학에 대한 이상의 연구들은 크게 보아 한국 문학의 근대성 체현 과정에 대한 천착의 결과라고 할 수 있다. 염상섭 문학에서 확인되는 인식 내용상의 근대적인 요소들 곧 개인 주체의 형상화나 '돈'과 '욕망'으로 표상되는 근대사회의 삶의 논리에 대한 구명 등을 지적하는 경우가

---

2) 두 가지 경향이라 했지만, 이는 염상섭의 문학 세계가 보여 주는 인식 내용상의 특징들에 대한 강조점의 차이를 말하는 것일 뿐이다. 따라서 아래에 제시된 개별 연구 성과들의 논의 내용이 한 가지 인식 내용에 한정된 것이 아님은 물론이다.

3) 한형구의 「한국 근대소설의 진정한 출발, 그 근대성의 기념비적 성격─염상섭의 '萬歲前'論」(정호웅 외, 『장편소설로 보는 새로운 민족문학사』, 열음사, 1993), 서영채의 「염상섭 초기 문학의 성격에 대한 한 고찰」(문학사와비평연구회, 『염상섭 문학의 재조명』, 새미, 1998) 등이 대표적인 예가 된다. 염상섭 문학 일체를 포괄하는 평전적 연구서지만, 1920년대 전반기에 국한해서 볼 때 '제도로서의 근대(문학)'가 고백체를 통해 근대적 개인의 내면을 가능케 했다는 주장을 제시하는 김윤식의 『염상섭 연구』(서울대 출판부, 1987) 역시 이 측면에서 주요한 성과라 할 수 있다.

4) 이 맥락에서 주목할 만한 연구로는 유병석의 『廉想涉前半期小說研究』(아세아문화사, 1985)와 이선영의 「시각의 진보성과 회고성」(『리얼리즘을 넘어서』, 민음사, 1995) 및 「주체와 욕망 그리고 리얼리즘」(문학과사상연구회, 『염상섭 문학의 재인식』, 깊은샘, 1998), 하정일의 「보편주의의 극복과 '복수(複數)의 근대」(문학과사상연구회, 『염상섭 문학의 재인식』, 깊은샘, 1998), 이보영의 『염상섭 문학론』(금문, 2003) 등을 꼽을 수 있다.

5) 텍스트에 대한 정밀한 분석을 통해 한국 문학의 자율성 수립 과정을 밝히는 과정에서 염상섭의 초기 작품들을 검토해 보인 손정수의 『텍스트의 경계』(태학사, 2002), 탈식민주의적인 해석을 구사하여 식민지 상황에 대한 염상섭의 인식 상태를 규명하고 있는 김병구의 「廉想涉의 '사랑과 罪'論」(한국어문교육연구회 148회 학술대회, 2003), 동일한 방법론에 입각해서 리얼리즘 맥락에서의 현실 인식적인 성과를 강조하는 기존 연구를 비판하고 있는 서재길의 「萬歲前'의 탈식민주의적 읽기를 위한 시론」(사에구사 도시카쓰 외, 『한국 근대문학과 일본』, 소명출판, 2003) 등을 예거할 수 있다.

직접적인 예가 된다. 일견 거리가 있는 듯이 보이지만, 식민지 근대화가 이루어지던 당대 현실에 대한 리얼리즘적인 인식을 중시하는 논의 역시 근대사회의 문제를 폭로하는 반성적 사유로서의 철학적 근대성에 닿아 있다고 할 것이다.

이러한 맥락에서, 「표본실의 청개구리」, 「암야」, 「제야」 3부작과 「만세전」이 대표하는 염상섭의 초기 소설들이 집중적으로 검토되어 온 사정을 이해할 수 있다. 이들 작품이야말로 한국 근대문학의 수립 과정 혹은 한국문학의 근대성 체현 과정상의 시금석에 해당되는 까닭이다. 앞서 지적한 바, 염상섭 문학 연구 경향상의 두 갈래가 첨예하게 갈라지는 곳도 바로 이들 작품에 대한 평가에서이다. 한편에서는 3·1운동 이후라는 정치사회적인 맥락을 염두에 두고 이들 작품의 리얼리즘적인 성취를 가늠하는 반면, 다른 면에서는 넓은 의미에서의 근대문학 제도의 이식을 고려하여 문학적·철학적 측면에서의 근대성의 성취도를 재고 있는 것이다.

염상섭 문학의 연구 동향에 대한 이상의 파악이 어느 정도 적실성을 갖는다면, 상호간에 다소 거리를 두는 연구 성과들의 합리적 핵심을 지양해 보는 일이 요청된다. 이를 위해서는 앞에서 말한 '거리'가 궁극적으로 연구의 목적의식상의 차이에서 비롯된다는 점을 명확히 할 필요가 있다. '근대성의 문학적 체현 과정'이나 '리얼리즘 문학의 발달 과정'이라는 연속성을 확인코자 하는, 내용상으로는 상반되지만 형식상으로는 동일한 연구자의 계기가 이들 논의의 근저에서 작용하고 있다는 말이다.6)

---

6) 이러한 사정은 김윤식의 경우 선명한 자각으로 드러난다. 「표본실의 청개구리」의 'X'의 심리에 대한 규명 방식으로 '토대 환주의'나 자신이 주장하는 '제도적 장치론' 모두 나름대로 일관된 설명력을 갖고 있음을 인정한 위에서 논의를 구성하고 있다(김윤식, 「염상섭 연구'가 서 있는 자리」, 문학과사상연구회, 『염상섭 문학의 재인식』, 깊은샘, 1998, 31면).

이를 지양하는 일은, 논의의 구성 방식을 바꾸는 데서 시작되어야 한다. 거시적인 구도 설정에 강박되지 않은 상태에서 작품들의 흐름을 꼼꼼히 살펴보는 것이 적절한 방식이라 생각된다. 작품의 특정 요소를 강조하는 방식을 피하는 것은 물론 개별 작품 세계에 갇히는 경우를 벗어나기 위해서도, 1920년대 전반기 염상섭의 소설들이 보여 주는 지속과 변화의 양상을 미시적으로 따져 보는 일이 요청된다. 작품의 내적 자질을 미시적으로 분석하는 일은, 특정 방법론이나 문제의식을 내세움으로써 작품의 전모를 파악하는 데 미흡해지게 되고 작품 계열체의 지속과 변화의 양상을 실사하는 데 취약해지는 문제를 지양하기 위한 것이다. 이를 위해 본고에서는 특히, 인물 및 서사 구성상의 특징과 작품의도(Werkintention)의 구현에 있어 발화 전략상의 특성에 초점을 맞춰 분석하고자 한다.[7]

이에 본고는, 초기작들의 '환멸'을 현실의 위력을 인식한 것으로 읽으면서 그것이 「만세전」으로 이어진 뒤에 1920년대 중반의 밝은 작품들(「전화」, 「금반지」 등)[8]로 나아가게 되는 '내적인' 계기를 파악하고자 한다.[9] 이를 통해 염상섭의 소설들이 보여 주는 주된 관심사를 구명한 위에서야,

7) 본고의 이러한 방법론적인 시각에 대해서는 박상준, 「한국 근대소설 연구방법론 시고」(『1920년대 문학과 염상섭』, 역락, 2000) 참조.
8) 애초에 이 글이 쓰이게 된 사정과 지면 관계 등 논의의 여건상 여기서는 일단 초기 삼부작과 「만세전」을 본격적인 검토 대상으로 한정하고 이외의 작품들에 대해서는 본고의 구도 파악과 관련해서 간략히 언급하도록 한다.
9) 본고와 유사한 문제의식에서 조남현, 「廉想涉小說試論」(『韓國現代小說研究』, 민음사, 1987, 228~231면)은 "어째서 염상섭은 그 자신이 일찍이 표방한 자연주의의 정신과 수법에 등을 돌렸다는 말을 들을 정도로 작중인물에 대한 기본적인 好惡의 감정이 온통 증발된 또 작중 사건에 대한 의미화충동이나 천착욕구가 거의 엿보이지 않는 작품들을 쓰게 된 것일까?" 묻고는 「윤전기」나 「밥」, 「조그만 일」 등의 작품에서 보이는 '중간계급 혹은 독자적 존재로서의 각성과 논리'에 주목하고 있다. 내용·주제적인 측면에서 해답을 구하는 것이다. 이러한 판단은 자체로 적절할 뿐만 아니라 널리 퍼진 것이기도 한데, 본고는 여기서 조금 더 나아가고자 한다. 그러한 판단이 보다 설득력을 얻기 위해서는, 형식 및 내용형식과 같은 작품의 내적 층위에서의 변모 양상을 살펴야 한다고 생각되기 때문이다.

작품에 내재된 인식적 요소들의 위상과 성격을 적절히 가늠하면서 기존 연구사가 노정한 '거리'를 좁혀 볼 수 있을 것이다.

2. 현실의 휘발, 내면의 전경화 — 초기 3부작의 선택

염상섭의 문학 활동은 『삼광』 2·3호(1919.12, 1920.4)에 시와 수필을 발표하고, 『폐허』 1호(1920.7)에 시 「法衣」를 발표하면서 시작된다. 물론 상섭의 본령은 소설에 있으므로 처음 발표된 소설인 「표본실의 청개구리」(『개벽』, 1921.8~10)로부터 본격적인 문학 활동이 펼쳐졌다고 할 수 있다. 이후 그는 「암야」(『개벽』, 1922.1)와 「제야」(『개벽』, 1922.2~6)를 거쳐, 1920년대 소설문학의 대표작 중 하나인 「묘지」(『신생활』, 1922.7~9)를 발표하게 된다.

흔히 초기 삼부작이라 불리는 앞의 세 편은 당시 문단의 분위기상 새로운 것이었다. 김동인이 지적한 대로 '과도기의 청년이 받는 불안과 번민'을 짙게 보여준 까닭이다.[10] 이 시기의 문학 정조를 환멸의 낭만주의적인 것으로 규정할 수 있다 할 때, 실상 관자로 붙은 '환멸'은 염상섭의 이들 작품에 기인하는 점이 크다. 『창조』나 『백조』파의 다른 작품들은 낭만적 동경으로만 채색되어 있거나, 인생의 비애를 설정하되 환멸로까지 나아가지는 않고 있었다.

1920년대 초기 소설계는, '작가 의식과 현실의 부조화'를 궁극적인 원인으로 하여 낭만주의적인 성격을 짙게 띠고 있다. 문학청년 기질을 채

---

10) 김동인, 「韓國近代小說考」, 『金東仁文學全集』 12권, 대중서관, 1983, 467면.

벗지 못한 이 시기의 작가들은 일본 유학을 통해서 참된 '개성'과 '주체', '예술', '사랑' 등을 배워온다. 한편 이들이 돌아온 현실은 여전히 봉건성이 만연한 상태이며, 토지조사사업이 완료되면서 식민지적 수탈의 장으로 되어 버렸다. 이에 더하여, 3·1운동의 실패로 말미암아 민족주의 운동의 전망이 사실상 막힘으로써, 이들이 기댈 수 있는 사회사상의 터전 자체가 실종되다시피 한 상황이다. 긍정적인 미래 전망이 상실된 정치경제적으로 암담한 현실 속에, 계몽자유주의적 인간관, 예술관 등을 포지한 작가들이 놓이게 된 것이다.

이러한 상황 속에서, 현실을 외면·배제하고, '진정한 예술' 혹은 '참 사랑', '참 개인' 등에 대한 열망을 보여 주며, 낭만주의적인 동경의 좌절에 이르는 서사 구성을 특징으로 하는 문학작품들이 생겨난다. 낭만주의적인 문학계가 펼쳐지는 것이다. 당시 상황에서는 실현 가능성이 희박한 '참 개인' 등의 근대적인 이상을 '추상적 근대성'이라 명명해 볼 때, 추상적 근대성에 대한 동경과 폐색된 식민지 현실의 대립이, 이 시기 문학의 양상을 낭만주의적인 것으로 결정지었다고 할 수 있다.[11]

염상섭의 초기작들이 의미를 갖는 것은, 이러한 문학 상황 자체를 작품화했다는 점에서 찾아진다. 염상섭의 소설은, 도향의 경우처럼 작가·서술자 스스로 추상적 근대성에 대한 맹목적인 동경 상태에 빠지는 것과는 아무런 인연이 없다. 나아가서, 그러한 동경이 성취될 수 없음을 '비애'의 스토리로 설정하여 거리를 두고 그려내는 김동인 등과도 차이를 보인다. 동경의 좌절 및 그에 따른 비애감을 나타내는 김동인이나 전영택의 소설

---

11) 이에 대한 상세한 논의는 박상준, 『한국 근대문학의 형성과 신경향파』, 소명출판, 2000, 1부와 2부 2장 1의 1 참조.

은 기본적으로 '남의 일'을 이야기하는 듯한 거리를 전제하고 있다. 서술 상의 거리가 확보되었다는 점에서 근대소설의 형성 과정상에서 의미 있 는 진전을 보인 것이기는 하지만, 문학사상(文學思想)의 층위에서 보자면 아쉬운 점이 없지 않다. 주관과 객관의 부딪침, 인물의 의지와 현실 세계 의 길항관계가 갖는 의미에 대한 천착의 가능성이 서술상의 거리로 인해 약화된 까닭이다.

바로 이 지점에서 염상섭의 소설문학이 출발한다. 그가 주목하는 것은, 유학생들을 사로잡은 근대문명에 대한 동경 자체도 아니고 그러한 동경 이 현실에서는 여지없이 실패하기 마련이라는 '뻔한' 사실도 아니다. 그 러한 실패가 갖는 의미, 필연적인 실패에도 불구하고 동경은 포기되지 않 아야 하지만 동시에 맹목이어서도 안 된다는 사실 자체의 형상화가 그의 득의의 영역이다. 그의 작품을 특징짓는 '환멸'이 바로 이러한 탐구의 성 과라 할 수 있다.

그의 첫 작품 「표본실의 청개구리」(『개벽』, 1921.8~10)에서부터 이러한 점이 드러난다. 「표본실의 청개구리」는 소설미학적인 측면에서의 결함 에도 불구하고 그 문제성으로 해서 주목되는 소설이다.

「표본실의 청개구리」의 소설미학상의 결함은 두 가지로 지적할 수 있 다. 첫째는 구성상의 문제. 주지하는 바대로 이 작품은 X의 내면을 조 명하는 하나의 축과 김창억 행적을 소개하는 다른 하나의 축으로 이루어 져 있다. X와 그 친구들이 김창억을 방문하는 방식으로 둘이 교차되기는 해도, 김창억의 내력을 그리는 6~8절이 전체적인 이야기 줄거리로부터 일탈되어 있음은 의심의 여지가 없다. 전체의 1 / 3이 넘는 이 부분은 형 상화 방식에 있어서도 여타 부분과 다르다. 서술자의 설명에 이어서 스토리의 경개를 그대로 서술하고 있다. 따라서 이 작품이, 중편소설로서 복합적인 스토리라인을 갖추고 있다고 봐 줄 여지도 별로 없게 된다.

둘째로는 작품의 전체적인 효과를 구축해 줄 주요한 요인들이 불분명하게 처리된 것을 문제 삼을 수 있다. X나 Y 등 당대 청년들의 심정의 정체 및 원인 등이 밝혀져 있지 않으며, 추론의 여지도 작품 내에서는 거의 없다. 보다 구체적으로 말하자면, X가 알코올에 빠져 있고 Y가 '반숙반온(半熟半溫)'의 상태에 있는 (작품 내 세계 차원에서의) 실제적인 원인을 알 수 없게 되어 있다. 김창억이 옥살이를 하게 되는 원인이 언급되지 않은 것도 마찬가지다. 이러한 결과, 주제효과상의 불확실성이 짙어져 작품의 전언이 상징적으로 추상화된다. X가 시점화자로 설정되면서 그의 사고가 성찰의 대상이 되지도 않는 까닭에 추상적 성격이 더욱 짙어진다. 어찌 보면, 서술자가 스스로도 모르는 이야기를 하는 것은 아닌가 의심되기까지도 한다.[12]

이러한 점에도 불구하고 「표본실의 청개구리」는 주목할 만한 작품이다. 이 작품의 문제성은, 그 정조를 이루고 있는 '불안과 번민'이 우리 문학사상 새로운 것이며, 그 새로움이야말로 당시의 시대 상황과 주체의 관계에 대한 절실한 자각에서 유래되었다는 점에서 찾아진다. X나 Y 등은 무위(無爲)의 상태에 빠져 있으며, 미치기 전의 김창억은 '알 수 없는 운명에 대한 공포와 불안'에 사로잡혀 있다(10;112~113면).[13] 이들 모두 현실에

---

12) 물론 이러한 지적은 그 자체로 행해질 수 있는 것이 아니다. 한국 근대소설의 전개 과정상 1920년대 초기가 근대적인 단편소설 양식이 형성되기 이전이라는 시대적인 특성을 간과해서는 안 된다.

13) 작품의 인용은, 처음 거론될 때 본문 속에 서지 사항을 밝히고, 이후는 괄호 속에 면 수만 표시한다. 연재인 경우 지금처럼 괄호 속에 '월;면 수'로 표시한다.

대한 실천적인 관계의 가능성이 부재한 상태에 놓여 있다.

시점화자로 설정된 X는 '歸省한 後 七八個朔間의 不規則한 生活'(8;118면)에 따른 신경과민 상태에 빠져서, 개구리 해부 장면 환상과 자살 충동에 시달리고 있다(118~120면). 그는 알코올을 표단(瓢簞) 삼아 달고 다니는 인물이다. 친구들과의 대화 부분을 통해 우리는, '비통, 비참하나 위안을 줄 수 있는 알코올 그 이상의 효과는 광기와 신념밖에 없는 상황에서, 오관이 명확한 한편, 피로, 권태, 실망 이외에 아무 것도 없는 탓에, 알코올에 기대는 외에 달리 할 일이 없다'는 논리를 만나게 된다(8;128면). 신념을 가질 수 없는 상태에서, 미치지도 않았으니, 술에 기댈 수밖에 없다는 것이다.

이러한 논리는, 인물들이 세계에 대해 실천적인 관계를 맺을 생각을 아예 갖지도 않고 있다는 점, 현실과 관련해서는 어떠한 신념도 포회할 수 없다고 여긴다는 점을 알려 준다. 자칭 '동서친목회장'이 된 김창억의 경우는 예외지만 그의 신념에 찬 행위는 사람들에게 광기로밖에 비춰지지 않는다. 이렇게 보면, 신념을 갖는 것이 곧 미치는 것이 되는 현실에 이들 청년이 놓여 있으며, 미치지 않는 이상 아무 것도 할 수 없게 되어 있다고 할 수 있다.

자신들을 피로케 하는 현실에 맞서는 대신에, 이들이 권태와 실망만을 느끼는 궁극적인 원인은 무엇일까. 이 질문은 실상 작품의 경계를 넘어서는 것이다. 3 · 1운동 이후의 1920년대 초기 상황을 염두에 둘 때에만 논리적인 답을 짜낼 수 있는 성격의 질문이다. 물론 아무런 매개 없이 이렇게 넘어선다면 설득력을 갖추기 어렵다. 따라서 인물들의 의식 상태를 핵으로 하는 이 소설의 주제 효과를 추정해 들어갈 수 있는 통로를, 작품 내에서 찾을 필요가 있다. 다소 상징적으로 처리되어 있는 말미에 그러한 통로가 있다.

남포를 떠나 북국 어느 한촌에 있던 X는, Y의 편지를 통해 김창억의 행적을 알게 된 뒤 까닭 없이 '울고 십흔 症'이 생겨 소요하다 '짓다가 둔 헛간 같은 一間斗屋'에 다다르게 된다. 저녁상을 받으며 그 내력을 묻자 젊은 주인이 그 '村에서 天堂에 올라가는 停車場'이라 답한다(10;126면). 상엿집이라는 것이다. 그 답을 듣고서 X는 "人生의 全局面을 平面的으로 俯瞰한 것 가튼 생각이, 머리에 써오르는 同時에, 무거운 恐怖가 머리를 누르는 것 가타얏다"(같은 곳)고 느낀다. 이 공포, 인생을 알아버린 데서 유래하는 이 공포의 정체는 문맥에 좀더 주의할 때 확실해진다.

그가 공포를 느끼는 것은 바로, 내력을 설명하는 '젊은 主人의 生氣 있는 얼굴'을 물끄러미 보는 순간으로 되어 있다. 이는, 북국 한촌에 있기는 하지만 그 '젊은 사람이 봉건적인 생활 방식에 완전히 젖은 상태에서 생기를 띠고 있다'는 사실이 환기시켜 주는 바, 사회에 미만해 있는 봉건적인 사고 및 생활 양태가 X의 공포를 낳았음을 알려 준다. '봉건성에 침윤되어 있는 사람들의 생기 있음'이야말로 지체된 현실의 공포를 절감케 한것이다(10;125~126면). 연구사의 구도를 염두에 두고 부연하자면, 3·1운동 이후 정치 상황의 기만성이 아니라, 봉건적 생활 세계의 무게가 (아마도 일본 유학으로부터) '歸省한 後 七八個朔 된' 청년 지식인을 압도하고 있는것이다.14)

---

14) 염상섭의 소설문학이 기미독립운동 등과 같은 역사적 사건들에 영향 받지 않고, 일상에 대한 관찰이라는 자기 세계를 견지해 온 사실에 대해서는 여러 논자들의 지적이 있었다. 구인환의 경우는 『三代』나 「萬歲前」과 같이 미약한 대로 歷史意識이 投影된 作品이 없지 않으나, 廉想涉은 植民地時代의 民族的 受難이나 解放 후의 소용돌이, 6·25의 激動 등 外的 狀況의 變化에 따른 새로운 人生의 解釋이나 그 狀況을 超克하려는 삶의 指標를 모색하는 경우는 거의 없다"(210면)라고 단정적으로 말하기까지 한다(구인환, 『韓國近代小說研究』, 삼영사, 1993).

논의를 구체화하기 위해서, 세계의 봉건성에 압도되는 X의 지향은 어떠한 것인지도 조금 추론해 보자. 작품에서 이와 관련되는 요소는, 김창억과 헤어져 평양으로 돌아오는 기차에서 X가 친구에게 쓰는 편지 내용이다. 거기서 그는, '人生의 眞實된 一面을 추켜들고, 거침없시 肉迫'하여 오던 김창억을 만나서 받은 '驚愕의 戰慄' 등의 느낌을 전한 뒤, 김창억을 두고 '自由의 民'이라 단정하고 '우리의 慾求를 홀로 具現한 勝利者' 같기도 하다 적고 있다(10;108면).

이 구절이 보여 주는 바는 바로 '자유'에 대한 욕구, '자유민'이고자 하는 지향이다. 물론 이를 '정치적인 자유'로 곧장 이어가는 것은 과도한 일반화의 오류를 범하는 것일 수도 있겠지만, 예컨대 현진건의 「빈처」(『개벽』, 1921.1)의 K가 '소설가'를, 나도향의 「젊은이의 시절」(『백조』, 1922.1)의 조철하가 '음악가'를 지향하는 것과 차이를 보임도 틀림없는 사실이다. X가 일종 선망의 눈길을 보내는 김창억이, 비록 광인이긴 하지만, 세계의 평화를 꿈꾸는 정치 지향적인 인물이라는 점도 이와 관련해서 음미해 볼 만하다. 이렇게 보면, X가 지향하는 바를 '(부르주아) 자유주의의 구현'이라는 범주 속에서 사고하는 것이 온당할 듯싶다.15)

이로써 우리는 「표본실의 청개구리」의 음울한 정조를 낳는 메커니즘을 다음처럼 추론해 볼 수 있다. 유학을 통해 얻게 된 자유민의 이상을 품

---

15) X의 의식을 추론해 볼 수 있는 또 하나의 근거는, H와 X가 대동강 강가에서 나누는 대화에서 찾을 수 있다. 「死의 勝利」의 주인공인 '쏠씨오'의 고통을 X가 공유하고 있다는 언급이 그것이다(8; 123면). 유감스럽게도 이 작품을 확인하지 못한 탓에 뭐라 말할 수는 없지만, 정사(情死)에 대한 가벼운 관심을 갖고 있는 것 정도로 보면, 본고의 파악을 수정해야 할 만큼 특정한 지향성을 포회하고 있는 것은 아니라 할 수 있겠다. 이보영의 경우는 X와 H의 대화가 겉도는 것이라 주장하면서 퇴폐적인 경향으로 해석해서는 안 된다고 보았는데(이보영, 『염상섭 문학론』, 금문, 2003, 143~144면), 그의 논의 자체가 3·1운동의 강력한 영향을 전제하고 있어 별반 설득력이 없다.

은 주체가, 봉건적인 현실에 던져짐으로써 갖게 된 실망과 피로가 신경과
민과 우울함을 낳은 것이라고 말이다. 조금 단순화하자면, 자유주의 이념
의 실현 불가능성이 알코올에 기대는 무기력증으로 X를 몰아넣었다고 할
수 있다. 편지를 통해서 '自己의 沈滯한 處分, 숨쑤는 感情'(10;124면)을 X
에게 전하는 Y의 경우도 이러한 추론에 힘을 실어 준다.

「표본실의 청개구리」에 대한 이상의 분석은 염상섭의 소설문학 일반
을 이해하는 데 있어서 적지 않은 오해를 불러일으킬 소지가 있다. 어떤
층위에서도 무방향성의 상태이기 때문이다. 사실상 이 작품에서는 X와
서술자 및 실제 작가 염상섭의 거리가 잘 가늠되지 않는다. 따라서 우리
의 논의 역시 현실과 문학을 대하는 작가의 태도 층위에까지는 아직 올라
갈 수 없다. 해서, 1920년대 초기 문학 상황의 본질적인 측면을 함축적으
로 보여주면서 염상섭 소설문학의 방향 선택에 대해서도 적지 않은 시사
점을 주는 「암야」(『개벽』, 1922. 1)의 논의로 넘어갈 필요가 있다.

「암야」는 인물의 지향과 현실의 갈등이라는 맥락에서 볼 때 「표본실
의 청개구리」에 비해 의미는 좀더 추상화되고 절실성은 강화된 작품이라
할 수 있다.16) 결론적으로 당겨 말하자면, 1920년대 초기 여타 작가의 작
품 경향들을 고려할 때 시대적인 상징으로서는 더 적격이다.

「암야」의 주인공 '彼'는, '무엇이던지 하여야 하겠다는 생각'은 항시 있
지만 '大關節 무엇을 해야 조흘지' 모르는 상태에 놓여 있다. 작품의 정조
를 지배하는 그의 의식 상태는, 다음의 두 가지 요소 곧 군중과 자신의 동

---

16) 이 진술에서도 드러나듯이, 본고는 「표본실의 청개구리」가 염상섭의 처녀작이며 「암야」가
그 이후 작이라는 입장에 선다. 이 문제와 관련해서는 유병석이 명쾌하게 정리한 바 있다(유병
석, 『廉想涉前半期小說硏究』, 아세아문화사, 1985, 29면 각주21 참조).

료들에 대한 태도에서 확인된다.

군중에 대한 그의 혐오는 유별난 것이어서 주목할 만하다. 그에게 있어 군중들은 '가장 醜惡한 今時로 걱구러질 듯한 魍魎들', '生活이란 烙印이, 狡猾과 貪婪이라는 이름으로, 찍힌 얼굴들'일 뿐이다(59면). 분주히 왔다갔다하는 군중들을 생각하며 "'무덤이다'라고, 혼자속으로 부르지젓다"가, (혼사 축하 심부름으로 모친이 부탁한) 둘째네 집에 들를 생각까지 접어버린다. 결혼을 '仁川 米豆 以上의 더럽은 賭博'으로 보는 까닭인데(59면) 이 모두가 군중을 뚫고 나오느라 눈살을 찌푸린 데서 연유한 것이다. 생활에 매여 있는 군중의 속성에 대한 그의 혐오는 이렇게 인류지사까지도 무시할 만큼 강렬하다.

반면 자기 동류들에 대한 '彼'의 태도는 양가적이다. 긍정적인 면을 먼저 말하자면 '俗衆과는 同化치 안는다는 것!'(62면)이다. 이는 생활고에 치여서 교활과 탐람에 물들지 않았음을 의미한다. 그러나 그가 보기에, 자신을 포함한 주변의 친구 모두는, '일체를 우롱해야 하는 존재, 일체를 유희적 기분으로 대하는 사이비 데카당스'일 뿐이다(61면 참조). 사실 궁핍한 현실에 기인하는 고뇌만 있을 뿐 "一生涯의 事業을 爲하야, 自己의 藝術의 宮殿을 爲하야, 人生의 아름답고 純潔한 情緒를 發露하는 戀愛를 爲하야, 悶悶한 心靈의 深刻하고 永遠한 苦惱를 爲하야, 生死의 問題다! 라고 부르즈즌 일이 잇섯나?"(62면) 하고 자문할 만하기 때문이다. 요는 참된 고뇌가 없다는 것이다.

이 자리에서 중요한 것은 당연히, 생활의 맥락을 좇는 '속중'과는 차원을 달리하는 길이 무엇인가이다. 그런데 바로 앞의 인용에서 확인되듯이 이는 분명치 않다. '연애'를 제외하고는 실상 참된 고뇌를 낳을 지향의 대상, 동경의 대상이 모호하다. '大地'와 포옹하고 '永遠'으로부터 생명의 힘을 갈구하고자 하는 종결부(64면) 역시도 구체적인 것을 제시해 주지는 않는다.

정리해 보자. '彼'는, 생활에 쫓겨 교활함과 탐람 등에 묻힌 일반인들의 세속적인 삶을 멸시하고, '참된 사랑'이나 '대지', '영원' 등에 대한 강렬한 동경을 존중하는 정신 태도를 보여 준다. 이 위에서 '일생의 사업, 예술의 궁전, 순결한 연애, 심령의 고뇌'에 대한 (참된) 동경이 낳을 생사를 건 고뇌 없이, 실상은 빵이 부족하다는 현실 문제를 호도하는 사이비 고뇌를 안고 있을 뿐인 사이비 데카당스의 측면을 반성적으로 통찰하고 있는 것이다. 작품의 시선이 '동류들'에 대한 비판에 그치지 않고 자신까지 대상으로 놓는 반성의 차원으로 고양되는 까닭에, 「암야」를 두고서야 우리는 비로소 작가 염상섭의 의식까지 염두에 두며 논의를 진행시킬 수 있게 된다.

「암야」에서 드러나는, 자기 동류들에 대한 이러한 통찰은 값지다. 「표본실의 청개구리」의 분석을 통해 우리가 이끌어냈던 바 (반)봉건적인 현실 앞에서 실현 불가능한 이상을 품은 주체의 환멸, 그 환멸의 진정성을 묻고 있기 때문이다. 해서 환멸에 다가서 있는 '彼'의 상태는 한층 절실하게 그리고 진정한 것으로 여겨진다.

반면에 외부 세계의 문제적인 성격은 역시 간접적으로만 추측된다는 점을 놓칠 수 없다. 「표본실의 청개구리」에서와도 달리 여기서는, '彼'를 절망케 하는 것이 더욱 막연하다. '대지'나 '영원' 등은 기실 추상적인 기표일 뿐이다. 사태를 단순화하면, 동경의 대상을 지칭하는 대신에 주체에 결여된 무언가로 인한 고뇌 자체를 가리킬 뿐이라고 할 수 있다.

사정이 이러함에도 불구하고 「암야」의 이러한 면모가 중요한 것은, 염상섭 소설의 주목점 혹은 시선의 선택을 보여 주는 까닭이다. 당겨 말하자면, 현실보다는 주체의 내면에 집중하는 것이 염상섭 소설문학의 선택이라 할 수 있다. 현실이 주체를 환멸에 이르게 하는 '힘', '폐색성'만으로 드러나는 반면에, 내면은 자기 반성적인 시선의 조명까지 받으며 그 절실함을 한껏 띠고 있다. 이를 두고, 실정적으로 규정될 수는 없지만 그만큼 더 절실한 내면의 동경·좌절이 현실의 구체성이 휘발되는 자리를 차지하며 전경화되었다고 할 수 있겠다. 이러한 방향 선택은, 현실을 외면한 채 관념의 맥락에 한층 집착하는 「제야」(『개벽』, 1922.2~6)에서 보다 뚜렷해진다.17)

3. 현실과 현상, 내면과 심리의 변주 — 「만세전」 전후의 변화

「표본실의 청개구리」와 「암야」, 「제야」의 문학사적인 위상은 일의적으로 규정되지 않는다. 1920년대 초기의 낭만주의적인 소설문학의 경향에 비추어 볼 때 이질적이라 할 만큼, 이들 작품은 현실의 위력을 십분 감지하고 있는 특성을 보인다. 환멸의 낭만주의적인 면모를 문학계에 부여해 주는 것이다. 그러나 그렇다고 해서 이들 작품에서 현실의 현상적·객관적인 형상화를 찾을 수 있다는 것은 아니다. 이 면에서 보자면 오히려

---

17) 박상준, 『한국 근대문학의 형성과 신경향파』, 소명출판, 2000, 102~103면 참조. 전체 논의 구도는 상이하지만 하정일의 경우도, 조선의 현실적 조건과 상호작용을 하지 않는 '보편주의적 이념이 스스로의 순결성을 지키는 마지막 방책'으로 주인공의 자살을 해석하고 있다(하정일, 「보편주의의 극복과 '복수(複數)'의 근대」, 문학과사상연구회, 『염상섭 문학의 재인식』, 깊은샘, 1998, 53면).

현진건이나 김동인의 소설이 오른쪽에 나서 있다고도 할 수 있다.

염상섭의 초기 삼부작이 현실의 위력을 담고 있다는 것은, 주체와 세계의 역학을 놓치지 않고 있다는 점을 의미한다. 논의의 편의상 순서를 바꾸어 말해 보자. 주체는 넓은 의미에서의 자유주의 이념을 지향하고 있으며, 세계는 반봉건성에 침윤되어 있다. 이 둘이 맞서는 결과는 자명한 것인데, 바로 여기서 환멸이 불가피해진다. 염상섭의 작품이 시작되고 끝나는 지점은 바로 여기, 인물의 환멸 상태이다. 상섭은, 인물의 지향을 전면화하지도 않으며 객관현실에서의 실제적인 패배를 그리지도 않는다. 환멸로 가득찬 인물의 내면을 묘파함으로써 작품의 정조를 어둡게 칠하는 가운데, 인물이 품은 지향의 열도와 현실의 힘을 함축적으로 환기시킬 뿐이다.

여기서, 염상섭의 소설들이 이렇게 작품 표면에 있어서 인물의 내면 정서를 드러내는 데 집중되어 있다는 점이 적절히 고려되어야 한다. 작품의 내적인 역학을 과장해서 현실 인식의 의의를 강조하는 것도 부적절하며, 역으로, 내적인 역학을 간과해서 어설픈 분위기만을 띤 습작으로 이들 작품을 폄하하는 것도 적절치 못하다. 논의의 균형을 찾는 데 있어서 무엇보다 중요한 것은, 환멸에 이르(러 있)는 인물의 내면이 전면화되어 있으며, 앞서의 논의에서 밝혔듯이, 「표본실의 청개구리」에서 「제야」로 옮겨가면서 작품의 초점이 인물의 내면으로 정향되어 간다는 사실을 잊지 않는 것이다. 이러한 사실은, 염상섭 초기 삼부작의 의의를 가늠하고 1920년대 전반기 염상섭 소설의 변화 과정을 내적으로 일관되게 해석하는 데 있어 무척 중요하다.

초기 삼부작에 이어지는 「만세전」[18]은 여러 가지 맥락에서 중요한 작

---

18) 잘 알려진 대로 이 작품은 「墓地」라는 제명으로 『신생활』(1922.7~9)에 연재 도중 중단되었

품이지만, 여기서는, 염상섭 소설의 초점이 인물의 내면으로 정향되어 간다는 판단의 시금석이라는 점에 주목하여 개괄해 보고자 한다.[19]

「만세전」은 어떤 의미에서도 단일한 성격의 작품이 아니다. 인물 구성의 측면에서 볼 때, 주인공 한 명만이 살아있는 인물인 셈이던 초기 삼부작과는 달리, 이인화 외에도 김천 형과 부친, P자 등 각기 제 목소리를 내는 인물들이 설정되어 스타일의 혼합이 어느 정도 이루어져 있다. 주인공 이인화의 면모 자체도 '감정과 이론 혹은 욕망과 이지의 분리'라는 복합적인 양상을 보인다. 그는 거리를 띄운 채 행하는 냉철한 현실 인식과 더불어서, 문학청년 식의 감상이나 '더러운 호기심'에 이끌리는 방탕한 욕망을 함께 갖추고 있으며, 무엇보다도 「암야」의 주인공과 마찬가지로 참된 사랑, 참된 개성 등에 대한 동경을 포지하고 있다. 이렇게 「만세전」에서는 인물들의 설정이 결코 단순화되지 않은 채 현실적인 맥락을 부여받고 있다.

이 위에서 「만세전」의 서사는 '지체되는 여로'로 특징지어진다. 이러한 서사 구성은 이 작품의 복합적인 성격을 강화해 준다. 여로가 진전되면서

다가, 시대일보(1924.4.6~6.4)를 통해 완성된 뒤, 「萬歲前」으로 개칭되어 출간되었다(고려공사, 1924). 이 세 작품 사이에는 유의미한 차이가 존재하지 않는다(이재선, 「日帝의 檢閱과 '萬歲前'의 改作」, 『한국문학의 해석』, 새문사, 1981 참조). 반면, 손정수는 인물명의 고유명사화와 고백체의 유무를 근거로 하여 「묘지」와 「만세전」이 소설 텍스트의 자율성 획득 과정에서 의미 있는 차이를 보여 준다고 한 바 있다(손정수, 앞의 책, 108~113면). 그의 세부 논의에는 이견의 여지가 별로 없지만, 전자는 그의 전체 입론에 비춰볼 때 자율성 획득 과정이라는 큰 변화에 있어서 필요조건에 해당되지도 않는 작은 한 계기인 감이 없지 않으며, 후자는 스타일의 전면적인 차이라기보다는 흔적의 유무로 보인다는 점에서 달리 문제될 여지가 없다고 생각된다. 따라서, 본고는 고려공사 판본을 기준으로 논의를 진행하되 그 시기는 1922년 시점으로 잡아 둔다. 이 말은, 1920년대 초기 염상섭 소설의 전개 과정을 '초기 삼부작―「만세전」―「E선생」 이하'로 보겠다는 것이다.

19) 「만세전」에 대한 이하의 논의는 박상준, 『한국 근대문학의 형성과 신경향파』의 부분적인 논의(185~189면)를, 본고의 초점에 맞춰 약간 다듬은 것이다. 『만세전』에 대한 본고의 파악은 박상준, 「지속과 변화의 변증법」(『관악어문연구』, 1997.12; 『1920년대 문학과 염상섭』, 역락, 2000에 재수록)에 바탕을 두고 있다.

식민지 상태의 현실이 폭로·해부되는 것은 익히 알려져 있다. 그러나 이 여로는 끊임없이 지체된다. 실제의 여정이 늦춰지기도 하고'여로의 우회와 지체'], 사건시에 대한 서술시의 확장'비여정적인 상념 및 대화의 확대']을 통해 여정이 더디게 진행되기도 한다. 여기서 중요한 것은, 확장된 서술시의 상당 부분이 이인화의 상념을 기술하는 데 할애되며 그 상념의 주된 축이 바로 추상적인 근대성에 대한 성찰로 채워져 있다는 사실이다. 따라서 「만세전」이 담고 있는 현실 인식은 이인화라는 '인물의 내면을 본질적으로 구명하는 방식이 확장되면서 포괄된 것'이라고 할 수 있다.

1920년대 초기 소설들의 형성 과정이라는 맥락으로 옮겨 말하자면, 「만세전」은, 추상적인 근대성에 경도된 의식의 세계가 현실과 빚는 불협화 및 거리를 끊임없이 확인하는 방식을 통해서 개인의 내면을 드러내며, 그 일환으로서 식민지 현실에 대한 인식을 담고 있는 것이다. 그 결과, 문제적 인물로서의 이인화와 봉건적·식민지적 현실의 대비 형식을 통해서, 식민지 현실에 대한 객관적인 파악을 보여줌과 동시에 식민지 근대화의 문화적 결과로서의 추상성, 식민지적 비참함을 여실히 형상화하고 있다 하겠다.

이로써 「만세전」은, 1920년대 초기 작품들과 동일한 구도를 갖추면서도, 식민지 궁핍화 현상이 진행되던 당대의 현실에 대한 정확한 통찰까지 담아낸 기념비적인 작품의 지위에 오른다. 이러한 지적은 1920년대 초기 소설의 최상의 지양 형태가 바로 「만세전」임을 의미한다. 넓게는 한국 근대소설의 전개 과정에서 좁게는 1920년대 전반기 소설계가 보이는 변화 과정에서, 그리고 염상섭 초기 소설의 초점이 설정되는 맥락에서도, 바로 이와 같은 이유로 「만세전」이 차지하는 위상은 매우 중요하다.

물론 이러한 파악에서의 핵심은, 이인화라는 문제적인 인물을 창출해 냈다는 데 놓인다. 작품의 전체적인 주제 효과를 염두에 두고 이인화를 볼 때, 식민지 현실의 양상 및 원리에 대한 그의 인식 자체가 아니라, 그러한 인식이 이루어지고 처리되는 방식이 중요하다. 전반적인 식민지 궁핍화 현상, 노동력의 부당한 착취 양상 등에 대한 통찰과 그에 따른 울분에도 불구하고 이인화는 행동 및 그에의 결의를 보이지 않는데,[20] 사실 바로 이 이유로 해서 이인화의 의미가 증대된다. 현실의 문제를 인식하기는 하되 행동으로 나아가지는 않는 이인화의 태도야말로 근대 자본주의 사회의 부르주아 개인 주체의 진면목에 해당하기 때문이다.

이인화는 자신의 동경과 이상을 무참히 꺾는 적대적인 현실을 냉철하게 인식한다. 여기서 중요한 것은 이인화가, 단 한 순간도 포기하지 않는 자신의 이상에 맹목이지 않기에, 그것에 대립하는 궁핍한 현실의 실제를 인정하고 직시하게 된다는 점이다. 달리 말하자면 추상적 근대성에 대한 지향에 의해 타자화되는 방식으로 당대의 현실이 조명된다고 할 수 있다. 현실의 궁핍상을 무시·배제하던 1920년대 초기의 소설들이나 현실의 위력을 작품 속에 끌어넣되 그 구체상을 담지는 않았던 염상섭 자신의 초기 삼부작에 비할 때 「만세전」의 이러한 면모는 특기할 만하다.

그러나, 사정이 이렇다고 해서 이러한 인식적 요소의 의미를 '따로 떼어' 과장할 수는 없다. 앞서 언급했듯, 「만세전」에 드러나는 현실 인식적 내용들은 실상 이인화라는 인물의 내면을 조명하는 일환으로 끌어들여지

---

20) 일찍이 구인환(『韓國近代小說硏究』, 삼영사, 1993)은 염상섭의 작가적 태도와 관련지어 이러한 점을 지적한 바 있다. '관찰자로서 충실하려는 그의 작가적 자세'(223면) 탓에 '구제의 문학'이 아니라 '보는 문학'에 머물러 있다는 것이다.

는 요소이기 때문이다. 이들은 언제나 추상적 근대성에 대한 이인화의 동경과 길항관계 속에 놓여져 있으며, 현실 인식의 주체이자 추상적 근대성에 대한 동경·추구자인 이인화는 후자[동경·추구]에 중점을 두고 있다.

현실과 관련해서 이인화는 '인식의 주체'로서만 존재한다. 현실을 대하는 그의 태도는, 개인적 자의로부터 독립된 현실의 강제법칙적인 진행 과정을 합리적으로 인식하고 계산할 뿐이다. 현실의 진행 과정 자체에 개입하려는 대신에, 법칙들을 기성의 것으로 간주하고 그 가능적 결과들을 계산하는 데 매몰되어 있는 것이다. 즉 그 기능 작동을 관찰자적으로 통제할 뿐인 태도를 취하는 것인데, 이를 두고 정관적 태도라 할 수 있다. '무덤'으로 상징되는 폐색된 식민지 현실을 방관자적인 입장에서 통찰해 낸 이인화가 보이는 태도, 즉 자포자기 식으로 모든 것이 없어져 버리기를 바라거나, 혹은 '進化論的 모든 條件'에 의해서 사태가 그 자체대로 흘러갈 것이며 그러다 보면 혹은 좀 나아질 수도 있으리라는 생각을 하는 것[21]은, 자신의 개입에 의해서 사회를 바꿀 수는 없다고 여기는 의식, 기성의 사회 체제를 공고한 실체로 보는 부르주아적 의식을 확연히 보여준다. 이인화의 이러한 정관적 태도는 자본주의 시대에 속한 근대인의 보편적인 특징에 해당된다.[22]

사정이 이러하기 때문에 「만세전」의 인식 요소 측면의 성과를 말할 때라도, 식민지 궁핍화 현실에 대한 냉철한 인식을 담았다는 점보다는, 자본주의의 시대 즉 근대 시민사회에 처해 있는 부르주아 개인의 면모를 적절히 형상화했다는 점에서 그 의의를 찾아야 할 것이다. 무엇보다 중요한 것

---

21) 염상섭, 「萬歲前」, 고려공사, 1924.8, 146~147면.
22) 루카치, 박정호·조만영 역, 『역사와 계급의식』, 거름, 1986, 168~173면 참조.

은, 이 작품의 현실 인식적 내용들이라는 것이, 작품의 의미 효과라는 전체적인 측면에서 볼 때 이인화라는 인물의 특성을 구현하는 요소로 활용되고 있다는 점이다. 이는, 초기 삼부작들이 현실 상황을 고려하고는 있되 인물의 내면을 드러내는 데 집중하고 있으며, 실상 그 일환으로서 현실의 (구체상이 아니라) 위력을 환기시키고 있을 뿐이라는 사실과 상통한다.

염상섭 소설의 현실 인식이라는 맥락에서 정리해 보자. 경제적인 궁핍화 현상이 진행되는 현실의 양상이나 식민지인으로서 받는 민족적 차별 등이 인식되기는 해도, 이러한 현실상이나 식민성 등은 말 그대로 인식될 뿐이지, 주인공 이인화로 하여금 현실에 맞서게 하는 내적인 원리 혹은 자세로 설정되어 그의 성숙함을 이끄는 힘이 되지는 않고 있다. 주인공의 행동과 관련되는 대상 혹은 기반으로 그려지지는 않고 있다는 것이다. 따라서 「만세전」에서 확인되는 현실 인식적인 내용들은, 이인화라는 인물의 내면을 충실히 구현하는 한 가지 요소로 끌어들여졌다고 보는 것이 온당하다.[23] 소설사의 전개를 고려해서 보자면, 추상적인 근대성에 대한

---

23) 이러한 판단은 이선영, 「주체와 욕망 그리고 리얼리즘」; 하정일, 「보편주의의 극복과 '복수의 근대'」의 논의(이상 문학과사상연구회, 『염상섭 문학의 재인식』, 깊은샘, 1998)와 갈라지는 것이다. 「만세전」에 나타나는 식민지 현실에 대한 인식의 측면을 강조하는 이들 연구 경향은, 무엇보다 작품의 실제를 전체적으로 고려하지 않고 있다는 점에서 동의하기 곤란하다. 「만세전」에 현실 인식적 요소가 나타나는 것은 물론 사실이지만, 지금껏 살펴보았듯이, 이 작품의 전체적인 주제 효과는 다른 곳을 향하고 있다. 보편적 이상 또는 자유주의적 가치야말로 추상적일 수밖에 없다는 사실, 현실의 궁핍함 때문에 그리 되지 않을 수 없다는 사실, 바로 이러한 사실 때문에 환멸에 빠지게 된 부르주아 개인의 내면에로 이 작품의 시선이 정향되어 있는 것이다. 달리 말하자면 부르주아 개인의 내면을 묘사하는 과정에서, 그것을 낳은 현실의 위력을 끌어들이고 있는 셈이다. 따라서 전자를 없이 하고 후자만을 강조하는 것은 작품론의 맥락에서 설득력을 얻기 어렵다.

  동일한 이유에서, 「만세전」이야말로 한국 현대소설의 형성 과정에서 하나의 정점에 해당한다는 고평을 내놓은 김우창, 「韓國 現代小說의 形成」(『궁핍한 시대의 詩人』 중판, 민음사, 1985)의 견해에도 동의하기 어렵다. "「만세전」의 이해에는 거기에 담겨 있는 사회관찰뿐만 아니라 그러한 관찰의 테두리가 되어 있는 주인공의 이야기에 주의하여야 한다"(111면)는 적절한

동경과 그것의 실현을 막는 폐색된 현실이라는 상황이 좀더 구체화된 데 지나지 못한다.

이상으로 우리는 1920년대 초반 염상섭 소설문학의 방향 선택이, 현실이 아니라 주체에로, 인물의 내면으로 정향되어 감을 확인해 보았다. 곧 현실의 위력을 인식하는 데서 나아가 그 구체적인 양상을 담아내는 방식으로 발전(!)해 가는 대신에, 현실에 대한 인식 내용은 확장되고 날카로워졌어도, 그러한 현실 인식이 인물의 내면을 조명하는 일환으로 구사되는 방식에는 변함이 없다는 사실을 알게 되었다.

이러한 초점화는 「E선생」에서 그리고 그 이후 좀더 일반화되면서 작품 세계에 적지 않은 변화를 이끌어 낸다.

일견 「E선생」(『동명』, 1922.9.17~12.10)은 「만세전」이 보여 주는 방향 선택과는 반대되는 것처럼 보이기도 한다. X학교를 배경으로 하여 E선생이 겪고 펼치는 구체적인 행적을 다루고 있기 때문이다. 그러나 타자와의 대립 갈등을 사회적인 무게를 지니는 것으로 받아들이는 면모가 희박한 데서 알 수 있듯이, 이 작품 역시 주체의 내면의 연장으로서만 현실을 다룬다고 할 수 있다. E선생은 언제라도 사회적 활동을 철회할 용의가 있고 또 실제로 그렇게 한다. 자신의 이상을 실현해 보려고는 하지만, 그것에

문제 제기를 하고 있지만, 실상 그의 논의는, 작품에서 확인되는 내용 요소들을 꿰어 놓을 구도를 전제한 위에서 이루어지고 있는 듯하다. 작품의 내용형식적인 실제를 실사(實査)한 위에서 논의가 전개되는 것이 아니라, 식민지 상황과 근대화(의 필연성)에 대한 인식의 문제라는 틀을 설정한 위에서, 「만세전」에 이르러 "개체적인 인생의 일상적인 삶을 완전히 포용하고, 또 그 지평을 이루는 역사의 세계에 닿으면서 개체와 사회의 삶의 내면과 외면을 하나로 거머쥘 수 있게 된 것"(123면)이라 주장하고 있다. 이러한 결론적 주장은 본고의 파악과 매우 거리가 먼 것인데, 지금까지 행한 작품 분석에 상응하는 바를 그의 글에서는 찾을 수 없다. 그 결과, 이야기 줄거리 속에 있는 내용 요소들을 (작품 속에서의 위상이나 기능 등을 고려하지 않은 채로) 추려 낸 뒤 자신의 문제의식에 맞춰 놓았다는 인상을 지우기 어렵다.

현실[타자]의 힘이 개입해 들어옴으로써 자신의 문제를 넘어 사회의 문제로 사태가 확장될 때, 바로 그러한 사태를 자신이 귀속된 공동체의 문제로 떠안지는 않는 것이다.

「E선생」은 염상섭 소설문학의 진행 과정상 주목할 만한 면모를 보여준다. 학교 사회라는 제한된 범위에서나마 외부 세계의 구체적인 현상을 끌고 들어오면서도 현실의 힘을 끌어안고 있지는 않다는 사실이 그것이다. 달리 말하자면, 「만세전」에서 확인되는 원리 곧 내면의 연장으로서 현실을 끌어들이는 메커니즘의 연장선상에 있되, 그러한 내면 자체가 심각한 고투를 회피하고 있다는 사실이 주의를 요한다. 이러한 점이 의미하는 바는 무엇인가. 소설을 구성하는 배경 요소 및 인물 들을 풍부하게 마련하기는 하되 주체의 내면이 그들과 직접 맞서지는 않게 함으로써, 현실의 묘사는 현상 차원으로 떨어지고 주체의 내면 또한 그 열도를 잃게 되었음을 뜻한다.24)

초기 삼부작과 「만세전」, 「E선생」에서 확인되는 이러한 흐름에 주목하면, 1920년대 중반에 이르러 염상섭의 소설 세계가 풍속 묘사의 영역으로 나아가는 사실은 그다지 놀라운 일이 아니게 된다. 이러한 전개는, 세계와 주체의 대립적 역관계의 치열성이 회피됨으로써 세계의 폐색성도 그 속에서 고민하는 인물 내면의 동경도 모두 희미해지게 된 데 연유하는

---

24) 유병석의 경우 「E선생」의 특징으로 고백체를 벗어났다는 점을 든 뒤, 그 결과적인 특징으로 인물들 간의 갈등이 제시되고, 정상적인 인물의 정상적인 행동이 그려지며, 객관적 묘사가 이루어지게 되었음을 지적한 바 있다(『廉想涉前半期小說研究』, 아세아문화사, 1985, 55~57면). 그리고 그 대가로 "현실의 포괄적인 제시와(「만세전」과 같은), 직접적인 이념 표백을(「표본실의 청개구리」) 희생했다"(58면) 하였다. 본고는, 이러한 사실 파악에는 동의하되, 염상섭 소설의 전개 과정에서 이 작품이 갖는 의미를 적절히 파악하기 위해서는 연속성의 측면 또한 놓치지 않아야 한다고 본 것이다.

까닭이다. 그 현상적 결과는, 주체를 압박하는 현실(의 위력)이 아니라 사회 현상이 묘사의 대상이 되고, 고통스러운 내면을 가진 사회적 존재로서의 문제적 개인이 아니라 일상을 의심하지 않는 생활인의 내면 혹은 심리가 부각되는 것이다.

『너희들은 무엇을 얻었느냐』(『동아일보』, 1923.8.27~1924.2.5)의 경우 사회적 관계로 현상하는 현실적인 인간관계가 아니라, 부동하는 인물들이 심리상으로 끌고 당기는 갈등에 초점이 맞춰져 있다. 청춘남녀들이 유학을 꿈꾸고 하기는 하지만, 그들의 심리는 환멸로 귀결되게 마련이었던 저 치열한 낭만적 동경과는 거리가 먼 것이다. 이러한 변화의 요인으로 현실의 위력에 눌려 인물들이 어쩌지 못하는 측면이 보이기는 해도, 이때의 현실이 사실상 '돈 문제'의 맥락으로 축소된 것도 엄연한 사실이다.

요컨대 『너희들은 무엇을 얻었느냐』에 이르러 염상섭의 소설 세계는, 당대의 사회적 상황에 대한 피상적·관념적 인식의 편린 이상을 보여 주지는 못하는 채로, 주체와 현실의 대립이라는 문제적인 지점을 벗어나고 있는 것이다. 이러한 변모는 1925년의 작품들에 이르러 움직일 수 없이 자명해진다.

인간과 사회에 대한 반성적 사유와는 아무 관계도 없는 상태에서 기생 놀음을 일삼는 남편과 돈만을 챙기는 아내의 일상을 가볍고도 재미있게 그린 「전화」(『조선문단』, 1925.2)에 이르면, 현실과 내면은 사실상 사라지고 현상과 인물이 그 자리를 대체하게 된다. 현실은 인물들의 관계로 축소되고 내면은 그들의 심리로 환치되는 것이다. 여기서 한 발짝 더 나아간 「고독」(『조선문단』, 1925.7)과 「검사국대합실」(『개벽』, 1925.7)은, 이제 염상섭의 소설들이 풍속적 쇄말사에 빠져들어 가고 있음을 보여 준다. 이 두 작품은 현실과 대면하는 주체의 긴장을 시선에 잡아 두지 못한 작가의 위험한 행보의 결과에 해당하는 셈인데, 이러한 작품이 나올 수 있었던 사정을 이해하기 위해서는 지금까지 살핀 작품 전개의 흐름을 빼놓을 수 없다.

이들 작품 이후로, 염상섭 소설의 인물 관계를 결정짓고 그들간의 심리적 갈등을 유발하는 힘이 돈과 (성적) 욕망으로 제시됨은 주지의 사실이다. 바로 이러한 상태가 이후 염상섭 소설문학의 가장 기본적인 패턴이라고 할 수 있다.[25] 「고독」 등에서 확인되듯이, 심리 묘사에 기댐으로써 순통속으로의 전락을 피하기는 해 왔지만, 이러한 변모는 근대소설적 문제의식으로부터 한없이 멀어지는 위험에 사실상 속수무책이라 할 수 있다. 이러한 위기는, 염상섭이 사회주의 및 주의자를 작품의 요소로 끌어들이면서 회피된다. 『사랑과 죄』(1927) 이후 주의자가 등장하여, 돈과 욕망 외에 이념적 지향이 인물들의 행위 및 그들의 관계, 심리 다툼의 유발 인자로 기능하게 되는 것이다. 물론, 주의자가 그려진다 하더라도 『삼대』에서조차 그들의 지향이나 활동상 등의 형상화가 미미한 점을 부정할 수는 없다. 따라서, 1920년대 중반 이후 염상섭 소설의 기본 패턴은, 돈과 욕망에 의해 추동되는 부정적(이면서 매우 능동적)인 인물들을 앞세우고 그 옆에 (다소 수동적인) 긍정적인 인물들을 제시한 뒤에 그들 상호간의 미묘한 알력을 정치한 심리묘사로 풀어내는 것이라 정리해도 무방할 듯싶다.

지금까지 우리는, 암울한 환멸의 분위기로 채색된 초기 삼부작으로부

---

25) 검토 범위를 따라가지 못해 명확히 단언할 수는 없지만, 이러한 판단에서 볼 때, 횡보의 소설에서 '현실의 세목들을 담아내는 이야기의 문법'으로 '여성인물을 중심으로 내세운 연애소설의 구도 혹은 남녀 결연담'을 제시하는 김경수의 논의(김경수, 「염상섭 장편소설의 시학」, 문학사와비평연구회, 『염상섭 문학의 재조명』, 새미, 1998, 55면)는, 염상섭 소설의 일반적 원리를 지나치게 좁힌 것이 아닌가 싶다.

터, 밝고 명랑한 것이 지나쳐 통속적인 쇄말사의 무반성적인 묘사로까지 나아간 1920년대 중기 단편들로의 변화 과정을 밝힌 뒤에, 그러한 변화가 염상섭 소설문학 일반의 특징에 자연스럽게 닿게 됨을 보았다. 본고의 초점에 맞춰 정리하자면, 초기 삼부작과 1920년대 중반의 작품들은「만세전」을 분수령으로 하여 '현실에서 현상으로, 내면에서 심리로' 변모해 가는 일정한 방향성을 보인다고 하겠다. 이를 두고 박종화는 '暗黑面'에 서 있던 염상섭의 작품 경향이 정반대로 바뀌어 "산뜻한 日光을 향하야 輕快한 거름을 것는 것 갓다"[26]며 놀라워했지만 경향의 변화는 현상일 뿐 근본에 있어서는 내적인 연속성을 찾을 수 있는 것이다.

4. 부르주아 개인의 역정 — 1920년대 전기 염상섭 소설의 의의

이상에서 우리는 1920년대 전반기 염상섭 소설의 전개 과정을 내적인 연속성에 주목하여 살펴보았다. 그 결과, 초기 삼부작의 암울한 분위기와 20년대 중기 작품의 밝고 경쾌한 색조 사이의 거리가 단절적인 것은 아님을 밝혀보았다. 그러한 변화는 사실 염상섭 소설문학의 선택이자 회피의 결과로 보인다. 소설의 육체를 가능케 할 일상의 다채로움을 취하면서, 세계와 맞서는 주체의 절실한 내면의 문제로부터 거리를 두어 온 결과인 것이다. 이러한 도정을 우리는 '환멸에서 풍속으로 이르는 길'로 요약할 수 있다.

이제 우리는, 염상섭의 소설 세계가 개인 주체 내면의 환멸에서 일상의

---

26) 박종화, 「新春創作評」, 『개벽』, 1924.3, 114면.

풍속으로 옮겨 오게 된 사정 혹은 원동력을 어떻게 해명할 것인가의 문제
에 맞서게 되었다. 이 문제와 관련해서 연구사가 제시하는 바는 앞서 살
폈듯이 두 가지이다. 근대라는 제도적 장치의 이입 결과로 보는 것이 하
나라면, 염상섭의 현실 인식의 깊이와 날카로움을 중시하는 것이 다른 하
나이다. 전자는 실상 대단히 큰 논의여서 세부적인 항목에서는 설명력을
확보하기가 쉽지 않다는 결함을 보인다.[27] 후자는 작가 개인의 안목만을
강조하는 것이어서, 사실상, 이 문제와 관련된 설명 논리라고 할 만한 것
이 못 된다.

　본고가 취하고자 하는 바는, 작품의 형성에 관련되는 제반 계기들 특히
현실 항목의 영향력을 추론하는 것이다. 하나의 작품이 바로 이 작품으로
산출되는 데 있어 영향을 행사하는 요인은 크게 보아 다음 네 가지라고
할 수 있다. 작가와 독자, 현실과 여타 작품들이 그것이다. 이렇게 보면,
이러한 요인들이 맺는 역관계가 작품의 특징을 결정짓고, 그 관계의 변화
에 의해 작품들의 변모가 가능해진다고 말해 볼 수 있게 된다. 따라서 이
는, 이제는 진부하다고 여겨지는 속류 마르크스주의의 토대결정론 등과
는 거리가 먼 것이다. 사회 현실의 어떠한 성격이 작품 세계를 결정짓는
다고 보는 것이 아니라, (좁혀서 '작가'와 '현실' 항목만 보더라도) 작가와 작품이
놓여 있는 당대의 현실이 가하는 규정력과 그러한 현실을 대하는 작가의
태도와의 복합적인 상관 관계 속에서 작품(들)의 특질과 변화 양상을 해
명해 줄 수 있는 논리를 찾아보자는 것이다.

---

27) 작가의 내면 풍경을 파헤치는 데 주안점을 두고 있는 김윤식의 논의(『염상섭 연구』, 서울대
　　출판부, 1987)가, 염상섭 소설이 보이는 변화의 내적인 양상을 파헤치거나 「고독」과 「검사국
　　대합실」 등을 제대로 다루지 못하는 것이 이러한 판단의 중요한 근거가 된다.

이러한 자리에서 우리는 초기 3부작이 지녔던 고유한 특질이 사라지게 되는 연유를 다음처럼 추론해 보고자 한다.

애초에 이들 작품의 환멸을 가능케 했던 바는 무엇인가. 이 문제에만 국한한다면 대정기 일본 문단의 특징이 이입된 것이라는 해명도 설득력을 갖지만, 앞서 지적했듯이, 이 이론은 일관된 설명력을 보여 주지 못한다. 이보다는 현실과 주체, 세계와 자아의 대립이라는 설명틀이 훨씬 효과적이다. 여기서 보면, 추상적 근대성에 대한 열망을 품을 만큼 넓은 의식을 갖추고 있는 개인이 봉건성이 미만한 폐색된 식민지 현실에 놓이게 된 상황에서 환멸이 유래되었다고 할 수 있다.

폐색된 현실과 그보다 턱없이 큰 이상의 이러한 마주침은 물론 작가들의 이력과 관련되는 것이며 그만큼 엄밀히 말해서는 우연적인 것이다. 여기서 필연적인 것은, 그러한 우연성이 1920년대 중기의 현실에서는 더 이상 제 힘을 발휘하지 못하게 된다는 사실이다. 참된 개인이나 진정한 문학, 참사랑 등과 같은 근대적인 이상들에 대한 동경은 당대 현실에 비춰 그 추상성을 벗을 수 없는 만큼 곧 실현 가능성이 없는 만큼 급격하게 사라지고 만다.

중요한 점은, 낭만적 동경이라는 거품이 사그라졌을 때, 현실의 위력이 주시되지 않게 되면서 현실 자체도 보이지 않게 된다는 사실이다. 애초에 현실이라는 것이, 주체의 그 큰 이상을 펼칠 수 없게 하는 폐색된 힘으로서만 파악된 까닭이다. 곧 '이상 실현이 불가능한 좁은 세계'로 조망된 현실, 낭만적 동경의 타자로서 조명된 현실이지 그 자체로 분석된 것은 아니었기에, 내면이 약화됨과 동시에 현실도 염상섭의 소설에서 자기 자리를 잃게 된다. 「만세전」에서 확인되는 현실 인식이 그야말로 '추상적인 인식'에 그쳐 있는 것은, 이러한 사정의 결과이자 동시에 이와 같은 해석의 근거이다.

　문학사적 의의를 고려하여 총괄적으로 볼 때, 1920년대 전반기의 염상섭 소설문학은 부르주아 개인의 탄생을 그리는 과정에 해당된다. 부르주아 개인주의의 영역에서 환멸을 느낀 것이고, 바로 그 영역에서 정관적인 현실 인식을 보인 것이며, 동일한 영역에서 부르주아 개인들의 삶의 공간 및 그 풍속을 담아낸 것이라 할 수 있다. 염상섭 소설문학에서 부재한 것은 이데올로기로 전락하기 전의 긍정적인 이념으로서의 자유주의일 뿐인데(이의 형상화는 부분적으로 춘원의 몫이다), 이러한 결여는 식민지라는 시대적 한계 일반의 결과라기보다, 3·1운동이라는 구체적인 역사적 사건 탓으로 보인다. 따라서, 계몽자유주의의 환상이 3·1운동을 계기로 해서 깨어진 자리에서, 환멸에서 풍속에 걸치는 부르주아 개인의 역정을 보여 준 것이 1920년대 염상섭의 소설 세계라고 할 수 있다. 이 역정을 형상화하는 데 있어 바탕이 되는 주체와 세계의 대면이라는 구도 속에서, 추상적이긴 하지만 날카로운 현실 인식도 보여 준 것이다. 여기까지 와서 역으로 보면, 염상섭의 소설 세계가 내적으로 일관된 흐름을 보여 준다는 사실을 새삼 확인할 수 있다.

최서해 소설 연구

경제 문제 및 가족 범주 형상화의 변주

1. 문제 제기 및 연구사 검토

　서해 최학송은 1920년대 소설문학을 대변하는 작가이다. 미학적인 측면에서 그의 작품이 하나의 전범에 해당할 만큼 뛰어난 것도 아니고, 사상적인 맥락에서 그 시대의 정점을 이룬 것이라 할 수는 없어도, 이러한 진술은 타당하다. 1920년대 중·후반에 걸쳐서 볼 때 그는 어느 작가보다도 많은 작품을 발표했으며[1] 그러한 작품들 거개가 당시 소설계의 흐름과 일치하고 있었던 까닭이다. 곧 서해의 소설은 1920년대 중·후기 소설문학의 축도라는 점에서 이 시기 소설문학을 대변하고 있다.

---

[1] 1924년에서 1930년에 이르는 불과 8년여의 짧은 기간 동안만 소설을 썼으면서도, 서해는 장편소설 한 편과 60여 편의 단편소설이라는 많은 양의 작품을 발표했다. 당대 제일의 다작(多作)이라 할 수 있다.

잘 알려진 대로 서해는, 신경향파를 수립하고 프로문학으로 전화해 간 좌파 문인들에 의해서 열렬한 찬사를 받으며 본격적인 작가의 길로 들어섰다. 1920년대 소설문학은 초기의 낭만주의적인 경향에서 1923년경을 기점으로 하여 자연주의적인 면모를 띠게 된다. 소설계의 지형이 변화하는 것인데, 이러한 변화를 최촉하고 심화시킨 것이 바로 서해의 소설들이다. 간도 지방의 궁핍한 삶을 작품화함으로써 등단과 더불어 소설계의 지형 변화를 선도했다. 가난과 질병, 억압에 짓눌리다 못 해 결국에는 파국으로 몰리게 되는 하층민들을 주인공으로 한 일련의 작품들은 '최서해적 경향'이라 불리며 신경향파 소설의 한 전형으로 자리매김된 바 있다.[2]

그러나 서해 자신이 엄밀한 의미에서 좌파 문인이 아닌 것처럼 그의 작품들이 모두 좌파적인 것은 아니다. 그는 신경향파적인 작품뿐만 아니라 낭만적이거나 설화적인 작품들까지 발표하는 등 폭넓은 작품 세계를 유지하고 있었다. 그렇게 여러 유형의 작품들 가운데 좌파적인 것이 주류를 이룬 것이 1920년대 중반이라면, 1920년대 후반 들어 그는 좌파 문인들의 비판을 받으며 작품 세계의 중심을 소박한 자연주의적 작품으로 바꾸게 된다. 이러한 변화는 특기할 만한 것이다. 큰 틀에서는 인물이나 배경의 설정에서부터 주제에 이르기까지, 미시적으로는 묘사와 같은 기법에 이르기까지 커다란 변화를 보이는 것이다.

사정이 이러함에도 불구하고 서해 소설에 대한 문학사적인 평가 혹은 결론적인 규정은 다소 단선적인 감이 없지 않다. 몇몇 연구자들에 의해서 서해 문학의 비단일성이 강조되었음에도 불구하고, 서해는 신경향파의 대표적인 작가라는 규정에 여전히 얽매어 있는 것이다.

2) 임화, 「朝鮮新文學史論序說—李人稙으로부터 崔曙海까지」, 『조선중앙일보』, 1935.11.12.

서해 최학송에 대한 연구는 자연스럽게 신경향파 문학과의 관련성에 중점을 두어 왔다. 그러나 논의에 따라서는, 서해의 문학은 곧 신경향파라는 등식에 가까울 정도로 그 관련성을 강조한 경우도 없지 않다. 이러한 경향은 최서해가 신경향파 소설의 주요한 한 경향을 대표한다는 임화의 지적을 무반성적으로 따른 데 기인하는 것이다. 신경향파 소설과 서해 소설의 관련은 강조해 마땅한 것이지만 그렇다고 해서 서해의 소설들이 모두 신경향파적인 것인 양 서해 소설문학의 폭을 좁히는 것은 부당하다.

비단 서해에 국한되지 않고 신경향파—카프 작가들 일반에 해당하는 문제로서, 서해 소설의 특징을 단순화, 일반화하는 문제도 지적해 두어야 한다. 경향문학 전체를 대상으로 하여 '지주(혹은 자본주) 대 소작인(혹은 직공)의 대립, 알력에서 방화, 폭력으로 끝마칠 수 있는 천편일률의 공식 하나'를 발견할 수밖에 없다는 김동리식의 폭력적인 규정이 대표적인 예가 된다.3) 문학사의 반쪽을 부정하는 이런 주장은 형식논리학적으로도 잘못된 것이다. 이와 더불어서 '최서해적 경향'을 강조하는 임화식의 규정도 문제가 적지 않다. 무엇보다도 이러한 입장은 신경향파 문학의 역사적 위상을 강조하기 위한 것이어서 문학사적인 왜곡에 바탕하고 있으며 서해 소설의 다양한 양상을 제대로 파악하는 데는 장애가 되고 만다.4)

서해 소설의 다양성에 주목하여 이러한 문제들을 제기하고 극복하는

---

3) 김동리, 「문학적 사상의 주체와 그 환경」, 『문학과 인간』(1948), 민음사, 1997, 62면.

4) 임화, 「朝鮮新文學史論序說―李人稙으로부터 崔曙海까지」(『조선중앙일보』, 1935.11.12)는 신경향파의 두 갈래로 박영희적 경향과 최서해적 경향을 들고, 전자는 낭만주의를 후자는 자연주의를 계승한 것이라 하여, 신경향파가 1920년대 중기에 이르는 근대문학의 종합이라고 주장한 바 있다. 그의 논의는 '이상주의 → 자연주의 → 낭만주의 → 신경향파'라는 부적절한 계열상을 마련하는 데서도 확인되듯이(가운데 두 항은 실상 공시적이다), 좌파 문학의 위기를 문학사 기술로 극복하고자 하는 목적 의식 때문에 다소 지나치게 도식화되고 말았다.

연구 성과들도 없지 않다. 손영옥의 경우는 서해의 전작품을 대상으로 하여 다기한 경향을 갈라 본 바 있으며,5) 곽근은 대부분의 서해 연구가 전체 작품들을 검토하지 않은 채 부분적 특질을 전체인 양 과장했다고 비판한 뒤 소설 세계의 양면성을 강조하고 있다.6) 이보영은 최서해 소설에 대한 오해와 편견을 통박한 뒤에 서해의 작품을 '유랑 생활자' 계열과 '무산자' 계열로 파악하고 그 종합으로서 「갈등」을 상찬한 바 있다.7)

이상의 문제 제기와 연구사 검토는, 작품에 대한 꼼꼼한 실사를 바탕으로 하여 서해 소설문학의 특징과 원리를 규명하는 일이 여전히 요청되고 있음을 알려 준다. 본고에서는 단순히 유형을 분류하거나 몇몇 특징을 적출하는 데서 나아가, 짧은 기간이지만 그의 소설이 변화하는 원리 및 양상을 살피고 그 의미를 구명해 보고자 한다. 전체적으로는 서해 소설문학의 갈래와 양상을 개관하면서 소설집이 보이는 작품 선정의 양상과 의미를 파악하는 데 주안점을 두고, 보다 구체적으로는 시기에 따라서 어떠한 작품 요소들이 즐겨 사용되고 배제되었는지와, 동일하거나 유사한 모티프의 기능 및 효과가 작품들에서 어떤 차이를 보이는지를 추적해 보고자한다.

---

5) 손영옥, 「崔曙海硏究」, 서울대 석사논문, 1977. 분류의 기준이 명확한 것은 아니지만, 그는 서해의 소설들이, '빈궁문학', '프로문학', '인도주의 문학', '항일문학', '애정문학', '설화적인 것' 등으로 다양한 편차를 보인다고 한다.

6) 곽근, 「최서해 소설의 특질고」, 『일제하의 한국문학 연구—작가정신을 중심으로』, 집문당, 1986. 이 논문은 2절에서 '양면성'을 밝힌 뒤에 3·4절을 통하여 서해 소설의 특징으로 '피'의 빈번한 사용과 '환상'의 설정을 분석하고 있다. 아쉬운 점은 이 두 부분의 논의가 내적으로 관련되지는 못했다는 점이다. 본고의 문제 의식 중 하나는 바로 이 지점 곧 전후기(혹은 양면적인) 작품 세계에서 동일한 모티프들의 기능과 효과가 어떻게 변화하는가를 살피는 것이다.

7) 이보영, 「한 무산계급 작가의 갈등과 한계—최서해론」, 『한국 근대소설의 의미』, 아세아문화사, 1996, 1절.

2. 신경향파기 소설의 다양성과 원리상 특징

서해의 소설문학은 1924년에 발표된 「토혈」(『동아일보』, 1924.1)[8]을 기점으로 하여 장편 『호외시대』(『매일신보』, 1930.9.20~1931.8.1)에까지 이어진다. 앞서 언급했듯이, 그의 작품 세계는 1920년대 소설문학의 제양상에 걸맞는 포괄적인 양상을 보인다. 1920년대 중기에는 문학사적으로 의미 있는 갈래의 선봉에 섰으며 후기로 와서는 그러한 흐름과 어느 정도 거리를 둔다. 이렇게 작품 세계의 전개 양상을 볼 때, 주된 경향에 있어 큰 변화를 보여 전후기 소설로 나누어 볼 수 있다.

문학사적으로 보아 신경향파 문학의 시기에 해당되는 기간의 작품들, 구체적으로는 「토혈」에서 「홍염」(『조선문단』, 1927.1)까지가 서해 전기 소설로 분류될 수 있다.[9] 이 시기의 작품들은 문학사적으로 공인되었듯이, 신경향파 소설을 정점으로 하고 있다. 서해의 신경향파 소설들이야말로 서해 소설문학 전체를 특징지을 만큼 독특한 것으로 당대에서부터 각광을 받았다.

그러나 서해는 비신경향파적인 작품들도 써냈으며 첫 창작집 『혈흔』(1926)을 상재할 때는 적지 않은 비중을 이들 작품에 할애하여 경향상 균형을 맞추고 있다. 『혈흔』에는 모두 열 편의 작품이 수록되어 있다. 이 중에서 신경향파 소설이라 할 수 있는 것이 「탈출기」, 「기아와 살육」,

---

8) 이하 서해 작품의 검토는 모두 곽근 편, 『최서해 전집』 상·하, 문학과지성사, 1987과 곽근 정리, 『호외시대』, 문학과지성사, 1994에 의한다. 인용 시에는 본문 속에 괄호를 넣어 '권 수;면 수'로 표시한다.

9) 서지상으로 보자면 게재금지를 당한 「이중」(『현대평론』, 1927.5)까지라 해야 하겠지만 작품론을 꾀하는 본고에서는 「홍염」까지로 설정한다. 따라서 「홍염」과 「이중」 사이에 발표된 「낙백불우」(『문예시대』, 1927.1)부터 후기 소설로 검토한다.

「박돌의 죽음」으로 세 편, 부르주아 자연주의로 구획되는 것이 「십삼원」, 「향수」, 「기아」의 세 편, 낭만적 정조가 강한 작품이 「보석반지」, 「고국」의 두 편, 이야기[설화]의 수준에 머문 것이 「매월」, 「미치광이」 두 편이다. 경향상으로 보면 신경향파 혹은 자연주의적인 작품과 그렇지 않은 작품의 비중이 거의 반반에 해당한다. 이는 좌파문인들이 주도하는 소설계의 지형 변화로부터 서해 스스로 거리를 띄우고자 한 의도의 소산이라 할 수 있다.10)

이러한 점은 『혈흔』에 수록되는 작품의 선정 양상을 살필 때 더욱 두드러진다. 신경향파 소설로 두드러지는 성과에 해당될 「큰물진 뒤」(『개벽』, 1925.12)와 「설날 밤」(『신민』, 1926.1)은 배제된 반면, 낭만주의적인 정조가 물씬 풍기고 고전소설에 가까운 「매월」은 미발표인 채로 작품집에 등장하고 있다.

「큰물진 뒤」는, 선량한 농군이 홍수로 집과 밭을 잃고 갓 나온 아이는 죽고 해산 직후인 아내는 위독한 상황에 빠지게 된 터에 품일까지 쫓겨나게 되자, 결국 강도 행각을 벌이게 된다는 내용의 작품이다. 하나의 단편으로 쓰기에는 스토리선이 너무 많은 편이지만, 중심 서사를 따로 마련하는 대신 스토리의 각 부분을 대등하게 처리하고 여러, 시점을 혼용하여 각 절마다 내용에 적절하게 구사함으로써 균형을 회복하고 있다. 그가 도둑질을 결심하게 되는 부분은, 못된 짓을 일삼는 사람들이 부유하게 살고 성실한 사람이 생존의 위협을 받게 되는 사회에 대한 경험적 비판을 잘 드러내고 있다.

한편 「설날 밤」은 서해의 소설들 중에서 유산자들에 대한 부정적인 시

---

10) 상세한 논의는 박상준, 『한국 근대문학의 형성과 신경향파』, 소명출판, 2000, 331~333면 참조.

각이 가장 잘 형상화된 작품이라 할 수 있다. 명망과 위세와 재산으로 유명한 한남윤의 만찬회에 모인 유한층들의 '흐릿한 향락'과 추운 겨울날 한데에서 주림에 떠는 거지들의 모습이 대조되면서, 생존을 위해서는 도둑질이라도 해야 한다는 강도의 주장이 제시되고 있다. 강도 장면에서 보이는 한남윤 부부의 보잘 것 없는 모습은 유산층에 대한 부정적인 의도에 따른 것이라 할 수 있다.

이러한 작품들을 배제한 위에서, 서해가 발표한 적도 없는 작품이지만 『혈흔』에 새롭게 수록한 것이 바로 「매월」과 「미치광이」이다. 조선시대를 배경으로 하는 「매월」은 상전(특히 박생의 모친과 아내)의 은혜를 저버리지 못하겠다는 은혜감과, 자신의 정절을 헛되이 깰 수 없다는 결심 사이에서 고민하던 매월이 시를 한 수 읊은 뒤 물에 빠져 자살을 결행하는 내용을 보인다. 매월의 갈등이 철저히 봉건적 사고 내에서 마련되는 점과 '습니다'체 서술 방식의 친근함 등으로 해서, 갈등이 갈등으로 제시되기보다는 한 폭의 그림을 보는 듯한 느낌을 주는 이야기상의 굴곡으로 처리될 뿐이다. 엄밀한 의미의 근대소설이라 보기 힘들다. '돈도 계집도 모르고 천애 이역에 유리하여 태연자약하는 미치광이'의 이야기를 전하고 있는 「미치광이」 역시 시대성을 담지 않는 스토리뿐 아니라 구연을 채록한 듯한 서술 방식을 취함으로써 이야기[설화] 차원에 그친 작품이다.

이상은, 첫 창작집 『혈흔』이 의도적으로 다양한 경향의 작품들을 망라하고 있음을 말해 준다.11) 자신에 대한 편협한 규정을 피하고자 한다는

---

11) 이러한 사정은 두 번째 창작집인 『홍염』(삼천리사, 1931)도 마찬가지이다. 여기에는 「홍염」과 「저류」, 「갈등」의 세 작품이 수록되어 있다. 「홍염」이 서해의 대표작이면서 신경향파의 한 정점에 해당하는 것은 주지의 사실이다. 「저류」는 아기 장수 설화를 이야기하는 촌로들의 대화만으로 구성된 작품으로 묘사의 자연스러움 등이 빼어난 작품이다. 상서롭지 못한 세상을 격

점에서 볼 때, 이런 사실은, 서해가 카프 가입 문제에 있어서 다소 유보적인 태도를 취한 바 있다는 지적[12] 등보다도 훨씬 구체적인 것이어서 강조할 만하다.

1927년에 이르는 서해 소설 전기에 발표된 작품은 모두 36편인데, 신경향파 소설과 부르주아 자연주의에 해당하는 소설, 그 외의 작품들이 수효 면에서 균형을 이루고 있다. ① 신경향파 소설로는 「토혈」, 「큰물진 뒤」, 「설날 밤」, 「의사」, 「누가 망하나?」, 「홍염」, 「서막」, (「탈출기」, 「기아와 살육」, 「박돌의 죽음」)의 10편이 있다. ② 1920년대 중기 소설계의 전반적인 경향이라 할 부르주아 자연주의 계열의 작품으로는 「폭군」, 「오원 칠십오전」, 「해돋이」, 「그믐밤」, 「팔개월」, 「저류」(?), 「이역원혼」, 「동대문」, 「무서운 인상」, 「전아사」, (「십삼원」, 「향수」, 「기아」)의 13편을 꼽을 수 있다. ③ 이 외에 서해는 「방황」, 「백금」, 「담요」, 「금붕어」, 「만두」, 「돌아가는 날」, 「아내의 자는 얼굴」, 「쥐 죽인 뒤」, 「낙백불우」, (「보석반지」, 「고국」, 「매월」, 「미치광이」)의 13편을 더 발표하고 있다(이상 괄호 속의 작품은 『혈흔』 소재).[13]

신경향파 소설이 넓은 의미에서의 자연주의에 포괄되며 그 한 정점에 해당된다고 할 수 있듯이,[14] ①, ② 두 갈래의 작품들은 대부분 식민지치

정하는 노인네들의 이야기가 구성지게 드러나 있을 뿐 별반 비판적인 맥락을 읽기는 곤란한 작품이다. 「갈등」은 뒤에서 논하겠지만 지식인의 자의식이 처처에 배어 있는 작품으로 이 역시 좌파적인 경향과는 거리가 멀다. 이렇게 보면 서해 스스로 각 경향에 있어 가장 잘된 작품 셋을 고른 것이라 할 수 있겠다.

12) 박영희, 「草創期文壇側面史」, 이동희 · 노상래 편, 『박영희 전집』 II, 영남대 출판부, 1997, 374면.

13) 이 외에도 서해는 7편을 더 쓴 것으로 알려져 있다. 이 중에는 게재금지된 것이 세 편이고(「살려는 사람들」, 「농촌야화」, 「이중」), 미완이 두 편(「그 찰나」, 「가난한 아내」), 다른 작가와의 공동 작업이 한 편(「남은 꿈」; 전체 제목은 「홍한녹수」) 포함되어 있다. 「소살」(『가면』, 1926.3)은 구해 보지 못했다.

하의 궁핍한 현실에 주목한다는 특징을 보인다. 지식인 출신 작가들만이 활동하던 당대 문단에서, 간도지방의 하층민들의 삶을 사실적으로 묘파해 낸 서해야말로 이 측면에서 가장 앞서 있음은 이론의 여지가 없다. 자연주의 소설의 기본적인 특징이 현실에 대한 세밀하고 정확한 묘사라고 할 때, 체험이 바탕이 된 듯 보이는 사실적인 묘사 등이 그 근거가 된다. 「탈출기」에서 보이는 바 방안에서 두부를 만드는 생활의 묘사(상;20면)나 「기아와 살육」에서 아내의 병세에 대한 묘사(상;33~34면) 등을 예로 들 수 있다. 서해 소설이 보이는 이러한 묘사의 사실성, 생생함에 대해서는 당대의 비좌파 작가들도 인정하고 있다.[15] 서해에게서 확인되는 자연주의적인 묘사력은, 매우 급박한 상황도 대화나 정경 묘사를 통해 그려내는 등 거리를 두고 냉정하게 그리는 서술자의 태도에도 근거를 둔다.[16]

물론 신경향파 소설과 부르주아 자연주의에 속하는 작품들 사이에는 중요한 차이가 존재한다. 이 둘을 가르는 가장 중요한 요소는, 계급 · 계층간의 대립이나 갈등의 설정 여부이다. 신경향파 소설들에서 그려지는 갈등은 유 · 무산 양계급 · 계층의 인물들이 다소 극단적으로 설정되면서 작품 내적으로 자연스러운 흐름을 타게 된다.

서해 신경향파 소설의 주동인물들은 대체로 선량하고 소박한 사람들

---

14) 상세한 논의는 박상준, 『한국 근대문학의 형성과 신경향파』, 소명출판, 2000, 189~201 · 442 면 참조.

15) 「폭군」과 「설날 밤」을 대상으로 하여 작품의 전체 평가에는 인색하면서도 생생한 묘사 능력을 인정한 빙허의 경우(「新春小說漫評」, 『개벽』, 1926. 2, 102~103면)나 「보석반지」의 심리묘사를 고평하고 있는 양백화(「朝鮮文壇合評會」 6회, 『조선문단』, 1925. 9, 119면), 「해돋이」에서 보이는 모친의 심리 묘사가 주는 감동을 지적하는 방춘해(「3월 소설평」, 『조선문단』, 1926. 4) 등을 예거할 수 있다.

16) 「박돌의 죽음」, 「폭군」, 「설날 밤」, 「큰물진 뒤」 등을 보면 서사의 전개가 급박한 흐름을 타고 있을 때도 작가―서술자가 개입하지 않고 오히려 세세하게 극적 묘사를 행하고 있음을 어렵지 않게 확인할 수 있다.

로 설정된다. 살아오는 동안 게으름 피우지 않고 꾀도 부리지 않고 열심히 일을 했건만 항시 끼니를 걱정해야 하고 가족 중 하나가 병에 걸리기라도 하면 어쩔 수 없는 곤경에 빠지게 되는 인물들이다. 이러한 인물들이 유이민화 현상이 가속화되고 있던 식민지치하의 궁핍한 현실에서 나름대로 전형성을 획득하고 있다 할 때, 그들을 핍박하거나 소외시키는 반동인물들 곧 유산자들은 다소 극단적으로 그려진다. 주인공이 극한적인 행동을 하지 않을 수 없을 만큼 냉혹한 면모를 보이는 의사나 약국 주인들(「토혈」, 「박돌의 죽음」, 「기아와 살육」)은 돈의 논리에 따라서만 움직이며 무산자를 철저히 무시하는 인물들이다. 자신의 욕망을 앞세우고 최소한의 인륜성도 지키지 않는 중국인 지주(「홍염」)도 무산자의 반대편이라는 점에서는 같은 부류에 속한다. 자신들의 봉급은 미리 당겨쓰면서도 직원들에게는 체임을 당연시하는 사장 등(「서막」)도 금전의 노예, 위악적인 인물로 그려져 있다.

이렇게 상반된 인물 설정에 더해서, 이들 신경향파 소설은 주동인물이 '가족'이라는 범주에 확고히 뿌리를 두고 있는 특징을 보인다. 주인공들은 대체로 노모와 아내 자식으로 구성된 세 세대를 책임져야 하는 무능력한 가장이며, 그들 사이에는 끈끈한 가족애가 면면히 흐르고 있다. 그러한 판에 가족들이 굶주리고 그들 중 하나가 앓게 되어 주인공이 유산자들의 선처를 호소하지만 냉정히 거절당함으로써, 광기 · 살인 등과 같은 극단적인 행동이 불가피하게 취해지는 양상을 보인다. 따라서, 생계를 꾸려야 하는 고통과 가족의 질환 곧 생존의 막막함이 초래하는 어려움을 배가시키는 것이 바로 이러한 가족애라 할 수 있다. 따라서 서해 신경향파 소설의 특징으로 우리는 가족애에 기반하여 유산자에 대한 증오가 폭발한다는 사실을 들 수 있다.

이 점은 십분 강조할 만한데, 부르주아 자연주의 계열에 속하면서 가족 범주의 인물 설정을 근간으로 하고 있는 작품들과 비교해 볼 때 더욱 두드러지는 특징인 까닭이다. 신경향파가 아닌 자연주의 계열의 작품들 중에서 「기아」는 애비가 자식을 버리고 아내는 도망가는 등 가족의 해체를 그리고 있으며, 「폭군」은 아내에 대한 남편의 구타가 초래하는 비극을 보여 주고 있다. 「향수」는 가족을 버리고 출가하는 가장과 남은 식구의 죽음이라는 가족의 해체를 설정한다.

가족 범주의 인물 설정을 취하고 있는 두 계열의 이러한 차이를 보면, 어려운 현실에서 가족애로 뭉쳐 생활할 경우 그 종국은 신경향파 소설들이 보이는 극단적인 행동일 수밖에 없다는 의식이 최서해에게 다소 강하게 작용하고 있다는 점을 추론해 볼 수 있다. 역으로 그러한 의식이 작품화될 때 신경향파 소설들이 산출되었다고도 볼 수 있다.

이 맥락에서 예외적인 신경향파 소설들도 물론 있다. 「의사」와 「서막」, 「누가 망하나?」가 그러한데, 이들 작품은 모두 지나치게 관념적이고 비현실적이라는 점을 공통 특징으로 한다. 이는, 현실의 규정력이 집약적으로 표출되는 가정이라는 범주로부터 자유롭기 때문이라고 할 수 있겠다. 순수하게 '의식적으로' 새로운 길을 찾아 나서는 인물을 보여 주고 있는 「의사」의 주인공은 혼자 사는 사람이다. 돌봐야 할 가족이 없는 까닭에, 사변적인 결단만으로 존재 전이를 꾀하고 있다. 한 달여 고민했다고는 했어도 스스로 병원을 불태우고 모스크바로 떠난다는 설정에서 보이듯 서사의 설득력이 떨어지고 지나치게 관념적으로 흐른 작품이다. 「서막」 역시도 염상섭의 「윤전기」 등에 비해 볼 때 현실성이 현저히 떨어지는 작품이다.

무엇보다도 두 달 밀린 월급을 받아내는 것이 지상목적인 듯이 뒤를 가리지 않고 내대는 등장인물들의 모습에서 현실성을 찾기 어렵다. 사장의 멱살을 잡고 깔아뭉개며 받은 돈이니 실직은 당연지사일텐데 그렇다면 일후의 생계는 어찌 되는지 알 수 없다. 「누가 망하나?」는 서해 작품으로서는 유일하게 알레고리적인 신경향파 소설이다. 가족을 잃은 거지를 등장시켜 사실상 독립된 에피소드 세 가지를 펼쳐 보이고 있다.

이상 우리는 자연주의적인 작품과의 비교를 통해, 서해 신경향파 소설의 핵심적인 특징이 가족 관계에 뿌리박은 주인공의 설정과, 유산 계층을 위악적으로 단순화함으로써 마련되는 다소 극단적인 계층간 대립에 있음을 확인해 보았다.

이러한 대립이 살인이나 방화와 같은 극단적인 행위로 종결됨은 주지의 사실인데, 이와 관련해서 자기 파괴 본능이 드러나는 상념이나 환상 등의 빈번한 사용을 신경향파 소설의 한 가지 특징으로 덧붙일 수 있다. 이들 소설에서 환상이나 꿈, 극한적인 생각 등의 모티프들은 비현실적이고 극단적인 종결 행위를 이끌어내고 그에 조금이나마 개연성을 부여하는 장치로 기능하고 있다. 이 점은, 이러한 요소들이 자연주의 소설에서는 상대적으로 미미하다는 점에서 보다 확실해진다. 거의 유사한 구조를 취하고 있는 「기아와 살육」과 「토혈」을 비교해 보면 확실해지는데, 「토혈」에서는 주인공을 광분으로 이끄는 환상 장면을 찾을 수 없으며 그와는 반대로 의원 및 약사와의 대화 부분이 세밀하게 그려져 있다.

계층간 대립과 관련해서도 양계열의 차이를 간략히 명기할 필요가 있게다. 부르주아 자연주의 계열에 속하는 작품들의 경우 고용인과 피고용인(「십삼원」) 혹은 집주인과 하숙생(「오원 칠십오전」) 등 신경향파 소설이라면 의당 계급 · 계층적 대립으로 나아갈 만한 인물 구성에서도 둘 사이에 어떠한 대립이나 갈등도 설정하지 않는 양상을 보인다. 이러한 서사 전개의 내적인 원인으로, 이들 작품에서는 유산자에 해당하는 인물들 역시 대체로 선한 존재로 그려진다는 사실을 들 수 있다.

끝으로, 신경향파도 부르주아 자연주의 계열도 아닌 작품들을 검토해 본다. 1920년대 중기의 자연주의 소설계 밖에 놓인 이 작품들에 대해서는 두 가지 점을 지적해 둘 수 있다. 첫째는 그 중 상당수가 자전적인 작품에 해당한다는 점이다. 이러한 사실은, 한편으로 그 작품들을 이루는 모티프들의 중첩에서 확인되며, 다른 한편으로는 직정적인 고백의 형식과 서술자와 서술 대상 간의 거리의 부재 등으로 확인된다.

둘째로 이들 작품의 분량이 매우 짧다는 사실을 특기해 둘 만하다. 콩트 정도의 짧은 분량에 가벼운 상념이나 에피소드를 담고 있는 이러한 소품은 서해 소설문학의 후기까지 지속적으로 이어진다는 점에서 주의를 요한다. 1929년에 발표된 「물벼락」의 경우 '장편(掌篇)소설'이라는 부제를 달고 있는 것을 보면, 서해가 소설의 한 형식으로 이렇게 짤막한 작품들을 써 내 왔음을 알 수 있다. 이들 작품에 대한 장르적인 분석은 다른 자리를 기할 일이지만, 이와 관련해서, 다른 작가들과의 연작소설[17]에도 서해가 적지 않게 관여한 점도 부기해 두어야겠다.

---

17) 「남은 꿈」(『매일신보』, 1926.11.14), 「수난」(『학생』, 1929.4), 「차중에 나타난 마지막 그림자」(『조선일보』, 1929.4.15~22), 「여류 음악가」(『동아일보』, 1929.5.24) 등이 그 예가 된다.

3. 후기 소설의 변화 양상과 그 의미

「홍염」 이후 서해 소설의 양상은 대단히 커다란 변화를 보인다. 결론적으로 말하자면 장르상으로 부르주아 자연주의적인 작품 경향 일색으로 변모하며 그나마도 부조리하고 궁핍한 현실에 대한 폭로는 매우 약화된 연문(軟文)의 양상을 띤다. 신경향파 소설이 카프의 방향전환 이후 계급대립의 양상에 정치적인 의미를 부여하는 방향으로 나아간 것과는 달리, 비좌파 작가들의 작품들과 경향상 유사해졌다고까지 할 수 있을 정도로 반대방향으로 나아간 셈이다. 신경향파 시기의 그것처럼 사회를 유물사관적으로 파악하거나 계급 갈등의 요소를 인정하는 모티프들이 더러 등장하기는 하지만,18) 작품 전체의 주제가 그러한 갈등에로 맞추어지는 경우는 없다.

1927년에서 30년에 이르는 만 3년에 걸친 이 시기의 작품들은 모두 21편에 달한다. 제대로 된 단편소설로는 「갈등」(『신민』, 1928.1), 「부부」(『매일신보』, 1928.10.6~21), 「전기(轉機)」(『신생』, 1929.1), 「먼동이 틀 때」(『조선일보』, 1929.1.1~2.26), 「인정」(『신생』, 1929.2), 「무명초」(『신민』, 1929.8), 「같은 길을 밟는 사람들」(『신소설』, 1929.12), 「잊지 못할 사람들」(『신사회』, 1929.?), 「누이동생을따라」(『신민』, 1930.2)의 9편을 들 수 있다.19)

분량이 매우 짧은 장편(掌篇)소설로는 「낙백불우(落魄不遇)」(『문예시대』, 1927.1.20), 「육가락 방판관」(『학생』, 1929.3.1), 「물벼락」(『조선일보』, 1929.3.5), 「경계선」(『중생』, 1929.3.7), 「주인 아씨」(『신생』, 1929.4)의 5편을 꼽을 수 있

---

18) 「부부」의 서방님이 극장에서 보이는 상념이라든가, 「먼동이 틀 때」가 '상조회'를 배경으로 하여 연행 장면 등을 설정하는 것, 「무명초」에서 집세로 실랑이를 벌이는 장면 등이 그 예가 된다.
19) 「잊지 못할 사람들」의 경우는 구해 보지 못한 까닭에, 곽근과 문영진(『탄생 100주년 문학인 기념문학제』별권, 도서출판 작가, 2001)의 서지에 따라 분류한 것이다.

다. 그 외, 다른 작가와의 연작 소설이 「수난」(『학생』, 1929.4), 「차중에 나타난 마지막 그림자」(『조선일보』, 1929.4.15~22), **「여류 음악가」**(『동아일보』, 1929.5.24)로 3편이며, 미완으로 중단된 작품이 **「가난한 아내」**(『조선지광』, 1927.2), **「폭풍우 시대」**(『동아일보』, 1928.4.4~12), **「용신난」**(『신민』, 1928.8)의 3편이다. 게재 금지된 것으로는 「이중」(『현대평론』, 1927.5)이 있다.

앞 절에서 검토한 전기 소설에 비해서 장편(掌篇)소설과 연작 소설이 많아지기는 했지만, 이것이 전후기라는 통시적인 맥락에서 그 의미를 따질 만한 성질의 변화는 아니다. 서해의 문단 활동의 폭이 넓어진 사실의 반증 정도로 볼 수 있을 것이다. 따라서 본 절의 검토는 단편소설들에 집중된다.

이 시기의 소설들이 보이는 가장 현저한 특징은, 사회적인 맥락의 갈등이 거의 사라져 버렸다는 점에 있다. 전기의 신경향파 소설이 신경향파 소설인 소이가 사회적인 갈등을 설정하거나 형상화한 데 있다고 할 때, 이러한 특징은 곧 서해의 후기 작품들이 그 양상 면에서 좌파문학과는 완전히 거리를 두게 되었음을 의미하는 것이다.

부분적으로나마 이러한 갈등과 관련된 작품으로는 「먼동이 틀 때」 정도를 들 수 있을 뿐이다. 그러나 여기서도 주인공 허준이 사상단체에 들어 사상 운동을 한다는 설정 외에는 사회적 갈등과 관련지어 해석할 여지가 없다. 이 작품은, 자신에게 호의를 베풀며 월세 징수인으로 취직시켜 주려 하는 옛 친구 김관호의 호의를 망설임 끝에 받아들이기로 한 주인공이, 그 자리에서 쫓겨나게 된 김순구와 알게 되어 결국 그 자리를 포기하고 김순구를 상조회로 끌어들인다는 내용을 보인다. 사상 단체에 있는 사람들의 궁핍한 생활을 드러내고, 하층민들은 궁극적으로 그 길을 밟지 않을 수 없다는 메시지를 담기도 하지만, 이 작품의 초점은 허준의 심리에 대한 치밀한 묘사에 놓여 있다고 할 수 있다. 김관호에 대한 부정적인 인식도 작품이 전개되면서 사라져 버림으로써 실상 이 소설에서의 갈등은 허준의 심리적 결단 과정 정도로 좁혀져 버린다. 작품의 전체적인 효과와 관련해서 보자면 사회적 갈등이 아니라 심리적 갈등이 그려진 셈이다.

간략하나마 이 시기 작품들의 면모를 정리해 둔 뒤 논의를 계속하도록 한다. 상술한 바에서도 확인되듯이 서해 후기의 단편소설들은 사실상 대동소이한 것이어서 특정한 기준을 두고 그 경향이나 갈래를 유별하기가 곤란하다. 여기서는 심리묘사가 지배적이거나 작품의 효과에 있어서 중요한 작품과 그렇지 못한 작품으로 나눠 보고자 한다.

전자로는 「갈등」, 「부부」, 「전기」, 「인정」을 묶어 볼 수 있고, 후자로는 「같은 길을 밟는 사람들」, 「무명초」, 「누이동생을따라」를 들 수 있다.

이렇다 할 사건의 기복 없이, 인물의 심리에 의해서 작품이 전개되고 주제가 구축되는 작품들이 앞의 네 편이다. 「갈등」은 중산층 지식인 가정에서 어멈을 갈아들이는 에피소드를 서사의 축으로 하고 있지만 하층민이라 할 어멈들이 주인공은 아니다. 작품의 핵심은 그 집의 가장인 '××문화협회' 임원으로 있는 주인공의 자기 반성이다. 중산 계층의 허위의식, 지식인의 이중성, 사회적 약자에 대한 동정 등으로 이루어지는 주인공의 사념이 작품의 도처에서 매우 세밀하고도 강렬하게 기술되어 있다. 「전기」는 출판사에 근무하는 주인공이 불우한 친구의 급작스런 죽음을 당하고서도 나가서 술을 얻어먹고 돌아다니는 자신의 생활 방식을 스스로 반성하는 내용으로 되어 있다. '허울만 좋게 하고 실속은 보잘 것 없는 무리' 곧 중산층의 허깨비와 같은 삶에 대한 반성이나 식구들에 대한 미안한 심정 등과 더불어서 현재의 힘을 잃지 않고 매순간을 충실히 살아야

겠다는 다짐 등 주인공의 심리와 상념이 주제를 구축하고 있다.

「갈등」과 「전기」가 지식인 주인공을 내세워 삶의 문제를 다소 침통하게 성찰하는 반면에 「부부」와 「인정」은 한두 가지 에피소드와 관련하여 인물들의 심리적 변주를 적절히 드러내는 면모를 보인다. 쥐와 관련된 신혼 부부의 에피소드를 그리고 있는 「부부」는 전체적으로 밝고 아기자기한 작품이다. 서방님이 경제 문제로 자괴감을 느끼기도 하지만 이 소설의 주제는 끼니 걱정 없는 중산층 가정의 소박하고 사랑스러운 삶의 모습을 드러내는 데 있다. 이러한 모습은 자잘한 일을 가지고 서로 주고받는 부부의 대화와 행동들을 통해서 자연스럽게 형상화되어 있다. 「인정」은 옷 도둑을 혼내 주려다 그의 눈을 상하게 하여 망단해 하는 내용을 보이는데, 그 과정의 인물 심리에 대한 묘사가 자연스럽게 긴장을 준다. 사건만을 보자면 비통한 것이지만 이 작품의 대부분은 '도둑 퇴치' 과정에 할애되어 있고 눈을 상한 도둑에 대한 주인공의 미안한 심정은 상대적으로 간략히 처리되어 있어 독자들의 몫으로 남겨졌다 할 수 있다.

남은 세 작품 곧 「같은 길을 밟는 사람들」과 「무명초」, 「누이동생을따라」에서는 심리 묘사라 할 것이 거의 없거나 별반 의미를 지니지 못한다. 하지만 심층으로 들어가 보면 이들 작품이야말로 서해 후기 소설의 변모 양상을 잘 드러내 주는 것이라고 할 수 있다.

「같은 길을 밟는 사람들」은 수필 「병우 조운」(『조선문단』, 1925.11)과 내용 요소에서 동일한 바가 확인되는 작품으로 생활에 쫓기는 주인공이 문우(文友)의 병문안도 가 보지 못한 채 그의 사망 소식을 듣는다는 내용이다. 문필업에 종사하는 지식인의 삶이 얼마나 고되고 허울뿐인 것인지를 잘 보여 주고 있다. 「누이동생을따라」는 화자 일행이 '단소 부는 사람'을 만나 그와 그 누이의 불행한 일생을 듣는 이야기를 담고 있다. 순남과 용녀의 행적만을 본다면 극도의 고난사가 되지만 해운대로 놀러 온 화자 일행의 시선에 감싸임으로써 그러한 면이 상당히 희석되고 있다. 하층민의 궁핍한 삶을, 처지가 다른 시점 화자를 통해서 간접화하는 이러한 방식은 장편(掌篇)「낙백불우」에서도 확인된다. 여기서는 처자를 버려 두고 탈가한 행랑 아범네의 사정과 지금은 밥술이나 먹는 자기네의 사정이 궁극적으로는 다를 바가 없다는 주인공의 상념이 짙게 드러나지만, 「누이동생을따라」는 그러한 식의 상념조차도 아예 없이 순남의 이야기만을 전하고 있다. 관념적인 해석이 극도로 제한된 것이다. 바로 이러한 점이 서해 소설의 전개가 보이는 변화의 양상을 확실히 해 준다고 할 수 있다.20)

「무명초」는 서해 후기 소설의 변화 양상을 가장 뚜렷이 보여주면서 이 시기의 가장 빼어난 작품이라고 할 수 있다. 잡지사 기자인 박춘수의 고단한 일상을 차분히 그리고 있는 이 소설의 줄거리를 소개하면 다음과 같다. 주인공은 학질 기운이 있어 쩔쩔 매면서도 저녁거리를 걱정하는 아내의 말에 따라 돈을 구하러 신문사에 가서 글을 쓰겠다 하고, 친구를 찾아가 거짓말로 돈푼을 변통해 귀가한다. 다음날은 결근을 한 채, 좁은 방에서 일곱 식구가 복대기를 치는 상황임에도 아픈 몸으로 원고에 매달리며, 집세를 독촉하러 온 사람과 언쟁을 벌이기도 한다. 엎친 데 덮치는 격으로 새벽녘에 아이가 고열에 시달린다. 맘에도 들지 않는 원고지만 신문사로 보낸 뒤, 주저 끝에 아는 의사를 찾아가 자기와 딸애의 약을 얻어온다.

---

20) 간접화에 의한 후기 소설의 변화는 「낙백불우」를 「탈출기」와 비교해도 명확하다. 두 작품 모두 '탈가'를 중요 모티프로 하고 있지만 「탈출기」가 당사자의 입장에서 서술됨에 비해 「낙백불우」는 서사의 표면으로는 등장하지도 않는 인물의 이야기로 전해질 뿐이다. 따라서 '탈가'의 구체적인 정황이나 극한적인 심정 등은 작품에서 사라지고 그에 대한 제3자의 해석만 남게 된다.

이 작품은, 경제적 궁핍으로 막막한 상황이 지속되는 현실을 가감 없이 보여주고 있다. 「무명초」가 서해 소설의 변화를 잘 보여준다는 것은, 초기 소설 같으면 환상 등을 거쳐 극단적인 행동으로 치달을 만한 상황 속에서도 주인공의 이런저런 상념이 상념으로 그치고 만다는 점에 있다. 서해의 신경향파 소설들이 극단적인 것은 결과로서의 행동의 극단성에 기인하는 것인데, 이 작품에서는 그러한 행동의 극단성이 전혀 없다.[21] 그만큼 현실에 가깝다.

박춘수는 무기력하지만 가족을 위해 몸을 아끼지 않는 성실한 가장이다. 그의 생활은 근근덕지 꾸려지지만 미래를 기약할 수 있는 것이 전혀 아니다. 그렇다고 그저 무의식적으로 하루하루를 영위해 가는 것도 아니어서 그는 더욱 고달프다. 가난한 지식인인 까닭이다. 지식인인 그의 위상이 돈 변통과 외상 약을 가능케 해 주는 것이지만, 지식인인 탓에 생활의 괴로움에 더해 심정적인 괴로움도 안고 살아간다. 과장이 없는 까닭에 이 모든 상황이 대단히 설득력이 있다. 생활의 고단함을 직시하되 현실성 없는 행동을 취하거나 공허한 주장을 내세우지 않는다는 점에서, 「무명초」는 서해의 소설이 어떻게 변화했는지를 가장 잘 보여 주는 작품이면서 1920년대 후기 자연주의 소설계의 한 정점에 해당한다.

이상의 정리에서 확인되듯이 서해의 후기 소설들은 신경향파 시기의

---

21) 상황이 열악한 만큼 주인공의 상념 혹은 의식상에서는 극단적인 면모가 없지 않다. 가족들을 '모두 자기 손으로 요정을 지어 놓고 자기라는 존재까지 쓰러져 버렸으면 하는 악'이 오른다든가(하;143면), 고열로 앓는 딸애를 보며 '피차 편하게 어서 죽어라'(하;146면) 하는 생각 등이 그 예가 된다. 그러나 앞의 생각은 '존재'를 망친다는 냉철한 상념으로 이어지며, 뒤는 "그는 너무도 복받치는 악에 속으로 뇌이면서도 그런 악독한 소리를 하는 자기 자신이 밉고 어린것의 괴로워하는 것이 가슴에 걸리지 않을 수 없다"로 이어지고 있다. 전기의 신경향파 소설들에서처럼 환상 등과 결합되면서 극단적인 행동으로 치닫지 않는 것이다.

작품들과는 달리 사회적인 맥락의 갈등을 그리는 대신, 궁핍한 생활 속에서 겪는 심리묘사를 위주로 하고 있다. 이들 소설이 그리는 심리는 지식인의 자기 반성이나 경제적인 문제의 괴로움과 암담함뿐만 아니라, 인물들간의 아기자기한 심리 변주 등에까지 영역을 넓히고 있다.

심리 묘사가 배제되거나 부차적인 작품들에서는, 신경향파적인 전개의 소지가 적지 않은 사건을 다루되 간접화함으로써 극단적인 결말 처리를 배제하고 있음이 주목된다. 한편 「무명초」의 경우는, 주인공을 도와 주는 기자나 의사 등을 설정함으로써 세상 사람들에 대한 인식의 변화를 담고 있으며, 희망의 여지가 별로 없는 암담한 상황 속에서도 묵묵히 삶을 영위해 나가는 모습을 고통스럽게 형상화함으로써 현실성을 담아내고 있다.

스케일이 큰 사회적 맥락의 갈등 대신에 심정적 갈등이 들어서거나, 하층민의 궁핍한 삶이 전언(傳言)의 형식 등으로 간접화됨으로써, 이 시기 소설들은 대부분 작품의 밀도가 높아지는 양상을 보인다. 인물들 사이에서의 심정적 갈등이 형상화되면 구체적인 사건의 전개가 느려지는 것은 당연한 일이다. 또한 한 개인의 내면으로 갈등의 장이 설정될 경우에는 이렇다 할 사건이 없이도 소설적 긴장이 마련되는 법이다.

작품의 밀도, 서사의 짜임새와 관련해서 사건시와 서술시의 관계를 살피는 것도 유용하다. 살아온 내력의 소개에서 극단적인 행동에까지 이르는 신경향파 소설의 사건시가 대체로 긴 것이었음에 비해서, 이 시기의 소설들은 사건시 자체도 짧고 전체 서사가 생활의 한 단면에 집중되는 편이다. 사건시에 비해 서술시가 늘어난 것인데 서술의 상당 부분이 심리묘사에 할애됨은 물론이다.

후기 소설의 심리묘사와 관련해서는 다음 세 가지를 강조할 만하다.

첫째로, 심리를 묘사하는 방식의 다양성과 심리의 구성 및 전개 양상이 달라진 점을 들 수 있다. 서해 후기 소설들에서 그려지는 인물들의 심리는 상대에 대한 고려나 존중의 맥락에서 세밀하게 짜여진다. 신경향파기의 소설들에서는 주인공의 심리가 자기 중심적으로 제시되는 데 불과하고, 그 기능 또한 극단적인 행동의 동기나 원인으로 한정되지만, 여기서는 인물들의 상호 관계에서 변전하는 것으로 구성되며 그러한 심리의 묘사 자체가 작품의 주제가 되는 경향을 보인다. 둘째로 심리묘사의 대부분이 경제적인 궁핍상과 관련되어 있음 역시 강조할 만하다. 예컨대 궁극적으로는 경제적인 동기에 닿아 있다 해도 염상섭 소설에서의 심리 묘사가 각종 음모와 직접적으로 연결되어 있는 데 비해 볼 때, 이러한 점은 최서해다운 것이라고 특기할 만하다. 끝으로, 계급 대립을 표나게 내세웠던 초기작들이 상대적으로 심리 묘사가 적은 사실에 비춰 보면, 서해 소설의 심리묘사는 '극단적인 행위로 이루어지는 파국'을 대체하게 된 것이라 할 수 있다. 달리 말해 보자면, 후기작들에서 심리 묘사가 증가한 것은, 인물 구성상의 변화 곧 갈등의 쌍방 혹은 서사의 주인물들이 대체로 계급 대립의 맥락을 벗어나서 설정된 데 원인이 있다 할 것이다.

끝으로, 1920년대 중엽의 소설들과 후기 소설들을 비교해서 이동점을 정리하면 다음과 같다. 공통점으로는 경제적인 문제에 대한 관심의 끈을 놓고 있지 않다는 사실을 가장 먼저 들 수 있다. 서해의 후기 소설들이 심리묘사에 치중하고 밝고 따뜻한 경향을 띠게 된다 해도 생활의 문제 더 나아가 생존의 문제를 외면하지는 않고 있음을 강조해야 할 것이다. 신경향파기의 소설들 역시 경제적인 문제를 정치·사회적으로 깊은 통찰과 더불어 형상화한 것은 못 된다는 점을 고려하면, 경제적인 생활 문제에 대한 그의 관심은 심천(深淺)의 변화 없이 지속되었던 것이라고 정리해도 무방하겠다. 다음으로는 작품 내 세계의 설정에 있어서 여전히 '가족'이라는 범주가 즐겨 사용되는 점을 들 수 있다.

'가족' 범주의 사용이라는 사실 자체는 공통적이라 해도 그 양상을 보면 큰 차이를 발견할 수 있게 된다. 무엇보다도 하층민보다는 중산층 혹은 지식인이 등장하는 변화를 지적해야 한다. 중심인물들의 계층상 변화가 현저해진 까닭이다. 하층민의 이야기가 스토리의 중심을 차지할 때도 다른 계층에 의해 간접화되기까지 하는 것이다(「누이동생을따라」). 이와 관련해서 작품 세계의 면모가 사실상 협소해졌음도 지적할 수 있다. 전기 소설의 경우 가족 바깥에는 그들에 적대적인 유한 계층이 존재함으로써 (그 극단적인 설정 문제를 차치하면) 어쨌든 사회의 계급 상황을 축약해 놓고 있었지만, 후기 소설들에 오면 가족 밖의 인물이라는 것이 실상 '친구'나 '동료'로 한정된 넓은 의미에서의 동류 집단에 불과하게 그려짐으로써, '넓은 의미의 가족'이라는 범주로 인물 구성상 범주가 좁혀졌다고 할 수 있다. 전후기 소설의 세 번째 차이점은 기법이나 작품 요소의 활용 측면에서 찾아진다. 무엇보다도 환상 장면이 축소, 배제된 것을 확인할 수 있으며, 심리 묘사가 빈번해지고 그 방식이 풍부해졌음을 들 수 있다.

4. 『호외시대』와 '가족' 범주의 공과

소설가로서 최서해의 이력은 장편소설 『호외시대』로 마감된다. 위문 협착증에 의한 사망으로 31세 젊은 나이에 창작 활동이 중단되어 이 처녀 장편이 마지막이 된 까닭에, 장편소설의 미학에 비추어 이 작품을 논하는 것은 서해의 문학 세계를 이해하는 데는 사실 적절치 못하다. 장편소설이라는 장르가 요구하는 작가적 역량을 갖출 기회를 그가 얻지 못한 까닭이다. 이런 사정을 고려하면, 『호외시대』는 결론적으로 한갓 통속에 그칠 뿐이라는 식으로 논외로 하거나 외적 기준을 들어 일방적으로 폄하하기보다는 이전의 단편소설들과의 관련 속에서 그 특징의 일단을 검토해 보는 것이 적절할 듯하다.22)

앞 절에서 우리는 서해의 소설들 대부분이 경제적인 문제를 천착하고 있으며 '가족'이라는 범주를 즐겨 사용한다고 하였다. 이러한 사정은, 약간 확장되기는 했어도 『호외시대』에서도 마찬가지이다. 대단한 분량의 장편이면서도 『호외시대』의 인물군은 실상 단순하다.23) 홍재훈 부부와 그 아들 찬형 및 그의 아내, 큰딸 경순, 작은딸 경애에다 홍재훈을 부친처럼 따르는 주동인물 양두환을 홍씨 일가로 묶을 수 있다. 이 인물군에는, 자신을 희생하면서까지 찬형과 홍씨 집안에 보탬이 되고자 하는 이정애와, 두환의 일이라면 아무런 사심 없이 유형무형의 도움을 제공하는 류숙경까지 포괄해도 무방하다. 이들 사이에는 넓은 의미의 가족주의가 자리하고 있는 까닭이다. 여기에, 경애를 파탄에 빠뜨리는 김홍준과, 정애를 첩으로 삼게 되는 허성찬 및 그를 도와주는 김정자, 삼성은행에서 두환과 함께 근

---

22) 『호외시대』에 대한 기존의 연구는 조남현의 논문(조남현, 「최서해의 '호외시대', 그 갈등 구조」, 『한국소설과 갈등』, 문학과비평사, 1990) 외에는 거의 전무하다. 이 글은 『호외시대』가 사회 계급에 기반한 갈등 대신에, '은혜─보은'의 관계로 진행됨을 밝히고, 이 작품 고유의 의의를 살리는 데 치중하고 있다. 그러나 연재에 앞서 서해가 쓴 「연재소설(호외시대) 예고」(『매일신보』, 1930.9.14)를 다소 지나치게 존중하고 '돈'과 '자본'의 사회적인 의미 차이를 고려하지 않은 채로, 작품이 발표된 시대 상황과 관련하여 그 의의를 인정한 감이 적지 않다.
23) 이하 『호외시대』에 대한 논의는 박상준, 「현실성과 소설의 양상」(『작가』, 2001년 겨울)의 2절에서 보인 작품 분석에 기반하여 본고의 맥락에 비춰 보강한 것이다.

무하던 김동준, 기생 홍련을 더하면 의미 있는 인물이 모두 망라된다.

끝의 둘이 주서사의 전개와는 무관한 지엽적이고 삽화적인 인물임을 고려하면, 『호외시대』의 인물 구성 역시 (넓은 의미의) 홍씨 일가와 부정적인 인물 몇으로 단순화된다. 서해의 여타 소설들 대부분처럼 가족의 범주를 벗어나지 않는 것이다. 더 중요하게는 이 작품의 중심 사건이 바로, 홍씨 집안의 몰락과 그에 따른 고생을 보다 못 한 양두환에 의해서 전개된다는 점이다. 이로써 『호외시대』의 경우도, 인물 구성 및 서사의 추동력에 있어서 가족이라는 범주와 가족애에 기초해 있다는 점에서, 이전 단편소설들의 연장선상에 있음을 알 수 있다.

서해 소설문학의 전개에 있어서 가족 범주와 가족애라는 작품 요소의 기능은 앞서 살폈듯이 대체로 긍정적인 효과를 낳았다. 전기 신경향파 소설의 성과와 후기 단편소설에서의 풍성한 심리묘사 및 현실 문제에의 진지한 형상화가 그에서 가능해진 것이다. 그러나 『호외시대』에 오면 사정이 달라진다. 『호외시대』가 장편소설의 미학에 비춰 부족한 점이 있다 할 때, 이들 중 상당 부분은 바로 이러한 구성 방식상의 동일성에 기인하는 것으로 보인다. '가족'이라는 범주 및 가족애에 의한 서사의 진행 자체가 문제적일 것은 없겠지만, 장편소설임에도 그에 그쳐 있다는 데서 『호외시대』의 허술함이 드러난다.

『호외시대』가 보여 주는 서사의 개요를 압축해서 정리하자면 홍씨 집안의 몰락을 이야기하고 있을 뿐인데, 그 원인 및 양상이라는 것이 시대나 사회 상황과 긴밀히 관련되지 않고 있다. 현실의 (역사)원리(라고 파악되는 것)에 기반하여 인물들의 행위가 정향되고 그로부터 갈등 구조가 마련되는 방식이 아니라, 이런 외적 설정 없이 유사가족 관계[혈육·육친의 정]에

끌려 행위 및 사건이 전개될 뿐이다. 홍재훈의 몰락도 인쇄업의 현황이라는 등의 시세에 따른 측면보다는 홍재훈의 잘못된 투자라는 실수에 의한 것이다. 여기에, 홍찬형의 방탕과 상황 타개 면에서의 무능력이라는 성정의 문제와, 홍경애의 타락과 죽음을 초래하는 허영심 혹은 욕망 추수 등에서 확인되듯이 인물들의 면면에 사회적인 함의가 다소 부족하다.

요약하여 『호외시대』는 인물들의 지향이 사회적인 맥락에서 보아 대단히 불분명하게 되어 있다고 할 수 있다. 사회 계급 넓혀서는 사회 관계에 기반한 의미 맥락이 사실상 전무하다시피 한 것이다. 사회적인 갈등이 사라진 것은 물론이다. 맹목적인 가족애가 서사의 추동력으로 전일적인 지배력을 행사하는 것이 이러한 제반 양상의 궁극적인 원인이라 하겠다. 그 결과로 방대한 분량에 비해서 이 작품이 우리에게 주는 것은 극히 적다. 192,30년대 사회 사상의 흐름과 문제점을 제기하는 것도 아니며 당시 사회의 상황을 조감해 주는 것도 아니다.

사회적인 맥락의 약화 혹은 부재라는 측면에서 가장 설득력이 떨어지는 것은 양두환에게 있어서 '범법 행위'에 대한 죄의식이나 반성이 전무하다는 점이다.[24] 엉뚱하게 범인으로 몰린 사람에 대한 죄의식은 보이면서도(384~388면) 은행돈을 빼돌린 데 대한 어떠한 죄책감도 마련하지 않는 것은 개연성이 전혀 없는 설정이라 하겠다. 삼성은행이 '조선 사람의 힘으로 세운 가장 큰 은행'(35면)이며, 은행 자본과 노동자 간의 갈등 등이 그려

---

24) 범행과 관련한 두환의 계획과 심사가 가장 밀도 있게 제시되는 부분을 보면, 홍재훈이며 그가 운영하던 공장 직원들, 학교의 어린 생도들을 위한다는 등 자기 합리화를 꾀하면서, 그들이 말릴까 보아 홍재훈이나 찬형에게 알리지 않은 채 비밀스레 일을 진행하려 하고 있다(『호외시대』, 308~316면). 이 과정에서 보이는 그의 주도면밀한 범행 계획은 도구적 합리성의 극치를 보여 준다. 목적에 대한 반성이 전무한 것이다.

진 것도 전혀 아니라는 점을 고려하면 더욱 그렇다. 자수하려는 양두환을 대신해서 홍찬형이 감옥행을 주장하고, 그것을 부친 홍재형이 선뜻 동의하(고 어떤 면에서는 사주하)는 것(426~434면)도 현실성이 거의 없다고 하겠다.

이러한 무리를 무릅쓰면서 『호외시대』가 그려내고자 하는 것은, 혈육과도 같은 사람을 위해서 자기 자신의 인생을 완전히 바치는 인물형이며, 그런 인물들의 행위가 담고 있는 덕목이다. 말을 바꾸면, 이러한 인물형과 그가 보이는 덕목을 드러내기 위해서, 앞서 말한 바 사회 일반의 동의를 얻기 어려운 방식으로까지 서사를 이끌어나간 것이라 할 수 있다.

이때의 주제는 무엇인가. 사람살이에서 가장 중요한 것은 개인적인 일신 영달 등이 아니라 몸을 던지는 보은(報恩)이라는 것이다. 자본주의 사회의 경제적 논리, 금권 만능주의를 거부하고 도의와 정리의 맥락을 따르는 보은이야말로 이 시대에 중요한 것이라는 생각을 담고자 했던 것이라고도 하겠다.

두환이나 정애, 찬형 등 주요 인물들의 행위가 바로 이 점에 과도하게 집중되어 있는 까닭에, 인물의 형상화에서도 미진한 점이 드러난다. '큰 목적'을 입에 달고 다니는 두환이 대표적인 경우이다. 사상단체의 회원이었다는 전력(73면)이 소개되기는 해도 그의 '큰 목적'이 무엇인지는 알기 어렵다. 삼우회라는 모임의 성격도 매우 불분명하며(80면) 뒤로 가서는 삼우회와 두환이 어떤 관계에 이르게 되었는지도 알 수 없게 되어 있다. 앞서의 맥락에 이어서 정리하자면, 그가 계속해서 '나의 할 일', '큰 뜻'을 운위하지만, 작품 내 세계의 실제적인 맥락에서는 그런 말이 나올 계제가 전무한 형편인 것이 직접적인 원인이라 할 수 있다. 허성찬의 첩으로 들어간 정애가 계획하는 바가 무엇인지 등이 밝혀지지 않음으로써 정애라는 인물이 현실성을 잃는 것이나, 가정이 있는 여자로서 두환의 일이라면 무엇이든 돕는 것으로 되어 류숙경의 현실성이 약한 점도 같은 맥락에서 지적할 수 있다.

여기까지 와서 보면, 『호외시대』는 일찍이 김동인이 지적한 바 작가의 '설교적 강박력'[25]이 드러난 대표적인 작품이라고 할 수 있다. 주제의식이 과도한 나머지 작품 요소들 일체를 한 방향으로 몰고갔기 때문이다. 서사 전개상 필요할 때마다 급조하듯이 별안간 제시되는 인물의 등장 방식 역시 작가의 조급함을 증명하는데, 이러한 조급함을 완화시키는 요소들은 전체 서사와의 관련이 전혀 없어서 구성상 결함을 노정하기도 한다.[26]

5. 맺음말

이상으로 서해의 소설문학 전체를 통해 그 변화 양상과 특징을 검토해 보았다. 소략한 글이라 전작품에 대한 분석 내용을 다 담을 수는 없었지만 몇 가지 결론을 얻을 수 있었다. 무엇보다도 먼저 최서해의 소설 세계가 신경향파 혹은 더 좁혀서 '최서해적 경향' 등으로 단순화될 수 없음을 밝혔다. 사조적인 특징으로 볼 때 그의 작품은 신경향파 소설과 부르주아 자연주의 소설 및 기타의 셋으로 분류되며, 장르상으로 보면 많은 수의 단편소설과 한 편의 장편 외에 대단히 짧은 분량의 장편(掌篇)들과 연작

---

25) 김동인, 「韓國近代小說考」, 『김동인 문학 전집』 12권, 대중서관, 1983, 471면.
26) 전자의 예로는 강순철 부분(177~180 · 182 · 194~195면)을 들 수 있고, 후자의 예로는 홍련 부분(274~285 · 399~417면)을 지적할 수 있겠다. 두환이 그리워하는 정군 부분(264~267면) 도 전체 서사와는 아무런 관련도 없는 사족에 불과하게 되어 있다.

소설 등으로 나뉜다.

　서해의 소설문학은 시기적으로도 변화의 양상을 보인다. 「홍염」에 이르는 전기 소설들은 앞서 말한 사조상의 갈래를 모두 포괄하되 신경향파 소설을 정점으로 하여 위계화되어 있다. 반면에 그 이후의 작품들은 부르주아 자연주의라는 경향에 대부분 포괄된다. 이러한 변화는 사회적인 맥락의 갈등이나 유물사관에 기초한 계급 대립 관념 등이 서사의 전개 원리가 아니라 몇몇 모티프로 약화되거나 아예 배제된 데 기인한다. 곧 사회적인 맥락의 갈등이 부재하게 되면서, 전기 소설의 갈래 중 부르주아 자연주의 계열의 작품이 전면화되었다고 할 수 있다.

　이러한 시기적인 변화에도 불구하고 서해의 전체 소설을 특징지어 주는 중요한 사실을 확인할 수 있다. 인물 구성이 대체로 '가족' 범주를 기반으로 하고 있으며 '가족애'가 서사의 전개에 있어서 중요한 추동력으로 작용한다는 점이다. 이는 전후기 단편 소설들뿐만 아니라 장편 『호외시대』의 경우에서도 마찬가지이다.

　좌파적인 색채가 짙은 소설들의 경우, 두세 세대에 걸친 가족이 궁핍(또는 그에 덧붙여서 질병) · 핍박에 고통받는 상태에서 혈육의 고통을 보다 못 한 주인공이 광분하게 되는 구도를 즐겨 취하고 있다. 「기아와 살육」이나 「큰물진 뒤」, 「홍염」 등 신경향파 소설이 거의 그러하다. 고통을 겪는 식구에 대한 가족애가 환상의 도움을 받으며 살인이나 방화 같은 급격한 사건 전개의 추동력으로 작용하는 것이다. 후기 소설들 중 상당수가 (중산층) 가정을 주무대로 하고 있는 점도 확인된다. 여기서도 가족의 생계 및 생존이라는 문제가 주인공의 행동과 의식을 이끌고 있다. 극단적인 행동이 아니라 자기 반성 등 내면 심리 차원으로 문제 상황의 전개 방향이 바뀌었어도, '가족' 범주가 작품 내 세계의 중심이 된다는 사실에는 변화가 없다 하겠다. 방대한 분량의 장편인 『호외시대』 역시도 이 점에서는 예외가 아니다. 그러나 여기서는 전후기 단편소설들에서와는 달리 가족 범주의 설정이 결과적으로는 현실성을 외면하게 함으로써, 사회 상황을 담아내고 시대의 문제를 조명하는 장편소설로서의 자질이 희박해지는 부정적인 효과를 낳았다.

이렇게 서해의 전후기 단편소설들과 『호외시대』에서 작품의 주제 및 효과는 상당한 편차를 보여도, 식구·가족 혹은 가정을 중심으로 작품 내 세계와 인물들을 구성하고 그 관계 속에서 사건이 전개되는 방식에 있어서는 큰 차이가 없음을 알 수 있다.

서해의 소설문학이 보이는 또 하나의 특징으로는 경제적인 궁핍상을 중점적으로 다룬다는 점을 들 수 있다. 서해의 신경향파 소설이 당시 문학계의 맥락에서 보자면 완전히 '새로운 세계'를 끌어들여 식민지치하의 궁핍한 현실을 가장 선도적으로 폭로한 것은 이론의 여지가 없다. 같은 맥락에서 서해의 후기 소설들은, 열악한 경제 현실을 외면하지 않으면서 중산층 혹은 지식인층의 삶을 대상으로 하여 자기 반성적인 내면 묘사를 새로운 경지로 확보하게 된다. 신경향파 소설의 경우처럼 극단적인 행동으로 나아갈 만한 상황을 그리면서도 후기 소설들은 그 지점에서 인물의 내면으로 나아간 것이다. 실행력을 갖추지 못한 채로 현실의 문제를 파악할 능력을 지녔기에, 경제적인 고통 위에 심리적인 고통까지를 갖게 되는 인물들의 내면을 차분하게 형상화하는 것이 1920년대 후기 서해 소설의 몫이자 의의라고 할 수 있다.

현실성과 소설의 양상

박종화, 심훈, 최서해의 1930년대 장편소설을 중심으로

1. 대상 설정과 연구의 초점

최서해와 심훈, 박종화를 함께 논하기란 여간 어려운 일이 아니다. 서로들 상이한 작품 세계를 구축했으며, 창작 활동의 주된 시기가 얼마 겹치지도 않는 데다가, 1920년대 중기의 서해를 제외하고는 소설사의 흐름에서 주류를 차지했다고 보기도 어려운 까닭이다.

사정이 이러하기 때문에, 견강부회를 통하여 단일한 기준을 마련하고 그에 비춰 이들의 작품 세계 중 일면만을 언급하는 것은 바람직하지 않다고 하겠다. 그렇게 마련되는 기준의 경우, 작품의 특질을 존중하기보다는 재단 · 폄하하기 십상인 점도 고려되어야 한다.

이런 이유로 여기서는, 이들의 창작 성과들 중에서 1930년대 장편소설을 주 대상으로 설정하고, 거기서 확인되는 주된 특징을 밝히는 데 그치

고자 한다.

물론 궁색한 논의라 해도 검토의 초점이 없을 수는 없다. 여기서는, 서구 서사문학의 전통에 있어서 근대 장편소설 일반의 특징이라 할 '현실성'의 양상을 살피는 데 주안점을 두고자 한다. 인물들이 그 속에서 사건을 이루며 맞서게 되는 작품 내 세계의 특징을, 인물 구성과 서사 구성을 중심으로 하여 파악해 보고자 한다. 이러한 특징이 빚어내는 작품 효과와 거기에 관여된 작가의 태도 등도 가능한 한 언급해 보고자 한다.

2. 최서해의 경우 – 가족 단위 현실과 주제 표출의 맹목성

형식적인 면에서 볼 때 서해 소설의 가장 중요한 특징은, 인물 및 서사 구성에 있어서 '가족'이 핵심적인 지위를 차지한다는 점이다. 이는 신경향파 소설의 한 축을 담당하는 1920년대 중반의 작품들에서뿐만 아니라 작품 세계의 변모를 보였다고 평가되는 1920년대 후반의 작품들 및 유일한 장편 『호외시대』(『매일신보』, 1930.9.20~31.8.1)의 경우에서도 마찬가지이다.[1]

좌파적인 색채가 짙은 소설들의 경우, 두세 세대에 걸친 가족이 궁핍 (또는 그에 덧붙여서 질병) · 핍박에 고통받는 상태에서 혈육의 고통을 보다

---

[1] 서해 소설의 주된 특징을 지적하는 이하의 논의는 형식 · 구성 측면에 국한된 것이다. 서해의 신경향파 소설 역시 단일한 것일 수 없는 상황에서(박상준, 『한국 근대문학의 형성과 신경향파』, 소명출판, 2000, 328~364면), 하물며 1920년대 중 · 후기의 작품들이 보이는 주제 및 분위기상의 차이를 무시하는 것은 전혀 아니다. 사정이 이러함에도 불구하고, 소략한 논의로 서해 소설들의 특징을 꼽는 데는 인물 · 서사 구성상의 가족 범주가 첫손에 와야 하리라고 여겨진다.

못 한 주인공이 광분하게 되는 구도를 즐겨 취하고 있다. 「기아와 살육」이나 「큰물진 뒤」, 「홍염」 등 신경향파 소설이 거의 그러하다. 고통을 겪는 식구에 대한 가족애·정(情)이 살인이나 방화 같은 급격한 사건 전개의 추동력으로 작용하는 것이다. 작품의 면모를 일신하고 있는 1920년대 후반의 작품들 중 상당수가 (중산층) 가정을 주무대로 하고 있는 점도 사실이다. 이들 작품이 밝을 수 있는 것은 외부의 문제가 차단된 가정으로 작품 세계가 좁혀져 있기 때문이다. 이렇게 작품의 주제 및 효과는 거의 정반대로 바뀌었어도 식구·가족 혹은 가정을 중심으로 작품 내 세계와 인물들을 구성하고 그 관계 속에서 사건이 전개되는 방식에 있어서는 변화가 없음을 알 수 있다.

약간 확장되기는 했어도 이러한 점은 『호외시대』에서도 마찬가지이다. 대단한 분량의 장편이면서도 『호외시대』의 인물군은 실상 단순하다. 홍재훈 부부와 그 아들 찬형 및 그의 아내, 큰딸 경순, 작은딸 경애에다 홍재훈을 부친처럼 따르는 주동인물 양두환을 홍씨 일가로 묶을 수 있다. 이 인물군에는, 자신을 희생하면서까지 찬형과 홍씨 집안에 보탬이 되고자 하는 이정애와, 두환의 일이라면 아무런 사심 없이 유형무형의 도움을 제공하는 류숙경까지 포괄해도 무방하다. 이들 사이에는 넓은 의미의 가족주의가 자리하고 있는 까닭이다. 여기에, 경애를 파탄에 빠뜨리는 김홍준과, 정애를 첩으로 삼게 되는 허성찬 및 그를 도와주는 김정자, 삼성은행에서 두환과 함께 근무하던 김동준, 기생 홍련을 더하면 의미 있는 인물이 모두 망라된다. 끝의 둘이 주서사의 전개와는 무관한 지엽적이고 삽화적인 인물임을 고려하면, 『호외시대』의 인물 구성 역시 (넓은 의미의) 홍씨 일가와 부정적인 인물 몇으로 단순화된다. 서해의 여타 소설들 대부분처럼 가족의 범주를 벗어나지 않는 것이다. 더 중요하게는 이 작품의 중심 사건이 바로, 홍씨 집안의 몰락과 그에 따른 고생을 보다 못 한 양두환에 의해서 전개된다는 점이다. 이로써『호외시대』의 경우도, 인물 및 서사 구성에 있어서 가족이라는 사회 단위에 기초해 있다는 점에서, 서해의 이전 소설들의 연장선상에 있음을 알 수 있다.

서해 소설 일반의 또 다른 주요 특징은 서술자(작개)의 발화전략이라는 맥락에서 확인된다. 일찍이 김동인이 '설교적 강박력'[2]이라고 지칭했던 바, 작품 내 세계의 맥락을 무시하는 서술자의 전횡 달리 말하자면 성급하고도 맹목적인 주제 표출이 그것이다. 신경향파기의 서해 작품들이 인물을 메가폰화했다는 것은 주지하는 사실이거니와, 「갈등」(『신민』, 1928.1)과 같은 1920년대 후기의 대표작들에서도 서술자의 언어를 통한 주제의 직접적 노출은 변하지 않는다.

맹목적인 주제 표출이라는 특징은 다소 변형되기는 하지만『호외시대』에서도 관철된다.『호외시대』가 주는 일차적인 충격은 작품 내 세계에서 '범법 행위'에 대한 죄의식이나 반성이 전무하다는 점이다.[3] 엉뚱하게 범인으로 몰린 사람에 대한 죄의식은 보이면서도(384~388면) 은행돈을 빼돌린 데 대한 어떠한 죄책감도 마련하지 않는 것은 설득력을 얻기 어렵다. 삼성은행이 '조선 사람의 힘으로 세운 가장 큰 은행'(35면)이며, 은행

---

2) 김동인, 「韓國近代小說考」, 『김동인 문학 전집』 12권, 대중서관, 1983, 471면.
3) 범행과 관련한 두환의 계획과 심사가 가장 밀도 있게 제시되는 부분을 보면, 홍재훈이며 그가 운영하던 공장 직원들, 학교의 어린 생도들을 위한다는 등 자기 합리화를 꾀하면서, 그들이 말릴까 보아 홍재훈이나 찬형에게 알리지 않은 채 비밀스레 일을 진행하려 하고 있다(『호외시대』, 문학과지성사, 1994, 308~316면; 이하 작품에서의 인용은 처음에만 주를 단 뒤 본문 속에 면 수를 병기함. 다른 작품들도 마찬가지). 이 과정에서 보이는 그의 주도면밀한 범행 계획은 도구적 합리성의 극치를 보여 준다. 목적에 대한 반성이 전무한 것이다.

자본과 노동자 간의 갈등 등이 그려진 것도 전혀 아니라는 점을 고려하면 더욱 그렇다. 자수하려는 양두환을 대신해서 홍찬형이 감옥행을 주장하고, 그것을 부친 홍재형이 선뜻 동의하(고 어떤 면에서는 사주하)는 것(426~434면)도 현실성이 거의 없다고 하겠다.

이러한 무리를 무릅쓰면서 『호외시대』가 그려내고자 하는 것은, 혈육과도 같은 사람을 위해서 자기 자신의 인생을 완전히 바치는 인물형이며, 그런 인물들의 행위가 담고 있는 덕목이다. 말을 바꾸면, 이러한 인물형과 그가 보이는 덕목을 드러내기 위해서, 앞서 말한 바 사회 일반의 동의를 얻기 어려운 방식으로까지 서사를 이끌어나간 것이라 할 수 있다. 이야말로 맹목적인 주제 표출 혹은 주제 표출의 강박력이 드러나는 한 형식이라 하겠다.

이때의 주제는 무엇인가. 사람살이에서 가장 중요한 것은 개인적인 일신 영달 등이 아니라 몸을 던지는 보은(報恩)이라는 것이다. 자본주의 사회의 경제적 논리, 금권 만능주의를 거부하고 도의와 정리의 맥락을 따르는 보은이야말로 이 시대에 중요한 것이라는 생각을 담고자 했던 것이라고도 하겠다.

두환이나 정애, 찬형 등 주요 인물들의 행위가 바로 이 점에 과도하게 집중되어 있는 까닭에, 인물의 형상화에서도 미진한 점이 드러난다. '큰 목적'을 입에 달고 다니는 두환이 대표적인 경우이다. 사상단체의 회원이었다는 전력(73면)이 소개되기는 해도 그의 '큰 목적'이 무엇인지는 알기 어렵다. 삼우회라는 모임의 성격도 매우 불분명하며(80면) 뒤로 가서는 삼우회와 두환이 어떤 관계에 이르게 되었는지도 알 수 없게 되어 있다. 허성찬의 첩으로 들어간 정애가 계획하는 바가 무엇인지 등이 밝혀지지 않음으로써 정애라는 인물이 현실성을 잃는 것이나, 가정이 있는 여자로서 두환의 일이라면 무엇이든 돕는 것으로 되어 류숙경의 현실성이 약한 점도 같은 맥락에서 지적할 수 있다.

서사 전개상 필요할 때마다 급조하듯이 별안간 제시되는 인물의 등장 방식 역시 작가의 조급함을 증명하는데, 이러한 조급함을 완화시키는 요소들은 전체 서사와의 관련이 전혀 없어서 구성상 결함을 노정하기도 한다.[4]

3. 심훈의 경우 – 부정적 현실과 긍정적 인물의 균열

심훈은 『영원의 미소』(『조선중앙일보』, 1933.7.10~1934.1.10), 『직녀성』(『조선중앙일보』, 1934.3.24~1935.2.26), 『상록수』(『조선일보』, 1935.9.10~1936.2.15) 세 편의 장편소설을 남기고 있다. 그 외에 『동방의 애인』(1930)과 『불사조』(1931)가 있으나 연재 도중 중단된 것이다.

심훈의 장편소설들에 대해서, 후기작으로 갈수록 저항운동의 색채가 점점 약해져 간다는 지적이 있다. 미완으로 중단된 『동방의 애인』과 『불사조』에서 『영원의 미소』를 거쳐 『직녀성』, 『상록수』로 오면서 사회주의적 색채가 사라져 간다는 것이다.[5] 그러나 이런 파악은, 문학운동사의 맥락 혹은 좌파 문학의 성쇠라는 구도에서 보는 경우 외에는 설득력이 없고, 따라서 별다른 의미도 지니기 어렵다. 각 작품들이 보이는 의도를 존

---

4) 전자의 예로는 강순철 부분(177~180 · 182 · 194~195면)을 들 수 있고, 후자의 예로는 홍련 부분(274~285 · 399~417면)을 지적할 수 있겠다. 두환이 그리워하는 정군 부분(264~267면)도 전체 서사와는 아무런 관련도 없는 사족에 불과하게 되어 있다.

5) 조남현, 『한국소설과 갈등』, 문학과비평사, 1990, 207~210면.

중하지 않고, 보고 싶은 것만 골라 보게 만드는 외재적인 기준으로 재단한 결과라고 생각되기 때문이다.

당연하게도 장편소설이란 대체로 복합적인 서사 구성을 보이며 주제적인 측면에서도 단일한 맥락으로 한정되지 않는다. 이 점과 관련해서 볼 때 심훈 소설이 보이는 가장 큰 특징은, 서사의 종결부와 여타 부분 사이에서 확인되는 분열상이다. 분열의 틈은 『상록수』에서처럼 다소 미미하기도 하지만 『직녀성』에서처럼 대단히 뚜렷하기도 하다. 작품의 효과가 특정 인물의 설정이나 결말 부분의 구성만에서 발해지는 것은 아니라 할 때, 이러한 틈을 확인해 가며 (복합적인) 주제를 파악하는 자세가 필요하다.

이런 맥락에서 볼 때, (대체로 작품 결말부를 통해서) 현실에 뿌리박은 삶을 강조하는 공통점이 있지만, 이상의 세 작품은 형상화의 초점이나 주제 측면에서 적지 않게 상이하다고 할 수 있다. 『영원의 미소』가 궁핍한 시대에서 이상을 잃고 절망할 수밖에 없는 상황(서병식의 경우)과 그와는 달리 희망을 찾으려는 의지(김수영과 최계숙의 경우)를 보인다면, 『직녀성』은 봉건적 가족 제도하에서 핍박받고 소진되는 여인의 삶을 조명하는 데 초점을 둔 뒤에 (맥락을 달리하여) 그 극복 방안을 제시하고 있다. 이들과는 달리 『상록수』는 위의 두 작품이 끝난 자리에서 시작하는 셈이다. 농민 계몽을 위해 시종여일하게 헌신적으로 현실에 근거하여 살아가는 인물형을 보여 주고 있는 것이다.

이렇게, 서사 전개의 대부분을 차지하는 측면에서 확인되는 의미와 종결 부분이 강조하는 의미 사이의 거리를 염두에 두고 주제 면에서의 작품 효과를 파악할 때, 이들 세 작품은 실상 하나의 계선으로 묶는 것이 적절치 않은 양상을 보여 준다.

심훈의 장편소설들이 보이는 둘째 특징은, 부정적인 현실을 외면하지 않으면서 그 어려움을 극복하고자 몸을 던지는 긍정적 인물을 내세운다는 점이다. 좀더 포괄적으로 적절히 말하자면, 인물의 긍정적인 면모 곧 상황에 눌리는 것이 아니라 주동적으로 그리고 더욱 강렬하게 상황에 맞서는 면모를 부각시킨다고 하겠다.

이 점은 특기할 만한데, 인물의 긍정성이 강화된다고 해서 작품 속의 상황, 현실이 인물들에 의해 자의적으로 개변되는 것은 아니기에 더욱 그러하다. 오히려 정반대로 현실의 위력은 조금도 손상되지 않고 작품 내 세계에 작용한다. 『영원의 미소』의 서병식이 자살로 생을 마감하는 것이나, 『상록수』의 주인공들이 겪는 고초와 채영신의 죽음, 『직녀성』에서 오해가 풀린 뒤에도 막내 며느리인 인숙에 대한 시집 식구들의 태도에 실제적인 변화가 없는 점 등에서 이러한 사실이 잘 확인된다.

이렇게 본다면 심훈 소설이 보이는 긍정적인 인물 혹은 인물의 긍정성이란, 기본적으로 현실의 위력을 인정하여 작품 내 세계에 반영하되, 그 현실의 부정적인 힘에 맞설 수밖에 없는 상황 속에 인물을 두거나 그들에게 강건한 의지를 부여하는 방식으로 구축된다고 하겠다.[6] 현실의 부정적인 힘을 담지하고 있는 인물들 곧 매판 자본가나 지주 등의 도덕적 윤리적인 타락상을 강조하거나 그것을 원인으로 하여 그들을 몰락시키는 방식 등을 통해서 주동 인물들의 긍정성을 대비적으로 부각시킴도 덧붙여야겠다.

심훈 소설의 긍정적 인물들은 세 가지 점에서 주목을 요한다. 카프 문

---

6) 단순한 도식화의 위험을 무릅쓰고 인물을 대입해 본다면, 박복순과 이인숙 등이 전자에 해당하고, 김수영, 박동혁, 채영신, 박세철 등이 후자에 해당한다고 할 수 있겠다.

학에서의 '매개적 인물'이나 '완결된 인물' 등속이 아니라는 점이 첫째인데, 이는 이들의 의식 수준 혹은 상태가 완전무결한 것으로 '주어진' 것이 아님을 뜻한다. 작중 현실 속에서 긍정적 인물이 긍정적이게 되는 맥락이 부여되고 있다는 것이다. 『상록수』의 박동혁이 건배의 배신과 같은 이런저런 사단을 겪은 후에 경제적인 문제를 해결하는 데로 시선을 돌리게 되는 것이라든지,7) 『영원의 미소』의 김수영이 농촌의 참상을 절감하고서 마음을 다잡는 것,8) 『직녀성』의 이인숙이 오랜 고난 속에서 자기 주체성을 찾아가는 것9) 등이 그러하다.

다음으로는 '긍정적'인 면모가 바로 농촌 현실을 개선하는 데에서 구현된다는 점이다. 식민지치하 국민의 80%가 농민이고 그 대다수가 소작농인 사실을 염두에 둘 때 일견 당연하다 싶기도 하지만, 당대를 풍미했던 카프의 변혁이론과 작품들의 양상에 비춰보면 강조할 만한 것이라 할 수 있다.

끝으로, 바로 이러한 인물형의 구축으로 인해서 앞서 말한 바 작품의 분열상이 두드러진다는 점이다. 남성중심주의적, 가부장제적 가정의 문제를 뼈저리게 겪고 통찰하게 된 이인숙이 작품 말미에 가서 농촌운동에 가담하게 되는 『직녀성』의 경우가 대표적인 예라 할 수 있다. 작품의 주제를 심각하게 분열(?)시키기까지 하기 때문이다. 『영원의 미소』의 최계숙이 김수영을 따라가는 과정의 헐리우드 영화 같은 과장(474~476면)이나, 『상록수』에서 박동혁이 청년회 회원들의 빚을 탕감하는 방식(228~

---

7) 심훈, 『상록수』, 청화, 1983, 216~218면.
8) 심훈, 『영원의 미소』, 어문각, 1982, 420~424면.
9) 심훈, 『직녀성』 하권, 한성도서주식회사, 1954, 181~182 · 260 · 296~729면 등.

237면)이 주는 가십적 성격은, 이런 분열상을 봉합하기 위해 어쩔 수 없이 끌어들여진 것이며 바로 그러하기 때문에 역으로 분열상을 증명해 주는 것이기도 하다고 할 수 있다.

심훈의 소설들이 (특히 후반부나 종결부에 가서) 인물의 긍정성을 부각시키는 까닭에 분열된 모습을 보이며 그러한 긍정적 면모가 농촌 현실에 투신하는 것으로 대차 없이 설정된다고 할 때, 이들 작품들의 차이를 낳는 요소 곧 종결부와 분열상을 이루는 국면의 특징을 언급해 둘 필요가 있겠다.

익히 알려진 『상록수』를 잣대 삼아서 말하자면, 『상록수』가 투철한 의지에 기반한 농촌 운동에의 헌신을 부각시키는 반면, 『영원의 미소』는 이상을 포기하고 좌절 속에서 끝내 생을 포기하게 되는 삶과, 그와는 반대로 실현 방침을 갖지 못한 막연한 이상을 좇는 대신 농촌 현실로 들어가게 되는 과정에 초점이 맞춰져 있다 할 수 있다. 서병식과 그에 대비되는 김수영이나 최계숙의 행적이 앞뒤에 해당된다. 덧붙여서 최계숙의 경우에는 신여성적인 허영심과의 결별도 포함된다. 『직녀성』은 두 작품에 비해서 뿐만 아니라 한국 근대소설사 일반에 비추어도 특기할 만한 작품이다. 여기서 서사의 주된 전개는 반봉건적 사회 풍토 및 가정 내에서 여자(며느리)에게 행해지는 불합리한 속박을 근간으로 하고 있다. 여성차별이 행해지는 가정이라는 사회 단위의 문제를 집중적으로 그리고 다각적으로 형상화하는 까닭에 서술의 밀도가 대단히 높다. 치밀한 심리 묘사와 소소한 일상에 대한 주도면밀한 서술이 일정한 톤으로 지속되는 것이다. 시증조모까지 살아 있는 귀족 집안이라는 구성이 보편성을 다소 해치기도 하지만, 생존노동의 담당자로서 여성이 집안에서 겪는 문제들에 대한 적확한 포착은 높이 살 만하다. 세철과 봉희를 다른 편에 세워 (당시로서는)

이상적인 부부의 모습을 제시한 것도 이러한 주제 요소를 부각시키는 데 기여한다.10)

4. 박종화의 경우 — 미분화(微分化)를 통한 현실의 무력화

역사소설가로서 박종화의 위치는 독보적인 것이라 말해진다. 장장 60여 년의 창작 활동 대부분이 장편·대하 역사소설에 집중된 까닭이다. 이광수나 김동인과 달리 과거를 충실히 재현하고 민족의식을 고취했다는 평가도 내려진 바 있다.11) 그러나 『금삼의 피』(『매일신보』, 1936.3.20~1936.12)나 『대춘부』(『매일신보』, 1937.12.1~1938.12.25), 『전야』(『조광』, 1940.7~1941.10), 『다정불심』(『매일신보』, 1940.11.11~1942.7.23), 『여명』(매일신보사, 1944) 등 식민지 기간에 발표된 작품들을 볼 때, 이러한 평가에 마냥 동의하기는 어려운 것도 사실이다.12)

식민지 시기 월탄의 역사소설이 보이는 중요한 특징은, 작품 내 현실이 미분화(微分化)되면서 무력해져 버렸다는 점에 있다. 현실 자체 및 그 변화 운동으로서의 사건들이 잘게 쪼개짐으로써 현실성이나 서사성이 극도

---

10) 『직녀성』에 대한 기존의 연구들이, 여성 문제에 대한 비판적 해부라고 할 이 소설의 주제를 강조하지 않거나 간과하는 데에는, 심훈의 소설 세계를 한 맥락으로 보려는 욕망에서 『직녀성』을 『불사조』와 연관시키는 데 연유하는 것으로 보인다. 유병석, 「소설에 투영된 작가의 체험」(『강원대학 연구논문집』 4집, 1970; 『20세기 한국문학의 이해』, 한양대 출판원, 1996, 77~89면)이 이러한 작업의 선편을 쥐고 있으며, 전영태, 「진보주의적 정열과 계몽주의적 이성」(김용성·우한용 편, 『한국 근대 작가 연구』, 삼지원, 1985)이 그 뒤를 이은 바 있다.
11) 윤병노, 『한국 근·현대문학사』, 명문당, 1991, 159~61면.
12) 실증에 뒷받침되지 않은 호의적인 평가들에 대한 정확한 비판으로 송백헌의 연구를 들 수 있다. 송백헌, 『한국 근대 역사소설 연구』, 삼지원, 1985; 송백헌, 『우리 문학과 그 현장』, 국학자료원, 2001 중 박종화론 참조.

록 취약해진 것이다. 이와 관련된 맥락에서 기존 연구들은 월탄의 역사소설이야말로 정사에 입각한 것이라고 지적하는 데서 그쳐 왔지만, 정사에 기초했다는 사실13)이 막바로 서사 구성의 완미함으로 이어지는 것은 물론 아니다. 그의 작품들은 대개가 위인걸사(偉人傑士)에서 하층민까지 망라하는 개개인들의 에피소드들로 조합되어 있는데, 그러한 에피소드들은 상호 긴밀한 관련 없이 병치되어 있는 편이다.

또한 에피소드들의 성격 자체도 대체로 보아 서사성의 강화와는 반대로 기능하게끔 짜여 있다. 민담 수준의 특이한 이야기가 주종을 이루는 것이다. 이들은, 인물들의 기행이나 범인을 웃도는 처세, 보통 사람들은 보이기 어려운 기지와 담력 등을 힘껏 강조하는 경향을 보인다. 이러한 에피소드들에서 인물의 행위는 내적인 신념이나, 세상을 바라보는 믿기지 않는 혜안, 상상을 불허하는 능력 등에서만 추동력을 받을 뿐, 역사적 현실이나 주변 상황, 다른 인물들과는 사실상 무관하다. 누이의 충고로 폐비 윤씨에게 내리는 사약 집행에서 빠지게 되는 허종, 허침 형제의 일화나,14) 청나라 황제의 침실에서 모자를 훔쳐 내오는 일지청의 삽화,15) 부친의 묘를 잘 쓰고자 김씨 일가의 벼루를 활용하는 이하응의 기지16) 등은 그대로 한갓 옛날 이야기라 할 것이다.

이러한 에피소드들이 작품의 구성 원리가 되다시피 자주 등장한다는 데서 월탄 역사소설의 특징과 한계가 드러난다. 크게 보아서는 시간의 전개에 따라 역사적 사건을 구축해 가는 것처럼 보이지만, 내부적으로 세밀

---

13) 이 점은 실증적으로 꼼꼼히 따져봐야 할 문제라고 여겨진다.
14) 박종화, 『금삼의 피』, 어문각, 1995, 118~120면.
15) 박종화, 『대춘부』 전편(前篇), 을유문화사, 1955, 138~168면.
16) 박종화, 『전야』, 어문각, 1982, 51~60면.

하게 보면 자율적인 성격을 지닌 구체적인 사건들이 연관 없이 중첩되어 있을 뿐이어서, 전체 서사의 흐름을 이끄는 작품 내적인 추동력은 찾을 수 없게 된다. 작품 내 세계에 있어서 변화·운동하는 현실 자체가 몇몇 개인들의 언행으로 대체됨으로써 실종된 것인데, 이를 두고 현실의 미분화(微分化)에 따른 무력화라 할 수 있겠다.

『금삼의 피』의 경우는 역사적 현실 자체가 극도로 축소되어 사실상 실종된 경우라 할 수 있다. 연산군을 인간적인 측면에서 조명했다고 지적되기도 했지만, 말 그대로, 진정성을 확보하기 힘든 궁중 비화를 그리고 있을 뿐이다. 진정성이 의심되는 것은, 개개 인물들의 사적인 욕망만이 모든 사건의 추동력이 되는 까닭이다. 폐비나 정씨의 경우가 성종의 총애를 두고 서로 의심, 경쟁하는 것이나, 연산의 후궁들이 그의 환심을 사고자 노력하는 것들, 연산이 생모의 원수를 갚고자 하는 것들 모두가 사사로운 감정 차원의 문제이다.[17) 이런 상황에서는, 신분·계급적 이해라든가 국가의 경영이라든가 하는 사회 역사적인 맥락의 문제가 중시되지 못한다. 설혹 작품의 내용이 실제에 부합되는 것이라 해도, 서사의 기본 축이 이렇게 개인의 자의적인 욕망의 전횡에 맞춰지고 현실적 역학 관계는 누락된 까닭에, 실상 소설이라기보다는 이야기에 가깝게 되는 것이다.

병자호란을 배경으로 하는 『대춘부』 역시 유사한 면모를 보인다. 중요 인물들의 사사로운 행적만이 전면화되어 있어서 부분적인 재미와 극적 긴장은 고조될지라도, 전체 서사의 흐름이 주는 무게 및 긴박감은 찾기 어렵다. 병자호란기가 실패한 역사임에도 불구하고, 이 작품에서는 의인과 열녀, 충신 등 훌륭한 인물들이 셀 수 없이 많이 등장해서 오히려 이때

---

17) 유일하게 대왕대비만이 국가 곧 왕권을 탄탄히 유지하는 데 관심이 있을 뿐이다.

가 민족적 기개를 현양(顯揚) 창달(暢達)한 시기인 것처럼 느껴지게 된다.

월탄의 역사소설에서 사회경제사와 민중사가 거의 누락되고 정치사 역시 몇몇 개인들의 행적 차원으로 축소되어 버린 데는 두 가지 원인을 들 수 있다.

작품 내적으로 보자면 주요 인물의 내면과 행적에 대한 작가—서술자의 태도가 모호해서 반성 및 비판의 여지가 제거된 점을 지적해야 한다. 『금삼의 피』의 경우 연산의 행적에 대해서 거리를 두고 기술한다기보다는 대체로 보아 인물과 서술자가 일체가 되어 그의 내면 묘사에 치중함으로써 반성적 성찰이 원천 봉쇄되었다고 하겠다.[18] 이러한 사정은 대원군의 자리에 오르는 이하응의 행적을 철저히 그의 입장에서 서술하는 『전야』나 『여명』의 경우도 마찬가지이고, 청과의 화친을 주장하는 최명길이나 회천대업(回天大業)을 도모하는 임경업, 북벌을 기획하는 효종과 그를 따르는 이완 등 긍정적 인물을 형상화할 때 인물과 서술자 간의 거리가 흔히 무화되는 『대춘부』 역시 예외가 아니다.

작품 외적 원인으로는, 역사소설을 대하는 작가 월탄의 태도를 지적할 수 있다. 역사소설가로서 그가 중시하는 것은 해당 시대 문물이나 풍속의 현상적 생생함, 정밀함일 뿐이다. 역사적 진실이라든가 역사학적 고증 등은 치지도외된 채, 과거라는 '분위기'가 갖추어져 있는가가 문제될 뿐인 것이다.[19]

---

18) 이렇게 개개 인물의 사적인 욕망(사사로운 감정 차원)에 의해서 사건이 추동됨으로써 현실성이 약화된 것은, '모든 일이 한 개 부질없는 장난'이라는 작가의 낭만적 시각(6~7면)이 서술 방식으로 철두철미하게 관철되었음을 의미하기도 한다.

19) 「역사소설과 고증」(『문장』, 1940.10)에서 월탄은 "신수(神髓)! 그때의 시대적 분위기를 파악하면 그만이다"(138면) 하고, "시대 풍속과 생활 양상 또는 문물제도에 이르기까지 파고들어가 한덩어리 분위기 속에 휩싸이지 않고는 얼른 붓을 잡을 수 없는 것이다"(139면)라 하여 자신의

5. 결어

이상으로, 소략하고 거치나마 최서해와 심훈, 박종화의 작품 세계 약간을 살펴보았다.

최서해 소설의 경우 인물 및 서사 구성에 있어서 가족·가정을 기반으로 하며 작품 내 세계의 현실성 약화에 구애되지 않고 주제를 표출한다는 점을 특징으로 한다. 『호외시대』에서는, 사회 역사적으로 구애받지 않는 덕목·가치를 강조하느라 서사의 전개가 실상 주요인물들 사이의 정의적 관계를 원리로 해서만 이루어지고 있다.

심훈의 작품들은 능동적이고 적극적인 인물들을 제시하여 주어진 상황의 한계 속에서나마 최선을 다하는 모습을 형상화하고 있다. 그로 인해 작품 세계가 분열된 모습을 보이는 것이 중요한 특징이 된다. '한계 속에서의 최선'이 모습을 드러내는 방식은, 역사적인 맥락에서의 체제나 계급 상황을 주목하지 않은 채 형상화되고 주장되는 현실 중시의 태도라고 할 수 있다(체제나 상황이 문제시되는 『영원의 미소』의 경우, 실제적 문제의 발생 직전에서 종결되고 있다).

월탄의 역사소설들은 충효에 의해 구축되는 전근대적인 민족성으로 뭉친 인물 군상을 제시하고 있다. 실제적으로는 현실에 패배했지만 정신·기개상으로는 그렇지 않은 면모를 보이는 인물들 각각에 미시적으로 초점이 맞춰지면서, 역사적 현실이 미분화되고 풍속 차원으로 떨어져 무

창작상 주안점이 어디에 있는지를 밝힌 바 있다. '시대'라는 관자를 중시하다 보면 역사성이 개재되는 것처럼 보일 수도 있지만, 유감스럽게도 그의 역사소설에서 '시대 분위기'는, 의관 복색이나 문방구류, 주거 문화 등의 자연주의적 기술에 있어서 정확성의 문제로 축소되어 있다.

력화됨을 알 수 있었다.

1930년대 문학사의 상황을 염두에 둘 때 이러한 모습은, 정치적[좌파적] 이데올로기의 부재 혹은 소멸 이후 전개된 문학 상황의 몇 가지 양상에 해당된다고 할 수 있다. 카프가 대변했던 바, (넓은 의미에서) 소망으로서의 이데올로기를 중심으로 구축되는 서사성[20]이 소진되거나 좌절 혹은 폐기된 이후의 몇몇 작품형들인 것이다.

앞서의 정리에서 확인되는 작품 특성상의 차이에도 불구하고, 논의의 범주를 확대할 경우 이들로부터 한 가지 공통점을 찾을 수 있다. 위와 같은 특성을 낳은 형성 계기[21]로 꼽을 수 있는 '작가들의 조바심'이 그것이다. 현실적으로는 불행한 모습을 담아 내면서도 희망찬 의지로 서사를 종결 짓는 심훈의 방식이나, 초라하고 한심한 역사를 기술하면서도 영웅이나 의로운 선비들의 우국의 정념을 기리는 월탄, 현실의 논리를 무시하면서까지 특정한 덕목을 강조하는 서해의 태도는 모두, 작품을 이루는 요소 중에서 주제와 관련된 측면을 강조하고자 한다는 데서 공통점을 보인다.

이러한 조바심은, 암울한 현실의 위력을 인정한 채 거짓 희망을 꿈꾸지 않으려는 내성소설이나, 현실에 대한 해석을 삼가면서 현상의 제부면을 담아내려는 세태소설과는 이질적이라 할 수 있다.[22] 실현될 수 없는 가

---

20) 작품 내 세계에 있어서 현실성을 갖춘, 인물[계급]간 그리고 인물 대 현실 사이에서의 갈등의 발생, 전개, 해결 혹은 해소 과정으로서의 서사(Erzählen)적 성격.
21) 이 개념에 대해서는 박상준, 「한국 근대소설 연구방법론 시고」, 『한국학보』 87, 1997년 겨울 참조.
22) 임화가 긍정성을 살리며 지적했듯이, 세태소설이나 내성소설이란 것이 희망의 포기나 자기 배제로 단정될 수 있는 것은 물론 아니다(임화, 「세태소설론」, 『비판』 61, 1938.4.1~6; 임화, 『임화 평론집－문학의 논리』, 서음출판사, 1989). 그러나 현실 혹은 역사를 재료 삼아 작품 내 세계를 축조함과 '동시에' 작가의 생각을 담아낸다는 점에서, 우리가 검토한 소설들은 위의 이분법에서 벗어나 있다. 작품 세계의 진정성이 떨어진다는 점에서 가치를 잃을 수는 있어도, 임화가 말하는 딜레마를 '인정하지 않는다'는 점은 주목할 만하다 하겠다.

치 따라서 현실의 맥락에서 볼 때 거짓인 가치를 추구하며, 그 추구가 실현될 수 있다는 혹은 실패한 것처럼 보여도 실상은 실현된 것이나 마찬가지라는 식으로 그린다는 점에서는 통속적이기도 하지만 달리 보자면 교술적 성격의 강화라고도 볼 수 있는 이러한 주제 표출의 강렬성에서, 한국 근대소설사의 전개상 이 작품들의 자리가 마련된다고 할 수 있을 듯도 싶다. 이 문제는, 1930년대 소설계 일반의 특징을 파악한 위에서의 비교 검토를 통해서야 균형을 갖추며 해결될 수 있을 것이다. 차후의 과제로 남겨 둔다.

잃어버린 정체성을 찾아서

'외출-귀가' 패턴 및 부부관계의 변화를 중심으로 본 「날개」

1. 「날개」를 찾아서

이상의 「날개」(『조광』, 1936.9)는 이상 소설문학의 대표격이자 한국 근대
문학의 중요한 성과에 해당한다. 이러한 사실은, 60여 년에 걸친 이상 문
학 연구와 그 결과로 내려진 교과서적인 정리가 입증해 준다. 무수한 논
의와 교육을 통해서, 「날개」의 문학사적인 지위가 정전의 수준에 확고하
게 고정되었다고 하겠다.

그러나 정전으로 간주되는 「날개」의 진정성은 사실 매우 취약하다. 각
종 문학 교재와 교과서들 속의 「날개」가, 두 세대 이전에 발표된 소설
「날개」가 맞는지부터 의심스러운 까닭이다. 고전의 반열에 오른 「날개」
에 대한 이해의 허구성은, 연구사에 비춰볼 때 매우 늦게야 제대로 지적
되었다. '자기 방에 유폐된 주인공이 그곳을 벗어나고자 거리로 나와 비

상을 꿈꾼다'는 식의, 통념이 되다시피 한 해설이 그릇된 것이라는 점은 최근에야 제대로 지적되었을 뿐이다.

이러한 사실에서 우리는, 「날개」에 대한 연구에 걸림돌이 많다는 점을 알 수 있다. 상호 관련되는 다섯 가지 문제를 꼽아 볼 수 있다.

「날개」가 정전의 반열에 올라 있다는 인식 즉 다들 아는 작품이라는 인식에서 유래하는 새삼스러운 감을 넘는 것이 첫째다. 이상을 떠올리면 자동적으로 「날개」가 따라올 만큼, 모두가 다 아는 작품이라는 선입견이 강고하다. 하지만 근래의 연구사에서 극명하게 확인되었듯이, 「날개」를 모두가 다 아는 것은 아니다. 적어도 제대로 아는 것은 못 된다. 「날개」를 안다는 사람들이 흔히 아는 것과는 달리, 작품의 말미에서 주인공이 '날자, 다시 한 번 날아보자꾸나' 하는 자리가 미쓰꼬시 옥상 위가 아니라는 점이 대표적인 증거이다.[1] 작품을 꼼꼼히 읽기만 해도 피할 수 있는 이러한 기본적인 오류가 반복되면서, 「날개」의 전체적인 의미 구성이나 주제 효과에 대한 신비화가 끊임없이 재생산되어 왔다. '개방된 공간, 밝은 세계로 향한 상승의지의 표명'이라는 정리가 그것이다.[2]

---

1) 이 문제에 대해서는 김성수가 밝힌 바 있다(김성수, 『이상 소설의 해석』, 태학사, 1999, 144 · 164~166면 참조).

2) 이러한 규정의 정점에 이어령이 있다(이어령, 「이상 연구의 길 찾기—왜 기호론적 접근이어야 하는가」, 권영민 편, 『이상 문학 연구 60년』, 문학사상사, 1998). "이상의 문학을 이루고 있는 것은 콩파레(compare—비유되는 것)가 아니라 콩파랑(comparant—비유하는 것)이라는 사실"(17~18면)이라는 전제 위에서 그는 "문학 텍스트의 구조는 시니피에가 아니라 시니피앙"(20면)이라 주장한 뒤, 「날개」 전체를 '하나의 기호체'로 간주하여 "「날개」는 관념적인 프로세스로 설명하기보다(시니피에) 누워 지내던 사람이 서게 되고 닫혀 있던 공간이 열린 공간으로 바뀌는 이야기라고 요약할 수가 있다"(21면) 하였다. 이러한 파악은 두 가지 점에서 문제적이다. 첫째, 기호론적 접근의 필요성을 강조하면서 「날개」에까지 무리하게 적용함으로써, 내용과 형식을 비변증법적으로 사고하고 결과적으로는 내용을 사상하고 말았다. 둘째로 작품 말미의 '나'가 미쓰코시 옥상에 있다고 보면서 전체 논의 구도를 마련하는 데서 알 수 있듯(22면), 이러한 해석(?)이란 것이 기본적인 오독에 기초하고 있어서 문제다. 이는 "텍스트의 일차적 독해를 기초로 해야 한다"(25면)는 자신의 강조에 비춰 볼 때도 납득할 수 없다.

이러한 근본적인 오독 위에서, 온갖 복잡미묘한 억지이론들을 유발하는 미세한 오류들도 적지 않게 존속되어 왔다. 작품 앞부분의 '三十三번지'가 '33번지'로 바뀌거나, 말미에서 옥상 위의 '나'가 바라보는 '회탁의 거리'가 '회락의 거리'로 둔갑하면서, 새로운 의미를 부여받게 된 점 등이 이에 해당한다.

「날개」의 참모습을 가리는 두 번째 걸림돌은, 한국문학 연구의 층위에서 이 작품에 대한 미학적 선규정력이 매우 강력하다는 점이다. 한국 모더니즘소설의 대표작이라는 식의 전제이자 결론이 그 실제이다. 「날개」에 대한 최초의 본격적인 언급이 최재서의 「리아리즘의 擴大와 深化」[3] 라는 점을 고려하면 다소 의외기도 하지만, 「날개」에 대한 연구사 대부분은 모더니즘소설 미학의 지평 위에서 이 작품을 고려해 왔다.[4]

'모더니즘소설 미학'이라는 안경으로만 이 작품을 조명함으로써 두 가지 문제를 낳았다. 논의의 실제에 있어서 일반론을 전제하는 방법론주의

매우 유감스러운 일은, 이렇게 잘못된 해석이 명확히 비판되지 않고 계속 영향력을 행사해 왔다는 사실이다. 이러한 영향 관계의 폐해가 극명하게 드러난 경우로 권영민의 「이상 연구의 회고와 전망—이상 문학, 근대적인 것으로부터의 탈출」(앞의 책)을 들 수 있다. 이 글은 '존재론적으로 불안정한 개인의 자아인식 과정'을 간과하여 주인공의 소망이 "자기 존재의 정체성을 위협하는 현실적 공간으로부터 벗어나는 일"(33면)임을 포착하였지만, 전체적인 논의 구도는 이어령과 동일하게 공간론적인 대비 형식으로 짜여 있다. '방에서부터 바깥세상으로의 공간이동'으로 이야기가 전개된다 하고, "방이라는 닫힌 공간의 폐쇄성과 바깥세상이라는 열린 공간의 개방성이 지니는 공간성의 의미"(32면)에 주목하는 것이다. 그 결과 "그 방 안을 벗어나기 시작하면서 주인공은 이 같은 시간적 경험의 분열 과정으로부터 어느 정도 자유로워지고 있다"(33면)는 결론을 얻는데, 이는, 공간론적 대비라는 연구사의 구도를 전제함으로써 유효적절한 통찰들도 빛을 잃게 된 사례라 하겠다.

3) 『조선일보』, 1936.10.31~11.7.

4) 이와 관련하여, 「날개」와 「천변풍경」을 둘러싼 당대의 논쟁을 정리하면서, 「날개」에 대한 해석이 "사람에 따라 각양각색이고 완전히 相反되는 점도 있다"고 정리한 뒤, 그 원인으로 "모더니즘과 리얼리즘이라는 문학이론상의 차이가 작용하고 있다고 보아야 한다"(서준섭, 『한국 모더니즘 문학 연구』, 일지사, 1988, 222면)는 서준섭의 지적을 음미할 필요가 있다.

적인 혐의를 벗지 못한 것이 첫째요, 당대적인 위상 및 의의에 대한 평가에 다소 무력해진 것이 둘째다. 백철5) 등 좌파문인들의 현실주의적인 감각뿐 아니라 김문집의 유미주의에 가까운 관념론적인 평가6)까지도 간과되면서, 「날개」가 발표 당시의 문단 및 사회 현실에서 가졌던 문학사적인 위상을 조명하는 일이 지난해졌다. 그 대신 근대를 넘어서려는 문학적 지향의 선구자라는, 따지고 보면 개별 작품에 대해서는 별반 말해주는 바가 없는 모호한 구호만이 앞서게 되었다.

세 번째로, 숲에 대한 조망이 나무를 보지 못하게 하는 경우에 해당되는 걸림돌이 있다. 이상 문학 일반에 대한 인식이 앞선 나머지, 「날개」 자체를 집중적으로 검토하는 일은 연구사의 조류에서 구태의연한 것이 된 감이 있다. 이상의 문학 세계를 모더니즘(혹은 더 나아가 탈모더니즘)적인 것으로 본다는 점에서 이는 앞의 문제와 밀접히 관련된다.

이러한 문제는 현재도 문제로서 인식되지 않고 있다. 문제라 인식되기는커녕 이러한 방법이야말로 이상 문학을 해명하는 데 적절한 것이라는 관념이 두텁게 형성되어 가는 듯하다. 이상 문학 일반 속에서 이런저런 구절들을 끌어와 한 편의 완미한 논의를 꾸리는 '인용문 뒤섞기 방식'이 그 실제인데, 이는 이상 문학 연구의 선편을 쥔 이어령7)과 임종국8)에서부터 시작된 경향이다. 이러한 경향에 이론적인 정당성을 부여한 것이 김윤식의 텍스트론이며,9) 이경훈을 위시한 일련의 연구들이 대표적인 예가

5) 백철, 「리얼리즘의 再考」, 『四海公論』, 1937. 1.
6) 김문집, 「'날개'의 詩學的 再批判」, 『비평문학』, 청색지사, 1938.
7) 이어령, 「李箱論―'純粹意識'의 完成과 그 破壁」, 『문리대 학보』 3권 2호, 1955. 9; 김윤식 편, 문학사상사, 『李箱 문학 전집』 4권, 1995. 이하, 이 전집에서 인용할 경우 '전집'이라고 표시함.
8) 임종국, 「李箱研究」, 『고대문화』, 1955. 12, 전집 4권.
9) 김윤식 편, 「이상 연구를 위한 한 변명―생성하는 기호와 인간, 그것의 지우기에 대한 한 견

된다.10) 이상 문학 일반의 특징을 검토한다는 문제의식의 소산이기도 하고 주제론적인 접근 방식의 필요악적인 결과이기도 한 이러한 검토 방식은, 자기 목적에 따른 소기의 성과를 갖는 의의에도 불구하고, 개별 작품의 연구 성과에 있어서는 부정적인 측면을 적지 않게 남기지 않을 수 없다. '작품'의 경계가 확정될 수 없는 것이고 거기 갇히기만 해서는 안 되는 것이 분명하다 해도, 경계 자체가 무시되어서는 안 되는 것 또한 엄연한 사실이기 때문이다.

「날개」의 참모습을 찾아 연구하는 데 있어 네 번째 걸림돌은 상징적인 해석 방법이 별 반성 없이 지속적으로 재생산되어 왔다는 점이다. 그 층위도 다양하여, 어구 차원에 그치기도 하고, 개별 사건의 의미를 해석하는 데 적용되기도 하며, 작품 전체를 대상으로 하기도 한다. '18가구'나 '33번지'의 숫자를 '소리를 응용한 섹스용어의 암호'나 '숫자의 시각 형태에 의한 에로티시즘'이라 해석하는 것이 첫째 예가 되며,11) 흔히 볼 수 있는바, 결말 부분이나 방의 구조, '나'와 아내의 관계, 아포리즘의 구절들에 대한 정신분석학적 해석 등이 둘째 예라 할 수 있다.

두 번째 경우가 전면화된 대표적인 사례는, 고원의 경우이다.12) 이상이 "자동기법(自動記法)에 따라 꿈과 현실의 경계를 무시하며 넘나들고 있"(366~367면)다는 근거 없는 전제 위에서, "문맥을 무시하고 작품을 읽

해」, 전집 5. 김윤식은 전집 2~5권의 작품 해설들 전체에 걸쳐서 '이상 문학이 지닌 완벽에 가까운 텍스트성(열려 있음의 성격)'을 누누이 강조하고 있다.
10) 김주현, 『이상 소설 연구』, 소명출판, 1999; 이경훈, 『이상, 철천의 수사학』, 소명출판, 2000; 서영채, 『사랑의 문법』, 민음사, 2004.
11) 이어령, 「李箱論—'純粹意識'의 完成과 그 破壁」, 『문리대 학보』 3권 2호, 1955.9, 17면. 그러나 후자는, 원래 표기가 '三十三번지'라는 점을 고려할 때 어불성설이라 하겠다.
12) 고원, 「날개」 3부작의 상징체계—'날개', '동해', '종생기'에 설정된 꿈과 현실의 관계」, 권영민 편, 『이상 문학 연구 60년』, 문학사상사, 1998.

는 독서법에 문제가 없는 것은 아니지만, 따지고 보면 사실은 그것을 독자에게 허용하고 있는 사람은 바로 작가 자신이다"(366면)라 한 뒤에, 그는 작품의 경계를 도외시한 채 상징적인 해석을 종횡무진 펼쳐 보인다. 예컨대 아스피린과 아달린이 생모와 양어머니의 대립쌍을 상징한다는 식으로 해석하거나(385~386면), 작품 말미를 두고서 "「날개」의 끝에서 화자가 꿈꾸고 있는 '비상'의 꿈은, 이카루스 신화와의 맥락에서는, 동시에 '곤두박질'의 꿈이 되는 것이다"(372면)라고 주장하는 것이다. 이는 정신분석학적 논의의 시험 사례 정도로 이상의 소설을 검토한 것이어서, 제대로 된 작품론이라 보기 어렵다.

「날개」를 본격적인 대상으로 놓는 상징적인 해석으로는, 이태동의 경우를 들 수 있다.13) "순수자아인 나와 비순수자아인 아내와의 모순된 구조"(295면)라는 이분법을 전제한 위에서 그는, 주인공이 "자신의 순수자아를 구원하는 길을 자의식적으로 모색"(292면)하는 이야기로 「날개」를 해석하고 있다. 문제는 자신의 전제에 맞추어 세부 논의를 전개함으로써, 근거 없는 공론과 오독을 적지 않게 보이는 데 있다. 아내와 성관계를 가졌다 하고 그 목적이 그녀가 주는 돈의 성격을 확인하기 위해서라는 것이나(293면), 벙어리에 은화를 집어넣는 행위에 상징적인 의미를 부여하고, 돈에 대한 연구와 아내에 대한 연구를 동일시한 다음 그것이 자아발견을 위한 행위라고 하는 것(294면), 그가 꿈꾼 이상적인 세계가 '아내와 가졌던 의식행위의 순간에서만 발견할 수 있다'하는 것(294면), 아스피린과 아달린에 대한 서사를 인간조건에 대한 의문과 회의로 추정하는 것(294~295

---

13) 이태동, 「자의식의 표백과 반어적 의미―'날개'를 중심으로」, 권영민 편, 『이상 문학 연구 60년』, 문학사상사, 1998.

면), 작품에는 언급도 없는 열두시의 시계바늘을 거론한 뒤에, 정오를 알리는 사이렌을 두고 '두 개의 세계가 합쳐져서 초월적인 현현(顯現)의 세계로 향해 문을 여는 소리의 상징' 운운하는 것(296면) 등이 손쉽게 눈에 뜨인다.

「날개」에 대한 정밀한 검토를 막는 다섯 번째 걸림돌은, 작품의 경계를 확정짓는 문제이다. 아포리즘 부분과 본서사 전체를 하나의 작품으로 볼 것인가 여부가 그것인데, 향후 연구들의 생산적인 논의를 위해서도 이 문제를 짚어 볼 필요가 있다.

결론을 당겨 말하자면, 별개로 보는 것이 타당하다고 하겠다. 아포리즘 부분을 '작가의 말' 정도로 간주하여 「날개」 자체와는 분리해 보는 것이 적절하다는 것인데, 다음 세 가지의 근거를 들 수 있다.

첫째, 전집이나 기타 작품집 등에서의 편집과 달리, 원래 발표된 『조광』에서 아포리즘 부분은 '겹선 박스 안에' 본서사 부분보다 '작은 활자'로 처리되어 있다.[14] 둘째, 표기법이 다르다. 아포리즘 부분이 국한혼용인 반면, 본서사는 숫자와 '蓮心'을 빼면 한글 전용으로 되어 있다. 셋째, 아포리즘 부분이 말 그대로 아포리즘으로 되어 있는 반면 본서사는 평이하게 기술되어 있어, 미학적 측면에서 확연히 이질적이라 할 수 있다.

따라서, 아포리즘 부분은 '작가의 말' 정도로 간주하여 작품 해석의 간접적인 참조항으로 삼는 것이 적절하다. 이 부분이 작품의 설계도에 해당

---

14) 『조광』 소재 박태원의 「속천변풍경」(6회, 1937.6)의 경우, 본문 상단에 (겹박스는 아니지만) 박스를 두어 작중인물을 소개하고 있는데, 여기서도 작은 활자에 한자를 사용하여 표기하고 있다(136~137면). 이는, 『조광』의 편집방침상 「날개」의 아포리즘 부분을 본서사와는 별개의 것으로 보아야 한다는 추정을 가능케 하는 것이다. 「종생기」(『조광』, 1937.5)의 경우 '×' 표시로 (창작방법론상의 기술을 담은) 앞부분이 나뉘어 있는 점도 이러한 판단에 힘을 실어 준다.

하고 이후 서사는 그 건축물에 해당한다는 식으로 파악하는 것15)은, 아포리즘 부분의 의미를 정교하게 해석하고 본서사와 일목요연하게 맞추지 못하는 한 적절한 것이라 보기 어렵다.

이상에서 핵심적인 문제 상황은 두 번째에서 네 번째 즉, 모더니즘이라는 선입견과 (그에 기반한) 텍스트 넘나들기 방식 및 자의적인 상징 해석의 사례들이다. 부분적인 오독과 다소 무리한 해석들을 피해 「날개」의 면모를 살피기 위해서는, 이러한 걸림돌들로부터 자유로운 상태에서 작품 자체를 정밀하게 검토하는 일이 새삼 필요하다. 그 첫걸음으로 여기서는 「날개」의 서사에서 중요한 분절을 이루어 주는 '외출―귀가' 패턴을 검토한 뒤에(2절), 부부관계의 변화 양상을 살피고(3절), 이상에 기초하여 작품의 주제효과를 규정해 보고자 한다(4절).16)

2. 외출의 양상과 서사의 추동력

「날개」의 이야기는 다음과 같다. 후속 논의의 편의를 위해서, 다소 길지만 꼼꼼히 정리해 둔다.

구조가 유곽과 흡사한 三十三번지 일곱 번째 방에서 '나'와 아내가 살고 있다. 장지로 나뉜 윗방에서 '나'는 모든 것을 스스롭다 생각하며 '이불 속 사색

---

15) 김윤식, 『이상 문학 텍스트 연구』, 서울대 출판부, 1998, 164~167면.
16) 「날개」가 보여주는 서술상의 특징들 곧 서술시점이나 서술자(와 인물, 작가)의 문제, (청자를 염두에 둔) 서술전략 등과 이에 구사된 서술기법상의 특징들(문체, 수사법 등)의 검토는 후일을 기약한다. '돈'이나 '산책자' 문제 등과 관련된 연구사적인 논의 또한 여기서는 피한다.

생활'에 빠져 한없이 게으르게 지낸다. 반면 아내는 하루에 두 번 세수하고 낮이나 밤이나 외출한다. 아내가 없을 때면 아랫방에 가서 화장품 병이나 돋보기, 거울을 가지고 장난을 하고, '아내의 체취를 떠올리며' 논다.

아내에게 내객이 있어서 그럴 수 없을 때, '의식적으로 우울해 하면' 아내가 와서 은화를 준다. 그 돈이 꽤 쌓인다. 어느 날, 우주적 허무감에, 은화를 담은 벙어리를 변소에 갖다 버린다.

내객이 있는 날이면 이불 속에서, 아내에게 왜 돈이 많은가 등을 연구한다. 그 결과, 내객들이 놓고 간 것임을 알게 된다. 내객이 아내에게, 아내가 제게 돈을 놓고 가는 것이 '일종의 쾌감' 때문이라는 생각이 들자, 그것을 확인하고 싶어진다. 해서 밖에 나갈 생각을 한다.

오랜만의 첫 외출, 목적을 잃어버리고자 쏘다닌 거리의 경이로운 모습에 금방 피곤해진다. 귀가했더니 내객이 있다. 윗방에 누우니, 아내와 둘이 소곤거리다가 밖으로 나간다. '서운해 하면서', 잠을 청한다. 돌아와서 자신을 깨우는 아내의 노기 어린 눈초리에 외출한 것을 후회한다. 자신의 후회와 사죄를 전하기 위해, 의식 없이 아내 방으로 가서는, 돈을 아내 손에 쥐어주고 함께 잔다.

'아내에게 돈을 쥐어 주고 함께 잔' 지난밤의 '쾌감과 기쁨'으로 해서 또 외출할 생각을 한다. 겨우 자정을 넘겨 귀가해서는, 다시 아내에게 돈을 건네고 아내 방에서 잔다.

다음날 낮잠 후, 아내가 불러 가 보니 밥상이 차려져 있다. 이면에 음모가 있지 않나 하여 불안을 느꼈지만 맘 편히 먹기로 한다. 자기 방으로 돌아와 앉아 있어도 아무 일이 없으니, 긴장이 풀어지면서 다시 외출할 생각이 난다. 하지만 돈이 없다. '외출해도 나중에 올 기쁨이 없다'는 생각에, 돈이 없는 것이 야속하고 슬퍼서 울기까지 한다. 했더니 아내가 와서는 돈을 주며 더 늦게 들어

오라고 한다.

　세 번째 외출에서 경성역 대합실의 티룸에 들러, 서글픈 분위기를 즐기며 어렸을 때 동무들 이름을 떠올린다. 열한 시 조금 넘어 폐점이라, 비가 오는 중에 정처 없이 길에 나선다. 오한이 심해지자 궂은 날이라 내객이 없으려니 하고 귀가를 결심한다. 노크를 잊은 탓에 "보면 안해가 좀 덜 좋아할 것을 그만 보았다." 오한에 의식을 잃는다.

　이튿날, 제법 근심스러운 얼굴의 아내가 약을 준다. 여러 날 앓은 후에 외출하고 싶어지지만, 아내가 만류하며 약을 계속 먹으라 해서 그렇게 하기로 한다.

　한 달이나 그렇게 보낸 뒤, 수염과 머리가 자란 것을 보러 아내 방으로 가서는 겸사겸사 화장품 냄새를 맡아 본다. '몸이 배배 꼬일 것 같은 체취'에 '아내의 이름을 속으로 불러본다.' 이런저런 장난을 하며 '이렇게도 편안하고 즐거운 세월을 하느님께 흠씬 자랑'하고 싶어진다. 그러다가 최면약 아달린 갑이 눈에 띄자, 그 동안 아스피린으로 알고 아달린을 먹어 왔다고 판단한다. 아내의 처사가 너무 심하다는 생각에, 까무러칠까 조심하며 집을 나서서 산을 찾아 올라간다. 벤치에 앉아 생각해 보지만 혼란스럽다. 그만 귀찮은 생각이 들어 아달린 여섯 개를 먹고 잠에 빠진다.

　일주야를 잔 뒤에, 다시 생각해 보다가, '아내가 근심이 있어 아달린을 먹은 것은 아닌가 돌려 생각하게 된다.' 그렇다면 아내에게 참 미안하다 싶어서, 부리나케 산을 내려와 집으로 향한다.

　오전 여덟시 경. 마음이 급해서 말없이 문을 열다가 "내 눈으로는 절대로 보아서 않 될 것을 그만 보아 버리고" 말게 된다. 얼떨결에 문을 닫고 현기증을 진정시키려니 매무새를 풀어헤친 아내가 나서면서 멱살을 잡는다. 나둥그러진 나를 덮치며 함부로 물어뜯는데, 남자가 나와서는 덥썩 안아 들여간다. 아무 말 없이 다소곳이 안겨 들어가는 아내가 "여간 미운 것이 아니다." 방 안의 아내가 발악하는 소리를 듣다가, 남은 돈을 꺼내 문지방 밑에 놓고 줄달음질을 쳐서 나온다.

경성역에 다다라 커피를 떠올리나 돈이 없다. 어딘지도 모르고 쏘다니다 거의 대낮에 미쓰꼬시 옥상에 이른다. 거기 주저앉아서 살아온 생애를 회고하고 인생의 욕심을 자문해 보지만 자신의 존재를 인식하기도 어렵다. 싱싱한 금붕어를 보다, 회탁의 거리를 내려다본다. 거리 속으로 섞여들어가지 않을 수도 없다는 생각에 거리로 나서나 갈 곳이 없다. 아내와의 관계를 규정해 보고, "그저 끝없이 발을 절뚝거리면서 세상을 거러가면 되는 것이다. 그렇지 않을까?" 생각해본다. 그러나 아내에게로 발길을 돌려야할지 알 수가 없다.

이때 정오 사이렌이 울린다. 현란을 극한 정오. 불현듯 겨드랑이 가렵다. "머릿속에서는 희망과 야심의 말소된 페―지가 띡슈내리 넘어가듯 번뜩였다. 나는 걷든 걸음을 멈추고 그리고 어디 한 번 이렇게 외쳐 보고 싶었다. 날개야 다시 돋아라. 날자. 날자. 날자. 한 번만 더 날자ㅅ구나. 한 번만 더 날아 보자 ㅅ구나."

여기서 알 수 있듯이, 서사 진행상 의미 있는 진전을 이루는 것은 다섯 차례의 외출과 그에 따른 네 차례의 귀가이다. 이제 그 각각의 양상과 의미를 꼼꼼히 살펴보기로 한다. 첫 번째의 '외출―귀가'는 작품 전체의 의미 및 서사의 진행과 관련하여 매우 중요하므로 상세히 살펴본다.

1) 첫 번째 외출―귀가

첫 번째 외출의 계기가 마련되는 것은 아이러니컬하게도 '이불 속의 사색 생활'에서이다. 이것이 아이러니컬한 이유는 "나에게는 인간사회가 스스로웠다. 생활이 스스로웠다. 모도가 서먹서먹할 뿐이었다"[17]며 될 수만 있으면 '인간의 탈'을 벗어버리고 싶기까지 하여 적극적인 것은 궁리하지 않는다고 '나' 스스로 생각해왔기 때문이다. '절대적인 상태'에서 상황을 바꾸는 계기가 마련된 것인데, 이는 '절대적인 상태'의 절대성이 불충분해서였기보다는 그 상태가 필연적으로 촉발하는 나름의 계기 때문으로 보인다. 현실의 파블라와는 거리가 있지만, 내적인 동기는 있는 것이다.

래객이 안해에게 돈을 놓고 가는 것이나 안해가 내게 돈을 놓고 가는 것이나 일종의 쾌감―그 외의 다른 아모런 리유도 없는 것이 아닐까 하는 것을 나는 또 이불 속에서 연구하기 시작하였다. 쾌감이라면 어떤 종류의 쾌감일까를 계속하야 연구하였다. 그러나 그것은 이불 속의 연구로는 알ㅅ길이 없었다. 쾌감, 쾌감, 하고 나는 뜻밖에도 이 문제에 대해서만 흥미를 느꼈다. (…중략…) 그 쾌감이라는 것의 유무를 체험하고 싶었다. (203~204면)

쾌감의 종류를 연구하다가, 그 유무를 체험하고 싶어 했다는 것으로 외출의 내적 동기가 마련되는 구절이다. 이것이 내적 동기인 까닭은, 돈을

---

17) 이상, 「날개」, 『朝光』, 1936.9, 201면. 이하 작품의 인용은 본문 속에 괄호를 치고 면 수를 넣어 표시함. 띄어쓰기만 고칠 뿐, 명백한 오자인 경우도 원문의 표기 그대로 옮김. 해독이 불가하거나 할 경우에는 [ ]로 표시하고, 자연스럽게 채워 넣거나 고쳐도 무방하다고 생각될 경우 [ ] 속에 병기함.

놓고 가는 이유가 '일종의 쾌감'이라는 판단의 근거가 없고, 더 나아가서 이 문제에 흥미를 갖게 된 것 자체에 대해서도 해명이 없기 때문이다. '뜻 밖에도'라 한 데서 알 수 있듯이, 이는 이유를 명확히 알기 어려운 심리적 인 움직임의 결과일 뿐이다.[18)]

외출의 목적이란, '돈을 놓고 가는 쾌감의 유무를 체험해 보는 것'이고 정확히는 '이불 속의 연구로는 알 길이 없'는 '쾌감의 종류'를 알아보는 것이다. 그렇다면 당연히도 밖에 나가서 누군가에게 돈을 주어 보아야 한다. 하지만 '나'는 그렇게 하지 않는다.

목적을 잃어버리기 위하야 얼마든지 거리를 쏘단였다. 오래간만에 보는 거리는 거의 경이에 가까울만치 내 신경을 흥분식히지 않고는 마지않았다. 나는 금시에 피곤하야버렸다. 그러나 나는 참았다. 그리고 밤이 이슥하도록 까닭을 잊어버린 채 이 거리 저 거리로 지향 없이 헤매였다. (204면)

위에서 보듯 '나'는 목적을 잊고자 했고, (경이롭게까지 보이는 거리가 신경을 흥분시켰기 때문이기도 해서) 그 결과로 목적을 잊게 된다. 누구에게도 돈을 주어 보지 않는 것이다. '목적을 잃어버리고자 하는' 심정이란 어떤 것인가. 일차적으로는 귀찮음증의 발로라고 해석할 수 있다. 그러나 이어지는 서사 과정, 곧 아내에게 돈을 쥐어 주고 함께 자게 된 뒤에 쾌감과 기쁨을 느끼는 것을 고려하면, 돈을 놓을 대상을 아내로 짐짓 정해 둔 까닭이라

---

18) 전체적으로 보면, 이렇게 현실의 파블라와 거리를 갖는 것이 「날개」의 서사를 특징짓는다고 할 수 있다. 물론 이상 소설 일반이 이러한 거리를 가늠할 수 없을 정도로 개연성이 약한 점을 고려하면, 이러한 거리감을 느끼게 하는 관련성이 존재하되 외적 현실의 힘이 약한 편이라고 해야 정확할 것이다.

고 보는 것이 낫다.

외출의 내적 동기와 실제의 외출—귀가 양상이 차이를 보이는 것이다. 이를 좀더 설명해 보자. 내객이 있는 상태에서 제 방으로 돌아온 뒤, 아내에게 마음속으로 사과하면서 '나'는, 돈을 써 버리지 못해서 자정을 넘기지 못했다고 스스로를 변호한다.

> 그러나 거리는 너무 복잡하였고 사람은 너무도 들끓었다. 나는 어느 사람을 붓들고 그 五원 돈을 내어주어야 할지 갈피를 잡을 수가 없었다. 그러는 동안에 나는 여지없이 피곤해버리고 말았든 것이다.(205~206면)

이 구절은 중요하다. 누구를 붙들고 돈을 내주어야 할지 몰랐다는 데서 '나'의 의도가 확인되기 때문이다. 돈을 쓰는 기능을 상실했다고 자각하는 상황에서, 회상을 통해서 이렇게 돈을 건네는 일을 하지 못했다고 정리하는 것은 무엇을 의미하는가. 이는, 아내가 제게 하듯 누군가에게 '돈을 주는' 것이 '나'의 의도이고 목적이었음을 알려 준다. 달리 말하자면, '나'가 밖에서 돈을 쓰지 않은 것은, '아내의 내객이 돈을 놓고 가는 것'(돈을 쓰는 지불 행위)이 아니라 '아내가 제게 놓고 가는 행위'(이건 매매 행위가 아니다. 돈을 쓰는 것이 아님)의 쾌감 유무가 궁금했던 것임을 알려 준다고 할 수 있다. 요약하여 '매매 행위가 아닌 돈 건네기'의 쾌감(유무)에 관심이 있는 것이라 하겠다. 첫째 외출에서는 이렇게 매매행위가 의식·의도되지 않았으며, 더 나아가서 매매욕구 자체가 전제되지 않았음을 알 수 있다.[19]

---

19) 사정이 이러한 까닭에, 이 구절이 '화폐에 매개된 시간과 공간의 문제를 집약한 것'이라 규정하여 고평하는 것(이경훈, 『이상, 철천의 수사학』, 소명출판, 103~104면)은, 외삽적이고도 과

한 시간 동안을 초조하게 마음속으로 자신을 변호하고 아내에게 사죄하고 하다가 '나'는 그런 심정을 아내가 몰라주는 한 아무 보람이 없다는 것에 생각이 미친다. 해서 그는 '거의 의식이라는 것이 없'는 상태로 아내 방으로 '비철비철 달녀'가서는 '안해 이불 우에 없드러지면서 바지 포켙 속에서 그 돈 五원을 끄내 안해 손에 쥐어 준' 뒤 정신을 잃는다. 이렇게 해서 '나'는 아내 손에 돈을 쥐어주고 그 방에서 자게 된다. 이튿날 눈을 뜨니 아내는 없는데, 함께 잔 것인지조차 불분명해도 '나'는 개의치 않는다. 도발적인 아내의 체취에 몸을 꼬다가 '나'는 자기 방에 마련되어 있는 밥을 한 술 뜬 뒤 낮잠을 늘어지게 잔다. 정신이 한결 난 상태에서 '나'는 다음과 같이 회상한다.

> 돈 五원을 안해 손에 쥐어주고 너머졌을 때에 느낄 수 있었든 쾌감을 나는 무엇이라고 설명할 수가 없었다. 그렇나 래객들이 내 안해에게 돈 놓고가는 심치[리]며 내 안해가 내게 돈 놓고가는 심리의 비밀을 나는 알아내인 것 같아서 여간 즐거운 것이 아니다. 나는 속으로 빙그레 웃어보았다. 이런 것을 모르고 오늘까지 지내온 내 자신이 어떻게 우수꽝스러워 보이는지 몰랐다. 나는 억개춤이 났다. (207~208면)

여기서 주목할 점은 다음 두 가지 곧, 쾌감의 성격이 변했으며 그러함에도 불구하고 '나'는 자신의 호기심을 충족시켰다고 믿는 사실이다. '나'의 '이불 속의 사색 생활'을 깨고 외출을 가능케 한 것[서사의 추동력]은 원래, 내객이 아내에게 아내가 제게 돈을 건네는 행위의 비밀을 알고자 함

도한 해석이라 하겠다.

이었다. 불현듯 '쾌감'이 아닐까 싶어 하다가 그 쾌감의 유무 및 종류를 알고자 밖으로 나갔던 것이다. 하지만 그는 돈을 아무에게도 건네지 않은 채 귀가해서는 결국 아내 손에 쥐어주고 아내 방에서 잤다. 이렇게 정리해 보면 위의 인용이 보여주는 바가 분명해진다. '아내 방에서 잔 뒤에 느끼게 된 쾌감'을 원래 알고자 했던 '돈을 건네는 이유로서의 쾌감'과 같은 것인 양 취급하고 있는 심리의 변화가 그것이다.

이러한 변화를 어떻게 볼 것인가. 논리적으로 따지면 이는 착각에 불과한 것이지만, 주인공의 심리의 차원에서 일어나는 점이라는 것과 「날개」 전체의 서사 구조를 염두에 두면 그렇게 규정할 수 없다. '나' 스스로 이렇게 치환하고 있는 것이며, 전체 서사의 거멀못이 되는 이후의 '외출─귀가' 패턴의 원형이 여기서 마련되는 까닭이다. 따라서 이러한 변화는 '나'의 내면에 자리잡고 있던 어떤 욕망, 「날개」의 서사를 전개시키는 진정한 추동력에 해당하는 어떤 욕망에 의한 것이라 해석해야 마땅하다. 이는, 착각을 착각으로 생각하지 않는 위의 인용이 여실히 보여주고, 이후의 서사에서 충분히 확인되는 것이다.

이러한 착각 혹은 심리적인 치환에 의해서 서사 행위의 성격 또한 변하게 된다. '돈 건네기의 이유에 대한 답을 구하려는 외출' 행위가 '아내에게 돈을 쥐어 주고 지는 것'과 관련되는 것이다. 이러한 관련은, 두 번째 외출─귀가로 넘어가면서는, 후자가 목적이 되면서 전자가 실종되는 방식으로 나타난다. 두 행위의 관련이 대체로 바뀌게 되는 것이다. 뒤에 살피겠지만, '나'의 '외출─귀가'는, 아내에게 돈을 건네고 아내 방에서 자기 위해 일단 밖으로 나갔다가 집으로, 아내 방으로 진입하는 형국이 된다. 이러한 점까지 고려하면, 결론적으로, '돈 건네기와 관련된 쾌감의 유무 및 종류'와 같은 외출의 표면적인 목적이나 의도가 아니라 '그 행위의 끝에 있는 지향의 대상'(아내)이 궁극적으로 중요했던 것이라고 할 수 있다. 첫 번째 외출에 있어 애초부터 무의식 차원에서 아내라는 대상이 궁극적인 목적으로 설정되었다고 할 수는 없어도, 결과가 그렇게 된 것이 중요하다.

이렇게 쾌감의 성격이 바뀌는 점은 위의 인용에 이어지는 문장에서 명시적으로 확인된다. "따라서 나는 또 오늘밤에도 외출하고 싶었다"(208면)라는 구절이 그것이다. '아내 방에서 잤던 지난밤에 느꼈던 쾌감'으로 인해서 '내객이나 아내가 돈을 놓고 가는 심리의 비밀'을 안 듯하여 어깨춤이 날 정도로 즐겁다 한 뒤에, 이렇게 '따라서'라 하며 두 번째의 외출을 바라는 것이야말로, 그의 관심사가 변한 것을 명확히 해 준다. '쾌감'을 설명할 수는 없지만 '비밀'을 알아낸 것 같다면서 외출하고자하는 것은, '비밀'을 한 번 더 알고자 해서가 아니다. 지난밤에 느낀 쾌감을 다시 맛보고 싶어서일 뿐이다. 이 과정에서 외출의 애초 목적이었던 돈 건네기의 이유로서의 쾌감은 실종되고, 아내 방에서 자면서 느끼는 쾌감만이 오롯이 선명해진다. 이를 두고 인식욕이 쾌락 추구로 대체되었다고도 할 수 있겠다.

이 대체의 확실함, 쾌락 추구의 강렬성은 돈에 대한 '나'의 태도까지도 바꾸어 버린다. 외출의 소망 직후에 '나'는, 돈이 없다는 사실을 깨닫고서 돈 오 원을 한꺼번에 아내에게 준 사실을 후회한다. '벙어리'를 버린 일까지도 후회하는 데서 보이듯, 그의 후회는 절실하다. '실없이 실망'했다고 했지만, 습관처럼 주머니에 손을 넣었다가 2원 돈이 있는 것을 알고 "여간 고마운 것이 아니었다"(208면) 하는 데서 그 절실함이 가늠된다. 2원밖에 안 되는 돈을 보고 "많아야 맛은 아니다. 얼마간이고 있으면 된다"(208면) 하는 데서는, 후회의 절실함 외에 쾌락 추구의 강렬성과 '돈'이 '나'에게서 갖게 된 새로운 의미를 확실히 느낄 수 있다. 돈이 없으면 외출할 수 없고 많지 않은 돈이라도 있으면 외출할 수 있다는 이러한 심리에서 돈은, 귀가 후 아내 방에서 자는 데 필요한 무언가가 된다. 아내 방에서 잘 때 생기는 쾌감을 얻기 위한 하나의 수단이 되는 것이다. 따라서 돈은 이제 그다지 즐기지도 않았던 한낱 장난감이 아니게 된다.[20]

2) 두 번째 외출—귀가

이렇게 하여 두 번째 외출이 이루어진다.

그 단벌 다 떨어진 콜텐 양복을 걸치고 배곯은 것도 주제 사나운 것도 다 잊어버리고 활개짓을 하면서 또 거리로 나섰다. 나스면서 나는 제발 시간이 화살 닫듯 해서 자정이 어서 핵 지나버렸으면 하고 조바심을 태웠다. 안해에게 돈을 주고 안해 방에서 자 보는 것은 어디까지든지 좋았지만 만일 잘못해서 자정 전에 집에 들어갔다가 아내의 눈총을 맞는 것은 그것은 여간 무서운 일이 아니었다.(208면)

이 구절에서 확인되는 것은, 원래의 외출 의도가 완전히 사라지고 새로운 욕망 곧 '아내에게 돈을 주고 아내 방에서 자 보는 것'이 자립화, 절대

---

20) 장난감이 아니게 되면서 '돈'은 그에게 나름대로 절실한 것이 된다. 이는 세 번째 외출 시도에서 극명하게 나타난다. 하지만 여기서 주의할 점은, 이 모든 경우에서 '돈'이 화폐로서의 본연의 기능을 수행하는 것은 아니라는 점이다. 아내에게 돈을 건네는 행위가 아내를 '사는' 것인지조차 사실상 불명확하기 때문이다. 첫 번째 귀가 후 아내 방에서 잤을 때, 아내가 함께 잔 것인가가 불분명하고 '나'는 그것을 조사하려는 생각조차 없다는 점을 무시해서는 안 된다.

화되었다는 사실이다. 따라서 자정 전에 들어가면 안 된다는 **규칙**이 생긴다. 새로운 욕망이 자립화되고 그에 따라 '외출—귀가'의 규칙까지 생기게 된 것은, 앞서 지적한바 '외출—귀가 행위의 끝에 있는 지향의 대상이 아내'라는 점을 분명히 해 준다.

여기서 좀더 나아가면 '나'의 지향의 궁극적인 목적이 무엇인지를 생각해 볼 수 있다. 아내가 싫어하는 조기 귀가가 외출의 목적 자체를 해치는 것으로서 엄격히 금지되는 점과, 첫 번째 귀가 후 아내의 체취를 맡으며 몸을 비비 꼬던 것(207면)을 아울러 고려하면, 궁극적으로는 '나'가 아내를 욕망하는 것이라고 보는 것이 자연스럽다. 새로운 규칙을 세우고 조바심을 태울 정도로 그 절실함이 대단한 것 또한 이러한 추정을 뒷받침해준다.

이렇게 절실한 심정에서 '나'는 어서 자정이 되었으면 하고 시계만 들여다보면서 지향 없이 거리를 돌아다닌다. 산책도 관찰도 아닌 '나'의 야행은 그저 시간을 죽이는 방식일 뿐이다. 그 결과로 두 번째의 외출은 소기의 목적을 달성한다. 경성역 시계가 자정을 넘은 후 집으로 향한 '나'는, 일각대문에서 아내가 남자와 이야기하는 것을 모른 체하고 자기 방으로 들어간 뒤에, 아내가 눕는 기척을 엿듣자마자 장지를 열고 아내 방으로 간다.

그 돈 二 원을 안해 손에 덤석 쥐어주고 그리고—하여간 그 二 원을 오늘 밤에도 쓰지 않고 도로 갖어온 것이 참 이상하다는 듯이 안해는 내 얼골을 몇 번이고 엿보고—안해는 드디어 아모 말도 없이 나를 자기 방에 재워 주었다. 나는 이 기쁨을 세상의 무었과도 바꾸고 싶지는 않았다. 나는 편이 잘 잣다. (208면)

이러한 두 번째의 외출—귀가를 통해 '아내에게 돈을 주고 그 방에서 자는 것'이 확실한 기쁨이 되고, 외출의 명확한 목적이 된다. 이는 세 번째 외출을 꿈꾸면서 돈이 없다는 사실에 절망하여 울기까지 하는 데서 극명하게 표현된다. "돈은 확실히 없다. 오늘은 외출하야도 나종에 올 무슨 기쁨이 있나. 나는 앞이 그냥 앗득하였다. (…중략…) 나는 이불 속에서 좀 울었나보다. 돈이 왜 없냐면서……"(209면).

3) 세 번째 외출—귀가

다소 극적인 과정을 거쳐 '나'는 다시 외출하게 된다.[21] 이 세 번째의 외출은 중요한 의미를 갖는다. 「날개」가 가질 수 있었을 의미의 갈래들을 약간이나마 선보임으로써, 이 작품이 결과적으로 선택한 구도 및 의미 지향을 명확히 해 주는 까닭이다.

'나'는 처음으로 돈을 사용한다. 경성역 대합실의 티룸에 앉아서, 총총한 가운데 잠시 들렀다 곧 나가버리는 여객들을 보며 '서글픈 분위기'를 느끼며 좋아하고, 시간을 보내기 위해 메뉴를 반복해 읽으며 "아물아물한 것이 어딘가 내 어렸을 때 동모들 일흠과 비슷한 데가 있었다"(210면)고 생각해본다. 「날개」에서 유일하게 나오는 군중 관찰 및 과거의 틈입 장면인데, 이러한 모티프가 더 이상 발전되지 않는다는 점과, 관찰의 결과가 서글픔인 점이 주의할 만하다. 전자는 '산책자' 모티프를 통해서 「날개」를 검토하는 일이 요체를 벗어난 것임을 알려주며, 후자는 작품 전체의 정조

---

21) 이하, 아내와의 관계에서의 변화나 '나'가 느끼는 심정 등은, 다음 절에서 따로 논의한다.

와 관련되어 이 소설의 주제효과를 명확히 해주기 때문이다. 떠오른 과거가 아물아물한 것도, 이 작품의 주제로 '상승의 이미지'나 '밝은 공간의 지향'을 거론하는 식의 자의적인 왜곡을 막아주는 효과를 갖는다.

열한 시 좀 지나 폐점 준비를 하는 통에 "어디 가서 자정을 넘길까, 두루 걱정을 하면서 밖으로 나섰다"(210면). 비가 옴에도 불구하고 그냥 나섰다가 오한이 심해지자, 날이 궂으니 내객이 없으려니 하는 짐작과, 내객이 있거든 사정을 하리라는 심산에 귀가를 결심한다. 너무 춥고 척척해서 노크를 잊은 탓에 '나'는 "보면 안해가 좀 덜 좋아할 것을 그만 보"(210면)게 된다. 하지만 그냥 자기 방으로 들어가 옷을 벗어던지고 이불을 뒤집어 쓴 뒤, 오한에 의식을 잃고 만다.

여기서 주목할 점은 다음 두 가지이다. 하나는 '어디 가서 자정을 넘길까 두루 걱정'한 끝에 귀가하는 데서 보이듯이, '나'가 '이불 속 사색 생활'에서의 무위적인 태도와는 완전히 상반되는 면모를 갖추게 되었다는 점이다. '나'의 '걱정'은 자신의 미래[다음의 '외출―귀가']를 기획하는 맥락에 닿아 있다.

둘째는, 아내와 내객의 행태를 목격하고서, '내'가 아니라 '아내'가 덜 좋아할 장면으로 의식하고 있다는 사실이다. 감정의 주체로서 자신을 의식하지 않은 것인데, 이를 어떻게 해석할 것인가가 문제이다. 자신의 감정(적 손상)이 너무 크기 때문이라 해석할 수도 있겠지만, 이는 억지에 가까운 과장이다. 네 번째 귀가 상황을 염두에 두면 이 점이 명확해진다. 그렇다고 이러한 상황이 아무런 의미도 갖지 않는다고 보는 것[22]도 무리다. 첫 번째 귀가에서 아내가 내객과 소곤거리다 나간 점을 두고도 서운

---

22) 김주현, 『이상 소설 연구』, 소명출판, 1999, 135면.

해 하던 것을 생각할 필요가 있다. 따라서 외출의 목적으로 자립화된 '귀가 후 아내 방에서 잠자기'를 위해 새로운 규칙까지 만들어낼 정도로, '나'가 아내의 비위를 맞추려 해 온 맥락에서 이해하는 것이 자연스럽다 하겠다. 아내가 '좀 덜 좋아할' 정도이니, '나'에게 있어서는, 자신의 감정을 앞세워 판을 깰 만한 일은 아니라고 여겨졌을 것이라 할 수 있다. 판을 깨지 않는 것, 자신이 즐거움을 얻는 일을 없애지는 않고자 하는 마음이 앞서서, 자기감정을 내세우지 않은 것이라고 말이다.

4) 네 번째 외출—귀가

네 번째의 외출은 사실상 비자발적으로 이루어진다.[23] 전혀 의도된 것이 아닌 채로, 욕망과 현실의 상충이 가져오는 분노에 의해 촉발된다. 이 맥락은 명확히 짚어둘 필요가 있다.

세 번째 귀가 사건 이후, 아내가 아달린을 먹여 한 달 내내 잠에 빠져지내던 '나'는 오랜만에 아내 방으로 건너가 화장품 냄새를 맡아본다. 그러자 "한동안 잊어버렸든 향기 가운데서는 몸이 배 배 꼬일 것 같은 체臭가 전해나왔다. 나는 안해의 일흠을 속으로만 한번 불러보았다. '蓮心이!' 하고……"(211면).

많은 논자들이 작가의 '육성'에 해당한다고 지목한 이 구절, 아내의 이

---

23) 김중하의 경우 "세 번째 외출이 '아내'의 권유와 돈의 제공에 의한 것"이라 정리했지만, 이는 오독에 해당한다. 아내는 "오늘을낭 어제보다도 좀 더 늦게 들어와도 좋다고 속삭"(『조광』, 209면)였을 뿐이다. 비정상적인 부부관계의 개선이라는 맥락으로 외출 권유를 해석하는 것(김중하, 「李箱의 '날개'—'날개'의 패턴 분석」, 이재선·조동일 편, 『한국 현대소설 작품론』, 문장, 1986, 240~241면 참조) 또한 동의하기 어렵다.

름을 불러보는 이 행위는 무엇을 의미하는가. 아내의 체취를 그리워하던 앞서의 모습과, 바로 이어지는 심리의 기술을 고려하고, (뒤에 논의하겠지만) 아내와의 관계 변화를 염두에 두면, 이 구절 이 행위는 아내와의 성합의 욕망을 진술하게 내비치는 것이라 할 만하다. '아내에게 돈을 쥐어주고 아내 방에서 잠자기'가 외출의 목적으로 자립화된 이래, 그러한 목적의 궁극적인 의미가 아내와의 성합이리라는 점은 실제에 비춰보더라도 자연스러운 것이다.[24]

이러한 욕망의 정점에서 '나'는 돋보기, 거울 장난을 한 뒤에, "세상의 아모 것과도 교섭을 갖이지 않는" 까닭에 "하느님도 아마 나를 칭찬할 수도 처벌할 수도 없는 것 같다"며, "이렇게도 편안하고 즐거운 세월을 하느님께 흠씬 자랑하야 주고 싶었다"(211면)고까지 느낀다.

이때 그의 눈에 뜨인 것이 바로 '최면약 아달린갑'이다. 일련의 회상 끝에 '나'는 "나는 아스피린으로 알고 그럼 한 달 동안을 두고 아달린을 먹어온 것이다. 이것은 좀 너무 심하다"(212면)라고 생각하게 된다. 해서 네 번째 외출이 이루어진다.

별안간 아뜩하드니 하마트라면 나는 까므라칠 번하였다. 나는 그 아달린을 주머니에 넣고 집을 나섰다. 그리고 山을 찾어 올라갔다. 인간 세상의 아모것도 보기[] 싫였든 것이다. 걸으면서 나는 아모쪼록 안해에 관계되는 일은 일체

---

24) 이러한 논의는 처음 두 번의 귀가 후 아내 방에서 자는 행위가 성합과는 무관한 것이라는 판단 위에 서 있다. 첫 번째로 아내 방에서 잔 것이 그저 잠만 잔 것임은 분명하다('나'는 "안해는 엊저녁 내가 의식을 잃은 동안에 외출한 것인지도 모른다"고 생각할 정도다(206면)). 두 번째 경우 역시, 돈을 쓰지 않은 자기가 이상하다는 듯이 아내가 '내 얼골을 몇 번이고 였보고', '자기 방에 재워주었다'(208면)로 기술되어 있을 뿐임을 생각하면 성합은 없었다고 보는 것이 자연스럽다.

생각하지 않도록 努力하였다. 길에서 까무라치기 쉬우니까. 나는 어디라도 양지가 바른 자리를 하나 골라서 자리를 잡아 갖이고 서서히 아내에 관하야서 연구할 작정이었다.(212면)

여기서 주목할 점은, 그의 분노가 대단한 것이라는 사실이다. 현실에 비추어 당연한 것이긴 하지만, 무위의 생활을 하며 아내에게 사육되던 작품 내적인 상황에 비춰 본다면 당연한 것이 아니다. 이러한 분노는, 앞에서 확인한 성적 기대감과 행복감에 겨워하던 심리상태에 비춰볼 때에야 제대로 이해된다. 심리상태의 급변에 따르는 충격으로 분노가 강화된 것이라 할 수 있다.

이후의 전개 과정에서 이러한 해석의 적절성이 확인된다. '나'는 벤치에 앉아 아스피린과 아달린에 관하여 연구하지만 혼란스러워 체계를 이루지 못한다. 그 결과 "단 오 분이 못 가서 나는 그만 귀찮은 생각이 벗적 들면서 심술이 났다"(212면) 해서 아달린 여섯 개를 한번에 먹고 잠이 든다.

'나'의 이와 같은 행위는, 급격히 타올랐던 분노가 그만큼 급격히 식어버리는 모습을 보여준다. 아달린을 먹고 잠을 청하는 것은, 아내에 관한 연구를 포기하는 것이자 동시에 아내를 향해 타올랐던 분노의 불길을 끄는 것이다. 이런 행위를 추동한 바는 표면상으로 볼 때 '귀찮음증'이다. 하지만 좀더 세밀하게 볼 필요가 있다. '귀찮음증'이야말로 '나'의 본연의(?) 모습이라 할 수도 있겠지만, 그토록 격렬하던 분노를 잠재우며 단 오 분만에 이렇게 '귀찮음증'이 회귀하게 된 데는 다른 이유가 있는 것이다. 아달린 여섯 개를 먹고 잠에 빠지게 하는 귀찮음증이 아니었더라면 회피하지 않을 수 없는 무언가에 대한 두려움, 그러한 심리적인 기제가 '나'의 행위의 궁극적인 추동력이라 할 수 있다. 분노에 휩싸인 상황에서 '나'가 대면하기를 회피한 바는 무엇인가. 바로, 이 모든 사태를 초래한 '아내와의 성합에 대한 욕망'이 더 이상 존립할 수 없다는 사실을 확인하는 것이다.

정리하면 이렇다. 평소 태도에 비춰 '나'의 분노가 놀라울 정도로 대단한 점이나, 그럼에도 불구하고 단 오 분 만에 분노를 피해 잠을 청하는 것 모두, 동일한 궁극 원인에서 유래한다. 아내와의 성합에 대한 욕망이 그 것이다. 아내 방에서 아내의 체취를 맡고 흥분함으로써 아내와의 성합에 대한 욕망을 불태웠던 것에 대비되어 분노가 급격히 타올랐던 것이며, 그러한 분노를 유발한 의심을 밀고나갈 경우 아내와의 성합을 포기해야 하는 상황이, 혼란을 초래하고 귀찮음증을 이끌어 내서 아달린을 먹게 만든 셈이다. 아내와의 성합을 바라는 욕망이, 자신을 붕괴시킬 수도 있는 분노를 잠재울 요량으로 귀찮음증을 유발한 것이라 하겠다. 이러한 심리 기제는, 아내와의 성합에 대한 욕망이 고조되어 온 메커니즘이, 아내의 비위를 맞추는 방식이었던 까닭에 나름대로 자연스러움을 획득한다.

따라서 아달린 여섯 알을 먹는 행위는 결코 절망의 표현이 아니다. 정반대로, 아내와의 관계에서 희망의 끈을 놓지 않기 위한 '나'의 적극적인 행동이라고 할 수 있다.

네 번째의 귀가를 결심하는 데서 이러한 사정이 명확해진다. 일주야를 잔 뒤에 깨어났을 때 아스피린과 아달린이 생각나면서 아내에 대한 의심이 다시 떠오르지만, 이제 '나'의 의심은 '아내가 아달린을 먹여야 했던 이유'를 묻는 방식으로 표출된다. 이전 경우에서처럼 자신을 빼고 아내 입장에서 생각하는 것이다.

해서 곧이어 "그렇나 또 생각하야 보면 내가 한달을 두고 먹어 온 것은 아스피린이었는지도 모른다"(212면)고 생각을 돌려 먹게 된다. 더 나아가 '나'는, 아내가 근심이 있어 아달린을 먹은 경우를 떠올리면서, "그렇다면 나는 참 미안하다. 나는 안해에게 이렇게 큰 의혹을 갖었었다는 것이 참 안됐다"(213면)고 생각을 완전히 전환하고 만다. 이러한 사고의 전환은, '나'의 아내에 대한 욕망, 아내와의 성합에 대한 욕망·미련을 고려하지 않는 한 이해할 수 없는 것이다.

해서 '나'는 부리나케 산에서 내려와 집을 향하여 걷는다. 오전 여덟 시 즈음이다.

> 나는 내 잘못 든 생각을 죄다 일러바치고 안해에게 사죄하려는 것이다. 나는 너무 급해서 그만 또 말을 잊어버렸다.
>
> 그랬드니 이건 참 너무 큰일 났다. 나는 내 눈으로는 절대로 보아서 않 될 것을 그만 딱 보아 버리고 만 것이다. 나는 어떨결에 그만 냉큼 미다지를 닫고 그리고 현기증이 나는 것을 진정식히느라고 잠간 고개를 숙이고 눈을 감고 기둥을 짚고 섰자니까 일초 여유도 없이 홱 미다지가 다시 열니드니 매무새를 풀어헤친 안해가 불숙 내밀면서 내 멱살을 잡는 것이다. 나는 그만 어지러워서 게가 그냥 나둥그러졌다. 그랬드니 안해는 너머진 내 우에 덥치면서 내 살을 함부로 물어뜯는 것이다. 앞아 죽겠다. 나는 사실 반항할 의사도 힘도 없어서 그냥 넙적 업더 있으면서 어떻게 되나 보고 있자니까 뒤니어 남자가 나오는 것 같드니 안해를 한아름에 덤썩 안아갖이고 방안으로 듸레가 는 것이다. 안해는 아모 말 없이 다소곳이 그렇게 안겨 드러가는 것이 내 눈에 여간 미운 것이 아니다. 밉다. (213면)

네 번째의 귀가는, 오해를 풀고자 했던 '나'의 행동 곧 둘의 관계를 회복시키고자 하는 행동이 둘 사이를 결정적으로 파탄나게 한다는 점에서, 극적 아이러니의 극명한 예라 할 만한 것이다. 이 장면을 통해, '나'에게서 점차 강화되며 타올랐던바 '아내와의 성합을 바라는 욕망과 소망'이 완전히 깨지고, 이들 부부관계의 현실이 적나라하게 폭로된다. 아내에 대한 성적 욕망을 실현하고 그로써 남편으로서의 지위와 남편이자 남성으로서의 성적 정체성을 회복하고자 했던 '나'의 기도[25)]가 얼마나 허망한 것이었는지가 명확해지는 것이다.

여기서 새삼 확인되는 점은, '나'에게 남편으로서의 정체성이 없지 않고 그 의식에 그가 민감하다는 사실이다. 그가 목도한 장면을 두고 '내 눈으로는 절대로 보아서는 안 될 것'이라 하며 놀라워하고,[26)] 아내를 미워하는 심정을 단정적으로 명확히 드러내는 데서 이러한 사정이 확인된다. 사태가 확연히 드러난 이 지점에서야 비로소 자신의 입장에서 아내와 자신의

---

25) 이에 대해서는 다음 절에서 좀더 상세히 논의한다.

26) 여기서, '나'의 성격 규정과 관련하여, 그가 목도한 장면의 성격을 따져볼 필요도 있다. 통상적으로 아내의 '매춘 장면'을 목격했다는 식으로 정리하곤 했지만, '나'는 도대체 어느 수준의 장면을 본 것일까. 이러한 추정에서 중요한 것은 작품에서 확인되는 객관적인 상황이다. '일초 여유도 없이' 아내가 불쑥 몸을 내밀어 밖으로 나와서는 '나'를 덮칠 수 있는 상태였음을 고려해야 한다. 따라서, 기껏해야 매무새를 풀어헤친 채로 하드 페팅을 하고 있었거나 내객과 한 이불 속에 누워있었던 수준일 것이다.

이 정도가 '절대로 보아서 안 될 것'이라는 점은, 비록 그 동안 내객과 아내가 수작하는 것을 자기 방에서 들으며 지내왔어도(여기서, 그가 아내의 말을 '똑똑히' 들어왔으며, 그 까닭에 첫 귀가 뒤의 아내의 소곤거림에 서운해 했음을 기억할 필요가 있다), '나'의 상태가 결코 기둥서방에 가까운 것은 아님을 의미한다. 사실 그 동안 그가 기둥서방 노릇을 해 왔다면, 이 장면에서 그가 이렇게 놀랄 리도 없고 그의 아내가 이렇게 야단을 피울 이치 또한 없다. '나'는 기둥서방은커녕 아내의 부정 / 매춘에도 자신을 수습하지 못하는 위인이다.

여기까지 와서 보면, 김유정의 「소낙비」나 김동인의 「감자」, 박태원의 「성탄제」 등에 비할 때, '나'의 이러한 반응과 그것을 담고 있는 「날개」의 세계는 비교적 일상적·현실적인 것이라 할 수 있다.

상황을 바라보는 것[27] 또한, 지금까지 그의 행위를 이끌어왔던 의도와 목적을 확실하게 해 준다. 아내와의 성합이라는 욕망을 이어갈 수 없는 장면에 맞닥뜨리면서, 더 이상 아내 입장에서 생각하지 않게 된 것이다.

5) 다섯 번째 외출

이러한 네 번째 귀가는 곧바로 다섯 번째 외출로 이어진다. 방 안에서 아내가 발악하는 소리를 들으며 억울하고 어안이 벙벙한 가운데, '나를 살해하려던 것이 아니냐'(213면)고 소리칠까 하다가 확신이 들지 않아 "차라리 억울하지만 잠잣고 있는 것이 위선 상책인 듯싶이 생각이 들길래 나는 이것은 또 무슨 생각으로 그랬는지 모르지만 툭툭 털고 이러나서 내 바지 포켙 속에 남은 돈 몇 원 몇 십 전을 가만히 꺼내서는 몰래 미다지를 열고 살몃이 문ㅅ지방 밑에다 놓고 나서는 나는 그냥 줄다름박질을 처서 나와 버"(213면)리는 것이다.

이 장면에서는 크게 세 가지가 주목된다. 첫째는 주객전도·적반하장 격인 태도를 통해 아내의 면모가 비로소 뚜렷이 확인된다는 점이다. 둘째는 아내에 대한 '나'의 반응이 부정·매춘에 대한 것이 아니라 아달린 건이라는 점인데, 이는 각별한 주의를 요한다. 이는, 아내와의 관계 회복을 꿈꾸던 자신의 욕망이 여전히 영향을 발휘하여, 이러한 극한 상황에서도 아내의 행위를 언어화·개념화하고 싶지 않아 하는 무의식의 소산이라 할 것이다. 셋째는 '나'가 돈을 살며시 놓은 뒤 줄달음박질을 쳐서 집을 나

---

27) 세 번째 귀가에서 '아내가 보면 좀 덜 좋아할'이라 했던 것이, 여기서는 '내가 봐서는 안 될 것'으로 바뀌고 있다.

선다는 사실이다. 이렇게 도망치듯 집을 나서는 다섯 번째 외출이 상황의 회피에 해당함은 자명하다. 아내의 행위에 따라 촉발된 이 엄청난 사실로부터 일단 몸을(그리고 마음까지) 피하자는 것이다.

문제는 '돈을 문ㅅ지방 밑에 살며시 놓는 것'의 의미이다. 이때 '돈 놓기'의 의미 또한, 돈이 관련된 이전 행위의 연장선상에서 살펴보아야 할 것이다. 한낱 장난감에 불과했던 돈이 '나'에게 의미를 가지게 된 것은, 아내 방에서 자는 것이 목적이 되어 그 수단으로 돈이 활용되면서였다. 따라서 지금의 '돈 놓기'란 '아내에게 돈을 쥐어 주고 함께 자기'가 사실상 파탄된 상황에서 돈이 더 이상 의미를 가질 수 없게 되었음을 뜻하는 것이라 볼 수 있겠다.

지금까지의 논의를 통해서 우리는, 「날개」의 서사가 '나'의 욕망과 그 좌절에 의해 전개되고 있음을 보았다. 서사의 궁극적인 추동력이 아내와의 성합을 꿈꾸는 '나'의 욕망이며, 아달린 투여나 발악을 통해 아내가 그것을 방해함도 알 수 있었다.

여기까지 왔을 때 우리에게 남는 문제는 다음과 같다. 처음 두 차례의 귀가 후 아내 방에서 자게 되었을 때 성합을 이루지 않은 / 못한 까닭은 무엇인가.[28] 서사구성의 의미를 추론해 보는 입장에서는, 세 번째 귀가 후에 주인공이 오한에 의식을 잃게 되는 것으로 그려진 사실 역시 동일한 질문을 유발한다. 질문의 각도를 바꿔 보자. '절대적인 상태'에 있던 '나'를 방 바깥으로 끌어내면서 전체 서사를 추동시키는 욕망, 그 욕망의 충

---

28) 다시 확인해 두지만, 첫 번째 귀가 후에는 관계가 없는 것이 확실한 반면, 두 번째 귀가 후의 상황은 알 수 없게 되어 있다.

족이 끊임없이 지연되는 이유는 무엇인가.

이에 대해서 본고는, 아내와의 성합을 바라는 욕망의 참모습이 단순한 성합 너머에 있기 때문임을 부분적으로 암시해 왔다. '나'의 욕망의 실체란, 아내에 대하여 남편·남성으로서의 성정체성을 구축하려는 소망이라고 보아온 것이다. 부부관계의 양상을 구체적으로 짚어보면서 이 문제를 좀더 명확히 하는 것이 다음 절의 목적이다.

3. 부부관계의 변화 양상

「날개」에 등장하는 부부의 관계를 따질 때 가장 먼저 꼽을 것은, 이들의 관계가 고정되지 않고 변화하는 모습을 보인다는 점이다. 무엇보다도, 아내와의 관계 규정과 관련하여 '나'의 변화가 뚜렷하며, 이에 촉발되어 세상과 '나'의 관계 또한 변화하고 있다.

부부관계의 변화와 관련하여 의미 있는 항목들을 작품의 전개에 맞춰 다섯 부분으로 추리면 다음과 같다.

1단계 : ① 아내와의 관계에 대한 복합적인 의식—② 의식적인 우울함
과 그에 따른 아내의 위로에 즐거움을 느낌—③ 아내가 자신을
존중해 준다는 생각—(첫 번째 외출)—④ 아내의 소곤거림에 서운
함을 느낌.

2단계 : ⑤ 아내에게 돈을 쥐어주고 함께 잔 뒤 쾌감을 느낌—(두 번째,
세 번째 외출)—⑥ '아내에게 돈을 쥐어주고 함께 잔다'는 새로운 욕

망이 자립화—⑦ 한 달간 잠에 빠졌다가 아내 방에서 행복감을
맛보며, 성합에의 욕망을 느낌.

3단계 : ⑧ 아달린을 발견하고 극도의 분노에 휩싸임—(네 번째 외출)—
⑨ 상황을 달리 해석해 보고 (오해라고 전제한 뒤) 아내에 대한 미안
한 마음이 생김.

4단계 : ⑩ 남편으로서 보지 말아야 할 장면을 보고 아내의 발악을 당
하면서도, 아달린 건을 의식하며 상황 회피—(다섯 번째 외출)—⑪
아내와 자신의 부부관계를 문제시하면서 관계의 지속을 꿈꿔도
보지만, 실제로는 돌아가지 못함—⑫ 그런 상태에서 '한 번만 더
날아보자꾸나'하는 심정 · 소망을 피력.

1) 초기 상황—아내에 대한 '나'의 복합적인 감정과 남편으로서의 의식

「날개」에 그려진 '나'와 아내의 관계가 매춘부와 기둥서방 식으로 고정
된 것이 아님은 앞부분을 찬찬히 살펴보는 것만으로도 분명해진다. 일단
그것은 자신들의 관계에 대한 '나'의 복합적인 인식에서 확인된다.

'나'는 애초부터 아내와 자신의 관계에 대해 반성적인 의식을 갖고 있
으며 때로는 불만까지 내비친다. 문패가 아내 명의로 되어있다는 점이나
(198면), 두 방의 차이(199~200면), 아내와 내객의 식사와 자기가 먹는 밥의
차이(202면) 등을 '나'는 명확히 의식하고 있다. 이러한 서운함이나 비판
의식과 더불어서 '나'는, 아내라는 "그 꽃에 매어달려 사는 나라는 존재가
도모지 형언할 수 없는 거북ㅅ살스러운 존재가 아닐 수 없었든 것은 물론
이다"(198면)라는 자의식도 갖추고 있다. 여기서 '나'가 느끼는 거북살스러

운 감정이, 남편이라는 자신의 지위에 대한 자각과 거기에 요구되는 역할을 하지 못한다는 의식에서 유래하는 것임은 달리 근거를 요하지 않는다.

이러한 의식의 복합성은, 공들인 밤세수에 깨끗한 옷을 입고 외출한다 하여 아내의 직업을 추측할 수밖에 없도록 그 행태를 기술하면서도, 짐짓 모른다고 능청을 부리는 태도에서도 드러난다. "안해에게 직업이 있었든가? 나는 안해의 직업이 무었인지 알 수 없다"(201면)는 진술에는, 아내의 직업을 의식하지 않고자 하는 심리가 내재되어 있다고 할 수 있다. 아내가 웃음을 팔아 호구지책을 삼는다는 사실을 의식하고 싶어 하지 않는 '남편으로서의 심리'가 함축된 것이다.

이들 부부가 일반적인 부부의 면모를 연구사적인 통념보다는 훨씬 더 짙게 띠고 있음을 보여주는 것이 ②~③ 부분이다. 내객이 많아 장난을 못 할 때 '나'가 의식적으로 우울해하면 아내가 은화를 주며 달래주고, '나'는 그러한 상황을 즐거워한다. 또한 '나'는 내객이 와 있을 때 잠을 제대로 못 잔다. 이러한 사실들은 '나'가 남편으로서 의당 가질 법한 질투의 맥락을 잃지 않고 있음을 보여준다. 내객이 돌아간 후면 아내가 찾아와 자신을 위로하려 하고, 그런 아내가 방그레 웃는 얼굴에서 일말의 애수를 놓치지 않는 부분은(202면), 남편으로서의 '나'의 의식과 더불어서 '나'를 남편으로 대하는 아내의 태도를 보여준다. 이들 사이에서 부부의 인연이 무시되지 않고 있음을 알 수 있는 것이다. 상황이 이렇기에 '나'는, 내객이 남기고 간 음식을 주지 않는 것을 두고서 아내가 자신을 존경해 준다고까지 생각하는 것이다.[29] 이는 적어도 '나'의 경우, 아내에게 대하여 남편으

---

29) "안해는 능히 내가 배곺아 하는 것을 눈치채일 것이다. 그러나 아래ㅅ방에서 먹고 남은 음식을 나에게 주려 들지는 않는다. 그것은 어디까지든지 나를 존경하는 마음일 것임에 틀님없다.

로서 최소한이나마 존중받는 것을 중시하고 있음을 알려준다.

이러한 사정이 극명하게 드러나는 것은, 첫 번째 귀가 직후 아내와 내객의 소곤거림에 서운함을 느끼는 장면이다. 피로를 견디기 어려워 귀가한 '나'가 자기 방에 누워 가슴의 동기를 가라앉히다가 그러지 못하는 장면을 보자.

> 그렇나 나는 또다시 가슴의 동기를 피할 수 없게 되었다. 아래ㅅ방에서 안해와 그 남자의 내 귀에도 들니지 안을 만치 열은 목소리로 소곤거리는 기척이 장지틈으로 전하야 왔든 것이다. 청각을 더 예민하게 하기 위하야 나는 눈을 떳다. 그리고 숨을 죽였다.(204면)

이 모습은 그대로 아내의 동태를 감시하는 남편의 그것에 해당한다. 곧이어 그들이 나가버렸을 때 제시되는 '나'의 설명이 이들 부부의 상태를 잘 말해준다.

> 나는 안해의 이런 태도를 본 일이 없다. (…중략…) 안해의 높지도 얕지도 않은 말소리는 일즉이 한마디도 노처본 일이 없다. 더러 내 귀에 거슬니는 소리가 있어도 나는 그것이 태연한 목소리로 내 귀에 들녓다는 리유로 충분히 안심이 되였다.(205면)

내객이 찾아와 아내와 수작을 해 왔어도, 그 대화 상황을 모두 들을 수 있고 귀에 거슬리는 말의 경우도 아내의 어조가 태연한 까닭에 '나'가 '안

나는 배가 곺으면서도 적이 마음이 든든한 것을 좋아했다."(202~203면)

심'해 왔던 것을 알 수 있다. 해서 '나'는 아내가 소곤거린 데는 '여간하지 않은 사정'이 있겠지 싶으면서도 서운함을 느끼고, 너무 피곤해서 잠을 청하나 좀처럼 잠을 이루지 못한다. 아내의 소곤거림 자체가 '나'에게 적지 않은 '사건'이 되는 것인데, 이러한 사실이야말로, 질투를 낳을 만한 '부부 의식 혹은 (아내의 정조와 관련되는) 남편으로서의 의식'이 '나'에게 있음을 확인해주는 것이다.

2) 아내와의 성합에 대한 욕망—남편·남성으로서의 정체성 수립 시도

이들 부부의 관계에 대한 '나'의 태도 변화는, 앞서 검토했듯이, 첫 번째 외출—귀가 이후 '아내에게 돈을 쥐어주고 아내 방에서 잠자기'가 목적이 되는 데서 확인된다.

여기서 우선 강조할 것은 '나'가 처음으로 아내 방에서 자게 되는 동기이다. 자신의 '사죄하는 마음'을 알려 아내의 오해를 풀려는 목적에, 정신없이 아내 방으로 달려갔다는 점을 주목해보자. 이는 자신이 아내의 입장과 감정을 고려하고 있다는 점을 아내에게서 인정받고자 하는 데서 유래된 행동이다. 물론 이 행위만을 보자면 아내에게 '사육되는' 입장에서 아내의 질책을 면하기 위한 것으로도 볼 수 있다. 그러나 이 행위가 아내 방에서 자는 것으로 이어지고 이후 이러한 '외출—귀가—잠자기'가 '나'의 행위를 이끄는 목적으로 자립화되는 과정을 염두에 두면 그렇게만 해석할 수는 없게 된다. 적어도, 부부로서 자신의 입장을 이해받고자 하는 심리의 발현 정도로 봐줄 수 있게 된다.

좀더 나아가, 아내에게 돈을 쥐어주고 처음으로 아내 방에서 자게 되는 이 사건의 의미를 살펴보자. 상징적인 해석을 경계한다 해도 이는, 궁극적으로, 내객들처럼 혹은 내객 대신 아내를 차지한 것을 의미한다. 명확히 의식된 것이 아니어서 직접적인 목적[사죄]과는 다른 결과지만, 누군가에게 돈을 주어보겠다는 실제적인 목적을 달성하면서, '아내의 소유'라는 목적을 새롭게 정립했다는 점에 첫 번째 '외출─귀가' 사건의 의미가 놓여 있다.

이렇게 마련된 새로운 목적은 두 번째, 세 번째 외출을 거치면서 자립화된다. 돈 없는 외출에서 의미를 찾지 못하고, 돈이 없다는 사실에 울기까지 할 만큼 이 목적은 강력해진다. '아내에게 돈을 쥐어주고 아내 방에서 잠자기'라는 새로운 목적의 자립화 및 강화는 그대로, 성합을 통해서 아내를 차지하고자 하는 '나'의 욕망의 자립화와 강화의 발현이다. 성적 욕구야말로 채워지지 않는 욕망인데, 함께 잤는지를 확신하지 못할 정도로 남편으로서의 자기 지위에 불안을 느끼는 만큼 (그 욕망을 충족시킬 수 있다는 확신이 없는 까닭에) 이러한 욕망은 극대화된다. 이러한 변화가 부부관계의 측면에서 갖는 의미는, '나'가 남편이자 남성으로서 성적 주체성을 수립코자 시도하는 것이라 할 수 있다.

사실 아내에게 돈을 쥐어 주고 함께 자는 행위는, 아내를 소유하겠다는 소망의 표현이라는 점에서, 매춘계약과 유사하다. 매춘계약이란 자신의 남성다움 곧 남성성을 드러내는 원초적인 방식에 해당한다. 따라서 아내에게 돈을 주고 함께 잠으로써 '나'는 자신의 남성다움 곧 남성으로서의 성적 정체성을 갈망하는 셈이다. 더 나아가서 이는, 여성인 아내에 대한 가부장적인 권리를 꿈꾸는 것이기도 하다. 곧 남성으로서 뿐만 아니라 남편으로서의 정체성까지 꾀한다고 할 수 있는 것이다.[30]

'외출─귀가 후 아내에게 돈을 쥐어주며 아내 방에서 자는 것'이 이렇게 남성이자 남편으로서의 정체성을 수립하는 것에 닿아있기에, 이러한 욕망은 더욱 극대화된다. 이는 세 번째 귀가 후 아달린을 먹고 한 달이나 잠에 빠져 보내다, 오랜만에 아내 방에서 아내의 체취를 맡으며 이름을 불러보는 데서 잘 드러나 있다. 이렇게 극대화된 성합에의 욕망은 하느님한테 자랑하고픈 정도의 행복감과 상승작용을 하고 있다. 둘 모두, 남편으로서의 성적 정체성을 다시 펼쳐 볼 기대에 빠져 있는 심리상태에서 연원하는 것이다.

이렇게 아내와의 성합이 유일한 목적이 되어가는 과정은 그에 상응하는 대가를 요구한다. 아내의 반응에 대한 끊임없는 주의와 두려움이 그것이다. 작품 도처에서 확인되는 아내에 대한 두려움은, 사실 아내 자체에게서가 아니라 아내가 싫어하는 바를 하지 않아야 한다는 데서 생겨난다. 더 정확히 말하자면, '돈을 쥐어 주고 아내 방에서 잠자기'가 목적이 되면서 그와 동시에 생겨난, '아내와의 그러한 관계가 깨질 것에 대한 두려움'이 아내에 대한 두려움으로 현상한 것이라 하겠다. 이러한 두려움 때문에, 첫 번째 귀가 이후의 '나'의 모든 행위는 아내와의 역학관계에 의하여 규율된다.

이 바탕에는 남성이자 남편으로서의 성 정체성 문제가 놓여있다. 앞서

---

30) 이와 관련해서 '여성의 신체에 접근할 가부장적 권리'를 나타내고 있는 다음 구절을 참조할 수 있다. "(매춘에 대한) 성적 계약의 이야기는, 그러한 요구가 남성이 된다는 것이 무엇을 의미하는가를 구성하는 일부분이고 남성 섹슈얼리티의 현대적 표현의 일부분이라고 제시한다. (…중략…) 그는 여성의 신체에 대한 사용을 계약함으로써 자신의 남성다움을 보여줄 수 있다. 매춘계약은 '원초적'인 성적 계약의 또다른 예이다. 남성다움을 모범적으로 보여주는 것은 '성적 행위'를 계약하는 것이다. (…중략…) 매춘제도는 남성이 '성적 행위'를 구매할 수 있고 따라서 가부장적 권리를 행사할 수 있다는 점을 보장한다."(캐럴 페이트만, 이충훈·유영근 역, 『남과 여, 은폐된 성적 계약』, 이후, 2001, 277~278면)

지적했듯이, 아내에게 돈을 주고 자는 행위란 말 그대로 아내를 사는 행위여서, 자신이 아내의 주인 곧 (사육되는 대상이 아니라) 확실한 남편임을 확인하는 것이 된다. 사정이 이러하기 때문에, 아내가 반발하거나 화를 낼 경우, 자신의 성 정체성을 확인할 '돈을 쥐어주고 아내와 잠자기'를 수행할 수 없게 된다. 해서 두려움이 생기는 것이다.31)

이러한 두려움의 발생과 강화는, 세 차례의 귀가에서 '나'가 보이는 태도의 변화를 통해 확인해 볼 수 있다. '노기가 눈초리에 떠서 얇은 입술이 바르르 떨니'는 아내의 웃음기 없는 얼굴을 보고 그대로 눈을 감아버리거나(첫째 귀가 후), 괜한 걱정이기는 했지만 아내와 밥상을 마주하면서 "인간 세상이 너무나 심심해서 못 견디겠든 차다. 모든 일이 성가시고 귀찮았으나 그러나 불의의 재난이라는 것은 즐겁읍다"(209면)고 자신을 추스르던 것이(둘째 귀가 후), 아내와 내객의 부정적인 행태를 목격하고서도 '내'가 아니라 '아내'가 덜 좋아할 장면으로 받아들이는 데서(셋째 귀가 후) 잘 확인된다. 이러한 변화를 놓치지 않고 그 의미를 간취하는 것이 중요하다. 성합을 통한 정체성 회복의 욕망이 커질수록 그러한 욕망의 성취를 방해할 만한 상황 자체에 대해서 더욱 큰 두려움을 느끼기에, 상황 자체를 제대로 받아들이지 않으려 하게 된 것이다. 자신이 목도한 바를 왜곡할 만큼, 그의 욕망은 강렬하다.

---

31) 이 맥락에서 볼 때, 돈이 없다고 괴로워하는 것은, 이 과정에서 '돈'이 아내의 반발을 잠재우는 것으로 설정되고 의식됨을 의미한다. 물론 여기에는, 아내의 행위가 '돈'에 의해 좌우된다는 인식이 전제되어 있다.

3) 위기와 그 대응—욕망의 절실함

아내와의 성합을 욕망하면서 남성이자 남편으로서 자신의 정체성을 수립하고자 하는 '나'의 지향은 그러나, 아달린갑을 발견하면서 위기에 봉착한다. 네 번째 외출—귀가와 관련된 이 사건들에서 강조할 점은, 사실상 명백한 사태를 두고 재차 사고를 전환할 만큼, 아내와의 관계를 유지·발전시키려는 '나'의 욕망이 크고 절실하다는 사실이다.

아내에 대한 지향에 의해, 아내의 행위를 선의로 해석하거나, 부정적인 측면을 회피하는 행위는 앞의 서사에서도 확인된다. 아내의 노기 어린 얼굴을 본 이후, 아내가 내객과 소곤거린 데 대해 서운해 했던 것을 말끔히 잊고, 외출한 것을 후회하는 것이 좋은 예가 된다. 이러한 태도의 연장이자 정점이 바로, 아달린 사건을 선의로 해석하고 집으로 달려가는 실로 눈물겨운 장면이다.

4) 파탄—현실의 확인

아내와의 관계를 유지하고자 하는 일념에서 집으로 뛰어든 '나'는, 그러나, '자기 눈으로 절대로 보아서는 안 될 것을 그만 보게 된다.' 설상가상으로 '나'는 적반하장 격인 아내의 발악까지 당하게 되는데, 이 지경에 이르러서야 비로소 아내에 대한 미움이 직접적으로 표출된다. 아내를 미워하는 감정이 그 자체로 표출·인정되면서, 앞서 분석했듯이, 돈을 디밀고 밖으로 나오는 것 또한 가능해진다(다섯 번째 외출). 이 모두, 아내와의 성합을 꿈꾸던 욕망이 존립할 여지를 완전히 상실하면서, '나'가 집에 머물 이유도 근거도 사라진 까닭이다.

여기서 주목할 점은, '나'가 아내의 부정·매춘이 아니라 아달린 건을 의식하며 상황을 회피한다는 사실이다. 얼토당토않은 모함을 하며 자신을 해대는 아내에 대해 그가 품어보는 말이란, 아내의 부정을 힐책하는 것이 아니라, 아달린을 먹여 자신을 살해하려던 것이 아니었느냐는 항변일 뿐이다. 그조차도 스스로 '깅가망가한 소리'라 생각하여 삼키고 있다. 이러한 점은, 아내의 부정을 확인함으로써 자신의 욕망이 헛된 것임을 자각하지 않을 수 없는 상황에서조차 남편으로서의 정체성을 회복하고자 하는 '나'의 의식이 강하고 민감하다는 사실, 그리고 바로 그만큼 아내에 대한 욕망이 절실한 것이었음을 알려준다.

앞의 두 문단의 지적은 사실 표면상 상반되는 것이지만, 고양된 심정이 급전직하할 수밖에 없는 상황에 맞닥뜨린 인물의 복합적이고 혼란스러운 상태를 적실히 묘사한 결과라 할 것이다. 그가 처해있는바 '어안이 벙벙하야 도모지 입이 떨어지지를 안'(213면)는 상황이란, 계속 키워왔던 욕망의 끝자락과, 항변하고자 하는 생각, 사태를 인정하고 상황을 피하려는 의식이 마구 뒤섞여 있는 심정이라고 하겠다.

이렇게 혼란한 상태는 미쓰꼬시 옥상에서 금붕어를 보면서야 가라앉게 된다. 거기 이르는 과정 역시 어안이 벙벙한 상태의 연속일 뿐이다. '나'는 자동차에 치일 뻔하면서 경성역에 다다라 쓰디쓴 입맛을 거두고자 커피를 떠올리나, "돈이 한 푼도 없는 것을 그것을 깜박 잊었든 것을 깨달았다. 또 아뜩하였다."(213면) 이런 상태에서 얼빠진 사람처럼 이리저리 왔다 갔다 하다가, 어디로 쏘다녔는지 모른 채, 몇 시간 후 거의 대낮에 미쓰꼬시 옥상에 다다르게 된다.[32] 이후가 중요하다.

나는 거기 아모데나 주저앉아서 내 잘아 온 스물여섯 해를 회고하야보았다. 몽롱한 기억 속에서는 이렇다는 아모 제목도 불그러저 나오지 안았다.

나는 또 내 자신에게 물어 보았다. 너는 인생에 무슨 욕심이 있느냐고. 그러나 있다고도 없다고도, 그런 대답은 하기가 싫었다. 나는 거이 나 자신의 존재를 인식하기도 어려웠다.(213~214면)

이 구절은 두 가지를 알려준다. 어안이 벙벙한 상태가 연속된다는 것이 하나인데, 살아온 과거의 회고가 아무런 결실도 얻지 못하는 데서 이 점이 잘 드러난다. 여기서 중요한 것은 다른 하나 곧 자문자답의 내용이다. 인생에서의 욕심 문제에 대해 유무간 대답을 회피하면서 '자신의 존재를 인식하기도 어렵다'고 정체성의 문제로 넘어가는 사유 과정이 주목할 만하다. '인생에서의 욕심' 문제가 '자신의 존재를 인식'하는 문제로 이어지는 것이다. 이러한 연관은, 더 큰 의미에서의 욕심 즉 입신양명이나 이상의 실현 등이 상실·배제된 상태에서 한 개인이 마지막으로 부여잡고 있는 것이 바로 자신의 존재를 인식하는 문제 곧 자신의 정체성을 탐색하는 일일 수밖에 없다는 점을 의미한다.

지금껏 살펴본 바와 관련지어 3절의 논의를 마감해보자. '나'가 보여온 행위의 궁극적인 의도는 바로, 아내와의 관계에서 남편·남성으로서 자신의 성 정체성을 수립하는 것이었다. 이에 이어지는 인용 장면은 무엇을 말해주는가. '외출—귀가—돈 건네기—아내 방에서 자기'로 이루어지던

---

32) 따라서, 미쓰꼬시 옥상에 다다른 것 자체를 두고, 공간적 이동(상승)의 맥락에서 상징적인 의미를 부여하는 것은 설득력이 없다.

그러한 시도가 아내의 부정·매춘에 의해 파국을 맞게 되면서야, 비로소 '나'가, 자신의 그러한 시도가 (남성적 성) 정체성에 관련된 것이었음을 어렴풋이나마 깨닫게 된 것이라 할 수 있다.

이러한 추론은, 정상적인 부부관계를 소망하는 것이 자기 정체성의 추구와 이어진다는 전제 위에 놓인 것이다. 이와 관련해서, 안정적인 성생활과 정체성 수립의 관계를 떠올려볼 필요가 있다. 공적 생활에서의 자기실현 가능성이 제한되는 상황에 처한 개인들은, '사적 영역에서만 진정한 자아를 완전히 실현할 수 있다는 낭만적인 생각'을 가지게 된다고 한다. 그 결과 성공적인 성생활에 기초하여 자신의 정체성을 추구하고자 하는 경향을 보이게 된다. 사회적으로 자신을 실현하기 어려운 상황에 처했을 때, 성공적인 성생활과 그에 기반한 가정생활이, 한 개인의 정체성의 기초가 되고 그의 현재 상태와 행복을 가늠하는 기준으로 기능하게 되기 때문이다.[33]

이런 사정을 고려할 때 위의 인용은, 세상으로부터 유리된 '절대적인 상태'에 유폐되어 있다가 수차례의 외출—귀가를 수행해온 자기 행위의 의미를, 주인공이, 그러한 행위가 더 이상 가능해지지 않게 된 시점에서야 비로소 알아차리게 되었음을 보여주는 장면이라고 하겠다. 물론 이러한 인식은, 인물 차원에서든 작가 차원에서든 매우 미미해서, 무의식에 가까운 것이라 할 수 있다. 이후의 서사는, 이러한 무의식을 의식의 수면으로 끌어올리는 과정을 보여준다.

그 첫 단계는, 서로 상반되는 의미를 함축한 두 가지가 이미지리 차원에서 연결되면서 이루어진다. 싱싱하니 보기 좋게 생긴 옥상 정원의 금붕

---

33) 앵거스 맥래런, 임진영 역, 『20세기 성의 역사』, 현실문화연구, 2003, 191면 참조.

어들의 지느러미와 회탁의 거리에서 '흐늑흐늑 허비적거리는' 사람들의 금붕어 지느러미 같은 모습이 그것이다. 이 둘의 이어짐은, 금붕어 지느러미의 모습에서 잠시 찾아진 위안이 세상에서 부대끼며 살지 않을 수 없다는 현실 감각을 환기시키는 심정적인 메커니즘을 표상한다.

물론 이는 어디까지나 심정적인 것일 뿐이다. '나'는 현실적으로 아무런 능력도 정처도 없는 까닭이다. 해서 아내와 자신의 부부관계를 문제시하는 두 번째 단계가 이어진다. 미쓰꼬시 옥상에서 길로 나섰지만 정작 어디로 가야할지 모르는 상태에서, 거짓된 질문(아달린을 먹었을 리 있을까? 사실과 오해를 안은 채 살면 되지 않을까?)에 헛된 답변(믿을 수 없다. 그렇지 않을까?)을 내려보는 것이다. 아내와의 관계를 지속해 볼까 하는 것이지만, '아내에게로 돌아갈 것인가'라는 실제적인 문제에 부딪히면서 이러한 생각은 가뭇없이 폐기된다.[34]

이렇게, 생각 차원에서 억지논리를 만들어보는 것이나, 실제로는 돌아갈 수 없다는 점을 인정하는 것이나 모두, 남편·남성으로서의 성적 정체성에 관련되어 있다. 이에 대한 미련 때문에 전자가, 그 돌이킬 수 없음에서 후자가 발생하는 것이다.

헛된 문답까지 이렇게 끝났을 때 주인공에게 남은 것은 사실 아무것도 없다고 할 수 있다. 자신을 추슬러보고자 다져왔던 근원적인 발판이라 할 성적 정체성의 수립 시도가 완전히 무산된 상태에서, 그는 무화(無化)된

---

34) 이러한 판단의 근거로, 관련 구절에 주목해볼 필요가 있다. "나는 이 발길이 안해에게로 도라가야 옳은가 이것만은 분간하기가 좀 어려웠다. 가야하나? 그럼 어디로 가나?"(214면)라고 씌어 있는데, 뒤의 두 질문 사이에 답변이 생략되어 있음을 알 수 있다. 두 번째 질문이 제기될 수 있는 것은, 첫째 질문에 대해 부정적인 답변이 마련되어 있기 때문이다. 이러한 기술 방식이 갖는 의미 효과를 여기서 논할 여유는 없지만, 아내에게로 돌아갈지 여부를 분간하기 어렵다는 진술이 엄살 혹은 거짓에 가까운 것임은 분명하다 하겠다.

다. 해서, 외부 세계가 현란을 극한 상태로 주체의 텅 빈 자리에 밀려들어온다. 바로 그 현란함이, 날개가 있던 자국을 가렵게 하고 '희망과 야심의 말소된 페―지'를 번뜩이게 하지만, 텅 빈 주체이기에 그는 '한 번만 더 날아보자ㅅ구나'라는 소망조차도 입 밖에 내지 못하고 만다.

췌언 삼아 덧붙이자면, 「날개」의 종결은 이렇게, 세상으로 나아가고자 하던 개인의 완전한 패배를 그리고 있다.

4. 소결 및 남는 문제

「날개」에 등장하는 이들 부부의 관계를 바라볼 때 기존의 연구들은, '절름발이 상징'을 드러내는 한 구절을 뽑아들고 '나'의 무기력한 무위의 생활과 결부시켜서, 이들 부부의 관계가 애초부터(작품 처음부터) 파탄 난 것인 양 정리하는 경향을 보여 왔다. 그 결과 부부의 관계가 악화되는 방향으로 변화, 전개되는 점을 제대로 파악하지 못하게 되었고, 서사 전개의 추동력, 사건을 진전시키는 요소에 해당하는 바 아내에 대한 '나'의 인정투쟁적인 측면 즉 남편이자 남성으로서 자신의 정체성을 세우고자 하는 '나'의 욕망 또한 제대로 읽을 수 없게 되었다.

외출―귀가 패턴을 중심으로 하여 서사구성을 꼼꼼히 살피고 인물들의 관계에서 보이는 변화 양상을 추적하는 검토가 새삼스럽게 요청되는 소이가 여기 있다 하겠다.

작품의 주제 효과와 관련하여 본고가 얻은 결론은, 「날개」의 서사가 성적 정체성 찾기의 실패담에 해당한다는 것이다.

물론 이러한 결론은 논란의 여지를 안고 있다. 결론 자체가 새로워서라기보다는 논의 구도상의 몇몇 결락 사항 때문이다. 무엇보다도 본고는, 이 작품의 효과를 결정짓는 데 있어 일정한 역할을 하는 서술상의 특징들에 대한 분석을 결하고 있으며, 모더니즘 미학상의 몇몇 특징들에 대해서도 분석하지 않았다. 이러한 분석을 포괄하여, 본고의 결론을 보다 정교히 하는 것이 차후의 과제이다.

제3부
현대소설의 주제와 형식

「민족의 죄인」과 고백의 전략―해방기 채만식의 소설세계

한국 현대소설에 나타난 기독교적 구원의 문제―김동인의 「명문」 등과 김동리의
『사반의 십자가』를 중심으로

1950년대 소설에서의 전통과 근대성

「민족의 죄인」과 고백의 전략

해방기 채만식 소설세계와 관련하여

1. 「민족의 죄인」의 문제적인 성격

백릉 채만식의 「민족의 죄인」[1]은 문제적인 작품이다. 이 작품의 문제성은 크게 세 가지로 말해질 수 있다.

첫째는 식민지시기를 겪은 한국 역사에서 대일협력의 문제에 대한 문학적 보고로서 독보적인 위치를 차지한다는 점에 있다. 채만식의 이 소설은 이광수의 「나의 고백」(춘추사, 1948)이나 김동인의 「망국인기」(『백민』,

---

1) 「民族의 罪人」은 『白民』 제4권 제5호 통권 15호(1948.10)와 제5권 1호 통권 16호(1949.1)에 분재되었으며, 작품 말미에 '一九四六年五月十九日 鄕村에서'라 부기되어 있다. 1989년 창작과비평사에서 출간된 『蔡萬植全集』 8권의 해제(256면)에서는 짧은 서지사항에 오류가 다섯 가지나 드러나 있어 문제다. 눈에 보이는 사항 외에 정정할 것은 작품의 분량 문제이다. 위 해제에서는 220여 매 가량 된다고 했는데, 『白民』의 조판 형식으로 추산해 보면 200자 원고지 110여 매 정도밖에 되지 않는다. 따라서 연재 2회에서 '중편소설'이라 표기하기는 했지만, 당시의 기준에서든 현재의 기준에서든 중편이라 할 수 없다. 이 소설은 6절로 이루어진 단편소설이다.

1947.3) 등과 유를 달리한다. 이광수의 경우 부록으로 달고 있는 「친일파의 변」에서 극명하게 확인되듯 사실상 민족공동체에 대한 협박에 가까운 실용주의적인 자기변명에 닿아 있고, 김동인의 경우 자신에 대한 반성적 사유의 여지를 전혀 갖고 있지 않다는 점에서 대책 없는 과시에 그쳐 있는 반면, 채만식의 「민족의 죄인」은 고백의 서사로서 주목할 만한 개인적 진정성을 갖추고 있다. 여기서 말하는 개인적 진정성은, 1930년대에 좌파문학운동을 했다가 해방공간에서 다시 운동성을 회복하는 문인들의 경우와 비교해도 의미 있는 것이다. 새로운 국가의 건설에 매진해야 하는 시대의 소명에 부응함으로써 과거의 잘못을 속죄하는 것이 올바른 선택이라는 식의 행위를 보이는 이들에 비할 때, 자신의 과거 행적에 대한 직접적 고백으로서 채만식의 「민족의 죄인」이 갖는 특성은 주목할 만하다. 고백양식의 맥락에서 이 작품을 읽어볼 필요가 여기에 있다.

둘째는 대일협력 문제를 다루는 내용 면에서 볼 때 이 작품의 의미가 반성과 변명의 경계에 애매하게 걸쳐 있다는 점이다. 이 점은 기왕의 선행연구들이 보이는 입장 차이에서 극명하게 확인된다. 「민족의 죄인」이 자신이 저지른 죄업에 대한 진정한 반성이 아니라는 입장이 한편에 있는 반면,2) 그에 거리를 두는 경우도 적지 않다.3) 「민족의 죄인」의 주제효과가

---

2) 김윤식, 「채만식론—민족의 죄인과 죄인의 민족」(『수필문학』, 1976.3; 『한국현대문학사—1945~1980』, 일지사, 1983)을 효시로 하여 이러한 판단을 공유하는 입장이 무수히 많다. 특이한 자기변명의 논리를 제시하여 민족적 자기비판론을 제시했다고 본 정호웅의 「채만식의 허무주의와 역사담당 주체의 문제」(김윤식 편, 『해방공간의 민족문학 연구』, 열음사, 1989)나 '김'의 논리를 제시하여 면죄부를 발부받을 수 있는 가능성을 타진코자 쓴 것'이라 본 이동하의 「이광수와 채만식의 해방기 작품에 대한 연구」(배달말학회, 『배달말』 16, 1991)등이 대표적이다. 사에구사 도시카스의 경우 채만식에 대한 비판을 뚜렷이 내세운 것은 아니지만 그가 '작가로서의 자기비판과, 자기비판의 소설화를 혼동함으로써 모랄 문제에 종지부를 찍는 것으로 재생을 시도했다'고 평가함으로써 이와 유사한 입장에 선다(사에구사 도시카스, 「8·15 이후의 친일파 문제」, 『사에구사 교수의 한국문학 연구』, 베틀북, 2000).

반성과 변명 중 어디에 속하는가를 두고 연구자들이 이렇게 두 입장으로 갈린 것은, 이 소설의 의미망을 파악하는 일이 만만치 않음을 입증한다. 이 점은 변명이냐 반성이냐와 같은 이분법에 휩쓸리지 않고 이 소설의 의미를 조심스럽게 해석한 경우들의 존재에서도 확인된다.[4] 일제말기의 대일협력에 대한 문인의 자의식이 작품으로 드러난 매우 드문 경우라는 점에서 「민족의 죄인」이 보이는 반성의 진정성을 따지는 일은 피할 수 없는 과제인데, 본고의 경우는, 작품에 대한 실증적 분석과 고백양식적 특성에 근거하여 다소 혼란스러운 기존의 논의 양상을 지양해 보고자 한다.

셋째는, 해방기 채만식 소설세계에서 「민족의 죄인」이 갖는 문제적 성격이다. 이 작품은 해방기에 다시 등장한 풍자적인 소설들과 작가 이력의 말기에 선보인 비풍자적이거나 역사소설적인 작품들 사이에 놓인다. 중간적인 위상을 갖는 것이다. 따라서 채만식의 해방기 소설세계에서 확인되는 주제효과 혹은 작품 경향의 변화를 명확히 하고 그 의미를 구명하는 데 있어서 「민족의 죄인」의 분석은 피할 수 없어 보인다. 다른 측면에서

---

3) 채만식이 독보적인 항일 문사라는 입장에서 채만식을 친일작가로 보는 이들을 전면적으로 비판하는 최유찬의 『문학의 모험―채만식의 항일투쟁과 문학적 실험』(역락, 2006)이 대표적인 경우이다. 최유찬의 다소 극단적인 논지와는 거리를 두지만 「민족의 죄인」이 (변명이 아니라) 자기반성을 보인다는 입장에는 적지 않은 연구자들이 동의하고 있다. 장성수의 「진보에의 신념과 미래의 전망 / 채만식론」(김용성·우한용 편, 『한국근대작가연구』, 삼지원, 1985)이나 조남현의 『한국 현대소설 연구』(민음사, 1987), 한형구의 「채만식 문학의 깊이와 높이」(김윤식·정호웅 편, 『한국문학의 리얼리즘과 모더니즘』, 민음사, 1989), 조창환의 「해방 후 채만식 소설 연구」(현대문학이론학회, 『현대문학이론연구』 3, 1993), 권영민의 『한국현대문학사』 2 (민음사, 2002) 등이 이러한 입장을 보여 준다.
4) 윤대석의 경우는 기억과 망각의 메커니즘을 규명하면서 이 소설이 "채만식 개인의 정체성을 새롭게 재구성하고, 그를 통해 조선이라는 민족의 정체성을 재구성하는 서사"라 규정한 바 있다(윤대석, 「서사를 통한 기억의 억압과 기억의 분류」, 한국현대소설학회, 『현대소설연구』 34, 2007). 방민호의 『채만식과 조선적 근대문학의 구상』(소명출판, 2001)이나 류보선의 「냉소와 숭고의 이상한 가역반응―채만식 문학에 있어서의 친일과 반성의 문제」(『한국 근대문학의 정치적 (무)의식』, 소명출판, 2005) 등은 이 문제에 대한 판단을 다소 유보하는 경우에 속한다.

말하자면, 바로 이러한 변화를 염두에 두고 「민족의 죄인」을 검토할 때에야 비로소 이 작품에 대한 해석 및 의의의 규명 또한 적실해질 수 있을 것이다. 이를 위해 해방기 소설들의 단순 비교가 아니라 이들 전체가 보이는 변화의 내적 방향성을 구명하는 것이 본고의 또 다른 문제의식이다. 이 문제의 해명은 해방기에서 풍자가 갖는 효과 및 효율성, 가능성 등을 밝히는 데도 기여할 것이다.

이상과 같은 문제의식 위에서 「민족의 죄인」을 독해하는 데 있어 본고가 주목하는 것은 다음 세 가지이다. 첫째는 작품의 형식상 특성을 점검한다. 서사구성상에서 확인되는 회상구조 및 미메시스(mimesis)와 디에게시스(diegesis)를 변별적으로 구사하는 서술방식5)을 포괄하는 고백의 전략을 살핀다(3장). 둘째는 주인공의 심리변화인데 반성 혹은 변명의 판명 문제가 이에 걸려 있다. 본고에서는 이를 고백양식의 차원으로 끌어올려 지양하고자 한다(4장). 끝으로, 이상의 분석에 근거하여, 해방기에 나온 채만식 소설들의 내적 연관을 살피고 그 속에서 「민족의 죄인」이 차지하는 위상을 검토함으로써 그 문학사적 의의를 구명해 보고자 한다(5장).

2. 반성 — 변명의 이분법과 고백

「민족의 죄인」을 논할 때 가장 먼저 그리고 또한 궁극적으로 주목하게 되는 것은 주인공의 (나아가 작가 자신의) 반성 혹은 변명을 어떻게 볼 것인

---

5) 본고에서 '말하기 / 보여주기'가 아니라 '디에게시스 / 미메시스'를 사용하는 이유에 대해서는, 뒤의 각주16)에서 설명한다.

가 하는 문제이다. 이 작품의 주제효과를 규정하는 문제가 제기되는 것인데, 앞서 지적했듯이 선행연구들은 이 면에서 크게 둘로 대립되어 있다.

이러한 대립은 다소간 자의적인 독법에 기인하는 것으로 보인다. 대립되는 두 그룹이 이 소설에서 주목하는 내용 요소가 상이한 까닭이다. 많은 소설이 그러한 것처럼 「민족의 죄인」 또한 상호 모순되기까지 하는 다양한 담론을 포함하고 있다.[6] 반성과 변명에 해당하는 구절들이 이 작품 속에 함께 등장하는 것은 이러한 맥락에서 오히려 자연스럽다고 할 수 있다. 이 소설에 함께 등장하는, 반성과 변명을 낳는 두 가지 대립되는 내용 요소들은 스토리라인들을 이루는 사건들의 요소로서 형식논리적으로 볼 때 어느 한 쪽에만 귀속될 수 있는 것이 아니다. 사건들의 구조화 상태에 따라서 하나의 내용 요소, 하나의 모티프가 반성 혹은 변명의 의미소로 이중적으로도 읽힐 수 있는 것이다. 사정이 이러하기에 연구자가 어떤 면을 중시하는가에 따라 앞서 말한 대립이 가능해진다. 예를 들어 회상이 시작되는 부분의 다음과 같은 진술을 보자.

지배자의 압력이 약하여진 그 게제에 떨치고 일어나 해방의 투쟁을 꾀할 생각을 적극적으로 하는것이 아니고서 오직 저 일신의 안전을 도모하는데까지밖에는 궁리가 뚫리지 못한것은 적실히 나의 약하고 용렬한 사람 됨됨이의 시킴이었음엔 틀림이 없었다. 그러나 나는 나 혼자만이 유독 그렇게 약하고 용

---

6) 이러한 점은 서사의 갈래가 복잡다기한 장편소설은 물론이고 이른바 '인생의 한 단면'으로 표현되는 단일한 사건에 집중하는 단편에서도 마찬가지로 확인된다. 소설이 '작품 내 세계'를 갖추고 그 세계 속에서의 위치와 입장이 상이한 인물들이 맺는 사건으로 구성되는 한, 그러한 서사를 추동시키는 긴장 및 갈등에 의해 근대소설의 언어는 이데올로기 실천으로서의 담론의 성격을 띠게 된다. 상호간에 긴장, 갈등 관계를 맺는 담론들이 주제효과 면에서도 확인됨은 물론이다. 알튀세르, 페쇠 등에 의해 발전된 이와 같은 담론 개념에 대해서는 다이안 맥도넬의 『담론이란 무엇인가』(임상훈 역, 한울, 1992), 2∼3장 참조.

럴하였는지 혹은 대체가 개인적이며 소극적이요 퇴영적이기가 쉬운 망국 민족의 본성의 소치였는지 그분간은 막시 모르되 하여커나 그처럼 약하고 용렬하였던것이 사실이요 겸하여 무가내한 노릇이었었다.[7]

이러한 진술이 반성인가 변명인가를 판단하는 일은 간단하지 않다. 둘째 문장의 앞부분 두 절의 내용이 변명에 가깝기 때문이다. 물론 그 내용이 추측의 형식으로 제시되고 본 절이 반성이기에 전체적으로 반성이라 보는 것이 타당하겠지만, 그렇게 인정하더라도 진정성을 따지는 국면에 들어가게 되면 논의가 간명해질 수 없다. 따라서 '반성과 변명의 이분법'을 넘어서서 작품의 의미를 고찰할 수 있는 입지를 마련할 필요가 있다.

이를 위해서 본고는 두 가지 측면에서 작품을 분석하고자 한다. 하나는 자의성을 줄이기 위해 작품론의 기본에 해당하는 일차적, 실증적인 독해에 충실을 기하고자 한다. 다른 하나는 반성과 변명의 이분법을 넘어서는 방식으로 고백의 차원에 주목한다. 「민족의 죄인」이 고백을 포함하는 사실은 명백하여 고백양식에 대한 고려가 작품을 이해하는 데 적절하고 효과적인 한 가지 방식임은 의심의 여지가 없다. 더 나아가서 고백에 대한 주목은 발화행위의 의도·목적 및 효과, 발화자와 청자, 사회상황을 함께 고려하는 화용론적 분석을 가능케 하여, 소소한 내용의 진실성 여부를 따지는 비효율적이고 부적절한 논의에 빠지지 않게 해 준다. 이 외에도, 결론을 당겨 말하자면, 방법론적인 범주로 고백양식을 고려할 때 이 소설의 미적 특성을 적절히 파악하고 해방기에 출간된 채만식 소설들의

---

7) 채만식, 「민족의 죄인」, 『백민』 15호, 1948.10, 36~37면. 이하 작품 인용 시에는, 본문에 괄호를 열어 게재 호와 면수를 밝힌다.

내적인 전개양상 및 그 속에서 「민족의 죄인」이 차지하는 위상을 일관되게 파악할 수 있게 된다.

주지하는 바대로 고백양식은, 성경으로부터 시작하여 성 아우구스티누스를 거쳐 루소와 톨스토이에로 이어지는 긴 역사를 갖고 있다. 이들 사이의 중요한 차이에도 불구하고 한 가지 공통특성을 지적할 수 있는데, 고백의 궁극목적이 다른 존재의 동정이나 공감을 이끌어내는 데 있다는 점이 그것이다. 이 맥락에서는, 고백 내용의 진정성이 아니라 고백의 주체가 고백을 통해서 자신의 정체성을 새롭게 구축하고자 한다는 사실이 중요해진다. 고백을 통해 자신의 불명예를 공론화함으로써 고백의 주체는 자신을 새롭게 하고 사회에서의 위상을 다시 수립하고자 하는 것이다. 여기서 주목할 점은 두 가지이다. 하나는 사회적 위상의 재수립은 고백서사를 하나의 요소로 포함하는 실천행위를 통해서 가능해진다는 사실이다. 따라서 고백 서사를 두고서 그것이 거짓되다고 비판하고 그렇기 때문에 한갓 변명에 불과하다고 간주하는 것은 적절치 못하다는 점이 다른 하나이다. 요컨대 고백이란 그 내용의 진실 여부보다는 불명예스러운 일을 고백한다는 사실 자체에서 의미를 갖는다. 따라서 고백의 의미와 효과를 적절히 이해하기 위해서는, 그 내용의 사실성 여부를 따지는 것보다 고백 행위의 실천적 함의와 효과를 주목할 필요가 있다.[8]

고백의 맥락에서 「민족의 죄인」의 주제효과를 적절히 규명하는 데 있

---

8) 이와 관련하여 다음 등을 참조할 수 있다. 김혜동, 「루소의 고백소설 연구」, 한국불어불문학회, 『불어불문학연구』 34, 1997; 유호식, 「자기에 대한 글쓰기 연구 (1)-고백의 전략」, 한국불어불문학회, 『불어불문학연구』 43, 2002; Soong Hee Kim, "Literature as a Mode of Confession : A Case of The Prelude", 한국문학과종교학회, 『문학과 종교』 9권 1호, 2004; 최승락, 「고백 언어의 특성과 웨스트민스터 신앙고백서」, 『장로교회와 신학』 4, 2007.

어서 중요한 것 또한 마찬가지다. 주인공—서술자의 고백 중 몇몇 불명예스러운 에피소드 등을 두고서 사실의 곡해 여부를 따지는 것보다는 그러한 방식의 발화가 의도하는 바와 그 효과를 검토하는 것이 보다 중요하고 생산적이다. 실제와 어긋나는 기억을 서술자가 사실이라고 주장하는 경우 그 내용을 작가의 실제 행적과 비교하여 정정하고 마는 것은 작품론의 견지에서 보아 별다른 의미가 없다.9) 작품 전체의 차원에서 그러한 방식이 갖는 의미효과를 추론하는 것이 중요하기 때문이다. 또한 그러한 비교를 고집하려 한다면 사상이나 신념 등을 포함하는 작품 내의 모든 정보를 비교·검증의 대상으로 설정해야 할 것인데, 누구도 부정할 수 없듯이 그것은 불가능하고 어떤 경우에서든 소설은 허구적인 텍스트이므로 불필요하기 때문이다. 같은 맥락에서, 고백의 주체인 서술자 '나'를 작가 채만식으로 단순히 동일시하는 것도 적절치 않다. 이 경우 「민족의 죄인」의 고백을 적절히 분석하는 데 있어서 지금까지 논의한 장애가 다시 등장하기 십상이기 때문이다. 친일행적의 고백을 담은 「민족의 죄인」의 창작 주체인 작가 채만식을 이 소설 속에서 행해지는 고백의 주체로 좁혀 동일시해서는 작품의 전체적인 특징과 주제효과를 제대로 파악할 수 없다.10) 이런 이유로 본고는 작품분석에 있어서 「민족의 죄인」을 일종의 비주체적인(non—subjective) 텍스트로 대하고자 한다.

---

9) 「민족의 죄인」에서 서술자가 밝힌 친일행적이 작가의 실제 이력과 약간의 차이를 보이는 점에 대해서는 김윤식이나 방민호 등의 연구에서 언급된 바 있다. 이들의 경우 이러한 상위를 채만식의 착오로 규정하였는데, 이 소설의 고백적 특성에 주목하는 본고에서는 착오 여부를 문제시하지 않는다.

10) 물론 친일행적의 고백을 담은 소설을 발표한 행위의 문제는 중요한 연구 테마이다. 그러나 그것은 기본적으로 작가론의 영역에 해당하는 것이다. 발표 행위의 의미 등을 작품 분석에 관련시킬 때는 외삽적인 작품 분석의 오류에 빠지지 않도록 주의해야 한다.

3. 고백의 전략 — 대칭적 회상구조와 이원적 서술방식

「민족의 죄인」의 특성을 실증적으로 규명한다 할 때 가장 먼저 눈에 띄는 것은 이 소설의 서사구성상의 특징이다. 현재시점이 액자처럼 발단과 결말 부분을 차지하고 상당한 분량의 과거 회상이 가운데 끼어 있는 회상구조가 두드러진다. 이 장에서는 이 소설의 시간 구조를 검토함으로써 회상구조를 확인한 뒤, 서술전략의 특징을 보다 미시적으로 분석하여 이러한 회상구조의 특성을 규명하고자 한다.

「민족의 죄인」의 시간 구조는 다음과 같다.[11]

1절—서술 시점 현재~울분의 심리 (디)

2절—회상 ①—1 : 반 달 전~'P사'에서 '윤'을 만남 (디)

　　　회상 ②—1 : 1945년~시골로 소개(疏開) (디)

　　　회상 ③ : 1945년 이전~소개의 이유 (디)

3절—회상 ③ : 1945년 이전~소개 이전의 친일행적 (디)

4절—회상 ②—2 : 1945년 소개 이후 (디)

5절—회상 ①—2 : 반 달 전~'김'과 '윤'의 논쟁 (미)

6절—서술 시점 현재 및 그 이후 : ~조카에 대한 훈계 (미)

이상을 보다 간략히 정리하면 크게 세 부분으로 묶을 수 있다. 서술행위가 진행되는 현재 시점으로 시작된 뒤(1절), 반 달 전 'P사'에서의 일과

---

11) 각 부분의 주요 사건을 '~' 뒤에 병기하였다. ( ) 속은 지배적인 서술방식을 표시한다. '디'는 디에게시스(diegesis), '미'는 미메시스(mimesis)를 뜻한다.

식민지시대의 행적에 대한 회상이 3중으로 전개되고(2~5절: ①-1, ②-1, ③, ②-2, ①-2), 다시 현재로 돌아와 사건이 진행되는 것이다(6절). 여기서 특징적인 것은 대칭적인 구조가 두드러진다는 점이다. 시작과 끝 부분이 현재이고 중간 부분이 과거인데, 과거 부분 또한 가운데로 갈수록 시간을 더 거슬러 올라가는 구조를 취하고 있다. 이를 두고 대칭적 회상구조라 할 수 있다.

이러한 대칭적 회상구조는, 서술 시점의 서술자가 현재를 설명하기 위해 과거를 돌이켜본 뒤에 재차 현재로 나아간 결과로 나타난다. 현재를 설명하는 방식으로 과거가 현재를 받쳐주는 셈이다. 따라서 중요한 것은 과거를 에워싼 뒤 미래를 향해 나아가는 현재이다. 이는 의미 연관 면에서 명확히 확인된다. 회상 ② 전체는 "윤'과의 대화상황 및 그에 따른 '나'의 심정'을 나타내는 회상 ①-1에 대한 직접적인 설명으로 기능하고 있다. 또한 회상 ③은 회상 ②에서 보이는 '소개'의 동기 및 이유와 회상 ①의 배경을 알려주고 있다. 지난 사건의 회상이 현재와 미래 쪽의 사건에 의미를 부여해 주는 것이다. 회상 부분의 이러한 기능적인 역할을 고려할 때, 이 소설에서 현재적인 의미를 띠며 지속되는 시간이 '회상 ①에서 1절, 6절로 이어지는 스토리'임을 알 수 있다. 따라서 회상 ②~③ 부분의 양적인 비중이 아무리 크다 하더라도 이 부분은 현재 사건에 덧보태진 하위사건(substories)이라고 하겠다.

이렇게 구조화된 상태를 통해서 「민족의 죄인」의 서술자—주인공에게 중요한 시간은 현재라는 점이 분명해진다. 동일한 맥락에서, 식민지시대의 회상 ②와 ③ 부분에서 나타나는 대일협력 행위의 내용 또한 주인공의 현재 상황 및 심리에 대한 설명으로 환기되고(re-collected) 있다 하겠다. 사정이 이러하기 때문에 회상 자체나 불명예스러운 행적이라는 고백의 내용 자체가 아니라 그것이 현재에 대한 설명으로 끌어들여졌다는 기능에 주목할 필요가 있다.

이러한 판단은 담론 분석(discourse analysis)에 의해 강화된다. 「민족의 죄인」의 담론은 두 가지 종류로 구분될 수 있다. 하나는 '말하는 것과 말해지는 것을 포함하는' 디에게시스(diegesis)이고 다른 하나는 미메시스(mimesis)이다. 2절에서 5절에 걸치는 회상 부분을 이 맥락에서 검토하면 「민족의 죄인」의 특징적인 담론 구사방식이 확인된다. 2~4절의 회상 ②~③ 부분 곧 나의 과거 행적에 대한 진술이 디에게시스[말하기]로 기술된 뒤에 5절의 회상 ①-2 부분 곧 'P사'에서 '윤'과 '김'이 논쟁하는 사건이 미메시스[보여주기] 위주로 기술되고 있다. 여기서 전자가 반성의 맥락을 띠고 있으며 후자가 변명·변호의 기능을 한다는 점이 주목된다. 앞부분에서 주인공은 어쨌거나 자신은 죄를 지었다고 밝히지만, 이어지는 5절에서는 서술자가 '윤'의 주장이 검증되지 않은 것이라는 맥락에서 '김'과 '윤'의 논쟁을 보여주고 있다. 그 결과로 '나'의 반성은 진정성을 획득하고 '나'에 대한 '윤'의 비판이 과도한 것이라는 점이 부각된다.[12]

회상구조 전체가 보이는 이러한 의미연관을 담론의 특성과 결부지어 '반성의 디에게시스 + 변명·변호의 미메시스' 구조라고 하겠다. 오해를 방지하기 위해, 이러한 구조가 시간적 선후관계를 의미하는 것은 아니라는 점을 강조해 둔다. 회상 ②-1에서 ①-2에 이르는 회상구조 속에서는 선후관계이기도 하지만, 이 소설의 도처에서 반성과 변명·변호가 붙어

---

12) 5절 말미에서 주인공이 '김'의 논리를 부정하는 것 또한 결과적으로는 2~4절에서 펼친 고백의 진정성을 강화하는 데로 귀착된다.

나오는 데 있어 순서는 의미가 없다. 이 구조는 「민족의 죄인」을 특징짓는 이원적 서술방식의 구체적 내용을 가리키는 것일 뿐이다.

'반성의 디에게시스 + 변명 · 변호의 미메시스'의 이원적 서술방식은 반성과 변명의 절충이 아니다. 「민족의 죄인」에서 이 방식은, 서술 주체를 나눠 '주인공'의 반성과 '서술자'의 변명 · 변호적 미메시스 형식을 취하면서 주인공의 진정성을 강조하는 효과를 낳고 있다. 이 이원적 담론 구성 방식 속에서, 반성하는 주인공의 반성 내용은 언표의 직접성만큼 명확하며, 반성 주체가 가질 법한 (그러나 스스로는 거부하는) 변명 · 변호의 논리가 나름대로 설득력을 가질 수 있는 현재 상황에 대한 객관적인 미메시스에 의해 반성이 변명의 함의를 약화시키며 진정성을 획득하게 된다.

따라서 여기서 중요한 것은 미메시스 부분이다. 변명 · 변호의 미메시스가 변명하는 주체를 보여주는 것이 아니라 주체가 변호되는 객관적인 상황을 보여주는 것이라는 점, 따라서 이 미메시스 부분에 의해 주체의 반성이 진정성을 획득할 수 있게 된다는 점을 주목해야 한다. 반성의 디에게시스만으로는 반성 이후를 기약할 수 없지만 변명 · 변호의 미메시스에 의해 주체가 변호되고 반성의 진정성이 획득됨으로써, 반성의 주체가 새롭게 정체성을 갖추고 현실세계로 나아갈 수 있게 되는 것이다. '반성의 디에게시스 + 변명 · 변호의 미메시스' 방식이 대칭적 회상구조와 동일한 기능을 수행한다는 앞의 판단은 이러한 의미에서이다. 회상구조 속에서 과거가 현재를 뒷받침하듯이, 과거를 반성하는 디에게시스 담론이 주인공이 미래지향적으로 나아가게 되는 현재 상황의 미메시스 담론 곧 '회상 ①에서 1절, 6절로 이어지는 부분'의 의미 기능을 완결지어 주는 것이다. '반성의 디에게시스 + 변명 · 변호의 미메시스'의 의미연관이 미메시스에 중점을 두고 있다는 것은 이러한 의미에서이다.

주목할 점은 '반성의 디에게시스'와 '변명·변호의 미메시스'가 결합되어 반성의 진정성을 강화하는 담론 구성상의 이원적 특징이 회상구조에만 적용되어 있는 것이 아니라 「민족의 죄인」의 도처에서 크고 작은 방식으로 줄곧 구현되고 있다는 사실이다. 예컨대 소개(疏開)의 이유 세 가지를 들고 있는 2~4절이 그러하고, '김'과 '윤'의 논쟁을 통해 '김'의 궤변을 제시한 뒤 '나' 스스로는 그것을 받아들이지 않는다고 하는 5절 또한 이러한 이원적 서술방식을 보여 준다.[13) 황해도 강연으로 시작된 대일협력의 첫걸음을 직접적으로 반성한 뒤에[디에게시스] '개성 사건'을 장황하게 보여줌으로써[미메시스] 설득력 있는 변명·변호 효과를 끌어내는 것도 동일한 방식의 구성을 보여주며, 풍천읍 강연 후 청년들과 세 차례 대면하며 끝내 자신의 진정을 밝히는 에피소드를 통해 자신의 친일 강연이 실상은 진심에서 우러나온 것이 아니었으며 기회가 닿을 때는 민족적 진심을 설파하기도 했다고 보여준 뒤에[미메시스] 스스로를 '양서동물'이라 규정하며 반성적인 평가를 내리는 것[디에게시스], 매일신보 연재소설 집필 시 겪은 봉변을 보여준 뒤에 '일변 생각하면 받아 싼 욕'이었다고 반성하는 것, 대일협력의 악취를 못 견뎌 하는 '지극히 당면적인 간단한 욕망'을 제시하고는 그에 더하여 '죄의 표식에 농담이 유난히 두드러질 것은 없는 것'이라 반성하는 것(16호;53~54면),14) 아내와의 대화 부분에서 다시 시골로 가서

---

13) 면죄부를 받고자 하는 고도의 책략이라 보는 점에서는 본고와 약간 다르지만, 5절과 관련해서 이동하 또한 동일한 의미 효과를 지적한 바 있다(이동하, 「이광수와 채만식의 해방기 작품에 대한 연구」, 배달말학회, 『배달말』 16, 1991, 160~161면 참조).

14) '죄의 농담'론과 관련하여 김윤식은 이것이 작가의 양해사항이자 독자를 협박하는 강요사항이며 진정성이 없는 저질의 변명이라 비판한 바 있는데(김윤식, 「채만식론─민족의 죄인과 죄인의 민족」, 『한국현대문학사─1945~1980』, 일지사, 1983, 212~215면) 이는 이러한 담론 구

는 살 도리가 없음을 서술자가 객관적으로 설명한 뒤 마루에서 노는 아이들을 보여주며 민족의 죄인이 나아갈 속죄의 길이 다음 세대 교육임을 보여주는 방식, 조카를 훈계하는 에피소드를 보여주고는 '나'의 심정을 밝히는 종결 부분의 처리 방식 등이 모두 그러하다.

요컨대, 한편에서 주인공 '나'는 자신의 잘못을 반복해서 반성하지만 다른 한편에서는 서술자가 몇 가지 에피소드를 덧붙여 그러한 행위의 불가피성을 보여주고 있다. 디에게시스 층위에서는 주인공이 상황의 불가피성을 부정하고 자신의 비겁함을 강조하는 반면 미메시스 층위에서는 서술자가 '죄를 짓게 되었다는 반성'이 뒤집어지게 하는 것이다. 이와 같은 방식으로 서술자는 '나'의 행위가 불명예스러운 것이 아님을 밝혀 주며, 그 결과로 주인공의 반성의 진정성이 강화된다.

이렇게 '반성의 디에게시스 + 변명·변호의 미메시스'의 이원적 서술방식은 작품의 도처에서 크고 작은 형식으로 등장하여 하나의 패턴을 이룬다. 반성과 변명·변호의 변증적 의미 관련을 드러내는 이러한 패턴 구사의 효과는 사실상 반성을 뒤집되 한갓 변명에 떨어지지 않게 함으로써 반성의 진정성을 강화하는 것이다. 사정이 이러하기에 이 소설의 의미를 두고 반성 혹은 변명의 하나로 규정하는 것은 적절치 않게 된다. 반성과 변명의 이분법을 무용지물로 만들고 양자를 지양하여 반성의 진정성을 강화하는 이러한 패턴을 구사하는 이원적 서술방식이야말로 「민족의 죄인」의 특징적인 서사전략에 해당한다.

「민족의 죄인」의 서사전략은 서사구성과 서로 긴밀히 관련되어 있다. 이는 대칭적 회상구조라는 서사구성상의 특징 자체가 이러한 이원적 서

성방식의 궁극적인 의미 효과를 간과한 데 따른 것으로 보인다.

술방식에 의한 것이라는 데서 확인된다. 본고는 이러한 상호관련 상태를 일컬어 '고백의 전략'이라 명명한다. 작품의 전체적인 서사구성에서뿐 아니라 서사의 하위 지절들에서 반복적으로 반성과 변명 · 변호의 이원적 서술방식을 구사하는 서사전략의 궁극적인 의미 효과가 '반성—변명'의 이분법을 넘어서 고백의 진정성을 강화하는 데 있기 때문이다. 요컨대 「민족의 죄인」은 고백의 전략을 효과적으로 구사함으로써 한낱 변명에 떨어지지 않을 수 있었다고 하겠다.

4. 고백의 맥락에서 본 반성과 변명의 문제

「민족의 죄인」의 1절은 아래의 한 문단으로 되어 있다.

그동안까지는 단순히 나는 하여커나 죄인이거니 하여 면목 없는 마음, 반성하는 마음이 골돌할 뿐이더니 그날 金군의 P사에서 비로소 그일을 당하고 나서 부터는 一종의 자포적인 울분과 그리고 이 구차스런 내 몸덩이를 도모지 어떻게 주체할바를 모르겠는 불쾌감이 전면적으로 생각을 덮었다. 그러면서 보름동안을 머리 싸고 누어 병 아닌 병을 앓았다. (15호;33면)

여기서 두 가지가 주목된다. 하나는 앞서 밝힌 바 이 소설의 시간구조이고, 다른 하나는 주인공의 심리변화이다. '나'의 심리변화 양상을 정리하고 그 이유를 밝히는 일은, 반성과 변명의 이분법을 지양하여 이 소설의 주제효과를 구명하는 데 있어 긴요하다. 앞에서 지칭하였고 이하에서 밝혀지겠지만, 이는 고백의 진정성을 파악하는 일에 다름 아니다.

인용문에서 확인되듯이 주인공 '나'의 심리는 다음처럼 변하고 있다 : 반성 혹은 불명예의 의식 → ⓐ → 자포자기적인 울분과 불쾌감 → ⓑ → 속이 후련하고 안심되는 느낌(이는 인용문 이후 6절에서의 심정이다). 이러한 심리변화는 각각의 사이에 놓인 사건들과 관련되어 있다. 두 군데의 스토리라인에 의해 주인공의 심리가 셋으로 분절되어 있는 것이다.

ⓐ에 놓여 있는 스토리라인은 크게 세 가지다. 하나는 P사에서 만난 '나'와 '윤'의 짤막한 대화고, 둘째는 그에 길게 이어지는 '나'의 과거 회상이며(2~4절), 다른 하나는 '김'이 돌아와 '윤'과 벌이는 논쟁이다(5절). 회상을 통해 주인공의 과거 친일행적을 다루는 둘째 스토리라인이 서사의 대부분을 차지하고, 주제효과 면에서 주의를 요하는 부분은 고백의 전략을 완성하는 셋째인데, 여기서는 주인공의 심리를 살피기 위해서 첫째 부분을 검토해 본다.

주인공의 회상이 전개되기 전에 그가 '윤'과 나누는 대화는 총 일곱 마디뿐이다. "안녕하십니까"와 "(펙) 오래간만입니다"를 반복하듯이 주고받은 후에, '윤'이 "시굴루 소개(疏開) 가셨드라구"라 말을 건넨 뒤 주인공의 대답('네')에 이어 "호박이랑 옥수수랑 많이 수확하셨읍듸까?" 하고 물은 것이 전부이다.

여기서 주목할 점은 이 짧은 대화를 전후하여 주인공이 보이는 심리상태이다. 근 10년 만에 만나게 되는 '윤'에 대한 '나'의 심리는 자격지심에 가깝다. 자신은 '민족의 죄인'인 반면 '윤'은 대일협력을 하지 않았기에 '스스로 한 팔이 꺾여 눈치가 보이는' 심리가 '윤'을 대하는 '나'의 마음 밑바탕에 깔려 있다. 이 상태에서 주인공은 첫 인사말을 나눌 때 '윤'의 억양과

표정에서 '경멸하는 빛'을 보고, 붙임성 있게 건네온 둘째 인사말에 대해서는 생각 밖이라고 느끼다가, 끝의 말을 들으면서는 '아조 노골한 경멸과 조롱'을 느낀다(2절 앞부분, 15호;35면). 이어 과거를 회상하고는 '윤'의 그 말이 "이놈아, 이 민족반역자야"라고 하는 '타매(唾罵)와도 다름이 없는 것'이라고 생각한다(4절 끝부분, 16호;55면). 이 심정은 '김'이 돌아온 후 '윤'이 '내선일체 소설' 운운하는 데서 한층 극대화되어 그가 자신을 욕하려고 생트집을 잡는다 생각하며 '속에서 뭉클하고 가슴으로 치닫는 것'을 삼키고 참는 데까지 이른다(16호;56면). 이후 벌어지는 '윤'과 '김'의 언쟁에서 '나'는 한마디도 끼지 않고 듣고만 있다가 이야기가 끝나자 자리에서 일어선다. 거리로 나서는 그의 심리상태는 심란하다.[15]

이상의 요약에서 보였듯이 '윤'에 대한 '나'의 심리는 자격지심에서 ('윤'의 경멸, 조롱, 타매, 생트집에 따른) 울분과 불쾌감을 거쳐 심란함으로 변화되고 있다.

애초부터 한 팔 꺾이는 자격지심이 친일행위의 유무에 있음은 이미 서술자─주인공의 명언대로 확연한데, 울분·불쾌감과 심란함의 근거에 대해서는 설명이 필요하다. '하여커나' 스스로를 죄인이라고 느끼면서도 주인공이 '윤'에 대해 울분과 불쾌감을 느끼는 이유는 무엇인가. '김'의 표현

---

15) 서술자에 따르면 '김'과 '윤'의 논쟁이 끝났을 때 '나'의 심리상태는 '윤'의 말이 옳고 '김'의 말은 '아무 소용도 없다'고 느끼는 것이다. '핏기 한 점 없는 얼굴'로 '김'과 헤어지며 나누는 대화를 따서 말하자면 '죽기만 못한' 심정이라 할 수 있다. 여기서 주의할 점은 위와 같은 서술자의 규정이 '심리상태'와는 거리가 멀다는 사실이다. 주인공이 '김'에게 건네는 말 또한 그의 심리를 명확히 드러낸다고 보기 어려운데, '윤'과의 대면에서 '나'가 느끼던 자격지심이나 울분, 불쾌감을 생각하면, 주인공의 심리를 죽고 싶은 것이라고 보는 것이 적절치 않기 때문이다. 요컨대 P사를 나올 무렵의 '나'의 심리는 '나'나 서술자에 의해 다소 가려져 있다. 이런 상황에서 그의 심리가 제대로 포착되는 것은 길에 나선 주인공이 일기를 보며 "흐렸던 하늘에서는 어느듯 심란스런 비가 나리고 있었다"(16호;61~62면)라고 하는 구절에서이다. '심란함'이야말로 '나'의 심정이다.

대로 '재산적 운명'에 의해 지조를 시험받지 않은 '미시험품'인 '윤'이 '분수 이상으로' 자신을 비판(한다고 스스로도 생각)하기 때문이다. 그리고 주인공의 심란함은 '윤'이 그렇게 박절하게 비판한다 해도 그것을 탓할 수는 없다는 사실, 곧 "尹의 지조가 아모리 미시험의 것이기로니, 결백이 재산의 덕분이기로니, 죄인을 공격한 자격이 없으란 법은 없는것"(16호;61면)임을 스스로 부정하지 못하는 까닭이다. 요컨대 주인공은 '윤'의 비판이 도를 넘었으며 따라서 부당한 타매라고 감정적으로 느끼지만, 이성적으로는 '윤'의 비판 자격을 부정하지 않는다. 달리 말하자면 '윤'을 인정하고 이해하지만 그의 비판을 받아들일 수는 없는 심리상태에 놓여 있는 것이다. 이러한 분열상태가 울분과 불쾌감을 낳고 주인공을 심란하게 만드는 것이다.

여기서 한 가지 덧붙일 점은 주인공의 심리를 제시하는 기법상의 특징이다. 미메시스 차원에서 재구성해 볼 수 있는 상황과 실제로 디에게시스 차원에서 기술되는 심리 사이의 부정합성이 그것이다. 두 가지를 지적할 수 있다. 하나는 대화의 실제 양상과 서술자의 심리 규정 사이의 괴리이다. 앞서 지적했듯이 단 일곱 마디를 나누는 과정에서 '나'와 '윤'이 행하는 대화의 양상은 어떻게 보면 심상한 것이라고 할 수 있다. 미메시스 차원에서 실제 행해진 것들만 보면 평범한 수인사에서 벗어나지 않는 것이다. 그런데 이 소설에서는 여기에 주인공의 설명과 심리 규정이 더해져서 '윤'과 '나' 사이에 긴장이 부여되고 있다. 결국 서술자＝주인공의 디에게시스에 의해 상황이 달리 제시되는 것이다.16) 다른 하나는 '윤'과 '김'이

---

16) 본고가 널리 알려진 '말하기(telling)'와 '보여주기(showing)'를 사용하지 않고 '디에게시스'와 '미메시스'를 사용하는 이유를 여기서 밝혀 둔다. 본문의 논의에서 확인되듯 '나'와 '윤'의 대화 장면이 보여주기가 아니라 디에게시스에 해당한다는 판단이 직접적인 첫째 이유가 된다. '말하기 / 보여주기'와 '디에게시스 / 미메시스'는 일반적으로 '말하기 ＝ 디에게시스', '보여주기 ＝ 미

나누는 대화·논쟁을 주인공이 듣는 방식이다. 친일 경력자를 비판할 때 '윤'이 복수형을 쓰며 일반화해도 주인공 '나'는 그의 말을 자기 자신에 대한 통박이자 트집으로 간주함으로써 소통되는 내용에서 차이와 균열이 발생하고 있다.

이상에서 두 가지가 확인된다. 하나는 주인공의 울분과 불쾌감이 '윤'의 발언 자체에 의해서만 유발되는 것이 아니라 그에 대한 '나'의 태도 및 그의 말을 받아들이는 '나'의 심리에 의해 촉발되는 측면이 강하다는 점이다. 다른 하나는 주인공의 울분과 불쾌감이 생길 수밖에 없는 상황을 강조하고자 하는 서술의도이다. 미메시스 차원에서 확인되는 실제 양상에 비춰 다소 극단화된 주인공의 심리를 서술자가 디에게시스 차원에서 강조하고 있음을 알 수 있다. 위에 말한 부정합성이 이의 결과이자 동시에 이러한 판단의 근거이다.

이렇게 주인공이 보이는 첫 번째 심리변화는 '나'의 주관성 및 서술자

메시스'와 같이 이해되지만 지금의 경우처럼 어긋나기도 한다(이러한 차이는 예컨대 일반적인 배경묘사에서도 확인된다. 대부분의 경우 배경묘사는 보여주기이면서 디에게시스에 해당된다). 따라서 '말하기 / 보여주기'를 구사할 경우 오해의 여지가 큰 '나'와 '윤'의 대화 상황 등을 적절히 파악하기 위해서 본고는 '디에게시스 / 미메시스' 개념쌍을 구사한다. 이 외에 다음 이유를 덧붙일 수 있다. 디에게시스는 시인이 스스로 말하는 것이고 미메시스는 시인이 등장인물인 듯이 말하는 것이라는 플라톤의 정의대로(플라톤, 조우현 역, 『국가 / 시학』, 삼성출판사, 1990, 114~116면 참조) '디에게시스 / 미메시스'는 서술 주체를 기준으로 한 분류이기 때문에, '반성의 디에게시스'와 '변명·변호의 미메시스'가 각각 주인공 '나'와 서술자에 의해 변별적으로 구사되는 「민족의 죄인」의 이원적 서술방식을 해명하는 데 '디에게시스 / 미메시스' 개념쌍이 유용하고도 적절하다는 점이다. 이와 비교할 때 '말하기 / 보여주기'는 기본적으로 동일한 화자를 전제한 위에서 서술효과상의 차이에 주목하는 것이어서 이러한 분석에 효과적이지 못하다.

끝으로 이러한 논의가 '디에게시스 / 미메시스' 및 '말하기 / 보여주기'에 대한 일반론의 견지에서 전개되는 것은 아님을 부기한다. 본고에서 그럴 여유도 없고 필자에게 그럴 능력도 없는 것은 물론이거니와, 이와 관련된 논의가 해당 전문가들 사이에서도 제대로 정리되지 않을 만큼 복잡다단한 사정도 이와 관련된다(이에 대해서는, 제레미 M. 호손, 정정호 외역, 『현대 문학이론 용어사전』, 동인, 2003, 202~208면 참조). 요컨대 이상의 용례는 「민족의 죄인」이 보이는 담론 구사 방식의 특성을 밝히는 논의에 의해 요청된 것이지, 일반론으로 전제된 것이 아니다.

의 의도된 서술에 말미암는다. 반면 두 번째 변화는 그의 행동과 긴밀히 관련되어 있다. 행동의 결과로 후련함과 안심함이 생겨나게 되는 것이다.

주인공의 두 번째 심리변화는, 그가 자기 아내와 대화하고 조카를 훈계하는 두 번째 스토리라인(⑥) 이후에 나타난다. 이 변화가 지나치게 작위적·극적이라고 판단한 몇몇 연구자들은 이 소설의 마지막 부분을 불필요하다고까지 보았다.17) 그러나 우리는 마지막 심리를 낳은 '조카에 대한 주인공의 훈계'가 아내의 충고에 따른 것만은 아님을 주목해야 한다. 그것은 식민지시대의 (현재 시점에서 친일행적으로 남게 된) 대일협력 강연 도중, 한밤에 따로 만난 젊은이들에게 은밀히 행했던 애국적인 훈계에 닿아 있는 것이다.

이러한 관련을 고려하면 조카에 대한 훈계와 그에 따른 주인공의 심리적 변화를 갑작스럽거나 극적인 것이라고 볼 수 없게 된다. 본고의 입장에서 그것은 주인공의 사회적 역할(role)의 회복이자 자기 정체성의 재수립 행위에 해당된다. 훈계 행위 후에 그가 느끼는 심정이 "속 후련하고, 겸하여 안심 되는것 같은것"(16호;65면)임이 이를 증명한다.

이러한 판단에 이르기까지는 두 가지 설명이 필요하다. 하나는 이러한 '역할 회복', '정체성의 재수립'이 가능한 메커니즘이고, 다른 하나는 훈계 행위가 가져오는 심리변화의 효과를 염두에 둘 때 주인공이 '윤'에게 일언 반구도 대꾸하지 않은 이유이다.

둘째 사안에 대해 먼저 두 가지로 답해 본다. 왜 주인공은 '윤'에게 해

---

17) 사에구사 도시카스의 경우가 대표적이다(사에구사 도시카스, 「8·15 이후의 친일파 문제」, 『사에구사 교수의 한국문학 연구』, 베틀북, 2000, 507면). 김윤식의 경우도 '안이한 결말 처리'라 규정하고 있다(김윤식, 「채만식론―민족의 죄인과 죄인의 민족」, 『한국현대문학사―1945 ~1980』, 일지사, 1983, 214면).

명하지 않는가. 이 질문의 답을 '나'의 내면심리 등에서 객관적으로 추론해 나오는 일은 불가능하다. 따라서 「민족의 죄인」 전체의 내용구성을 염두에 두고 답을 찾아야 한다. '김'과 '윤'의 언쟁에서 서술자—작가가 사실상 '김'의 논리에 기대는 한편 '윤'의 언행을 극단적으로 그리고 있음은 분명하다. 그리고 내내 침묵하던 '나'가 '김'이 틀렸고 '윤'이 옳다고 판단하게 하는 이유 또한 어렵지 않게 짐작된다. '윤'의 주장이 과도하다는 서술자—작가의 판단과 의도를 십분 살리기 위해, 사실상 '윤'의 말문이 막히는 논쟁의 종결 방식에 주인공이 동의하지 않도록 하는 것이다. 주인공이 '윤'의 말에 대응하지 않는 것 또한 같은 효과를 노리는 것이라 하겠다.

또 한 가지의 해명은, 이 소설이 고백을 포함하고 있다는 자명한 사실에 주목하여, 고백양식의 특성에 비추어 좀 더 적극적인 의미효과를 읽어보는 것이다. 주인공이 '윤'에게 해명·변명하지 않는 궁극적인 이유는 무엇인가. 고백의 맥락에서 보면 답은 간명하다. '나'는 이미 회상 부분에서 자신의 친일행위를 고백했으며, 그 과정에서 사실상 그 자신을 충분히 변호했기 때문이다. 요컨대 서사의 전개 차원에서 회상 내용에 후행하는 서술시점 곧 '김'이 '윤'과 언쟁을 벌이는 장면에서 주인공—서술자는 회상 부분에서의 고백을 통해 이미 자신의 목적을 달성한 상태이기에, 구태여 '윤'에게까지 자신을 이해시킬 필요가 없었던 것이다. 여기서 고백의 다음과 같은 특징들에 주목해야 한다. 고백의 궁극적인 목적은 타인 곧 세상 사람들의 동정을 이끌어냄으로써 자기 자신을 갱신하고 재정립하는 데 있다.[18] 따라서 고백은 한갓 텍스트 차원의 사건이 아니라, 사상과 신

---

18) 유호식, 「자기에 대한 글쓰기 연구 (1)—고백의 전략」, 한국불어불문학회, 『불어불문학연구』 43, 2002, 186면 참조.

념, 행위, 실천 등을 망라하는 삶에 대한 태도에 해당되는 것이며, 그 완수를 위해서는 행동과 삶의 변화가 요구된다.[19] 요컨대 고백이란 고백 서사 내의 어떤 인물에게가 아니라 고백의 청자에게 궁극적으로는 고백 서사의 바깥에 있는 독자들에게 행해지는 것이다. 「민족의 죄인」의 경우도 마찬가지여서, 고백을 행하는 주인공이 원하는 바는, '윤'의 이해가 아니라 청자(독자)의 관심과 이해, 동정이었던 것이다.

여기까지 오면, 아내와의 대화와 조카에 대한 훈계 이후 주인공이 갖게 되는 후련함과 안심이 주인공의 사회적 역할의 회복이자 자기 정체성의 재수립이라는 점 또한 보다 분명해진다. 앞서 우리는 '고백의 궁극적인 목적'이 완수되는 것은 고백의 실천을 통해서라 하였다. 이 맥락에서 볼 때 「민족의 죄인」의 주인공은 불명예스러운 일을 만천하에 고백하는 것에서 그치지 않고, 그러한 고백을 통해 환기된 자신의 사회적 역할과 위상을 마침 찾아온 조카에게 훈계함으로써 새롭게 실현하는 데까지 나아가고 있다 하겠다. 요컨대 조카에 대한 훈계는 고백에서 확인된 자신의 역할을 연장하여 해방기에서 재차 수행한 것이며, 이 행위를 통해 주인공은 자기 정체성을 새삼 다지게 되는 것이다. 결론적으로 주인공의 훈계는 '병 아닌 병'을 앓는 상태로부터 빠져나와 자기 정체성을 회복하는 변화를 의미할 뿐 아니라 그의 고백을 완성시키는 것이기도 하다. 이러한 훈계 행위가 조카를 위해 행하는 '훈계를 위한 훈계'가 아니기에 스스로 생각해도 '중뿔난 것'이고 속을 아는 아내를 보기에 쑥스러운 것이지만, 자신의

---

19) Soong Hee Kim, "Literature as a Mode of Confession : A Case of The Prelude"(한국문학과 종교학회, 『문학과 종교』 9권 1호, 2004)에서는 고백의 내용보다 고백한다는 행위가 중요한 점을 밝히고 있다(82면 참조). 또한, 고백의 화행에 따른 삶의 변화에 대해서는 최승락, 「고백 언어의 특성과 웨스트민스터 신앙고백서」, 『장로교회와 신학』 4, 2007, 61면 참조.

정체성을 다시 수립하는 것이기에 그러한 심정은 문제가 되지 않는다. 고백의 연장선에서 그 목적을 완수하는 것, 자신을 다시 세우는 것이 훨씬 더 중요하기 때문이다.

지금까지 살펴보았듯이 고백양식의 맥락에서 「민족의 죄인」을 살피는 것은, 이 소설이 구성상 파탄나지 않았다는 판단 위에서 주인공의 심리변화를 일목요연하게 설명하는 데 매우 유용하다. 본 장의 논의를 고백의 맥락에서 정리하기 위해 몇 가지 사실이 여기에 보태질 필요가 있다. 하나는 주인공의 친일행적을 변호하는 '김'의 논리나 그에 대한 주인공의 부정 모두가 회상 부분에서 행해진 고백의 진정성을 강화한다는 사실이다. 다른 하나는 이 소설에서 보다 중요한 것은 고백에 기초를 둔 서사전략의 기능이기 때문에 주인공 아내의 충고는 그리 높게 평가될 것이 아니라는 점이다.[20]

5. 해방기 채만식 작품들의 의미망

1장에서 본고는 몇 가지 질문을 던져두었는데, 그 요점은 「민족의 죄인」이 해방 이후의 채만식 소설들 속에서 차지하는 위상과 이들 작품의 변화과정에서 행하는 기능이라 할 수 있다. 이를 규명하기 위해 먼저 이 시기의 작품들을 발표일자를 기준으로 정리해 둔다.[21]

---

20) 아내의 충고를 중요하게 평가하면 그렇게 평가하는 만큼 이 작품의 구성상 결함을 크게 보지 않을 수 없다.

21) 미완인 경우와 작품집 발간, 사후 출간된 유고 등은 고려하지 않았다. 정확한 발표일자에 대해서는 정홍섭, 『채만식 문학과 풍자의 정신』(역락, 2004)을 참조했다. 서지를 이렇게 보면

① 「맹순사」, 『백민』, 1946.3 · 4

② 「역로」, 『신문학』, 1946.6

③ 「미스터 방」, 『대조』, 1946.7

④ 「논 이야기」, 『협동』, 1946.10

⑤ 「허생전」, 『협동문고』 4－1, 1946.11

⑥ 「도야지」, 『문장』, 1948.10

⑦ 「낙조」, 『잘난 사람들』, 1948.9(?)

⑧ 「민족의 죄인」, 『백민』 16~17, 1948.10, 1949.1

⑨ 「역사」, 『학풍』, 1949.1

⑩ 「극동선수」, 『신천지』, 1949.2~3

위의 목록에서 알 수 있듯 「민족의 죄인」은 해방기 이후의 작품세계에서 말기에 나온 것이다. 작품들이 보이는 특성을 간단히 정리하면서 「민족의 죄인」의 위상과 기능을 확인하도록 한다.

이 시기 작품들에서는 두 가지 사실이 주목할 만하다.

첫째는 이들이 작품의도(the intention of work) 및 주제효과를 기준으로 3~4 그룹으로 구획될 수 있다는 점이다. 그룹 1은 풍자를 이용하여 허풍을 떠는 사람들을 비판하는 소설들이고(③, ⑥), 그룹 2는 사회상황을 비판하는 작품들을 포함한다(①, ②, ④). 이 두 그룹은 풍자를 사용한다는 기준에서 보면 하나의 그룹으로 간주할 수도 있다. 나머지 소설들이 다시 두

1947년 전후 2년이 공백기처럼 보여 김재용 등의 경우 이에 의미를 부여하기도 했지만(김재용, 「세계질서의 위력과 주체 부재의 저항」, 문학과사상연구회, 『채만식 문학의 재인식』, 소명출판, 1999), 후에 발표되는 작품들을 창작하는 한편 각종 작품집을 펴내고 있기 때문에 이 기간을 문학적 휴지기로 보는 것은 적절치 않다.

그룹으로 나뉘는데, 그 중 하나인 그룹 3은 자기비판 혹은 고백을 보여준다(⑦, ⑧).[22] 그 외의 작품들이 그룹 4로서 풍자를 전혀 사용하지 않는 역사소설이 여기 해당된다.

이러한 범주화와 출판일자를 함께 고려하면 「민족의 죄인」이 갖는 경계적인 성격이 드러난다. 「민족의 죄인」 이전의 작품들은, 풍자를 사용하여 현재의 부정적인 사람들과 사회상황을 비판하고 있다. 이와는 반대로 「민족의 죄인」 이후의 작품들은 풍자적, 비판적 요소를 배제하고 과거에 시선을 둔다.[23] 이들 두 가지 경향의 가운데에서 「민족의 죄인」은 주인공의 내적인 심리문제에 집중하고 있다. 고백양식을 취하고 있는 이 소설에서 풍자는 자기비판으로 전화되어 있다.

둘째로 작품의 의도와 초점이 시간에 따라 변화한다는 점이 주목할 만하다. 초기의 풍자적인 작품들은 부정적인 외적 현상 곧 사회 환경이나 사람들에 시선을 둔다(①, ③, ④, ⑥). 「역로」는 약간 다른데 여기서는 외적 조건에 대한 관심이 우세한 가운데 자아에 대한 주의가 등장하고 있다.

---

22) 「낙조」의 경우 '나'에 대한 '춘자'의 비판이 매섭고 본질적이어서 딱히 자기비판에 해당하는 것은 아니지만, 비판의 형식이 아니라 내용 곧 과거 행적에 대한 반성이자 비판이라는 점에 주목하면 「민족의 죄인」과 한 부류에 묶인다 할 수 있다. 사소설을 벗어나 객관성을 획득했다는 점에서 「낙조」가 「민족의 죄인」보다 뛰어나다고 본 경우도 있으나(방민호, 『채만식과 조선적 근대문학의 구상』, 소명출판, 2001), ('사소설'에 대한 과도한 강조는 별개로 하더라도) 이는 주제의 직접적인 토로보다 극적인 제시가 소설미학적으로 우월하다는 판단을 바탕에 깐 것으로, '말하기 / 보여주기' 혹은 '디에게시스 / 미메시스'를 두고 어느 쪽이 더 낫다고 볼 수는 없다는 맥락에서 동의하기 어렵다. 고백양식의 문학사적 가치에 주목한다면 「민족의 죄인」의 위상이 한층 크다고 할 수 있다.

23) 이들 작품에 대한 평가는 쉽지 않다. 평가를 어렵게 하는 가장 큰 요인은 몇 편 쓰이지 않은 채 작가가 죽었다는 사실에 있다. 따라서 대부분의 논자들은 「민족의 죄인」에 대한 평가의 연장에서 그 의미를 파악해 왔다. 「민족의 죄인」을 비판적으로 평가하는 경우 이들을 두고 역사물로의 도피라 간주하는 반면, 긍정론의 경우에는 혼란스러운 사회상에 매몰되지 않고 보다 긴 호흡으로 사회를 바라보고자 한 시도라고 고평한다. 정호웅이 전자를, 정홍섭(『채만식 문학과 풍자의 정신』, 역락, 2004, 277면)이 후자를 대표한다. 본고는 후자 편에 선다.

「낙조」에 오면 주인공의 내면에 대한 관심과 외적인 상황에 대한 관심이 맞서 있다. 따라서 작품의 관심사가 외적인 데서 내적인 데로 시간에 따라 변화해 왔다고 할 수 있다. 이를 두고 작품 시선의 내향화라 할 수 있다. 이러한 경향은 「민족의 죄인」에서 정점에 이른다. 강조점이 역전되는 까닭이다. 이 소설에서 문제되는 것은 외적 현상이 아니라 주인공의 내적인 진정성이다. 내적 문제에 대해 관심을 두는 작품 시선의 내향화 과정이 이 소설에서 이렇게 극대화된 뒤, 이후 소설들에서는 현재의 전사(前史)에로 작가의 시선이 옮아가게 된다. 이러한 양상을 통해서, 외적인 데서 내적인 데로 관심이 옮아가는 내향과 과정이 「민족의 죄인」에서 완수되고 이후 새로운 시대를 해석하는 시야의 확보를 위해 과거를 탐구하는 역사소설이 모색되고 있음을 알 수 있다.

채만식의 해방기 소설이 보이는 시선의 변화에 주목하는 것은, 현상적으로 두드러지는 특징인 풍자 구사에 있어서의 변화를 포함하여 이들 소설들 전체를 내적으로 일관되게 설명하는 데 매우 유용하다. 풍자의 방법과 외적인 데 대한 관심이 나란히 가는 것은 자연스럽다. 따라서 해명해야 할 것은 작가가 풍자의 방법을 버리고 (혹은 포기하고) 역사에로 시선을 돌린 이유가 된다. 이 질문에 적절히 답하기 위해서는 고백의 기능을 주목할 필요가 있다.24)

고백은 능동적인 면과 수동적인 면을 함께 갖고 있다. 자신을 재정립하는 것이 전자에 해당되고, 과거를 변호하는 것이 후자에 해당된다. 고

---

24) 이 경우 작가의 의도를 심리학적으로 추측하거나 풍자의 효과나 가치에 대한 작가적 태도 및 판단의 변화를 추측하는 것은 의미가 없다. 작품들의 계열체 내에서 창작방법 및 수법의 변화를 일관되게 해석해 보는 것이 필요하다. 따라서 본고에서는 고백양식의 구사가 해방기 채만식 소설세계의 변화를 정합적으로 설명할 수 있음을 보이는 것으로 충분하다 할 것이다.

백 행위의 궁극적인 목적이 자신을 믿어달라고 다른 사람들을 설득하는 것임은 명백하다. 이런 맥락에서, 고백의 능동적인 요소는 고백 주체의 올바름이나 정당함 혹은 행위의 불가피성이나 이상에 대한 주체의 믿음에 근거를 둔다고 할 수 있다. 「민족의 죄인」의 주인공이 울분을 느끼는 것도 이러한 믿음이 있기에 가능한 것인데, 초기 작품들에서 부정적인 인물 및 사회상황을 풍자, 비판할 수 있었던 것도 바로 이와 같은 긍정적인 특성 위에서라고 할 수 있다. 이런 의미에서 「민족의 죄인」이 보이는 고백은 그 이전 작품들의 풍자를 계승하고 지양하는 것이라고 간주될 수 있다. 이렇게 「민족의 죄인」은 풍자를 자기비판으로 바꾸는 방식으로 풍자를 완수하고 있다. 이렇게 풍자가 완수되어 스스로 소멸한 이후, 이미 보았듯이 작가의 시선이 역사에로 정향되는 것이다.

이상을 통해서, 역사소설을 쓰면서 새로운 시대에 요청되는 심원한 시야를 갖추기 위해 채만식이 풍자적인 작품들을 완결 지을 필요가 있었으며, 이를 행한 것이 바로 「민족의 죄인」이라고 추론할 수 있다. 결론적으로, 이전 작품들의 풍자를 완성하고 소설 쓰기에서의 새로운 지평을 여는 것 이것이 바로 해방기 채만식 소설세계에서 「민족의 죄인」이 행하는 기능이자 소설사적인 위상이라 하겠다.

6. 결론

본고는 주인공의 심리변화와 서사구성상의 특징, 서술 전략의 세 측면에서 「민족의 죄인」을 분석하고 그 특징을 고백의 맥락에서 검토해 왔다.

이렇게 볼 때 주인공에게 중요한 일은 그의 사회적 역할과 정체성을 회복하고 재수립하는 것이다. 따라서 그는 '윤'의 말에 울분을 느끼면서도 아무런 대꾸도 하지 않는다. 그 대신에 과거를 반성함으로써 청자·독자의 동정과 이해를 이끌어내고, 조카에 대한 훈계를 통해 계몽가로서의 역할을 회복하게 된다.

이 소설이 보이는 대칭적 회상구조와 '반성의 디에게시스 + 변명·변호의 미메시스' 패턴을 핵으로 하는 서사전략은, 이러한 메커니즘의 결과이자 그것을 가능케 하는 기본 틀이다. 이러한 서사구성과 서사전략이 긴밀히 조응하여 앞서 말한 정체성 회복을 가능케 하는데, 이를 고백의 전략이라 할 수 있다.

「민족의 죄인」은 해방기 채만식 소설세계에서 분수령적인 위상을 차지한다. 세계에 대한 비판·풍자에 이어 풍자를 고백으로 해소하고 역사소설로 나아가는 계기를 마련한 것이다. 달리 말하자면 작품 시선의 내향화가 이 소설에 이르러 극대화되어 자기반성의 형식으로 풍자를 완성한 후에 역사소설 쓰기에 요청되는 바 새로운 시대를 읽는 데 필요한 시야로 전화되는 것이다.

이상의 분석에 의해 본고가 가질 수 있는 의의는 다음과 같다. 첫째는 고백에 주목하여 '반성 / 변명'의 이분법을 지양함으로써 「민족의 죄인」에 대한 선행 연구들의 성과를 절장보단하였다는 점이다. 둘째는 고백의 적극적·긍정적 기능에 주목하여 해방기 채만식 소설의 전모를 내적인 연관 속에서 일관되게 파악하고 이 소설의 위상을 획정한 것이다. 끝으로 셋째는 소설 장르에서 풍자가 갖는 소명과 고백양식의 효과를 심층적으로 고려할 계기를 마련한 것인데, 이 계기를 살려 나아가는 것이 차후의 과제이다.

한국 현대소설에 나타난 기독교적 구원의 문제

김동인의 「명문」 등과 김동리의 『사반의 십자가』를 중심으로

1. 기독교 문학 연구의 문제

문학 연구의 생산적인 긴장 관계 중 하나는 귀납과 연역 방법의 관련에서 생겨난다. 실재하는 작품들의 면면을 검토하여 일반화하려는 실증주의적인 욕망과, 문학성 자체에 대한 숙고를 통해 문학의 정체를 구명하려는 논리적인 욕망 사이의 역동적인 관계에서 문학 연구 및 문예학이 발전하는 것이다. 이러한 두 가지 지향성이 동시에 고려될 때 개별 작품의 연구도 의미 있는 성과를 기대할 수 있다.

그러나 이 관계가 고착화되거나 상대를 돌보지 않을 때 생기는 문제 또한 심각하다. 여기서 맹목적인 실증주의나 특정 이론에 전적으로 의지하는 재단비평 사이의 분열이 발생한다. 이 각각의 편향은 문학 연구를 지체시키는 걸림돌이라 할 수 있다.

이러한 문제는, 주제 유형으로 묶이는 작품들에 대한 연구에서 쉽게 불거진다. 종교문학에 대한 연구 또한 이에 속한다고 할 수 있다. 기독교를 다룬 한국 근대소설들에 대한 기존 연구들을 일별할 때 이상의 문제가 사실임을 알 수 있다. 여기서는 특히 후자의 경향이 심하다. 곧 기독교와 관련된 작품의 제재 및 주제에 지나치게 매달려 다른 요소는 돌보지 않는 폐단을 떨치지 못하는 경우가 적지 않다. 기독교 교리에 근거를 두고서 그와 관련되는 측면에만 주목하여, 문학작품으로서 태작임이 분명한 경우에도 긍정적인 평가를 적극적으로 내리는 경우가 생기기도 하는 것이다.

이를 좀 더 일반화하면, 작품의 전체적인 특징에 대한 파악이 미흡해지기 쉽다는 점으로 정리할 수 있다. 내용·주제상 기독교적인 측면에 지나치게 주목한 결과, 작품의 다른 요소를 보지 않고 해당 부분만 독립적으로 파악하거나, 논의가 한편으로는 문면에 그치고 다른 한편으로는 작품 외적인 교리에 기대어 추상화되는 문제가 발생한다. 작품을 하나의 전체로 보지 않는 이러한 방식은 문학 연구라 하기 어려울 정도의 심각한 결격 사유를 보인 것이라 하겠다.

'연애문학'이라는 범주 설정이 그에 속하는 작품들의 특징을 밝히는 데 기본적인 요건이 될 수 없듯이, '기독교문학'의 경우도 사정이 다르지 않다고 할 수 있다. 적어도 기독교문학의 연구가 기독교의 본질을 구명하거나 선교에 기여하는 것일 수는 없음은 분명하다(문학 작품의 생산은 그럴 수 있겠지만). 더 나아가서 기독교 교리에 대한 이해의 문제가 이들 작품을 해석하고 평가하는 데 있어서 관건이 될 수도 없을 것이다. 예컨대 성경에 대한 이해의 정도나 올바름을 따진다거나 성경에 어느 정도 근거했는가 하는 충실도를 재는 일은 이들 작품을 문학적으로 검토, 평가하는 데 있어서 관건이 될 수 없다. 이러한 의미에서, 사실상 현재의 연구 성과들을 염두에 두고 보더라도, 기독교문학에 대한 연구가 '기독교문학 연구'로 특화되는 것은 바람직하지 않다 하겠다. 기독교문학에 대한 연구는 대상을 지칭할 뿐이지 연구 방법상의 특성을 가리키는 것이 아니므로 딱히 특화해야 할 이유가 없는 것이다.

이 논문은 바로 이러한 문제의식 위에서 구성된다. 기독교문학에 대한 연구에 있어서, 대상으로 설정된 작품의 주제적인 특성 곧 기독교라는 종교를 다룬다는 점에 긴박되어 문학연구로서의 학적인 면모를 충분히 살리지 못한 경우가 적지 않다는 데 대한 문제의식이 본고의 출발점이다. 이 논문의 연구 대상이 김동인과 김동리의 기독교소설로 설정된 것 또한 바로 이러한 이유에서이다. 이들 작품에 대한 기존 연구들이야말로 지금까지 말한 오류를 가장 잘 보여준다고 판단되는 까닭이다. 따라서 실제 논의의 중점은 이들 작품에 대한 포괄적인 검토에 놓이더라도, 이 논문은 불가피하게 기존 연구 성과에 대한 문제제기 및 대결의 양상을 띨 것이다.

기존 연구사에 대한 반성에 입각하여 김동인과 김동리의 기독교소설을 검토 대상으로 설정한 위에서, 이 논문은 '기독교의 구원 문제를 작품화하는 방식'에 맞추어 대상의 거리를 극복하고자 한다. 연구 대상 설정상의 정합성을 이러한 점에서 찾는 것이다. 물론, 기독교의 구원 문제를 다룬 작품들로 연구 대상을 범주화한다고 해서 특별한 연구 방법론이 구사되는 것은 아니다. 상술했듯이 이 논문의 목적은 주제적인 면에 현혹되어 작품의 전체적인 면모를 놓친 기존 연구들의 문제를 넘어서는 데 궁극적인 목적을 두기 때문이다. 달리 말하자면 이들 소설에 대한 포괄적인 검토를 통하여, 기존 논의들과 달리, 이들 소설이 보이는 주제적인 측면의 위상과 의의를 적절히 자리매김하는 것이 이 논문의 의의가 될 것이다.

사정이 이러하기에, 작품 내용의 적절한 이해를 위해서 기독교의 교리 특히 구원과 관련한 사상을 참조하는 외에, 연구대상 설정에 따른 특별한 연구 방법론이 동원되는 일은 없다. 이 작업도, 소설작품의 전체적인 주제 효과 차원에서 기독교적인 주제 구현의 특징을 파악하는 방식으로만 수행된다. 기독교 관련 주제 요소가 어느 정도 인식되고 어떻게 작품화되었는가에 주목할 뿐이다.[1] 따라서, 구원과 관련한 기독교 사상의 올바른 이해 여부가 분석과 평가에서 유의미한 계기로 구사되지는 않는다. 더 나아가서 기독교와 관련한 작가의 사상 등에도 지나친 무게를 두지 않고자 한다. 이 모두는, 작품 바깥의 교리에 근거한 재단비평 식의 우를 피하기 위해서이다. 정리하자면, 작품에 대한 정치한 독해 위에서 기독교 사상 및 교리 이해를 포함한 전체적인 주제효과를 구명하는 것이 본고의 목표이다.[2]

2. 식민지시대 소설의 기독교 형상화와 김동인의 경우

1) 기독교문학의 빈약함과 김동인의 소설

식민지시대에 나온 소설들 중에서 기독교를 다룬 작품들은 그 양이 꽤 적고 질도 따로 말하기 곤란한 정도이다. 물론 등장인물들을 기독교 교인

---

1) 이와 관련하여, 작품에 수용된 기독교적 인식이 '무난한 상식'을 넘어서는가 여부 및 그 수용 태도가 지적 딜레탕티즘을 벗어나 있는가 여부를 구체적인 평가 기준으로 구사하고 있는 이동하(『한국 현대소설과 종교의 관련 양상』, 푸른사상, 2005, 18~23면)의 방식을 참조할 만하다

2) 결과적으로 이 논문 또한 '기독교문학 연구'의 일원이 되겠지만, 문제의식의 상이함과 연구 방식의 보편성에 의해서, 그러한 유별화를 무화시키는 데 일조하게 될 것이다.

으로 설정한다거나 예배당이 작품의 배경으로 나온다거나 하는 경우들을 모두 따지면 그 수효가 늘어서, 문학사적으로 확고한 지위를 차지하고 있는 작품들도 거론될 수 있을 것이다. 이 경우라면 이광수의 『무정』이나 『재생』, 염상섭의 「제야」나 『삼대』 등도 언급될 수 있다.

그러나 이런 식의 범주 확장이 생산적일 수 없음은 물론이다. 작품의 주제효과와 관련하여 본말을 고려하지 않은 것이기 때문이다. 주동인물도 아닌 김 장로나 조상훈 등이 기독교인으로 설정되었다고 해서 『무정』이나 『삼대』를 기독교소설로 볼 수는 없는 것이다. 이러한 사정을 고려하면 식민지시대 문학에서 기독교의 문제를 전면화한 작품들은 찾아보기 어려운 편이라 할 정도로 그 수효가 적어진다. 작가별로 보아도 전문 작가라 할 수 있는 경우가 사실상 없다. 요컨대 식민지시대의 경우, 기독교문학이라 할 만한 성과가 없다고 하겠다.[3]

사정이 이렇게 된 데는 기독교계 내부에도 원인이 있을 듯싶다. 1920년대에 기독교인들이 자주적으로 발간한 잡지 『신생명』에서 두 가지가 확인된다. 형성기 문단의 주요 구성원인 전영택이 편집인 겸 주간이고 방인근이 편집 실무를 담당할 정도로 문인의 역할이 적지 않았음에도 불구하고 창작물을 싣지 않은 데서 보이듯, 기독교문학의 생산력이 미미했다는 점이 첫째다. 다음으로는 창간사의 다음 구절에서 확인되듯이 기독교계의 상황이 그다지 바람직하지는 못했다는 사실이다.

---

3) 이러한 사정을 고려하지 않고 기독교소설의 외연을 무리하게 확장한 경우로 신춘자의 「한국 근대 기독교소설 연구」(한국문예비평학회, 『한국문예비평연구』, 1998)를 들 수 있다. 이 글은 1920년대 기독교소설로 이광수의 『재생』, 김동인의 「마음이 옅은 자여」・「이 잔을」・「유서」・「명문」, 전영택의 「운명」과 「생명의 봄」・「독약을 마시는 여인」・「화수분」・「흰닭」을 들고 있다. 작가의 이력을 염두에 두고서인지 전영택의 작품을 대거 들었지만 단 한 작품도 기독교소설로 볼 수 없다는 것이 본고의 판단이다.

더구나 금일 종교계를 보면 可謂百鬼夜行의 추태가 現치 아니하는가. 他教는 막론하고 소위 기독교회를 보라. 서로 제함하고 서로 가축하고 서로 분열하야 심지어 소송까지 아니하는가? 교회의 타락도 莫此爲甚이로다. 악하고 게으른 종아! 너의 주인이 오실 때가 임박한 줄을 思하라.4)

기독교에 대한 사회 평판이 매우 안 좋을 만큼 교계에 문제가 적지 않았음을 알 수 있다. 이러한 사실들에 근거하여, 식민지시대에는 포교나 종교적 탐구의 맥락에서 기독교문학을 발전시킬 여지가 없었다고 추론해 볼 수 있다.

이러한 상황에서 기독교를 다루어 그에 맞는 검토를 요하는 식민지시대의 소설은 사실 김동인의 몇몇 단편에 한정된다. 기독교와 관련하여 김동인은 세 편의 소설을 발표하고 있다.5) 체포 직전의 예수와 그 제자들을 그린 「이 잔을」(『개벽』, 1923.1)과 기독교의 구원 문제를 나름대로 다룬 「명문」(『개벽』, 1925.1), 기독교 신앙생활의 실상과 변화 과정을 제시한 「신앙으로」(『조선일보』, 1930.12.17~29)가 그것이다.

이들 작품에 공통적인 첫째 특징은 기독교에 대한 작가의 이해가 일천하고 그것을 대하는 태도에 진실성이 떨어진다는 점이다. 그럼에도 불구하고 당대 기독교인들의 행태와 풍조를 그려 보이는 데 만족하지 않고, 보다 본격적으로 예수의 행적이나 구원의 문제를 직접 다루었다는 점이

---

4) 이상 『신생명』에 관한 부분은 한국교회사자료연구회(대표 발표 전광준), 「『新生命』의 내용과 성격」(한국기독교역사연구소소식 137회 연구모임 자료 발표, 1996.3.2)에서 인용 · 재인용하였다.

5) 신춘자(「한국 근대 기독교소설 연구」, 한국문예비평학회, 『한국문예비평연구』, 1998)의 경우 「유서」를 들고 있지만, 작품 초두에서 등장인물이 예수 그림을 그리는 모티프가 있을 뿐이고, 그나마도 중편 이상 분량에 미완인 까닭에 여기서 논할 것이 못 된다.

두 번째 특징이라 할 수 있다. 사회문화의 한 현상으로 기독교를 다룬 이기영의 「부흥회」나 김동리의 「무녀도」 등과 달리, 기독교라는 제재를 다루는 데 있어서 교리에 대한 탐구, 신앙의 본질에 대한 궁구의 권역으로 들어섰다는 것이다. 요약하자면, 초점을 기독교 교리상의 핵심적인 문제에 맞추었으나, 탐구나 궁구라 할 만한 진지한 면모를 보여주지는 못한 것, 김동인의 위 세 편은 이러한 특징을 보여 준다.

2) 문제의식 부재에 따른 예수의 범속화―「이 잔을」

「이 잔을」(『개벽』, 1923.1)[6]은 최후의 만찬 이후 제사장 패들에 쫓겨 겨우 '켓세마니 동산'으로 피신해 온 예수가 기도를 통해 십자가의 길을 받아들이기까지의 고민을 그리고 있다. 이 소설에서 특징적인 것은 예수의 면모에서 신성을 거의 찾아볼 수 없다는 점이다. 이는 두 가지로 확인된다.

첫째로 예수의 언행이 범속한 인간의 그것으로 그려지는 사실을 들 수 있다. 제사장 일행이 들이닥친다는 소식에 최후의 만찬 장소에서 '후다닥 일어나' 앉고, 몰래 집을 빠져나와 뛰다 빨리 걷다 몸을 숨기다 하며 예루살렘을 벗어나는 탈주 과정은 대중영화의 장면과 방불하다. 고생 끝에 겨우 감람산의 제자들에게 합류한 예수가 유다의 행적을 묻고는 없다 하자 "제사장한테 갓는지, 그놈"이라고 일갈한 뒤에, 바위에 쓰러져 앉고는 "다리가 몽치거티 쨋쨋하여지구, 발은 성한 대 업시 찌저젓다"고 중얼거리는 것 역시 속된 인간의 모습에서 한 치도 벗어나지 않는다(48~49면). 기도하

---

6) 이하 작품의 인용은 본문 속에 괄호를 치고 면 수를 넣어 표시함.

러 자리를 옮기기 전까지의 그는 성경에서와는 달리 사태의 전말과 의미를 알고 있는 그리스도로서의 면모가 거의 없다. 지난 행적을 회상하는 장면에서 "愛人 막달나 마리아와, 밟기 조흔 물에 저즌 모래 우를, 쌀닐니의 海邊을 散步하든 것도, 진실로 행복스런 쑴이엇섯다"(51면) 해 둔 것을 보면, 작가의 시선이 예수의 신성에는 미치지 않고 있음을 알 수 있다.

둘째로 감람산에서의 상념과 기도에서 나타나는 예수의 갈등 또한 그리스도다운 성격이 약하다는 점을 들 수 있다. 다음 구절에서도 보이듯이 그의 고민은 일반적인 예언자 혹은 군중의 지도자 정도의 수준에 머물러 있다.

그가 아즉 모든 괴로움을 쑤르고 하여 오던 일을, 成功니만에 허무러버리던지, 그러치 안흐면 죽던지, 이것이 그의 압헤 막힌 運命이다. 前者를 取하자면, 그의 아즉것 싸하온 人格과 名聲이 문허질 것이다. 後者를 取하자면 十字架 우에 올라가지 안흐면 안 될 일이다.(46면)

문면 그대로 읽을 때(그렇게 읽지 않을 도리도 없다) 위의 구절은 예수의 그것일 수 없다. 인류의 구원이 아니라 '인격과 명성'이라 한 데서 보이듯, 예수의 죽음과 부활이 기독교에서 갖는 의미를 제대로 의식하지 못한 상태에서 쓰여졌다고 하지 않을 수 없다.

예수를 속인처럼 그리는 방식은, 그의 심정을 묘사하면서 지난 3년의 일을 "모든 것은 쑴이엇섯다"(50면)고 정리하거나, 광야에서의 시련과 깨달음을 민간신앙에서의 '도통'과 유사하게 묘사하는 데에서도 잘 확인된다.[7] 요컨대 이 소설의 예수는 기독교라는 세계종교의 메시아가 아니라 속인의 풍취가 짙은 인간으로 그려져 있어, 소설 자체가 사실상 독신(瀆神)의 경계에 들어가 있다.

예수의 기도 또한 "正正堂堂히 죽음으로 向할가, 몰래 도망하여 살기를 도모할가"(52면)하는 시정의 맥락에 근거하여 "한우님이어, 여호바여. 바랍니다. 참으로 바랍니다. 할 수만 잇스면, 이 盞을, 이 참혹한 盞을, 제게서 써나게 하여 주십시오. 제가 이 쓴 盞을 마시지 안흐면 안 된다는 것은 넘우 殘酷한 일이외다. 아멘"(52면)하고 마치는 식이다. '너무 잔혹한 일이다'라는 구절은 성경에 없는 것으로서, 당시의 예수가 할 만한 말이라기보다는 작가 김동인의 수준 낮은 해석에 해당된다고 할 만하다. 하나님의 뜻에 대해 예수가 '판단'을 내린다는 것은 있을 수 없는 까닭이다. 여기까지 와서 보면 사실 앞에서 살펴본 예수의 속인 같은 면모는 작가의 무지나 악의적인 의도에서 마련된 것이라고 할 수 있다.

상황이 이러하기에 「이 잔을」에서의 예수는 이어지는 기도에서, 여호와의 뜻을 이루기 위해서는 제 죽음이 필요한 줄 알지만, 제자들을 돌볼 걱정에 주저하고 자기의 잔혹한 운명을 원망, 저주하게 된다(53면). 이런 뒤에야 비로소 "여호바여. 알앗습니다. 인제는 쌔달앗습니다. 제 몸을, 미련하고 눈 어두운 무리를 위하여, 산 제사로 내여노켓습니다. 그럴 것이외다. 저는, 넘우 이 몸에 집착하엿습니다. 그러나, 萬人을 어두운 대서 구할 데 必要하다 하면, 요만 것을 무엇을 앗기겟습니까? 뜻대로 하겟습니다. 아멘" 하고 신의 뜻에 따르기로 한다. 이 구절은 문제적이다. 예수

---

7) "온갖 힘과 정신을 丹田에 모으고 (…중략…) 그의 全靈은 妙境에 들엇다. (…중략…) 녯적 道士들과 가티 자긔도 인제는 能히 각 病을 고칠 수 잇스며, 예언을 할 수 잇다. 쌔다른 것이 이쌔이다."(50면)

가 자신의 몸에 집착하였다는 독신이 주제적인 면에서 문제적이라면, 예수의 인식이 변화하는 이러한 종결 처리는 소설 전체에 비춰볼 때 너무 뜬금없기 때문이다. 소설미학 차원에서 보자면, 인물 성격화상의 실패요 구성상의 파탄이라고 할 수 있다. 이 모두는, 예수의 속화가 지나쳐서 그의 마지막 결의가 설득력을 얻을 수 없게 된 것인데, 이 면에서 역으로 생각해도 예수의 형상화에 일종의 악의가 있었다고 볼 여지가 충분하다.

「이 잔을」은 사실 이만큼 분석할 필요도 없는 태작이라 할 수 있다. 그럼에도 불구하고 지면을 아끼지 않은 것은 다음 두 가지 이유에서이다. 앞서 지적한바 식민지시기에 기독교를 다룬 작품들이 드물다는 점이 첫째다. 둘째는, 「이 잔을」의 이러한 악의적인 면모가 이 시기 기독교가 처한 상황에 대한 문학적인 반응에 해당한다고 볼 수 있기 때문이다. 끝으로, 김동인의 후속작인 「명문」을 검토하는 데 있어 「이 잔을」을 건너뛸 수는 없는 까닭이다.

3) 기독교적 구원의 회화화—「명문」

「명문」은 기독교를 다룬 소설로 적지 않게 분석, 검토된 작품이다. 이러한 연구들 중에는 김동인 자신의 언급이나 문학 외적인 이론에 힘입어 작품의 의미를 적극적으로 조명하는 경우도 있다. 그러나 그러한 분석, 평가는 지나치다고 생각된다. 「명문」 또한, 다루는 제재 및 주제에 대한 진지하고도 충분한 성찰이 없어, 한갓 지어낸 이야기에 그친다는 혐의를 지우기 힘든 까닭이다.

"田主事는 대단한 예수교인이엇습니다"로 시작하는 「명문」(『개벽』,

1925.1)8)은 기독교인에 대한 비판과 풍자를 담은 작품이다. 신앙심이 독실하고 그에 따라 행동하는 주인공이 끝내 자기 믿음에 배반당한다는 점에서, 의미 구조로 볼 때 이 소설은 극적 아이러니의 면모를 보인다. 여기서 관건은 그러한 아이러니를 낳는 서술자—작가의 시선과 의도에 있다.

「명문」의 주인공 전 주사는 "우연히 어느날 례배당이라는 곳에 가서, 강도하는 것을 듯고, 문득, 자긔네의 삶의, 리상이라는 것을 모르고 장래라는 것을 무시하는 것에 놀라서, 그날부터 대단한 예수교인으로 변하"였다(2면). 아내에 이어 부모를 전도하고자 하나 실패하고 급기야 집에서 쫓겨난다. 작은 가게를 운영하는데 '예수에 대한 믿음과, 정직함, 겸손함의 세 가지'를 덕으로 삼아 "온갖 일을, 이 '德'이라는 안경으로 비춰어보면서 행"동함으로써(4면) 장사는 날로 흥하나, 부친의 이름으로 계속 사회에 기부하여 밑천이 늘지는 않는다. 예배당 기부 사건에서 드러나듯, 부친의 구원에 대한 열망이 부친 명예의 개선을 바라는 것으로 변질되기도 하지만, 그의 신실한 삶의 모습은 존경할 만한 것이다. 십여 년 후 서른 살이 되어 부친이 사망하자 큰돈을 들여 부친 이름을 딴 공회당을 짓고 계속 근검한 종교인의 삶을 산다. 그러는 중, 모친이 노망에 걸려 주위 사람들을 못살게 굴고 하인에게조차 업신여김을 받게 된다. 이에 전 주사는 모친을 잠재워 하늘나라로 보내드리는 것이 효도라 생각하고 살해하여, 그 죄과로 자신 또한 사형에 처해진다. 공판 과정에서 자신의 행위가 죄가 아니며 하나님에 의해 자신의 선행이 인정되리라는 생각을 굽히지 않던 그는, 천당 재판석에서도 동일한 태도를 고수한다. 그러나 천만뜻밖에도 천당의 재판관은 그의 영혼을 지옥에 보내라 처분한다. 항의하는 그에게

---

8) 이하 작품의 인용은 본문 속에 괄호를 치고 면 수를 넣어 표시함.

재판관은 자신이 바로 하나님이며, 천당의 심판 또한 세상의 그것처럼 '명문(明文)'을 중시하는 법정에서 이루어진다고 일갈한다.

이상의 요약 특히 마지막 장면의 설정에서 두드러지는 것은, 하나님이 판관으로 등장하며 천당의 원리가 현실의 그것처럼 명문을 중시하는 것으로 그려진 점이다. 하나님의 신성을 인정하지 않고 인간화하여 묘사하고 있으며, 기독교적 사상(事象)을 실제 현실의 경우로 전환하여 그렸음을 알 수 있다. 이는 성경의 구원 이야기를 세속의 입장에서 다룬 것이라 할 수 있는데, 바로 이러한 점에서 「명문」은 「이 잔을」의 연속선상에 있다고 하겠다.

김동인의 소설들에서 대체로 플롯이 중시되고 심리나 상황에 대한 묘사가 취약한 것처럼 「명문」 또한 이러한 면모가 짙다. 그런데 여기서 이러한 특성은 대단히 문제적이다. 이 경우는 묘사의 부재가 사상(事象)을 다루는 방식의 잘못을 교정할 여지를 없애고 있기 때문이다. 이 소설이 다루는 바는 명확히 '기독교의 구원'이지만, 그 내용은 구원의 이치를 구명 혹은 탐구하는 것도 아니고 구원에 대한 이해의 문제를 조명하는 것도 아니다. 구원 자체를 희화화하고 구원에 믿음을 두는 사람들을 조롱할 뿐이다.

작품의 의미망을 독립적이고 자체 충족적인 것으로 볼 수는 없는 한, 작품이 다루는 사상이 실제로 갖는 의미와 규정력을 고려하지 않을 수 없다. 현실의 파블라를 고려해야 하고, 다루어지는 제재의 일반적인 의미 맥락을 고려해야 하는 것이다. 이런 견지에서 볼 때 「명문」은 현실의 규정력이나 기독교적 구원의 의미 등이 완전히 무시된 상태에서나 상상할 수 있는 면모를 보인다. 바로 이러한 의미에서 「명문」 또한, 사상의 깊이랄 것이 없고 불성실하고 진정성이 없는 의미 없는 태작에 불과하다고 하지 않을 수 없다.

이를 두고서 '인형조종술'이라는 김동인의 창작방법론과 관련지어 '김동인 류의 생소함'을 구현한 작품이라 하는 것은 무리다.[9] 마찬가지로 이 작품을 두고 사회적인 역할 모델 곧 페르조나에 소외된 인물들의 행태를 그린 것이라 보는 것 또한 지나친 해석이다.[10] 서술자의 시선이나 태도에서 그러한 해석의 여지를 찾기 어려운 까닭이다.

「명문」의 서술자는 자신을 거의 드러내지 않고 있기에, 우리의 해석은 인물들의 행태나 사건의 추이가 보이는 범위 내에 갇힐 수밖에 없다. 이렇게 볼 때 전 주사의 전도를 거부하는 부모의 반응이나, 사실상 부친의

---

9) 진병도는 이 소설이 보이는 특성을 '동인미'라고 긍정적으로 보아주면서 그 특징을 여섯 가지로 정리한다. ① 전 주사의 입교 과정에서, 김동인만의 맛이 나는 구원의 통로 개설, ② 삼손과는 달리 머리를 깎은 뒤 수행력이 증대, ③ 전통적인 구원론을 뒤집어 행위구원을 내세움, ④ 모친 살해 사건 모티프에서 보이는 바 탐미주의적 미의 관념, ⑤ 죄의식의 부재라는 생소성, ⑥ 미의 철학을 오해한 하나님에 대한 항변(진병도, 「明文'과 '신들의 미소'에 비친 기독교사상」, 임영천 편, 『김동인·김동리와 기독교문학』, 푸른사상, 2005). 그러나 이러한 정리에는 동의하기 어렵다. 작품의 가치를 인정하는 입장에 미리 서서 긍정적인 해석을 무모할 정도로 적극적으로 수행한 결과이기 때문이다. 예컨대 다음과 같은 논의는 설득력을 갖기 어렵다. 전 주사의 모친 살해를 두고 "'하나님이 지어놓은 구원론'을 동인다운 구원론으로 생소화하고, 전통적 효와 전통적 살인죄에 대한 인식의 범주를 해체하고, 대신 다른 차원의 미학적 세계를 생소성 위에 건립하려한 것이다"라 한다거나(106면), 아비의 구원을 바라는 전 주사의 행위를 두고 "하나님께서 독권적 은혜로 구원한다는 선택자의 구원론을 근본적으로 뒤집어서 (…중략…) 개신교에서 행위구원을 은혜구원으로 대체한 바로 그 점을 뒤바꿔서 행위구원을 위하여 진력하는 전 주사를 형상화한 것이다. 개신교에서 볼 때 전혀 생소한 구원관이 되도록 의도화한 것이 된다"(108면)고 해석하는 것이 그러하다. 전 주사의 모친 살해를 인식의 해체에 해당한다고 보는 것은 현란한 수사에 그칠 뿐이며, 여기 나타난 현세구복적인 구원관을 정통적인 구원관의 생소화라고 보는 것 또한 논리적인 설득력을 갖지 못한다. 당시 사람들의 구원관이 천박하다는 것을 무의식 중에 드러냈다고 보거나 기독교적 구원에 대한 작가의 의식이 형편없음을 알려주는 것이라 보는 것이 적절하다.

10) 홍태식의 경우가 그러하다. 그에 따를 때 이 소설은 "인간의 사회 구성원으로서의 역할을 용이하게 수행할 수 있도록 하기 위해서 필요한 가면(personal-mask)이 어떤 과도한 심리적, 내면적 욕구를 합리화하기 위한 기제로 오용될 때, 그 인간에게 어떤 불행이 오게 되는가 하는 보편적 진실의 문제를 소설적 관점에서 처리한 작품"에 해당된다(홍태식, 「明文'에 나타난 동인의 기독교 인식과 부정적 인간관」, 임영천 편, 『김동인·김동리와 기독교문학』, 푸른사상, 2005, 86~87면).

명예를 회복시키고자 선행을 하면서 스스로 구원의 문제로 착각하는 전주사의 행동, 더 나아가 그의 모친 살해와 천당에서의 재판 결과 등은 그러한 모든 행동들에 관련되는 의미들을 한갓 통념이나 가벼운 공상 차원으로 격하시킬 뿐이다.

미약하게나마 이 소설이 한국 교회 혹은 기독교인들의 통속적인 구원 이해에 닿아 있다고 볼 수도 있지만, 여기에는 중요한 유보사항이 전제된다. 그렇게 볼 수 있을 만큼 그러한 현상에 대해 거리를 유지하며 비판적이고 냉철한 인식을 선보이고 있지는 않기 때문이다. 따라서 「명문」이 통속적 구원 이해에 닿아 있기도 하다는 지적은, 우리가 이 소설을 두고 긍정적으로 해석하고자 할 때의 최대치가 1920년대 기독교계의 통속적인 측면에 대한 고발이나 비판과 관련지어 해석해볼 여지가 있다는 의미에 한정된다.

4) 신앙생활의 세태묘사를 통한 문학적 성취―「신앙으로」

김동인은 1930년대로 오면서 기독교와 관련하여 한 편의 소설을 더 발표한다. 『조선일보』에 연재된 「신앙으로」(1930.12.17~29)가 그것이다.[11]

「신앙으로」는 은희라는 인물의 신앙생활이 성장 과정을 따라 변해가는 것을 그리면서 당시 여러 세대 기독교인의 신앙생활이란 무엇인지를 조명하고 있다. 독실한 신자였던 은희가 무신론자가 되기까지의 과정은 다음 구절에 잘 요약되어 있다.

---

11) 이하 인용구 말미에 횟수로 표기한다.

이리하여 은희의 신앙에는 마츰내 최후의 결단이 난 것이엇섯다. 어렷슬 째의 그야말로 태산이라도 음즉일 신앙은 그의 오라비동생의 죽음에서 파탄이 생겻다. 거긔서 틈이 생긴 신앙은 은희의 배운 바 과학이 마츰내 말씀이 쓸어내어버렷다. 처녀의 정열은 한째 그리스도쎄 귀의(歸依)해본 적이 잇기는 하지만 그것은 오히려 련애로서 설명할 것이지 신앙이 아니엇섯다. 은희의 아페 정당히 사랑할만한 대상—남편이 나타날 째는 한째 림시로 그의 마음을 점령하엿든 환영은 쫏겨나지 안흘 수가 업섯다.(8회)

여기서 확인되는 것은 신앙생활의 허위적인 성격이다. 은희의 신앙생활이란 유년기 때는 맹목적이며 좀 커서는 관습적일 뿐이고 청춘의 열정에 시달릴 때에는 연애의 대체물로 기능하는 것이다. 사정이 이러한데도 은희라는 인물이 '하나님의 귀한 기둥'(4회)이라 칭송될 만큼 주위 사람들에게는 모범적인 교인으로 인식된다는 점을 고려하면, 작가의 의도가 어디에 있는지 확인된다. 결론을 당겨 말하자면, 이 소설의 은희가 당대 기독교인들의 전형으로 제시되었다고 할 수 있다. 여기서, 은희를 바라보는 서술자의 시선이 냉소적이거나 하지 않다는 점도 주목할 만하다. 따라서 세태의 날카로운 제시에 목적이 있지 기독교인들의 신앙생활을 비판하려는 의도가 앞에 나서 있지는 않다고 하겠다. 이러한 점은 「신앙으로」의 결말부에서 다시 확인된다.

교회에 나가지도 않고 집에서 예배를 보지도 않게 된 은희 부부는 다시 신앙생활에 복귀하게 된다. 아들 필립을 얻어 행복한 나날을 보내다 아이가 세 돌 지났을 때 폐렴에 걸려 죽을 지경에 처하게 된 것이 계기이다. 내세가 있어 죽은 아이가 지옥에라도 가면 안 되겠다 싶어진 은희가 급히

목사를 불러 죽기 전에 세례를 받게 하고, 아이의 영혼을 위하여 경건하고 엄숙하며 진심에서 우러나오는 기도를 드린 뒤 다시 예배당에 다니기로 결심하는 것이다. 이를 두고 작가는 다음처럼 설명한다; "지금 은희의 마음에는 가장 절실한 필요 째문에 신앙이 부활되엇다. 사랑하는 아들과 갈라지기 실흔 어버이로서의 애정—여긔서 생겨난 신앙이 그의 마음에 엄도왓다(sic)" 자신들이 죽어 지옥에 가서, 천당에 가 있는 아이와 만나지 못한다면 아이가 얼마나 섭섭해 하겠는가 하는 마음에 다시 신앙을 갖게 된 것이라고 해 둔 것이다.

여기서도 확인되듯이 은희 및 그 남편의 신앙생활 이력에 대해서 비판적인 시선이 없다는 점에 주목할 필요가 있다. 여러 가지 현실적, 실제적인 욕망이 거짓 발현된 것으로 주인공의 신앙을 조명하되, 적절히 거리를 두면서 세태를 묘사할 뿐이다. 실제적으로는 비판적 조명이되 서술자가 나서서 비판적인 맥락을 강조하지 않았다고 돌려 말할 수도 있다. 이러한 면모는 「신앙으로」의 경우 서술자—작가가 작품 내용 밖에서 그것을 굽어볼 뿐 섣불리 평가하지는 않고 있음을 알려준다. 김동인답지 않게 세태소설적인 차원에 머문 것인데, 그럼으로써 이 소설은 나름의 문학적 성취를 얻는다.

다시 예배당에 나가겠다는 부부의 결심을 그리면서 그 정체를 '세상의 무엇보다도 큰, 자식에게 대한 부모의 애정에서 생겨난 신앙'으로 규정하는 것이 대표적이다. 아이의 구원과 천당에서의 아이와의 만남에 대한 갈망이 은희 부부를 다시 신앙의 길에 들어서게 했다는 이러한 처리 방식은, 따지자면 여전히 '실제적 욕망의 거짓 발현으로서의 신앙생활'이지만, 한국 교회의 통속적인 구원관12)을 실제적으로 작품화한 것이기도 하다.

비판적 · 냉소적인 시선을 앞세우지 않고 신앙생활의 의미를 실제적으로 그려냈다는 점은, 아이에게 세례를 주고 다시 예배당에 가기로 하는 이들 부부의 심정을 '자식을 잃은 애통 아래서도 이상히도 일종의 안심을 느끼는 것'이라고 복합적으로 묘사한 데서 확인된다.

「이 잔을」이나 「명문」에 비해 볼 때 「신앙으로」가 보이는 이러한 면모는 작품의 성취도 면에서 긍정적으로 기능한다. 무엇보다도 어설픈 작위성이 없어짐으로써 세태에 대한 객관적인 성찰이라는 의미 있는 주제 효과를 얻어낼 수 있게 되었기 때문이다. 추상적인 기독교 신앙 자체가 아니라 한국 사회에서 신앙생활이 갖는 면모와 의미를 실제적으로 반영했다는 점에 이 소설의 의의가 있다.

물론 이 소설에서도 기독교라는 종교의 본질에 대한 탐구 정신을 찾아볼 수는 없다. 서술자 자신이 신앙에 대한 진실된 믿음을 전제하지도 충분히 인정하지도 않기 때문이다. 이러한 거리 두기 혹은 고민 없음이야말로 「신앙으로」가 갖는 작지만 소중한 성취에도 불구하고 이들 작품이 김동인 소설 세계 전체에서 변방에 머물게 되는 궁극적인 이유가 될 것이다. 덧붙여, 식민지 시대 소설들 중에 기독교를 깊이 있게 작품화한 경우가 거의 없다는 점을 고려하면, 신앙에 대한 이러한 태도는 김동인에 국한되지 않은 보편적인 현상이라 할 수도 있겠다.

---

12) 강성도에 따르면 한국 교회는 '죽음 이후의 권선징악적 처벌과 보상'이라는 구원에 대한 통속적인 이해를 특징으로 한다. "'예수 그리스도의 대속적 죽음의 공로로 인해 믿는 자들이 죽음 이후에 영생을 얻는다'는 식으로 구원을 이해"한다는 것이다(강성도, 『종교다원주의와 구원』, 대한기독교서회, 1997, 137면 참조).

3. 김동리의 『사반의 십자가』에 나타난 기독교적 구원 사상

1) 김동리의 기독교소설과 연구사의 문제

기독교를 다룬 김동리의 소설들 특히 『사반의 십자가』는 한국 기독교문학에서 매우 중요한 자리를 차지한다.13) 이 부류에 속하는 김동리의 작품은 다섯 편으로 알려져 있다. 「무녀도」(『中央』, 1936.5)가 첫머리에 놓이며 「마리아의 懷胎」(『靑春』 별책, 1955.2), 『사반의 십자가』(『現代文學』, 1955.11~1957.4)와 「木工 요셉」(『思想界』, 1957.7), 「復活―예수 되살아나심에 대한 아리마대 요셉의 수기―」(『思想界』, 1962.11. 이하 「復活」)가 그것이다. 여기서는 뒤의 세 작품을 대상으로 한다.14)

『사반의 십자가』에 대해서는 많은 연구 성과가 쌓여 있다. 이들 중 전면적인 작품론으로서 문제적인 경우들은 다음 두 가지 특징을 보인다. 첫째는 김동리의 순수문학관 및 제3휴머니즘론과의 관련에 지나치게 매달리는 경향이다. 작가생활 35년 중 처음으로 작품을 얻었다 한 「작가 후기」 등에

---

13) 이동하의 『한국 소설과 기독교』(국학자료원, 2003)와 『한국 현대소설과 종교의 관련 양상』(푸른사상, 2005)을 보면, 김동리의 『사반의 十字架』야말로 최근에 이르기까지의 한국문학에서 기독교(및 예수의 부활)를 다룬 작품들 중 수작이라는 평가를 확인할 수 있다.

14) 이동하는 「巫女圖」를 제외한 네 작품을 두고서 "「마리아의 회태」에서 개작본 『사반의 十字架』에까지 이르는 일련의 작품들 사이에는 시간이 흐름에 따라 점진적으로 '대담성'이 강화되어 갔다고 하는 변화가 확인된다"고 파악한다(이동하, 「복음서와 소설 사이의 거리 문제」, 『한국 소설과 기독교』, 국학자료원, 2003, 21면. 이 점에 대해서는 뒤에서 검토해 본다).

이동하의 지적대로 「마리아의 懷胎」는 다른 작품들과 달리 「누가복음」과 「마태복음」의 기록을 종합하는 데 그쳐, 작가의 창조적인 개입의 면모가 대단히 협소한 작품이다(19면). 이러한 점에다가 '구원'의 문제를 다루지는 않는다는 이유를 덧붙여 본고에서는 이 소설을 논의하지 않는다. 「巫女圖」를 빼는 이유도 동일하다. 연구대상의 시기적인 범주 설정과 관련하여 『사반의 십자가』 또한 개정판이 아니라 원본을 따른 어문각 판(『신한국문학전집』 26권, 1982)을 대상으로 한다. 이하 인용은 본문 뒤에 괄호를 열어 면 수를 표시함.

주목하여 의도의 오류에 빠지는 혐의까지 보인다.[15] 이 외에, 이 소설을 두고 동양사상을 강조하는 경우도 적지 않은데, 이러한 파악들은 작품의 실제에 비춰볼 때 설득력이 떨어진다.[16]

둘째는 이 소설에 담긴 기독교의 해석과 관련하여 이분법적인 접근 경향을 보이는 것이다. 이러한 논의들에서는, 예수와 사반 각자가 천상과 지상을 대변한다는 점을 전면화하여 작품의 의미 구조나 구성 자체가 그러하다는 식으로까지 확대하기도 한다. 작품의도를 명확히 분석하고 그에 근거하여 내린 평가가 아니라, 작품의 주제 요소 중에서 이 양자를 끌어내고 그것만을 집중적으로 부각시킨 결과일 터인데, 이는 작품의 실제 면모에 비추어 볼 때 편의적인 분석이라 하지 않을 수 없다.

2) 구성 및 서술 방식을 통해 본 『사반의 십자가』의 진면목

한 편의 소설이 우리에게 건네는 의미를 단순화하여 '주제'라 한다면 『사반의 십자가』의 주제는 물론 천상과 지상으로 이원화된 구원의 문제에 대한 탐구라 할 수 있다. 하지만 소설을 구조화된 전체로 보아 그 의미 또한 '구조의 효과'로 파악하는 자리에서는 이른바 '주제'라는 것 자체가 성립

---

15) 신춘자의 경우 이러한 문제들의 전형적인 사례에 해당한다(신춘자,「기독교의 구원과 '사반의 십자가' 연구」, 한국현대문예비평학회,『한국문예비평연구』, 2000).

16) 작품의 전체적인 면모를 검토하지 않고 사반과 예수의 대립에 주목하면서, 이러한 제 특징을 보인 원류는 김병익과 김현이다(김병익,「자연에의 친화와 귀의」, 서라벌문학,『동리문학연구』 8집, 1973; 김윤식·김현,『韓國文學史』, 민음사, 1973). 이후 이러한 파악 방식이나 판단 내용들이 무반성적으로 이어져온 감이 있다. 손봉주의「김동리 '사반의 십자가'의 분석적 연구」(청람어문교육학회,『청람어문학』, 1993)가 대표적인 예가 된다. 화랑도에 짜 맞추어 가면서 이 작품을 검토하는 외삽적인 재단비평의 극단적인 사례 또한 특기할 만하다(방민화,「제3휴머니즘과 '화랑'의 소설적 변용 연구─김동리의 '사반의 십자가'를 중심으로」, 한국현대소설학회,『현대소설연구』 24, 2004).

되기 어렵다. 여기서는 하나의 명제로 표현되는 '주제'가 아니라 서로 어긋나기까지 하는 다양한 의미들의 복합체로서 '주제효과'가 중요해진다.

이러한 견지에서 볼 때 『사반의 십자가』는 어떠한 소설인가. 기존 연구들의 편향을 염두에 두고 간략히 정리하자면, 이 소설은 예수와 사반이 대조되는 이원구조를 가진 서사가 아니라 사반의 서사에 예수 관련 부분이 삽입된 셈이라 보는 것이 온당하다. 이는 서사구성에서 일차적으로 확인되며 인물구성상의 특징에서도 그 근거를 찾을 수 있다.

『사반의 십자가』의 서사는 혈맹단 단장인 사반과 그 주변 인물들의 행적에 의거하여 전개되고 있다. 사반이 막달라 마리아를 처음 만난 이후 그녀와의 운명이 밝혀지는 동안, 사반이 하닷 단사와 그의 딸 실바아와 맺는 인연이나, 마리아와 실바아의 관계, 나바티야에 잡혀간 실바아를 구하기 위한 작전, 로마군과 혈맹단의 교전 등등이 이들 인물들에 의하여 세밀하게 전개된다. 나바티야의 아굴라가 벌이는 행적이 여기에 가미되고 그와 유사한 서술 비중으로 예수의 행적이 더해질 뿐이다. 기본적으로 이 작품은 사반 등의 서사에 토대를 두고 있는 것이다.

예수의 서사와 관련해서는 다음 세 가지를 주목할 필요가 있다. 첫째는, 혈맹단 단원인 유다와 도마 등이 예수의 제자로 들어가 그의 동향을 소개하는 장치가 우선적이어서, 예수의 죽음을 다루는 8절에 이르기 전까지 예수는 사실 거리를 두고 조명될 뿐이라는 점이다. 둘째는, 예수의 행적과 사상을 다루는 전체 방식이 거리를 둔 관찰자 시점 위주로 되어 있다는 사실이다. 이상에 근거하여, 작품에 세 차례 등장하는 사반과의 대화 장면에서도 예수가 그리스도로서의 면모를 한 치도 벗어나지 않는다는 점을 셋째로 꼽을 수 있다. 그의 내면이 드러나는 것은 대화 바깥에서 회상의 형식으로만 비춰질 뿐이다. 요컨대 이 소설의 예수는 관찰자적 시점에 의해 여호와의 아들로서 갖는 신성을 훼손당하지 않고 있다. 대체적으로 보아 서술의 범위가 그의 내면을 침범하지 못하는 까닭에 그의 신성이 상처받지 않고 보존되는 것이다.[17]

이렇게 『사반의 십자가』는 사반과 그 주변 사람들의 이야기를 줄기로 하여 구성되어 있다. 이 점을 무시하면, 마리아와 실바아의 만남 이후 아굴라의 계책에 실바아가 납치되고, 그녀를 구하기 위해 마리아가 위장 잠입하며 급기야 나바티야에 대한 혈맹단의 공격이 감행되어 나바티야 왕

---

[17] 이와 관련하여, 예수의 행적을 세세히 그리되 기독교적인 신성을 집중적으로 부각시키지는 않는 「木工 요셉」(『思想界』, 1957.7)을 살펴본 뒤 이동하의 논의를 재고해 볼 수 있다. 이 소설은 열다섯 살 된 예수를 맏이로 둔 여덟 식솔을 거느린 병약한 가장 요셉을 주동인물로 내세운 작품이다. 예수가 열두 살 때 유월절에 성전엘 가서는 자기를 찾느라 고생한 부모에게 "왜 그렇게 찾으셨어요? 내가 아버지 집에 있을 줄을 몰랐습니까?"(327면) 하는 말에 "요셉은 쇠망치로 머리를 얻어맞는 것같이 정신이 횡했던"(327면) 이래로 가슴앓이를 겪고 있다. 이렇게 병든 가장의 현실적인 바람과는 달리 예수는 장남으로서의 역할은 아랑곳하지 않고 무시로 집을 나가 디베랴의 바사바를 찾아 성서를 공부하거나 할 뿐이다. 문짝 짜는 일의 시한에 쫓기는 아비의 부탁이자 명령을 어기고 "저는 아버지께서 시키는 대로 떠나가야 겠습니다"(331면)며 집을 나서려는 예수에게 요셉이 손찌검을 하고, 그럼에도 집을 나서는 예수의 모습을 보인다. 결국 병이 심해져 요셉이 죽고, 마리아는 이후 예수가 집에서 요셉 이외의 누구를 가리켜 '아버지'라고 하지는 않았다고, 죽은 남편에게 미안한 마음에 거짓말을 했다며 작품이 종결된다.

이상의 정리에서 보이듯 이 작품은 그야말로 소품에 불과하다. 하지만 『사반의 십자가』에서 예수가 형상화되는 방식과 관련하여 주목할 만한 요소를 갖고 있다. 메시아로 나서기 전의 어린 예수를 설정하고 아비 요셉에게 뺨을 맞는 등 작품 내 세계의 실제적인 맥락에 갇혀 있는 것으로 그리면서도, 예수의 내면을 드러내지는 않고 있다는 사실이 눈에 띈다. 요셉이나 마리아의 경우와는 달리, 예수를 대상으로 해서는 심리 묘사도 없고 그의 행동에 대한 내적인 설명도 전혀 없는 것이다. 이러한 상태에서 '아버지(=하나님)'의 뜻에 따라 움직이고 성전에서 율법학자와 논의하는 등의 모습을 그리고 있다. 이러한 특징은, 『사반의 십자가』에서와 마찬가지로 이 소설에서도 예수의 신성을 전제하고 있다는 점을 알 수 있게 한다.

예수를 형상화할 때 그의 내면을 건드리지 않는 이러한 방식은 「復活」(『思想界』, 1962.11)에서도 달라지지 않는다. 따라서 이동하, 「복음서와 소설 사이의 거리 문제」(『한국 소설과 기독교』, 국학자료원, 2003)가 말하는 '대담성의 강화' 역시 제한적으로만 이해되어야 한다. 소설적 각색의 정도가 증대된다고 해도, 예수의 내면까지 파고들어가서 그의 신성을 저울질해보는 데까지 나아가지는 않는 까닭이다. 정확히 이 점에서라면 오히려 『사반의 십자가』가 그러한 면모를 가장 뚜렷하게 보인다고 할 수 있다.

이 바뀌는 사건이 다루어지는 4~5절, 곧 작품 전체의 1/4이 사족이 되어 버린다. 이 부분은 이 소설이 일차적으로 사반의 이야기이며 역사 활극적인 요소가 짙다는 판단을 내리게 함으로써, 예수의 서사에 더하여 『사반의 십자가』의 주제효과를 풍성하게 해 주고 있다.18)

이러한 사정을 예시적으로 보여주는 것이 바로 막달라 마리아의 서사이다. 예수를 따르게 된 뒤의 모습을 보면 구원된 자의 신실함을 잘 보이고 있지만, 사실 그녀의 서사 대부분은 사반과 관련되어 있으며 세속적인 사건으로 점철되어 있다. 사반을 만나 사랑에 빠지고, 실바아에게 질투를 느끼며, 그럼에도 불구하고 납치된 실바아를 구출하기 위해 나바티야 왕국에 들어가는 등은 연애소설로도 스릴러물로도 읽히게끔 되어 있다. 사반과 오누이임이 밝혀져 죽고자 하다가 구원되는 것 또한 이러한 의미 효과를 한층 강화한다. 여기까지 보면 초점 자체가 죄와 구원의 맥락에 닿아 있지 않다고 할 수 있다. 그 뒤 예수에 의해 영혼이 구원받고 새로운 삶을 살게 되는 데서 일반적인 연애소설류를 떠나게 되지만, 이 부분의 마리아가 이전과는 달리 별다른 행적을 보이지도 않고 그 내면 또한 (예수가 그렇듯이) 충분히 그리고 직접적으로 묘사되지 않는 점도 특기할 만하다.

막달라 마리아의 서사는 개체 발생이 계통 발생을 되풀이하듯이 그 자체로 『사반의 십자가』 서사의 압축이라고 할 수 있다. 유다의 고발 이후 그녀가 어떻게 되었는지를 다루지 않는 것이, 예수의 부활에 대해 작품 내 세계의 맥락을 연장하지 않고 서술자—작가의 언어로 처리해버린 것과 상통한다고 할 만큼, 그녀의 서사는 이 소설의 초점과 기독교에 대한

---

18) 『사반의 십자가』의 역사 활극적인 면모는, 나바티야에서 귀환하는 혈맹단이 도둑떼를 만나 물리친다는, 본서사와 분리된 우연적이고 독립적인 에피소드의 등장에서도 확인된다.

접근 방법을 함축적으로 보여준다.

이상의 논의를 정리하면 다음과 같다. 『사반의 십자가』는 기독교의 문제, 인류 구원의 사상을 작품에 끌어넣지만 주안점을 거기에만 두지는 않고 있다. 결코 그 의미를 왜곡하거나 소홀히 하지는 않되, 그렇다고 그 입장에 서서 선전하지도 않고 그것을 탐구의 대상으로 설정하지도 않는 것이다.[19] 요컨대 그와 어긋나고 반대되는 방향에서 이야기를 전개해나가 그 표면에 다다를 뿐이라고 할 수 있다. 따라서 온당하게 말하자면 『사반의 십자가』는 예수 시대를 배경으로 하고 유대의 독립을 원하는 사반과 혈맹단원들의 염원과 지향을 중심축으로 하여 그들의 삶의 굴곡을 보여주면서, 구원의 문제를 탐구하는 작품이라고 할 수 있다.[20]

서술 방식상의 특징도 더해 두자. 이 작품에서는 섬세한 심리 묘사와 상황 설명이 돋보인다. 아굴라와 야일 및 유다 등의 관계에서 각자가 느끼는 심리와 품고 있는 의도 등에 대해 정치하게 파헤치거나, 예수의 말이 뜻하는 바를 주변 사람들이 잘 이해하지 못할 때 상황에 비추어 그 의미를 알려주거나 하는 데서 묘사와 설명의 핍진함이 잘 확인된다.

심리 묘사나 대화를 통해서 인물들을 성격화하고 그들의 관계를 역동적으로 보여주는 것도 특징적이다. 유다가 마리아나 도마와 벌이는 대화는 이러한 성격화에서 가장 빛나는 부분에 해당한다(342~346면). 예수와

---

19) 이러한 점은 예컨대 이문열의 『사람의 아들』(민음사, 1979 · 1987)이나 정찬의 「슬픔의 노래」(『26회 동인문학상 수상작품집』, 조선일보사, 1995), 『세상의 저녁』(문학동네, 1998) 등이 보이는 신성에 대한 문제 제기와 탐구 정신에 비춰볼 때 분명해진다.

20) 기존 연구에서 이와 비슷한 파악을 보인 예로 유인순의 「광야의 소리와 별빛 — '사반의 십자가'의 구조와 성서의 변형 수용」(한국어교육학회, 『국어교육』, 1994)을 들 수 있다. 논문의 전체적인 구도를 성경의 텍스트화 양상으로 짜고 '성서적 인물'과 '사반의 무리'를 대칭적으로 비교 검토하고 있지만, 이 소설이 '사반과 그 무리들의 이야기'라는 적절한 판단을 잃지 않고 있다(142 · 164면). 작품을 온당히 파악한 위에서, 논의의 초점을 기독교적인 데 맞춘 경우라 하겠다.

의 끈이 끊어지고 하닷까지 잃어 낙심 상태에 빠진 사반과 스가랴의 심리 묘사 및 대화(355~356면), 예수의 언행과 그것을 대하는 주변 인물들의 심리 등에 대한 묘사도 대표적인 예가 된다. 이 경우들에서 심리의 묘사가 묘사 대상의 심리를 드러내는 한편 상대방의 성격화에 기여하는 점까지 고려할 때, 『사반의 십자가』가 보여 주는 심리 묘사와 대화의 자유로운 구사는, 인물의 내면에 대한 서술자의 개입이 다른 등장인물을 거치는 방식으로 절제되어 있음을 의미한다.

예수와 관련해서는 이러한 특징들이 집약적으로 드러난다. 그의 가르침이나 언행에 대해서는 거리 두기에 의해 서술자의 해석이 차지하는 비중이 커지나,[21] 예수의 신성에 대해서는 직접적인 교설적 언사가 철저히 배제된다. 따라서 예수의 신성을 전제한 위에서 대체적으로 거리를 두고 묘사한다고 할 수 있다. 따라서, 예수의 행적이 이적을 중심으로 기술되고 골고다에서는 고통스러워하는 겉모습이 문면에서 부각된다 해도, 이러한 기술 양태가 궁극적으로는 '예수의 신성을 전제한 위에서의 거리 두기를 통한 외적 관찰'에 의해 나온 것임을 몰각해서는 안 된다.[22]

이와 관련하여 다음을 지적할 수 있다. 예수에 대한 이러한 묘사 방식이, 당대인들의 한계를 드러내는 효과를 부가적으로 거둔다는 점이다. '이적'이 아니라면 예수를 메시아로 보지 못하는 당시의 한계를 조명해 주

---

21) 예를 들어, 지친 심신을 달래고자 뵈니게의 항구로 나온 예수에게 헬라 여인이 구원을 청할 때 "자녀들에게 먹일 떡을 개에게 던지겠느냐" 하며 예수가 보이는 언행을 심도 있고도 곡진하게 해석하는 것 등이 그러하다(338~339면).

22) 예수의 작품화와 관련하여 『사반의 십자가』를 검토하는 경우, 이적 중심의 묘사를 지적하면서 예수와 기독교에 대한 작가의 이해와 의식이 미흡하고 불철저하다거나, 동양정신으로 각색했다는 판단의 근거로 활용하는 경우가 적지 않다. 그러나 이러한 파악은 앞서 지적한 외삽적·전제적인 오류에 가까운 것으로 보인다.

고 있는 것이다. '메시아는 현실적이리라'는 이와 동일한 인식은, 예수가 로마에 직접 부딪히게 해 보자고 꾀를 내는 사반이나(324~325면), 예수에게서 '마지막 기회'를 보고자 예루살렘에 입성하는 예수를 열렬히 환호하여 제사장들과 바리새인들의 분노를 촉진하는 혈맹단원들(373면), 골고다의 예수에게 십자가에서 내려오라고 요구하는 사람들에게서도 명확히 드러난다(381~382면).

3) 『사반의 십자가』에 그려진 기독교적인 구원의 문제

『사반의 십자가』의 구성 및 서술 방식상의 특성을 파악한 위에서, 기독교적인 구원의 문제를 다루는 방식에 대해 검토해 보자. 이는 크게 두 가지로 나누어 볼 수 있다. 예수의 구원관이 하나이고, 사반 일행과 예수가 만나 벌이는 논의에서 확인되는 두 가지 구원관의 차이가 다른 하나이다.

예수의 구원관과 관련해서 다시 두 가지를 특징적으로 지적할 수 있다. 첫째는 언행으로써 구원을 드러내는 예수의 면모가 기독교의 교리에 충실하게 그려져 있다는 점이다. 뒤에 살피는 바 사반과의 만남에서 행하는 언행이 대표적인 예가 된다. 일견 당연하다 할 수도 있지만 앞서 살폈듯 김동인 등의 기독교 이해에 비할 때 이 점은 십분 강조할 만한 특징이 된다. 한국 기독교문학의 종교적 충실성 면에서 중요한 요소이기 때문이다.

둘째는 구원에 대한 예수의 이해가 변화를 보인 것으로 설정된다는 점이다. 예수의 회상을 통해 보여지는 젊은 시절의 예수는 메시아를 기다리는 사반이나 보통 사람들과 동일한 구원관을 가지고 있던 것으로 되어 있다. 유대 민족을 애급에서 구해낸 모세처럼, 로마 치하의 민족을 해방시

키는 메시아로서 자기의 소명을 의식한 것이다(253~254면). 그러던 것이
'회개하라, 천국이 가까웠나니라' 외치는 세례 요한의 말을 통해 하나님의
말씀을 듣고 마음속이 성신으로 충만하기 시작했던 것이다(255면).23)

　구원에 대한 올바른 이해 과정을 겪었기에 예수는, 여전히 지상의 구원
을 바라는 사반 등의 기원을 그리스도로서 안타까워한다. 예수의 이러한
면모를 담음으로써『사반의 십자가』는 기독교적 구원을 작품화하는 데
있어서 폭과 깊이를 유지할 수 있게 된다. 일방적으로 가르치는 것이 아
니라, 배우는 자들의 현실적이고 그럼으로써 어리석은 지향에 비추어 참
된 구원의 의미를 새삼 곱씹게 해주기 때문이다. 이는, 예수의 신성을 훼
손하지 않으면서 소설적 창의 면에서 설득력을 갖추는 설정이기도 하다.

　자신이 말하는 바 천상에서의 올바른 구원을 알아듣지 못하는 사람들
에 대한 예수의 안타까움은 다음에서 잘 드러난다.

　　나를 누군 줄 알았단 말인가? 메시아! 그렇다, 그는 나를 메시아로 안다는
　　것이다. 자기들이 생각하는 대로의 속된 메시아로······ 모세도 솔로몬도 일찍
　　이 완성시키지 못한 영원히 화평 있는 이스라엘의 왕국을 세우고, 그 왕국의
　　왕이 된 메시아! 그들은 나에게서 이것을 구하는 것이다. 아니, 그들뿐 아니
　　라, 모든 유대 사람들이 구하는 것도 모두 이것인 것이다. 속된 메시아를!······

---

23) 첫 만남에서 사반이 던진 질문이 예수의 "보다 더 젊던 날의 고민을 다시금 환기시"켰다고 했
　　지만(253면), 회상 내용이 구체적으로 펼쳐지는 후속 부분에 대한 위의 정리에서 보듯 실제로
　　예수는 지상의 구원과 천상의 구원을 두고 '고민한 적은 없는 것'으로 되어 있다. 뒤에 가서, 예
　　수가 이적보다 설교에 치중하는 이유 중의 하나로, 하나님의 뜻이 "오직 땅에서 이루어지기를
　　깨끗이 또한 명백하게 원했"던 사반의 마음을 떠올릴 때도(310~311면) 그가 구원의 문제를 두
　　고 '고민'하는 것은 아니다. 이때의 예수는 구원의 의지로 가득 차 있어서, 그의 심정은, 뒤에 다
　　시 나오는바, 구원을 이해하지 못하는 속인들에 대한 안타까움에 가깝다 할 것이다(356~357
　　면 참조).

아니 이것은 정말 메시아일는지도 모른다. 그러나 그것은 있을 수 없는 일이다. 그들은 육신을 지닌 채 하늘나라로 가고 싶은 것이다. 돈과 권세와 지위와 그 밖의 모든 땅 위의 영화를 거느린 채 하늘나라로 가고 싶어 하는 것이다. 이것을 버림으로써 저것이 얻어진다는 것을 모르는 것이다. 영원한 생명을 얻기 위해서는 지금의 제 목숨까지도 버려야 한다는 것을 모르는 것이다. 아무리 가르쳐도 알아듣지 못하는 것이다. 나의 사랑하는 제자들까지도 깨닫지 못한 것이다. (…중략…) 그러나 나에게서 병 고침을 받은 몇몇 사람들은 나를 알았을 것이다. 믿고 있을 것이다. 나의 사랑하는 제자들보다도 그들이 나를 더 잘 알고 있을지도 모른다. 그러나 이것은 쓸쓸한 일이다. 나의 제자들이 나를 모른다면 누가 나의 길을 가르쳐 준단 말인가. (356~357면)

이 인용에서 주목되는 것은, 예수의 경우 천상의 구원에 대한 엄정한 인식 아래 약간의 동요와 쓸쓸함이 깔려 있다는 점이다. 그가 드러내는 언행과 달리 그의 심정을 묘사하고 있는 이 구절이 보이는 약간의 동요와 쓸쓸함은 모두, 세례 요한을 만나기 전까지는 예수도 사람들처럼 속된 메시아를 생각해왔다는 설정에서 오는 것이며, 사람들의 그런 바람이 갖는 현실성과 진정성을 무시하지 않는 데서 온다. 이적을 받은 자만이 예수를 믿을 뿐이라는 상황 설정은, 지상의 구원에 대한 바람 때문에 당시 유대인들이 예수의 구원을 이해할 수 없었음을 잘 보여주고 있다.[24]

---

24) 이와 관련하여, 기독교적 구원의 한 가지인 '칭의' 즉 의롭다 함을 받는 것과 '회개'의 원리를 참조할 수 있다. 예수를 믿는 한, '예수 안에 있는 구속으로 말미암아 하나님의 은혜로 값없이 의롭다 하심을 얻은 자 되었느니라'(「로마서」 3 : 24)라는 말처럼, 은총을 얻기 위해 행하는 인간의 공로가 아니라 하나님의 은혜로 칭의를 받게 된다. '회개' 또한 마찬가지다; "회개는 마음을 완전히 바꾸고 새로운 태도를 갖는 것을 의미 (…중략…) 마음을 완전히 바꾸어, 스스로는 아무것도 할 수 없으며 오직 그리스도께서만 구원하실 수 있다는 것을 인정 (…중략…) 스스로

구원의 문제를 다루는 『사반의 십자가』의 두 번째 특징은 기존 연구에서도 계속 주목되었듯이 예수가 대표하는 천상의 구원과 사반이 대표하는 지상의 구원 이 두 가지가 대립적으로 조명된다는 사실이다. 그러나 앞서도 지적했듯이 예수에게 이미 이 두 가지가 모두 있었으며, 천상의 구원이 올바른 구원이라는 결론 또한 맺어졌다는 점을 염두에 두어야 한다. 보다 직접적으로 말하자면, 예수가 참된 구원을 말하되 사반 등이 그것을 알아듣지 못하고 계속 자신들이 생각하는 구원의 가능성을 바랄 뿐이라는 점을 간과하지 말아야 한다. 작품 내에서 이미 이루어진 이러한 판단을 염두에 두고서 예수와 사반이 만나 벌이는 세 차례의 구원론을 검토할 때, 구원 문제를 다루는 이 소설의 실제를 제대로 파악할 수 있게 된다.

예수와 사반의 만남, 구원을 두고 벌이는 그들의 대화에서 먼저 주목할 점은 각자가 보이는 태도이다. 예수는 그리스도의 면모를 보이며 시종여일하게 천상의 구원을 말하고 있으며, 그런 예수에 대해 사반 등이 비판하거나 부정하지 않고 그를 메시아라 믿는 상태에서 질문할 뿐이다. 서술자 또한 그러한 예수를 비판하지 않고 있다. 간단히 말하자면, 이들의 대화는 서로 대립각을 세우는 토론이나 논쟁이 아니다. 구원에 관해서 정리하자면, 예수가 기독교의 구원을 말할 때 그것을 알아듣지 못하는 사반 등이 유대 민족을 현실적으로 구원해달라고 요청할 뿐이지, 예수의 구원관에 맞서는 지상의 구원론을 주장하는 것은 아니다.

구원을 이루려고 뭔가 열심히 노력하는 대신 주 예수님께 모든 것을 맡기는 것"(109면). 이상 '칭의'와 '회개'에 대해서는 아이언사이드, 『구원에 관한 10가지 주요 용어 해설』, 전도출판사, 2004 참조.

이에 비추어 볼 때 자신의 가르침을 받아들이지 못하는 사람들에 대한 예수의 안타까움을 이해할 수 있다. 예수를 믿는 것 자체가 구원의 시작이요 마감인데, 사반 이하 주위 사람들은 예수에게서 '다른 모습'을 찾는 까닭이다.

예수와 사반의 만남에서 오고간 이야기와, 이에 관한 서술자의 논평을 살펴보자. 첫 번째 만남의 대화는 "예수는 시종일관 의연한 태도로 사반의 질문을 뒤집어만 놓았다"(249면)고 서술자가 정리할 만큼 가볍게 끝난다. 그 과정에서 사반이 '황홀한 환상'을 느낄 만큼 예수의 신성이 빛을 발하고 있다. 이 만남 이후 도마와 유다가 예수에게 강렬히 끌리고(251면) 사반이 혈맹단 차원에서 좀 더 적극적으로 접촉할 필요를 제시하는(252면) 것까지 고려할 때, 이들의 입장이 대립적으로 그려졌다는 파악은 설득력이 거의 없다 하겠다.

두 번째 만남도 사정이 다르지 않다. 로마의 지배로부터 이스라엘을 독립시켜 달라는 사반의 요청에 대해, 지상의 왕국이란 영원할 수 없다며 하늘의 왕국에서 영원히 거듭날 것을 가르치는 "예수의 태도는 가혹할 정도로 냉연"하다(349면). 이에 대해 사반은 '조금도 두려워하는 빛이 없이' 고난과 죽음에서 구해달라고, 이스라엘의 왕이 되어달라고 하며 "로마인이 만약 우리의 땅을 빼앗아 버린다면 우리의 생명은 어느 곳에서 또한 하늘나라를 찾아 거듭날 수 있겠나이까"라고 한다(349면). 이는 지상의 구원을 주장하는 것이 아니라 자신들을 구원해달라고 요청하는 것일 뿐이다. 이러한 점은, 사반의 말이 결국 "겔게사의 산 위에서 로마인에 의해 죽어가고 있"는 혈맹단원을 구해달라는 데로 이어지는 점에서도 확인된다(350면). 이에 대한 예수의 답변 곧 "사람이여, 바다(호수) 건너편에 있는 형제의 죽음을 걱정하면서 그대 스스로가 이미 죽어 있음을 깨닫지 못하느냐. (…중략…) 그대의 귀는 그대의 마음과 함께 하늘나라의 복음을 듣지 못하고, 그대의 마음은 그대의 육신과 함께 땅 위의 모든 죄악에 젖은 채 벗어나지 못하도다"(350면)라는 질책은 자신의 가르침을 이해하지 못하는 죄 있는 자에 대한 자연스러운 표현으로 볼 수 있다. 따라서 이에 이어지는 "예수의 목소리는 분노에 찬 듯하였다"라는 서술자의 논평이 예수의 신성을 해치는 것도 아니다. 성전의 상인들을 쫓듯이 사반을 가르치며 꾸짖었을 뿐이기 때문이다. 예수가 자리를 뜬 이후의 사반이 "죽음같이 껌껌한 어둠 속에 싸여 있는 겔게사의 먼 산을 정신나간 사람처럼 우두커니 바라보고 있었다"(350면)는 점 또한 이들의 대화가 구원의 방법이나 성격을 둘러싸고 벌어진 논쟁과는 거리가 먼 것임을 알려준다. 사반의 모습은, 예수의 힘을 빌리고자 했다가 실패한 자의 낭패감, 절망에 가까울 뿐, 그에 맞서 지상의 구원을 주장하는 자의 면모는 아니다.

골고다에서의 세 번째 만남은 토론도 대립도 대화조차도 없는 셈이니 이상의 논의를 뒤집을 만한 여지를 갖지 않는다. 십자가에 매달린 채 다른 도둑을 구원하는 예수를 두고 사반이 "비겁한 자여, 너는 유대 나라와 너의 생명을 버리고 어디다 낙원을 찾고 있느냐?" 하고 "예수를 꾸짖었다"(382면) 하였으나, 이것이 구원관을 둘러싼 본격적인 대립일 수는 없다.

따라서 이러한 장면들을 두고 '구원이란 천상의 것이어야 하는가 아니면 지상의 것이어야 하는가'를 논하는 것인 양 검토하는 것은 적절치 못하다. 의미의 긴장을 낳는 간극을 말하자면, 천상의 구원과 지상의 구원 사이의 대립이 아니라, 기독교의 구원을 설유하는 예수와 그 가르침을 이해하지 못하는 속인의 괴리를 들어야 할 것이다. 이러한 맥락에서, 예수와 기독교가 제시하는 천상의 구원이 사람들이 받아들이기에 얼마나 어려운 것인가, 달리 말하자면 기독교적 구원에 대한 이해의 어려움을 보여주는 것이 이 소설의 주제 효과 중 하나라 할 것이다. 25)

---

25) 사실 이러한 측면은 이들의 만남과 대화에서가 아니라, 예수의 행적과 사반 및 혈맹단의 행

이와 관련된 맥락에서 사반에 대해서도 짚고 넘어갈 필요가 있다. 혈맹단 단장으로서 사반이 민족해방운동가의 면모를 띠는 것은 사실이지만, 이를 단선적으로 강조하는 것보다는 그가 유대 해방 운동의 특수성에 대해 자각하고 있다는 점을 주목해야 한다. 일반적인 민족해방운동가들과는 달리, '열심당'의 전철을 밟지 않고자 여호와의 힘을 빌려 로마에 대적할 계획으로 혈맹단을 조직하고 메시아를 기다린다는 점을 간과하면 안 된다(214면). 메시아의 권능에 기대려는 것만이 아니라 메시아에 대한 사람들의 열망이 응집되어 나타나야 한다는 인식도 있다고 볼 수는 있지만, 『사반의 십자가』의 사반을 특징짓는 것은 무엇보다도 이러한 '기다림'의 자세이다. 사반이 예수와 대등하게 맞설 수 없는 것은 이 때문이기도 하다.26) 끝으로, 예수에게 매료되는 도마를 주되게 내세워서 예수가

적 사이의 거리 측면에서 따지는 것이 원리상으로 더 적절할 것이다. 그럴 때에야 문학 연구로서, 소설의 전체적인 주제효과를 구명하는 일환으로 구원의 문제를 온당히 사고할 수 있게 될 터이다. 본고는, 서사구성 및 서술 방식에 대한 앞서의 분석에 근거하여, 이런 측면에서도 구원의 문제가 '대립적으로' 제기되지는 않았다고 본다. 사실 사반과 혈맹단의 서사는 구원의 문제에 긴밀히 닿아 있는 것이 못 되는 까닭이다. 로마군과의 전투에 이르기 전까지 이 소설에서 로마 지배 아래 있기 때문에 생기는 곤욕 등이 전혀 나타나지 않는 점도 덧붙여 두자. 지상의 구원을 간구할 만한 소설적 형상화가 『사반의 십자가』에는 없는 것이다.

26) 권력에 대한 관계에 있어서 사반이 자신의 왕국을 꿈꾼다고 단선적으로 말하는 것은 부적절하다. 왕이 되리라는 하닷의 말에 내면적으로 끌리기도 하지만, 혈맹단 단장으로서 그는 독립 왕국의 건설을 목표로 하고 있으며 독립된 나라에서는 제 신분이 무엇이 되든 상관없다고 생각한다(234면). 요컨대 지상의 권력자가 아니라 자유 독립 민족의 일원이기를 바라는 것이다.

여기 더하여, 사반이 하닷과 예수의 신이력(神異力)에 기대는 한편, 욕망을 억누르지 않고 특별히 종교생활을 하지는 않는 면모에 대해서도 균형 잡힌 해석이 필요하다. 그의 이러한 면모가 비기독교적이며 현세적이고 자유주의적인 모습임에는 틀림없으나, 이를 두고 동양사상과 가깝다거나 김동리가 말하는 제3휴머니즘의 인간형으로 보는 것은 비약이라 하지 않을 수 없다. 첫째 경우는 사반이 갖는 메시아에 대한 열망을 설명할 수 없으며 점성술 등이 동양사상에 가깝다고 말하는 것도 설득력이 없기 때문이다. 둘째 경우는 이 작품의 시공간적인 배경이 갖는 작품 내의 규정력을 무시하는 것이자, "자본주의적 기구의 결함과 유물변증법적 세계관의 획일주의적 공식성을 함께 지양하여 새로운 보다 더 고차원적 제3세계관을 지향"(김동리, 『문학과 인간』 전집 7, 민음사, 1997, 94면)한다는 제3휴머니즘의 역사적인 위상을 고려할 때 김동리가 주장하는 바와도 거리가 먼 것이라 하겠다.

메시아라는 점을 서사적으로 부각시키고 있음도, 예수와 사반 및 혈맹단의 관계를 적절히 사고하는 데 간과할 수 없는 사실이다.27)

4) 예수의 죽음과 부활의 문제 — 『사반의 십자가』와 「復活」의 자리

『사반의 십자가』에서 예수의 죽음과 부활을 다루는 구절은 여타 부분에 비해 볼 때 대단히 이질적이며 이 작품의 위상과 관련하여 문제적이다.

십자가에 달린 예수의 면모는 철저히 사반과 대조적으로 그려진다. 사반이 불굴의 의지를 선보이는 반면 예수는 육신을 가진 인간의 면모를 짙게 띠는 것으로 형상화된다(380~382면). 그 와중에 사반의 질문에 대하여 예수가 스스로 메시아임을 확인시키고(381면) 다른 도적을 구원하는 행동을 보인 것으로 그리지만(382면), 죽음에 임하는 자세에서의 이러한 대비는, 거리를 둔 묘사와 곡진한 설명을 통해 예수의 신성을 훼손하지 않았던 이 소설의 앞부분 전체에 비할 때 다소 낯선 것이다. 서술 의도의 변화에 의한 것이 아닌가 의심할 만한 이러한 장면 처리의 이유를 추론하기 위해서는, 이어지는 부활 부분을 검토할 필요가 있다.

예수의 부활 부분은 죽음 장면보다도 더 심하여, 형식적으로 매우 이질적이고 내용적으로 적지 않게 충격적이다. 작가가 직접 등장하여 그의 신

---

27) 이 맥락에서, 작품 말미에서 서로 대립하는 도마와 유다의 성격화를 비교할 필요가 있다. 유다가 예수의 메시아적인 권능을 보기 위해 마리아를 이용하려 하다가 실패하자 그녀를 겁탈하고자 하고 결국 그녀를 로마군에 고발한 뒤, 끝내는 예수를 팔게 되는 과정은(343~346 · 366 · 372~374면), 내적 계기가 충분히 마련되지 않았다는 점에서 성격화의 실패에 해당한다고 할 수 있다. 이에 비할 때, 예수의 가르침을 차츰 정확하게 알아나가는 도마(323 · 340 · 365면)가 그를 제지하게 한 처리 방식은, 예수의 형상화와 구원의 문제에서 이 작품의 의도가 이 논문이 정리한 데 있음을 알 수 있게 한다.

성과 관련된 문제를 정면으로 제기하는 까닭이다. 문면상으로는 구분되지 않을 만큼 자연스럽게 이어져 있지만, 작가의 노골적인 등장을 확인하는 것은 어렵지 않다. 해당 부분을 옮겨 보자.

이것을 본 여자들이 일면 놀라며 일면 신기하게 생각하여 곧 가서 예수의 제자들에게 알리자 요한과 베드로가 먼저 뛰어 나와 보니 과연 그녀들의 말과 같았다. 베드로는 무덤 속에까지 들어가 보았지만 역시 시체는 없고, 시체를 쌌던 세마포가 놓였고, 또 머리를 쌌던 수건은 세마포와 함께 놓이지 않고 딴 곳에 개켜져 있더라는 것이다. 아무리 찾아도 그의 시체는 간 곳이 없었다. 그러고 보면 그것은 그가 평소에 예언한 바와 같이 부활을 했기 때문인지도 몰랐다.

이것을 처음 그렇게 믿기 시작한 것은 앞에 나온 세 사람의 여자와 베드로와 요한들이다. 그들뿐 아니라 다른 사람들도 믿을 만한 일이다. 그는 사실상 오늘에도 살아있지 않은가.

그러나 아무리 그의 부활을 믿는 사람일지라도 그 무덤에서 돌을 밀치고 나간 예수의 육신이 그대로 하늘나라로 올라간 것이라고 생각한다면 그것은 너무나 완고한 시(詩)다. 만약 문제가 어디까지나 그의 시체의 행방에 있는 것이라면, 처음부터 자진하여 그것을 인수하러 나타났던 아리마대 요셉이, 그만한 사랑과 용기와 정의의 사람이, 왜 그의 부활을 그의 제자들과 더불어 맞이하지 못했던가 하는 사실과 아울러 생각할 필요도 있을 것이다. (384~385면, 밑줄은 인용자)

인용문 첫 문장은 작품 내 세계의 맥락에 그대로 이어진다. 그러다가

요한복음 20장 6~7절을 옮긴 밑줄 부분의 서술부가 '―는 것이다'로 되면서 작가가 등장한다. 이렇게 등장한 작가는 이후 부분에서 자신의 추론과 주장을 마음껏 펼친다. 시체가 없어졌다는 사실을 확인하며 성경에 나타난 사실을 끌어온 뒤에, 그 시체 곧 육신이 그대로 하늘로 올라갔을 수는 없다는 현실적 · 실제적인 추정을 제시하는 것이다.

이와 관련하여 다음 세 가지를 말해 둘 수 있다. 첫째는 작가의 육성이 적나라하게 삽입되어 작품 세계를 흔들고 있다는 점이다. 둘째는, 예수의 육신에 관한 한 그대로 하늘로 올라갈 수는 없으리라는 지극히 현실적인 판단을 내세워, 부활이 갖는 종교적인 의미에 충격을 가하고 있다는 사실이다. 이는 작품 전편에서 유지되었던바 예수의 신성에 대한 거리 두기와는 판이하게 다른 것으로서, 『사반의 십자가』에서 유일하다 할 만큼 독신(瀆神)의 성격이 짙다.28) 셋째, 인용문 끝 부분의 의미가 모호하다는 점을 보탤 수 있다. 이 구절은, 아리마대 요셉이 부활을 맞지 못한 이유를 생각하게 하여, 예수의 '육신의 부활'에 대한 현실적인 추론을 독자에게 요구하는 것인데, 이에 대한 작가 자신의 답을 제시한 것이 바로 「復活」이다.

작품 내내 예수의 신성을 건드리지 않고 거리를 두는 서술 방식을 견지해 오다가 이렇게 작가의 육성을 그대로 드러내면서 독신에까지 나아가게

---

28) 보다 명확히 말하자면 이 구절은 "예수께서 저희를 데리고 베다니 앞까지 나가사 손을 들어 저희에게 축복하시더니 축복하실 때에 저희를 떠나(하늘로 올리우)시니(While he was blessing them, he left them and was taken up into heaven)"라는 「누가복음」 24장 50~1절이나, 이 장면을 보다 구체적으로 기술한 「사도행전」 1장 9~11절의 내용을 정면으로 부정하는 것이다. 「사도행전」의 이 구절에 대한 기독교계의 주석에서는(크레이그 키너, 정옥배 외역, 『성경 배경 주석―신약』, 한국기독학생회 출판부, 1998), "유대인 독자들이 승천을 이해"하고 있으며, 예컨대 승천과 하강을 보이는 "이러한 천사의 움직임을 특별한 사건으로 여기지 않았다"고 명기하고 있다(376면). 요컨대 예수의 승천이란 육신의 승천이라는 것이다. 그의 부활이 바로 '육신의' 부활이었던 것처럼 말이다(298면).

된 사실은 무엇을 의미하는가. 이를 해명하고 그 의미를 따지기 위해서는 먼저 예수의 부활이 기독교에서 갖는 의미를 살펴야 한다. 예수의 부활은 "모든 인간 존재의 부활에 대한 희망일 수 있으며 보편적 부활의 선취로 이해될 수 있"는 것으로서, '인간의 불의를 이기는 하느님의 개선(凱旋)'을 보여주는 사건이다. 따라서 예수의 신성을 전면적으로 승인하지 않는 한 곧 기독교도가 되지 않는 한 받아들일 수 없는 사건이라고 할 수 있다.29)

이 점을 고려할 때 위의 처리 방식은, 『사반의 십자가』의 작가가 기독교를 이해하기는 하되 믿지는 않고 있음을 의미하는 것이라고 할 수 있다. 기독교의 구원관을 포함하여 유대 민족의 이야기를 소설화하기는 하되 기독교를 선교하는 포교 활동과는 명확히 거리를 두고자 했던 것이라고 바꿔 말해도 좋다.

사정이 이러하기에, 『사반의 십자가』가 보이는 예수 부활의 처리 방식은, 이 소설의 위상을 규정하는 데 매우 중요한 관건이 된다고 할 수 있다. 서술 방식의 통일성을 깨어 작품 세계를 뒤흔드는 손실을 감수하고서도 작가가 나섬으로써 포교를 염두에 둔 선교문학에 빠지지 않게 된 것이다.

작가가 직접 등장함으로써 『사반의 십자가』가 선교문학의 자리를 벗어나 문학작품의 보편적인 지위를 잃지 않았다고 해도, 작품의 통일성 파괴라는 문학적 손실은 적지 않다. 궁극적으로 보아 예수의 부활에 대한 작가의 특이한 이해에서 말미암은 이러한 문제에 대한 작가적 보상 심리가 낳은 것이 「復活」이다.

「復活」은, 빌라도에게 청하여 예수의 시체를 수습한 아리마대의 요셉

---

29) 최혜영, 「그리스도교 관점에서 본 인간과 세계의 완성」, 종교문화연구회, 『구원이란 무엇인가』, 도서출판 창, 1993, 435~436면 참조.

을 서술자로 하여, 예수의 부활을 새롭게 해석하고 있다. 골고다 언덕에 사반까지 등장시켜 예수와 대비하는 데서는 『사반의 십자가』의 연속이지만, 예수의 구원을 받는 다른 도적의 이름을 '마나엔'으로 명기하고, 무덤을 마련하여 예수를 장례 지내고 이튿날 찾아간 요셉이 그 사이 되살아난 예수를 안전한 곳으로 옮겨 기력을 회복케 하는 데서는 별개의 작품에 해당한다.

이 소설의 가장 큰 특징은 단연, 예수의 부활에서 신성을 제거하는 데 있다. 육체적인 부활을 암시하는 두 차례의 복선 뒤에 "형틀(십자가)에 달려서 죽었던 사람이 나중(틀에서 내리어진 뒤) 되살아났다는 이야기는 나도 얼마든지 알고 있는 것이다"(56면)라고 하여, 사실상 엄밀한 의미에서는 예수가 부활한 것이 아니라 일종의 가사 혹은 임사 상태에 있었다가 살아난 것이라고 추정할 수 있게 처리하고 있다. 그렇게 살아나서 기력을 회복한 예수가 "가롯 유다에게 나는 아직도 일이 남았다"(58면) 하며 떠나는 것과, 예수를 따르던 제자들 없이 요셉과 그 주변의 몇몇만 등장하는 인물 설정 방식까지 보태면, 이 소설의 의도가 어디에 있는지 분명해진다.

예수의 부활에서 신성을 지우는 것이 그것이다. 요컨대, '부활'이 갖는 기독교적인 의미를 완전히 무시하고, 가사상태로부터의 깨어남이라는 믿기 힘들지만 없지는 않은 현실적 사태로 예수의 부활을 해석하는 것이다.

물론 요셉이 마련한 골방에서 예수가 사라지는 장면을 그릴 때 문을 열지도 않은 채 종적 없이 사라졌다 하여 신비하게 처리하는 점도 고려해야 할 것이다. 그러나 이 작품이 신성·종교성의 탐구와는 거리가 멀다는 점이 자명한 이상, 예수의 사라짐을 신비하게 처리한 것 또한 기독교적인 신성의 발현으로 볼 수는 없다. 김동리의 작품들에서 흔히 보이는 비합리적인 면모의 일환으로 봐도 충분할 것이다.

「復活」은 『사반의 십자가』에서 크게 후퇴한 것으로 본격적인 의미에서의 기독교문학이라 하기 어렵다. 다만 『사반의 십자가』에서 피할 수 없었던 문학적 손실을 보충하는 방편으로, 예수의 부활에 대한 작가 나름의 현실적·세속적인 해석만으로 하나의 소설을 써 본 결과라 하겠다. 인물 구성의 폭이 좁아지고, 예수의 지향이 구원을 포함하여 종교적인 성격을 일체 띠지 않는 것이 이러한 판단의 근거이다.[30]

4. 결론

기독교를 다룬 김동인의 세 소설은, 예수와 구원의 이야기를 다루되 그것이 기독교 교리에서 갖는 의미망을 제대로 존중하지 않는다는 특징을 갖는다. 기독교 신앙의 현실적인 양상을 다룬 「신앙으로」는 다소 예외가 되겠지만, 예수와 구원의 문제를 직접 그리는 「이 잔을」이나 「명문」이

---

[30] 이상과 관련하여 『사반의 십자가』 개작본의 문제를 생각해 볼 수 있다. 개작본의 가장 큰 특징은 「復活」의 내용을 포괄하고 '부활' 이후의 예수 행적을 첨가하였다는 점이다. 이렇게 통합된 새로운 하나의 작품이 갖게 되는 미학적인 양상과 문제는, 두 작품의 관계에 대한 본고의 파악과는 별도로 따로 검토할 필요가 있을 것이다. 개작본을 연구한 유인순이 결어에서 "작가에게 성서는 너무 힘겨운 소재였는지도 모른다"(유인순, 「광야의 소리와 별빛―『사반의 십자가』의 구조와 성서의 변형 수용」, 한국어교육학회, 『국어교육』, 1994, 166면)라고 부정적인 평가를 내린바 있는데, 이에는 이러한 통합의 영향이 크다고 여겨진다.

이와는 달리, 지금처럼 두 작품을 따로 검토하는 자리에서는 각각에서 확인되는바 '예수의 신성에 대한 작가의 주된 입장'을 별개로 보는 것이 가능하다. 이 점에 주목하여 필자는 『사반의 십자가』와 「復活」에서 보이는 작가의 상반된 자세 즉 "예수의 신성과 기독교적 구원의 참된 의미에 대해서는 인정하되, 이러한 인정의 관건이 되는 부활에 대해서는 의심의 끈을 놓지 않"는 태도를 포괄하여 '다시 쓰기와 새로 쓰기의 경계적 글쓰기'라 규정한 바 있다(박상준, 「김동리의 기독교소설 새로 읽기―예수에 대한 다시 / 새로 쓰기의 의미」, 『문학사상』, 2006.3).

기독교 교리라는 콘텍스트의 문법을 아랑곳하지 않는 것은 문제적이다.

이러한 지적은 교리의 충실한 구현이라는 입지에서가 아니라 소설미학 차원에서 내려지는 것이다. 예수와 구원에 대한 형상화가 기독교 콘텍스트와 사실상 무관하고 심지어 그것을 왜곡하는 데까지 나아가면서, 내용상 진정성이 상실되어 소설의 문학적 생명력 자체가 손상되었기 때문이다. 선교문학의 권역에 들든 정반대로 종교 비판의 임무를 수행하든 문학작품으로서 스스로를 유지하기 위해서는, 기독교 교리라는 콘텍스트가 갖는 의미망에 걸맞은 의미 수준을 갖춰야 하는데 김동인의 기독교소설들은 그러지 못했다.

이러한 특징의 원인으로는, 당대 사회에서 기독교가 처한 상황이라는 발생론적 요인과 이른바 '인형조종술'로 지칭되는 작가의 창작방법론상의 특징을 고려할 수 있을 듯하다.

『사반의 십자가』와 「木工 요셉」, 「復活」 등 김동리의 기독교소설은 예수를 그리되 서술상의 거리를 유지해 그 신성을 훼손하지 않는 특징을 보인다. 예수의 내면에 대한 직접적인 묘사를 피하면서 그의 언행을 메시아의 그것으로 그리는 것이다.

『사반의 십자가』는 천상의 구원과 지상의 구원이 대립적으로 그려졌다고 잘못 파악되어 왔지만, 사반 등의 이야기를 주서사로 하여 역사 활극적인 면모까지 띠는 복합적인 작품이다. 기독교소설로서 유의미한 점은 천상의 구원을 설유하는 예수와 그것을 이해하지 못하는 속인들 간의 긴장에서 찾아진다. 이를 두고, 구원에 대한 이해의 어려움을 그려 보인 것이라 할 수 있다. 작품의 전편에 걸쳐 유지되는 예수에 대한 거리 두기가 부활을 다루는 결말부에 이르러 깨지면서 심각한 분열상을 보인다. 작가의 언어가 등장하여 부활을 인간적으로 재해석함으로써 문학적 통일성이 깨지는 것이다. 그러나 이러한 손실을 대가로 하여 이 소설은 선교문학의 자리를 벗어나 보편성을 획득하고 있다. 예수의 부활에 대한 인간적인 해석이「復活」에서 반복되는 것을 보면, 이런 인식이 작가의 기독교관에 해당하는 것이라고 추정해 볼 수 있다.

예수의 행적을 그리거나, 구원이나 부활처럼 핵심적인 기독교 교리를 다루는 김동인과 김동리의 소설들은 다음 두 가지 공통 특징을 갖는다. 첫째는 성경의 세계를 그대로 가져와 작품의 배경으로 삼는 경우가 많다는 점이다. 신성을 드러내거나 그와 반대로 독신(瀆神)에 가까운 면모를 보이는 등 주제효과의 폭은 넓어도 이 점은 변하지 않는다. 둘째는 기독교 교리에 대한 올곧은 이해를 보이지 않는다는 점이다. 김동인은 악의적인 왜곡에 가깝다 할 만큼 세속적으로 심하게 변형하였으며, 김동리는 신성을 존중하되 예수의 부활에 대해서는 끝까지 거리를 두어「復活」을 쓰는 데까지 나아갔다.

이 논문은 기독교문학에 대한 기존 연구들의 부정적인 경향을 지양한다는 연구사적인 목적을 앞세워 구성되었다. 『사반의 십자가』의 전체적인 특징을 밝혀 기존 논의의 오류를 바로잡고,「명문」등이 실상 태작에 불과함을 밝힌 것이 이 맥락에서의 성과라 하겠다. 연구사적인 목적에 갇히지 않고 좀 더 폭넓게 관련 작품들을 검토하여, 한국 근대 기독교문학의 자장을 확인하고 그 위에서 이들 작품의 위상도 명확히 하는 일이 향후 과제이다.

1950년대 소설에서의 전통과 근대성

1. 1950년대 소설과 '전통 – 근대성' 범주

1950년대 소설문학을 두고서 '전통과 근대성'이라는 범주로 접근하는
것은 50년대 소설계 전체를 조망하는 것과는 다소 거리가 있는 작업이
다.[1] 주지하듯이 전후문학적인 성격 혹은 실존주의적인 경향이 1950년
대 소설문학의 근간을 이루고 있는 까닭이다.

그럼에도 불구하고 전통과 근대성이라는 맥락에서 이 시기 소설문학
을 살피는 것은, 다음과 같은 점에서 그 의의를 갖는다.

먼저, 전통과 근대성이라는 범주 자체에서 이를 살펴본다. '전통'이 단

---

[1] 본고는 '한국 현대 문학의 전통과 모더니티 연구'라는 공동 연구의 일 논문으로 쓰였다. 따라
서 1950년대 문학 일반에 있어서 '전통과 모더니티'의 문제를 검토하는 커다란 문제의식의 일
환으로 소설계의 경우를 살피는 데 그 목적이 있다.

순히 예로부터 내려오는 사상(事象)을 지칭하는 것이 아니라 현재와의 관련 속에서 끊임없이 새롭게 창조되는 것이라 해도 '전통'이라는 범주는 '근대성'이라는 범주와 길항관계에 놓이는 것이 사실이다. 따라서 문학의 근대성을 논하는 작업은 그 궁극에 있어서 '근대성'과 그 타자로서의 '전통'이라는 두 개의 범주를 고려하지 않을 수 없게 된다. 비단 1950년대 문학뿐만이 아니라, 근대문학의 근대문학다움 곧 근대문학의 근대적 특성을 밝히는 자리에서는 '근대성'과 함께 '전통'에 대한 인식도 자연스럽게 요청된다는 것이다. 나아가서 이 양자의 관련 양상이 보이는 특성에까지 주의가 미쳐야 함은 물론이다.

보다 직접적으로 1950년대 문학과 관련해서는 무엇보다 먼저 문단의 변화를 들 수 있다. 결과적으로 전통(적인 것)을 중시하게 된 김동리류의 순수문학이 문학계의 우이를 쥐게 된 상황이 펼쳐진 것이다. 문단의 좌우익이 맞부딪쳤던 해방기의 혼란한 상황에서 김동리는 인간 정신의 옹호를 본령으로 하는 순수문학을 주창한 바 있다.[2] 이후 정세의 변화에 따라 좌파 문학이 사라지면서 그가 표방하는 순수문학은 그대로 1950년대 문학계의 좌표가 된다. 『현대문학』을 중심으로 한 김동리, 조연현 등 문협 정통파가 문학계의 풍향을 쥐게 된 것인데, 인간성의 탐구라는 이들의 기획은 원리적으로나 실제적으로 삶의 전통적인 면모와 적지 않이 관련되어 있다. 김동리가 공리파, 공식파라고 지칭하며 좌파 문학을 공격할 때 그가 내세운 문학 예술의 자율성이란 시대성, 사회성을 '초월'한 인간 본성에 대한 탐구로서 샤머니즘적, 전통적인 것과 긴밀한 관련을 띠고 있었

---

2) 대표적인 글들로는 「순수문학의 진의」, 「본격문학과 제3세계관의 전망」, 「문학과 자유를 옹호함」, 「문학과 문학 정신」 등을 들 수 있다. 평론집 『문학과 인간』(1948), 민음사, 1997 참조.

던 탓이다.

문제의 범위를 넓혀 보면, 소설문학이 형상화의 대상으로 삼게 마련인 사회 상황에서 '전통―근대성' 범주 설정의 필요성을 찾게 된다. 1950년대 사회 경제적 근대화의 측면에서 볼 때 전통과 근대성의 관계는 후자의 일방적 우세로 이루어져 있다. 새로운 국민국가의 수립 자체가 냉전 체제라는 세계사적 흐름과 밀접한 연관을 갖고 있는 데서, 근대화 지상주의라고 요약할 수 있는 이 양상은 필연성을 갖는다고 하겠다. 국시라고 할 수 있는 반공 정책과 자유주의 이데올로기를 지탱하고 유포하는 국가 장치들은 미국식 근대화를 지상 과제로 설정하고 있었다. 그 결과로 의식주를 축으로 하는 일상 생활의 문화 전체가 근대화를 향해서만 치닫는 형국이 전개되었다. 그러나 '전통의 날조'에 해당하는 관 주도의 전통 부흥 운동들 역시 이 상황에 배치되는 것은 전혀 아니었다.[3] 한국전쟁을 촉발하고 분단 체제를 공고히 하게 되는 냉전 논리의 대립상에 있어서, 위정자들이 정통성을 마련하기 위하여 전통의 창조와 날조에 관심을 기울인 까닭이다.

다음으로 당시 사회와 소설문학의 관계를 생각해 볼 수 있다. 넓게 보아 사실 중시의 양상을 특징으로 하는 소설문학의 근대적인 면모와 1950년대 한국 사회의 부정적인 특징이 관련됨으로써 '전통―근대성' 범주의 해석력이 발휘되는 것이다. 사회문화적인 측면에서 미국식 자유민주주의라는 근대화의 물결이 전반적으로 시작되는 시점이 1950년대라는 점이 이에 관련된다. '근대화(modernization)'는 물질 문명의 풍요를 특징으로 하는 서구 근대의 양상을 준거로 하는 문화적 운동 원리 및 그 결과로서 원

---

3) 김경일, 「근대적 일상과 전통의 변용―1950년대의 경우」, 박영은 외, 『한국의 근대성과 전통의 변용』, 한국정신문화연구원, 1999, 2절 「일상생활과 서구의 근대」와 156~161면 참조.

리적으로 무한 경쟁과 질의 사상(捨象)을 특징으로 하게 마련이다.[4] 이에 더해서 우리의 근대화가 그 부정적인 측면을 극대화하며 전개되었음은 주지의 사실이다. 이러한 현실, 겉으로는 합리성을 표방하면서도 실상은 전적으로 불합리한 사회 현실에 대해서 1950년대의 소설문학은 자연스레 비판적인 입장을 취하게 되었는데, 이때 그러한 비판적 시선의 한 주요 근거가 바로 '전통' 곧 그러한 부정적인 근대화가 이루어지기 이전의 삶의 논리로서의 전통이었음을 상기할 필요가 있다. 김동리류의 순수문학과의 차착은 있어도 4,50년 전통을 갖게 된 한국 근대문학의 현실 파악 능력이 부정적인 근대화 양상에 대한 비판적 시선의 한 근거로 전통적인 것에 기대게 된 것이다.

'전통과 근대성'이라는 문제틀의 의미는 이중적이다. 하나는 문학이라는 범주 내의 것인데 여기서 문학적 전통과 근대적 문학(문학의 근대성)의 길항작용이 고려될 수 있다. 1950년대 비평계 일각에서 벌어진 전통 논의가 이에 닿아 있는데, 우리 문학의 전개 양상에 있어서 고유한 것으로서의 전통이 무엇인가 하는 수준에 그침으로써[5] 소설의 창작뿐 아니라 비평 논의 자체에서도 생산적인 전개를 보이지는 못했다.

다른 하나는 여러 매개를 통해서 문학이 관련되어 있는 사회 범주에서의 전통과 근대성의 관련이 갖는 의미이다. 앞서 지적했듯이 미국식 근대화 지상주의의 미명하에 불합리한 사회 상황이 만연하는 이면에서 전통

---

4) '근대화', '근대성'의 변별에 대해서는 Habermas, trans. by Frederick Lawrence, "The Philosophical Discourse of Modernity", Polity Press, 1987, pp.2~3 참조. 근대의 부정적인 특성에 대해서는 루카치, 박정호 · 조만영 역, 『역사와 계급의식』, 거름, 1986, 4장 1절 참조.

5) 대표적인 것으로, 조윤제의 「현대문학의 전통론」(『자유문학』, 1958.5), 정병욱의 「우리 문학의 전통과 인습」(『사상계』, 1958.10) 등을 들 수 있다. 이들은 '민족적인 교양'이나 '데포르마시옹으로서의 맛' 등과 같이 문학이라는 범주 내에서 고유성, 특수성을 찾는 데 주력하고 있다.

의 파괴와 날조가 동시적으로 진행된 탓에, 여기서는 '전통'과 '근대성' 모두가 문제적인 범주로 설정된다. '근대성'은 지향해야 할 바로되 거기서 파생되는 부정적인 현실태를 반성적으로 성찰해야 하는 과제를 끊임없이 부과하는 것이며, '전통'은 계승·발전시켜야 할 것이되 현실적인 의의를 갖출 수 있도록 창조력을 발휘해야 하는 문제가 되었다.

이러한 상황을 개별 작품들이 포괄적으로 작품화한 것은 아니지만, 1950년대 소설문학의 한 특징을 '전통—근대성'이라는 문제틀로 조망하는 경우에는 각 경우의 수를 모두 고려해야 마땅할 것이다. 따라서 본고에서는 '전통'과 '근대성'이라는 문제적인 범주들이 얽히는 관계를 유형화하여 1950년대 소설계 일각의 특징을 살피고자 한다. 먼저 '전통'과 '근대성' 양자의 길항관계를 포착하는 작품들을 살핀 뒤에, 부정적인 근대성을 폭로하는 작품들과 초역사적인 것으로서의 전통에 매몰된 양상을 드러내는 작품들을 검토하고자 한다.

2. '전통－근대성'의 길항관계 형상화

1950년대 사회는 미국식 자유민주주의가 당위적인 목표로 설정되고 반공이 국시로 됨으로써 실질적으로 비판적 사고의 가능성이 협소해지고 현실에 대한 문학적 탐구도 다소 미진한 시기라 할 수 있다.

사회의 합리성이 몰각된 채 온갖 부정부패가 만연함으로써 삶의 세계에 있어서 정당한 가치 기준이 붕괴되고 '돈'과 '인맥'만이 중시되는 풍조가 펼쳐져, 생활 차원에서 누구나 느낄 정도로 사회 문제가 심각했다. 이 점은 대부분의 사람들이 생존 차원의 생계 걱정으로부터 자유롭지 못하고 급기야는 가정 윤리의 파괴 및 사회적 정체성의 혼란 상태로 내몰리는 모습을 담은 이 시기 작품들에서 잘 확인된다.

그러나 이러한 작품들의 성과는 실상 비참하고 불합리·부조리한 현실의 폭로 수준에 그쳐 있다. 소설들이 현상 차원을 넘어선 문제 의식의 깊이 곧 상황을 발본적으로 분석할 사고의 폭과 깊이를 보여 주지 못한 것이다. 이러한 현상의 원인으로는 무엇보다도 한국전쟁의 영향을 들어야 할 듯싶다. 한국전쟁이라는 미증유의 역사적 사건을 겪은 탓에 체제와 관련하여 원리적이고 전복적인 발상의 여지가 극도로 축소된 것이다. 전쟁과 직접 이어진 이런저런 후유증과는 달리 1950년대 한국 사회의 문제를 총체적으로 분석하는 장편소설의 성과가 미진한 것은 이와 관련된다 하겠다.

이러한 사정은, 전통과 근대성이 서로 맞부딪치는 상황 곧 둘의 길항관계를 형상화하는 작품들의 경우도 마찬가지다. 양자의 길항관계를 파악하게 되면 궁극에 있어서는 두 범주 모두를 반성의 대상으로 설정해야 마땅할텐데, 그러지 못한 것이다.

따라서 전통과 근대성의 충돌에 대한 1950년대 소설문학의 인식 수준은 다음의 셋으로 나눠 볼 수 있다. 첫째는 낭만적인 반근대의 양상을 띠고 있는 경우이다. 이때 반근대의 기준으로 전통적인 삶의 편린이 설정된다. 공동체적인 생활 논리나 넓은 의미에서의 가족애, 인간의 도리 등을 규정하는 도덕 규범 등이 그것이다. 여기서 한층 나아간 것이, 자본의 현상 형식인 '돈'의 부정적인 측면을 전근대적인 기준에 비춰 비판하는 경우이다. 이 역시 돈의 문제를 자본의 흐름으로 읽지는 못함으로써 1950년대의 고유한 시대성을 담아냈다고 보기는 어려운 감이 있다. 전통과 근대성의 길항관계에 대한 고도의 인식은, 근대성의 부정적인 측면에도 불구하고 근대화는 필연적인 과정이라는 판단 위에서, 사라질 수밖에 없는 전통적인 것들을 조상(弔喪)하는 경우라 하겠다.

이상의 항목들은 전통과 근대성의 길항관계에 대해서 1950년대 소설 작품들이 보여 주는 인식 내용들의 단위 곧 인식소(認識素)이다. 따라서 이들 중 하나가 하나의 작품으로 전면화되는 경우는 거의 없다. 그 대신에, 이런저런 인식소들이 모티프나 스토리라인의 차원에서 작품들에 녹아들어가 있는 것이다.

따라서 전통과 근대성의 길항관계를 보이는 작품들의 경우는 다른 기준으로 갈라보아야 한다. 근대화의 흐름과 전통적인 것의 존속 및 발현 간의 역관계가 어떠한가가 적절한 기준이 될 것이다. 양자의 맞부딪침을 담고 있으므로 어느 한쪽에의 경사를 보이는 작품들은 이에서 제외된다. 그래도 실제 현실에서 당위적인 목표로 설정된 근대화의 논리가 작품 속에서 열세에 있는 경우는 실상 없게 마련이다. 현실을 왜곡하지 않는 소설 장르의 구속력이 행사되는 까닭이다. 결국 이 부류의 작품들은 작품 세계의 맥락에서는 전통에 대한 근대성의 승리를 설정하되 그 양상을 어떻게 드러내고 작품 효과의 초점을 어디에 두는가에 의해서 나뉘게 된다.

'전통—근대성'의 길항관계를 형상화한 작품들은 다음처럼 세 가지로 세분된다. 부정적인 면모를 보이는 근대화의 흐름에 대해 전통적인 맥락에 기준을 두고 반발하는 주인공이 패배하게 되는 내용의 작품들이 첫째 경우이다. 김광식의 「의자의 풍경」이나 하근찬의 「홍소(哄笑)」, 한말숙의 「노파와 고양이」 등을 볼 수 있다. 다음으로, 실제적으로는 근대화의 물결에 밀려 패배자의 위치에 몰려 있으되 자신의 전통적인 삶을 유지하거나 그 가치를 보존하려는 모습을 보이는 작품들이다. 정한숙의「전황당인보기」나 전광용의「흑산도」등이 이에 속한다. 끝으로 근대화의 위력 앞에서 전통적인 삶이 완전히 몰락하게 되는 내용의 작품들을 들 수 있는데, 정한숙의「고가」, 하근찬의「산중우화」등이 이에 해당한다.

1) 전통적인 감각의 반발과 패배

1950년대 한국 사회에서 전통적인 삶의 논리가 설 자리는 사실상 찾기 어렵다. 도시에서의 생활은 시민사회의 추악한 면모가 유감없이 발휘되고 있었으며 궁벽한 산촌이라 하더라도 전쟁의 총성을 피하기 힘들었던 까닭이다. 이러한 점은, 맥락을 달리하여, 국가 제도의 차원에서든 직장의 차원에서든 심지어는 가정 내에서도 대차가 없다. 1950년대 소설문학의 일각을 차지하는 바 전통과 근대성의 문제를 형상화한 작품들 중에서도 이에 해당하는 경우를 꼽을 수 있다.

하근찬의「홍소(哄笑)」6)는 삼십여 년간의 우편 배달 일로 두 아들을 중학까지 마치게 하고 딸까지 중학에 보낸 조판수가 면직을 당하는 이야기이다. 성실과 끈기로 맡은 일에 충실을 기해 온 그였지만 편지 아홉 통을 냇물에 버린 것이 발각되어 하루아침에 먹고살 일이 막막한 지경에 빠지게 된다. 당연히도 그가 편지를 버린 이유가 중요한데, 다른 사람들에게 가슴 아픈 일을 할 수 없어서이다. 육군본부에서 보낸 편지가 사망통지서

---

6)『현대문학』, 1960.9. 본고에서는 작품을 검토할 때 처음에 출전을 밝힌 뒤, 인용은 별도의 표시가 없는 경우 백철 외편,『현대한국문학전집』, 신구문화사, 1981에 의한다.

인 줄을 모른 채 평소처럼 대신 읽어 준 뒤 그는 자기에게 무슨 잘못이라도 있는 듯 어쩔 줄을 몰라 한다. 군에 가 있는 큰아들 걱정까지 더해져서 전에 없이 근무중임에도 술을 마시게까지 된다. 술기운에 냇물에 빠져 편지 한 장을 흘려보내게 되는데 거기 적힌 '육군본부' 네 글자를 보고는 별안간 무슨 생각이 들어 그 '지랄 같은 편지'들을 골라 내어 버렸던 것이다. 이웃의 슬픔을 자기의 그것으로 잇는 전통적, 인간적인 심리에서 나온 행위가 그의 밥줄을 끊은 것이다. 이러한 심리는, 그만 일로 면직시키면서 국장이 이제 편히 쉬라고 말하는 냉정함과 대비되어 있다.

근대사회의 제도가 갖는 논리에 대한 이러한 직접적이고 소박한 반발은 같은 작가의 「나룻배 이야기」(『사상계』, 1959.7)에서도 잘 드러나 있다. 한적한 강촌 마을의 청년들이 징집을 당하고 병신이 되거나 죽어 돌아오는 것을 본 나룻배 사공 삼바우가, 또다시 무슨 소식을 전하러 온 공무원들을 태워 주지 않고 뱃길을 끊는다는 내용이다. 이러한 반발이 실제적으로 무의미함은 두말할 나위가 없다. 이 작품들은 근대사회의 제도 운영 논리라는 것이 전래의 인간적 심정과는 아무런 관련도 없음을 보여 준다는 점에서 자기 자리를 갖는다.

김광식의 「의자의 풍경」(『문학예술』, 1956.2)은 경제적으로 열악한 현실의 위력 속에서, 전통적 의식과 한국 근대사회의 불합리한 측면 및 근대사회 일반의 무미건조함 사이의 갈등을 주제로 한 작품이다. 가족들을 굶게 하지 않고 직장의 명령에 복종하는 삶을 사는, 은행 당좌계에 근무하는 청년 가장 남윤호가 부정 대출 건으로 조사를 받게 되는 과정의 심리를 내용으로 하고 있다. 가족의 생계를 책임져야 한다는 봉건적, 전통적인 의식과 합리성을 결여한 왜곡된 근대화의 모습이 악순환적으로 착종된 경우를 보여 주는 것이다. "나는 이 어머니를 위해 어떠한 굴욕도 어떠한 고생도 나의 인간이 부스러지는 것도, 사회의 병에 물들어 가는 것도 의식하며 살아왔다. 나는 하나의 직업 인간으로서 병든 사회가 명령하는 대로 하나의 역할을……"(68면) 맡아왔다는 주인공의 비참한 자의식이야말로 이러한 착종이 인간성을 말살하는 것임을 극명히 드러내 준다. '비정(非情)의 의자에 앉은 무능한 인식자'라는 점에서는 남윤호뿐 아니라 이만길씨나 오 소사 등 주요 인물이 모두 마찬가지다.

한말숙의 「노파와 고양이」(『현대문학』, 1958.6)는 늙음이 가져다주는 을씨년스러움을 주제로 하고 있지만 전통과 근대성의 길항관계에서 전자가 소외되는 예시로도 읽히는 작품이다. 옛날 물건에 대해 집착을 갖고, 자신이 살아온 옛 관습에 대해 맹목인 노파가, 아들 내외나 손주들뿐 아니라 식모로부터도 소외된 채, 호기심과 의심으로 집안을 휘저으며 다니는 이야기를 담담히 보여 주고 있다. 무엇보다 먼저 노파의 시대착오적 성격을 지적해야 마땅하겠지만, 그녀와 나머지 사람들 사이의 소통이 제대로 이루어지지 않으며 그러한 결과로 그녀 자신이 항시 상처를 달고 다닌다는 점에서, 이 자리에 올려놓을 수 있는 작품이다.

2) 패배한 전통의 조상(弔喪)

실제적으로는 근대화의 물결에 밀려 패배자의 위치에 몰려 있으되 자신의 전통적인 삶을 유지하거나 그 가치를 보존하려는 모습을 보이는 작품들이 전통과 근대성의 길항관계를 그리는 두 번째 유형의 작품들이다.

정한숙의 「전황당인보기(田黃堂印譜記)」(한국일보 신춘문예, 1955)가 이 유형의 전형이자, 전통과 근대성 양자의 관계를 전면적으로 작품화한 드문 예에 해당한다. 전통적인 삶을 영위하며 도장을 파는 데 인생을 바쳐 온 주인공 강명진은 한때 생활을 같이 했던 이경수가 관직에 나아가자 그를 기념하여 전황석으로 도장을 파서 선물한다. 하지만 그 가치를 인정받지 못한 도장은 길거리로 돌려지고 강명진의 작품임을 알아본 도장포 주인에 의해서 그에게 다시 돌아온다. 예술로 승화된 인장의 가치가 인정되지 못하듯이, 강명진의 전통적인 삶 자체도 인정받지 못하는 현실이 그려지고 있다.

이 작품의 주제는, 인보기(印譜記)를 만들어 도장 파는 일의 가치를 간직해 보는 주인공의 심정을 전면화하면서 작품이 종결되고, 언어 구사에 있어서 주인공의 언어와 작가―서술자의 언어가 전아(典雅)한 양상을 띠며 일치하는 데서 명확히 드러난다. 전통적인 것의 가치를 살리고 그 소실을 안타까워함이 그것이다. 그러나 이경수에 대한 서술 태도가 부정적이지 않은 점이나 강명진의 삶이 시대에 맞지 않는 것이라는 작중 인물들의 인식을 통해서, 훌륭한 도장을 알아보지 못하는 세상의 변화가 필연적이라는 점도 무시되지 않고 있다. 바로 이렇게 「전황당인보기」는, 근대성을 인정한 위에서 쓸쓸함을 동반한 연민의 시선을 통해 스스로 전통의 자리를 마련함으로써 전통과 근대성의 대립상을 담아내고 있다.

사회 현실의 실제적인 모습에 눈을 감지 않는 한 전통과 근대성의 문제에 대한 천착은, 전자의 쇠퇴와 후자의 승리라는 현실을 외면할 수 없게 된다. 그럼에도 불구하고 사회 상황에 대한 반성과 그 너머를 꿈꾸는 문학의 지향에 의해, 전통적인 것의 가치를 환기시키고 속악한 현실의 부정적인 면을 담아내는 것이다. 이 두 측면이 균형을 이루는 경우란 무엇인가. 「전황당인보기」처럼 현실적인 패퇴를 내면적으로 승화시키는 것이거나, 한 개인의 삶의 역정에서 비산문적인 한 순간을 고정시키는 것 이외는 있기 어렵다.

전광용의 「흑산도」(조선일보 신춘문예, 1955)가 후자의 예가 된다. 흑산도 주민들의 전통적인 삶과 뭍에 대한 그리움 사이의 변주로 이루어져 있는 이 작품은, 흑산도를 떠나지 못하는 주인공 북술이를 통해서 전통적인 생활의 면면함을 담담히 형상화하고 있다. 북술이는 건착선의 곱슬머리를 따라가서 평소 동경하던 육지 생활을 해 보고 싶어하면서도, 배를 타고 나간 뒤 소식이 감감해진 용바우의 생각으로 그러지 못한다. 바다에서 돌아오지 않는 남편감을 그리워하는 그녀의 모습은 대대로 내려오는 흑산도 사람들의 삶이다. 이렇게 볼 때 「흑산도」는 뭍이 표상하는 근대적인 삶에 대한 동경과, 전통적인 삶 사이의 갈등을 그리고 있다 하겠다.

3) 전통적 삶의 몰락

끝으로 덧붙일 수 있는 경우가 근대화의 위력적인 힘에 의해서 전통적·재래적인 삶이 완전히 몰락하는 경우이다. 전통과 근대성 양자의 길항관계가 사실상 끝장이 난 상태를 그리는 것인데, 따라서 긴장을 유발하는 것도 아니고 이 자체로 작품화되기도 힘들다.

정한숙의 「고가」(『문학예술』, 1956.7)와 하근찬의 「산중우화(山中寓話)」(『사상계』, 1958.10) 등을 들 수 있는데, 두 작품 모두 전체 주제는 전통과 근대성의 관계와는 거리가 있다. 「고가」는 장편소설의 흐름에 맞을 만한 한 집안의 유장한 내력을 간명히 작품화한 것이다. 전통적인 삶과 그 터전이 무력하게 몰락해 가는 과정을 담고 있다. 「산중우화」는 깊은 산골에서 자연의 일부가 되어 살아가고 있는 영감과 할미의 불행한 종말을 그린 작품으로, 빨치산 토벌 작전의 비인간성을 고발하는 주제를 보인다. 그런데 빨치산 소탕 작전과 관련되어 총알, 삐라를 신기한 물건인 양 보관하고, 부상당한 빨치산 소년을 거두기도 하는 등 그들의 삶의 양상에 입각해서 보자면 재래의 것, 전통적인 것, 자연적인 삶이 근대화의 물결에 의해서 무참히 짓밟히는 현실을 가리키기도 한다고 할 수 있다.

3. 부정적인 근대성의 폭로

한국전쟁의 충격 속에서 전개된 1950년대의 소설문학이 사회에 대한 총체적인 파악 능력을 발휘하지 못했음은 주지의 사실이다. 해서 전후소설들이 대체로 서사 양식 미달 상태에 머물렀다는 진단도 내려진 바 있다. 추상적 무시간성의 형식을 벗어나 있지 못하다는 것이다.[7] 이러한 평가가 문학사적인 차원에서 적실성을 획득하고 있음은 의심의 여지가 없지만, 어느 경우에나 예외적인 경우 혹은 방계적인 갈래가 있는 법이다.

전통과 근대성의 관계라는 문제틀에 비춰 볼 때, 근대화의 부정적인 측면을 구체적으로 형상화한 작품들이 이러한 경우에 속한다. '전후'라는 한정된 의미 맥락이 아니라, '미국식 서구화로서의 근대화'를 문제시한다는 점에서 이들 작품의 의의를 찾을 수 있다. '전후'와 '근대화'의 차이는 강조할 만하다. 돌출적인 역사적 사건에 매달리는 것과 삶의 조건이라는 역사적 상황에 천착하는 경우에 각기 해당되기 때문이다. 특정 사건에 대

---

7) 김윤식 · 정호웅, 『한국소설사』, 예하, 1993, 7장 참조.

한 일회적인 증언이나 고발을 넘어서서 작품 내 세계의 현실성을 확보하고 시대의 본질적인 문제를 조망한다는 점에서 후자의 경우가 근대소설의 본령에 닿아 있는 것이라 하겠다.

물질 문명의 근대화라는 맥락에서 전통과 근대성의 관계가 근대화 일변도의 일방향적인 양상을 띠고 있었음은 앞에서 기술한 바 있다. 이러한 상황에서 근대성의 문제, 근대화의 부정적인 양상을 형상화하는 작품들의 등장은 두 가지 맥락에서 촉발된 것이라 할 수 있다. 일반적인 맥락에서 보자면, 근대화 자체가 근대에 대한 반성적 성찰로서의 철학적 근대성과 나란히 가는 사정을 지적할 수 있다. 보다 직접적으로 그리고 구체적으로는, 자유당 치하의 현실이 낳은 문제가 워낙 컸기 때문이라고 해야 한다. 근대사회가 지향하는 기본 원리라고 할 형식과 절차의 합리성부터 거의 지켜지지 않는 상황이 근대화에 대한 반성을 강제했다고 볼 수 있다.

1절에서 지적했듯이, '전통과 근대성'이라는 문제틀은 궁극적으로 '전통'과 '근대성' 두 범주 모두에 대한 반성적 사고까지 포회하게 된다. 따라서 작품의 주제, 전체적인 효과가 전통과 근대성 양자에 대한 반성에 기초해서 구축된 것은 아니라 해도 우리의 검토 대상으로 설정될 수 있다. 근대성에 대한 반성, 근대화의 부정적인 측면에 대한 비판을 담고 있는 작품들이 이에 해당된다.[8]

여기서 다루어지는 작품들은 부정적 근대성에 대한 비판의 기준이 무엇인가에 의해 다시 양분된다. 작품 속에서 숙고된 것은 아니라 해도 전통적인 삶의 양상이 기준이 되어 근대화의 부정성이 그려지는 작품들이

---

8) 원리적으로는 전통(적인 것)의 폐해를 문제 삼는 경우도 고려될 수 있지만 근대문학 초기의 작품들이 보여 주었던 이러한 경향의 작품들은 이제 찾기 어렵다.

첫째 경우이다. 박경리의 「계산」, 이범선의 「사망 보류」, 전광용의 「크라운 장」 등이 이에 해당된다. 다음으로는 근대화에 대한 비판적인 시선의 주체가 서 있는 자리가 전통이 아니라 제대로 된 근대사회 곧 합리화된 사회라는 추상적인 원칙 혹은 기획인 경우를 들 수 있다. 실제로 1950년대 이래 지식인들의 상당수가 근대화가 우리 사회에 낳은 문제의 해법을 철저한 근대화, 제대로 된 근대화의 달성에서 찾았던 것도 사실이다.[9] 이의 문학적 대응이라 할 수 있는 작품이 바로 박경리의 「불신시대」, 전광용의 「G.M.C」라고 하겠다.

1) 전통적인 삶의 감각에 기초한 근대화 비판

1950년대 한국 사회의 근대화는 미국식 서구화를 전범으로 내걸긴 했지만 실질적으로는 전혀 그렇지 못했다. 제도나 설비, 시공간의 설정 방식 등 물질적인 근대화의 측면에서는 그러한 면이 진행되었지만, 합리성에 기초한 공정한 규범의 마련 및 그 시행이라는 점에서는 사정이 판이했다. 넓은 의미에서의 가족주의가 사회적 인간 관계를 움직이는 원리로 작동하여 지연, 혈연, 학연 등 각종 인연[緣]이 합리적 의사결정과정을 대체하고 있었다.

사회가 움직이는 방식이 보이는 이러한 불합리성을 '어이없음' 혹은 '분함'의 심정으로 보게 될 때, 이 심정의 주체가 서 있는 자리는 전래의 삶의 감각에 바탕을 두고 있는 것이라 하겠다. 인간의 도리가 되었든 공동체적

9) 김경일, 「근대적 일상과 전통의 변용─1950년대의 경우」, 박영은 외, 『한국의 근대성과 전통의 변용』, 한국정신문화연구원, 1999, 155면.

인 윤리에 기반한 심성이 되었든, 현실 사회에서 패퇴하거나 소외되는 각 개인의 마음의 기저를 이루는 하나가 전통적인 삶의 감각임은 의심할 여지가 없다. 역으로, 그들은 바로 이러한 감각을 지니고 있기에 현실에서 패배하고 소외당하는 것이기도 하다. 여기에 덧붙여서 열악한 경제적 상황 속에서 식구들의 생존을 보장해야 하는 절박함도 고려되어야 한다.

이렇게 서구 자본주의의 수립을 지상 과제로 설정하고 돈을 정점으로 하여 맹렬히 돌아가는 사회의 불합리한 문제들을, 전통적인 감각에 기초해서 비판적으로 폭로하는 작품들이 여기서 검토된다.

박경리의 「계산」(『현대문학』, 1955.8)은 진정에서 우러나는 인간적인 호의가 왜곡되어 인간간의 신뢰는 땅에 떨어지게 되며, 물신의 뻔뻔스러움이 만연한 사회에 대한 고발을 주제로 하고 있다. 주인공 회인은 결혼을 약속했던 애인과 결정적으로 이별하기로 작정했으며 생활력에서 오는 괴로움을 안고 사는 인물이다. 서울에 들렀다 내려가는 친구 정아에게 자신의 심경을 밝히고, 모친의 병환 때문에 앞뒤 가리지 않고 꾼 위태로운 돈을 그녀를 통해 집으로 내려보내고자 길을 나선다. 버스 안에서 한 학생이 보여 준 호의에 대한 답례로 기차표를 살 수 있게 해 주겠다던 그녀의 호의적인 행위가 기차표 야미군으로 지탄받게 되고, 집에 내려보내려던 돈은 어느 순간 소매치기 당하는 사연이 서사의 주된 줄기이다.

애인과의 결별은 신의의 문제가 깨진 데 기인하는 것이고, 그녀가 표 야미군으로 몰린 것은 중간에 있는 성씨가 농간을 부린 탓이다. 주고받음이 명확한 계산과 사람들간의 신뢰 및 호의의 자연스러운 교환이 그녀가 바라는 바지만, 현실은 그렇지 않기에 사소한 일에서도 그녀는 상처를 받는다. 다방에서의 에피소드 등이 이러한 점을 부각시켜 준다. 소매치기 사건은 그녀의 상황을 암담한 것으로 몰고감에 틀림없는데, 소매치기야 말로 가해자가 누구인지를 알 수 없다는 점에서, 그녀가 사회에서 받는 상처의 성격을 잘 드러내 준다고 하겠다. 너무 결벽하다고 핀잔을 들을 만큼 전래의 상식적인 감각에 충실코자 하는 주인공이 이 세상에서 당하는 피해의 상징이기도 한 까닭이다.

가족을 중시하고, 사회적 관계에 놓인 주변 사람들과의 관계에서 철두철미 사무적으로 냉혹하게 처신하는 것을 받아들이지 못하는 인물은 이범선의 「사망 보류」(『사상계』, 1958.2)에서도 찾아진다. 국민학교 6학년 선생인 철은 나쁜 건강에도 불구하고 쉴 수가 없다. 동료 교사였던 박선생이 결핵을 앓아 쉬다가 자리를 빼앗겼으며 그가 죽었을 때는 조의금 대신 차용증서가 유가족에게 전해졌을 만큼 비정한 현실을 잘 알고 있는 까닭이다. 해서 그는 각혈을 하면서도 주변 사람들에게 숨기고 맡겨진 일을 처리하느라 병을 덧친다. 상태가 나빠져 집에서 죽음을 기다리게 된 그는 계속 아내에게 날짜를 묻는다. 자신이 죽더라도 25일까지는 학교에 알리지 말고, 곗돈 10만 환을 타 오기부터 하라는 것이다.

활발한 취재 활동을 통해서 작품의 면모를 다양화하는 전광용의 작품 중에서 냉혹한 근대사회의 부조리함에 대한 비판을 읽을 수 있다. 「크라운 장」(『사상계』, 1959.9)은 불합리한 사회 현실 속에서 제 실력을 인정받지 못한 채 비어홀 밴드 리더로 타락해 버린 음악가 문호가 주인공이다. 그의 실력이 음악계에선 최고에 속한다는 점을 실상 모든 사람들이 인정하지만, 해방 정국의 이데올로기 싸움이나 전후의 파벌 다툼 등에 초연한 그의 태도가 음악인들로부터 그를 소외시킨 것이다. 이러한 그를 위하고 자신의 사업상 이익도 챙기려는 현실주의자 건우가 그에게 음악 연구원

대표 자리를 제안해 온다. 문호는 선뜻 받아들이지 못한 채로 다음날 술을 마시고 뇌일혈로 쓰러진다는 것이 이 작품의 내용이다. 돈만 있으면 안 되는 일이 없고 누구도 믿을 수 없다는 냉혹하고도 일그러진 근대화에 편승하지 못하고 몰락하는 예인의 삶을 통해서 얼치기 근대화가 진행되고 있는 사회의 문제를 제기한 것이다.

2) 이상적인 근대상(近代像)에 근거한 근대화 비판

근대의 기획이 미완의 것이라는 말은, 근대사회의 이상적인 상태란 끊임없이 추구될 수밖에 없는 성질의 것임을 의미한다. 이러한 원리적인 측면에 더하여 금전만능주의와 확대된 가족주의를 중심으로 하여 온갖 부정적인 양상이 노정되고 있었으니, 1950년대 한국사회에서 근대화의 전개는 그 성과를 기대하기가 난망할 정도였다 하겠다. 이러한 좌절과 비판을 주제로 한 작품들이 여기서 검토된다.

박경리의 「불신시대」는 한국전쟁 중 남편을 잃은 진영이 현실 속에서 겪는 불합리성을 차분히 비판적으로 형상화하고 있다. 진영은 폐를 앓고 있으며, 결코 자기라는 의식을 버리지 못하는 의식적인 여성이다. 무책임하고 무능한 의사의 섣부른 뇌수술 때문에 아이 문수를 잃은 그녀는, 죽은 아이를 위해서 칠촌 아주머니를 따라 성당에 들러 본 뒤에, 쌀을 팔러 집에 찾아온 신중을 보고 아이를 절에 올리자는 모친의 뜻대로 하기로 한다. 그러나 아이의 천도제(薦度祭)는 적은 시주돈을 꺼려하고 서장 부인을 우선시하는 중들의 행태로 해서 아주 불만족스러워진다. 그러한 판에, 곗돈을 활용할 요량으로 성당 인맥을 활용해 꿔 주었던 돈을 받지 못하게 된 아주머니로 해서, 진영도 곗돈 원금을 잃게 된다. 극도의 회의, 좌절감에 시달리게 되는 그녀는 결국 절에 가서 아이의 사진을 가지고 와서는 불에 태워 준다.

종교 행사도 신앙 생활도, 병원에서의 치료 행위도 모두 '돈'에 좌우되는 현실 속에서 좌절하는 주인공의 모습은 왜곡된 근대화가 끼치는 부정적인 영향력을 잘 보여 주고 있다. 그 부정성은, "진영은 미치고 말리라는 공포 때문에 머리를 꼭 감쌌다. 사실상 내가 미쳤는지도 모른다. 모든 일은 미친 내 눈앞의 환각인지도 모른다. 지금은 밤이 아니고 대낮인지도 모른다"(49면)라고 자신을 의심해야 할 정도로 심각한 것이다. 합리적인 일 처리와 그에 따른 안정을 바라는 주인공의 소망은 정당한 것이며 원래 근대사회가 보장해 주기로 약속한 몫이기도 하다. 그러나 이러한 소망은 말 그대로 소망에 그칠 뿐이다. 모든 측면에서 불합리한 행위가 판을 치고 있는 사회 현실에서 설자리를 얻지 못하고 있는 것이다.

전광용의 「G.M.C」(『사상계』, 1959.2)는 좀더 직접적으로 당시 사회의 부정적인 측면을 폭로한다. 주인공 경구는 자수성가한 사람이다. 미군부대 트럭 운전수에서 출발하여 차량 다섯 대를 굴리는 청소 회사 사장이 된 그다. 그런 그에게, 예전에 자신이 생계를 마련해 주었던 이헌이 사업권을 모두 가로채고자 덤벼든다. 불같이 화를 내 보기도 하고 인정에 호소하기도 하지만 막강한 후원자[빽]를 등에 업은 이헌은 냉정할 뿐이다. 경무대 측근의 비서격인 인물에 대한 끈에 기대어 이헌은 결국 주인공이 10년을 들여 애써 가꾼 사업체를 가로채고 만다. '아무리 세상이 다 썩어간다 할지라도 십 년 적공의 실적은 봐 주어야 하지 않겠습니까?'라는 주인공의 울분은 아무런 위력도 지니지 못하고 만다. 생계를 도모해 준 사람에 대한 인정이나 의리 같은 것이 설자리를 잃은 냉혹한 세태, 추악한 근대상을 비판하고 있는 작품이다.

4. 비근대적, 초역사적인 성향으로서의 전통적인 삶의 양상

전통과 근대성이라는 문제틀과 관련해서 1950년대 소설의 일단이 각 범주에 대해 무반성적인 면모를 보인다고 하였다. 전통이나 근대성 그 하나의 범주에 맹목적으로 빠져들어가 있는 경우가 그 예라 할 수 있다. 이러한 유형의 작품들 혹은 인식소가 문제적인 것은 '전통'이나 '근대성'은 서로 연관될 수밖에 없는 것이어서 다른 하나를 누락시킬 경우 그 자체에 대한 온전한 인식에 이를 수 없는 까닭이다. 전통과 근대성은 상호간에 정체를 확정해 줄 타자의 지위를 갖고 마주 서 있는 상호적인 범주이다.

상호성을 몰각한 채 한 범주에 맹목인 경우를 이야기했지만, 실상 작품들에서 확인되는 것은 대체적으로 전통에의 맹목을 보여 주는 경우로 한정된다. 그 반대 항목 곧 근대화에의 맹목을 작품의 주제로 형상화한 작품은 찾기 어려운데, 이는, 1950년대 사회의 근대화가 노정한 부정성에 직접 연유하는 것이기도 하겠지만, 현상 너머의 의미를 궁구하는 문학 본연의 기능에 의한 것이기도 하다. 그럼에도 불구하고 작품의 인식소 차원에서는 근대화에 대한 맹목적인 동경도 찾을 수 있다. 직접적으로는 서울보다 넓게는 도회지에서의 생활에 대한 동경이 그것이다. 1950년대 소설에서 보이는 이러한 동경은 그 성취 및 좌절이나 실패와 같은 이후의 행적이 그려지는 데까지는 나아가지 않는다는 점에서 1960년대 소설의 그

것과는 차이를 보인다. 작품의 한 모티프로서만 존재한다는 것이다.10)

이에 비해서 전통적인 요소에 대한 집착이나 그에 따른 삶을 형상화한 작품들은 적지 않게 볼 수 있다. 1950년대 문단의 우이를 장악한 김동리의 소설들 거개가 일차적으로 이 범주에 든다. 이러한 작품들은 추상적 무시간성이라 규정할 만한 작품 세계를 구축함으로써, 근대화가 진행되고 있는 현실을 작품의 현상적 차원에서까지 외면하고 있다. 이들 작품이 사회 현실의 근대화를 외면하고 있다는 것은, 말 그대로 작품 세계의 설정에 있어서 근대사회의 논리가 반영되어 있지 않음을 의미한다. 이 경우는, 작품 세계가 보이는 현실 사회와의 차이가 어떻게 처리되어 있는가에 따라 다시 나누어질 수 있다.

경제적 원리를 기축으로 하는 근대의 논리 대신에 당사주와 같은 운명론이나 미신·속신 등 전근대적인 관념 체계가 작품 세계의 힘을 결정하는 작품들이 첫째 경우에 해당된다. 주제상으로 보아 운명론의 범주에 드는 김동리의 「진달래」나 「자매」, 「당고개 무당」, 「여수」와, 미신의 위세가 한껏 발휘되고 있는 정한숙의 「공포」, 막연히 주장되는 전통적인 덕목을 내세우는 이채우의 「매미」 등이 이에 해당된다.

이와는 달리 전통적인 것 혹은 범위를 넓혀서 재래의 것에 대한 집착이나 향수가 작품 세계를 주조함으로써 현실 세계가 그려지긴 하되 무력화되는 소설들이 있다. 김동리의 「청자」나 이범선의 「수심가」 등이 그 예가 된다. 이에 덧붙여서 김동리의 「용」과 같이 이제는 사라져 버린 전통적인 삶을 옛사람을 주인공으로 하여 그려낸 경우나 설화를 바탕으로 하여 쓰여진 박영준의 「불효부」 등도 여기서 언급해 둘 수 있겠다.

10) 전광용의 「지층」(『사상계』, 1958.6)의 등장인물 영희 등이 이러한 열망을 보여 준다.

1) 전통적 관념 체계의 작품화

전통(적인 것)에의 무반성적인 몰입을 보여 주는 작품들은 공통적으로 사회의 근대화에도 불구하고 변치 않는 '과거로부터 지속되는 무엇'을 설정하고 있다. '지속'이라고 했지만 실상은 역사의 어느 순간에나 있는 것으로 상정되는 까닭에, 변화나 발전을 모르는 무엇 곧 초역사적, 비역사적인 무엇이라고 해야 정확하다. 시공간적 제약을 넘어서 있는 것인데 그러면서 인간과 관련된다는 점에서 이를 범칭 인간 운명의 보편성에 해당되는 것이라 할 수 있겠다. 근대화의 물결에 가려서 잘 보이지 않는다 해도 결코 없어질 수는 없는 것, 이들 소설이 담고 있는 전통적인 것은 바로 이렇게 추상적 무시간성을 외피로 하고 있는 보편적인 인간 속성, 인간에 관한 비근대적인 관념으로 이루어져 있다.[11]

이것이 작품 속에서 전통과 관련되고 더 나아가 그 자체로 전통일 수 있는 것은, 재래의 것이자 불변의 것이며 우리 고유의 것으로 상정되기 때문이다. 이는 오늘날 일반적인 의미에서의 전통 곧 과거에서 확인되고 변화 발전을 거치며 현재까지 이어져 오는 우리 민족 고유의 특성이나, 과거의 것들 중 오늘날의 현실에서 요청되는 것 곧 현재적 의미를 지니고

---

[11] 문협 정통파의 문학관을 구축해 내는 김동리의 소론(『문학과 인간』, 1948)이 바로 이러한 주장을 담고 있다. 그가 주장한 '순수문학'이란 곧 인간 정신의 옹호를 본령으로 하는 '본격문학'으로서 휴머니즘을 기조로 하는 것이라 주장된다. 이것이 일의적인 것이며 사회성을 중시하는 공리파나 공식파는 부차적인 것이라고 위계화된다. 논리에 있어서는 자본주의와 과학적 공식주의 양자가 함께 비판되지만 논쟁을 통해 보여 준 실상은 공식주의로서의 좌파 문학에 대한 맹렬한 비판이 전면화되었으며, 자본주의의 문제점에 대한 지적이나 인식은 없다 싶을 정도로 미미하다. 이러한 점은 그의 작품 세계에서도 마찬가지 양상을 띤다. 1950년대 한국 사회의 자본주의적인 문제에 대한 형상화는 좀처럼 찾아보기 어려운 것이다. 그러한 현실을 외면하고 혹은 넘어서 초역사적인 인간 운명을 그리는 일에 매진했을 뿐이라 하겠다.

근대적 삶의 전개에 기여하는 것으로서의 전통과는 차이를 보인다. 사회의 현재성에 시간상으로 제한을 받지 않는 까닭이다. 달리 말하자면 사회의 현재 상태와 영향을 주고받는 직접적인 관련을 갖지 않는 까닭이다. 이러한 의미의 전통이기에 이들의 작품 세계는 대체로 근대화가 급속히 진행되는 현실과는 무관한 시공간을 설정하게 된다.

김동리의 「진달래」와 「당고개 무당」, 「여수」 등이 정확히 이러한 작품 세계를 보여 준다. 「진달래」[12]는 부도암이라는 조그만 암자에 기거하는 노승과 그의 외손주인 성혜의 이야기이다. 어린 성혜는 글씨를 잘 쓰나 혼자 뭔가를 생각하기 좋아하는 아이로서 봄이면 진달래가 지천으로 피는 암자 주위를 배회하며 하루 종일 진달래꽃만 따먹는다. 그러다가 노승의 주의에도 아랑곳없이 독버섯을 따먹고 죽어 버린 것을 노승이 찾아낸다는 줄거리로 되어 있다.

이 작품은 그냥 습작이라고 치면 모를까 상당히 낯선 느낌으로 다가온다. 무엇보다도 특정한 주제 의식이 드러나지 않는 까닭이다. 그냥 죽어버리는 아이의 모습은 그 의미를 알 수 없는 것인데, 실상 이 알 수 없음이야말로 이 작품의 주제라고 할 수 있다. 이성적인 언어로는 명명할 수 없는 곧 알 수 없는 인간 운명의 형상화가 이 작품의 주제이다. 이 맥락에서 보면 「진달래」는 「역마」나 「까치소리」 등과 같은 계열을 이룬다고 할 수 있다.

운명의 형상화라는 김동리 소설의 특징은 「당고개 무당」이나 「여수」 등에서도 마찬가지로 나타난다. 「당고개 무당」은, 딸 둘을 둔 당고개 무

---

12) 김동리, 『실존무』, 인간사, 1955. 이하, 김동리 소설의 인용은 『실존무』와 『등신불』, 정음사, 1963에 의한다.

당이 참봉 아들을 사위로 삼게 되면서 굿을 그만두라는 딸들의 강요에 미칠 지경에 몰리게 되고 급기야는 다리 아래로 떨어져 죽어 버린다는 내용을 보이고 있다. 신내림과 같이 타고난 운명은 인력으로 어찌할 수 없다는 사고를 주제로 한 작품이다.

김동리 소설의 운명론은 등장인물들의 행동을 운명적인 것으로 만드는 데까지 나아간다. 타고난 운명의 발현 과정을 그리는 데 그치지 않고 어찌 보면 사소한 행위까지도 운명론적으로 고정시킨다는 말인데, 「여수」가 이 경우에 해당한다. 최치원의 경험담을 액자 형식을 빌어 작품화한 이 소설은, 미모에 시샘을 느낀 언니가 동생의 눈 하나를 멀게 하자 동생이 나머지 눈까지 스스로 멀게 하고, 고운에 대한 언니의 사랑을 성사시켜 줄려고 동생이 자결을 하자 그 언니도 따라 죽는다는 이야기를 내화로 하고 있다. 시공간의 설정이 어찌 되었든 도무지 있을 수 없을 이런 이야기는 운명적인 자매애라고밖에 달리 규정할 수 없다.

이상의 작품들은 전통적인 것 이외에는 맹목인 작품 세계를 펼쳐 보인다는 점에서 특징적이다. 김동리의 전통지향적 보수주의 노선은 익히 밝혀진 것이지만[13] 논리 구도에 있어서 어느 정도 균형을 잡고 있는 비평과도 달리, 그의 작품 세계가 근대성과는 절연되어 있다시피 한 것을 새삼 확인할 수 있다.

운명론과 같은 전통적인 관념 체계를 작품화하는 경우에도 1950년대 사회 현실이 틈입해 들어오는 작품이 있다. 정한숙의 「공포」(『자유문학』,

---

13) 이동하, 『현대소설의 정신사적 연구』(일지사, 1989)는 김동리의 전통지향적 보수주의의 요인으로 소지주층 양반의 후예라는 계급 상황, 경주가 고향이라는 점, 동양 사상에 정통한 맏형 김범부의 영향, 식민지 교육을 별로 받지 않았다는 점, 죽음에 대한 강박관념의 다섯 가지를 든 바 있다(36~39면 참조).

1956.7)는 미신으로서의 귀신관의 위력을 보여 주는 작품이다. 담내기 제의라는 사소한 계기와 남편이 위독하다는 심각한 현실적 계기에서 물에 빠져 죽은 파마머리 여인의 머리털을 베어 오겠다고 길을 나선 형수 엄마가, 어화(漁火)와 희미한 소리를 물귀신의 흔적, 조화라고 생각하여 이성을 잃은 상태에서 급기야는 등에 업은 자식을 물귀신으로 착각하여 아이를 살해하게 된다는 이야기이다. 그녀는 아이가 없어진 것을 확인하는 순간에도 물귀신이 데려간 것이라 생각하고 저도 물에 휩쓸려 버린다. 주인공뿐 아니라 모든 등장인물이 실상 귀신이라는 미신에 사로잡혀 있다.

김동리의 「자매」는 피난살이 온 금순, 옥순의 이야기이다. 함께 담배장사를 하다가 옥순이 혼자 하게 되고, 금순과 살던 영수를 금순이 죽은 뒤에 옥순이 남편으로 맞아 살게 되었다는 줄거리를 보여 주는데, 이러한 사정을 '옥이 금을 먹는다'는 점괘대로 진행된 것이라 파악하고 있다. 산중 암자나 과거 혹은 무당과 같은 일종 특이한 사람 등에 한정되지 않는 운명론의 위력을 보여 준다 하겠다.

2) 전통에의 집착과 현실의 무력화

운명론으로 묶이지는 않지만 전통적인 것에 대한 관심이 집착에 가까울 정도로 강해서 작품 세계의 근대적인 편린들이 무력화되거나 작품 자체가 실제 현실과는 무관한 양상을 띠게 되는 작품들이 여기서 검토된다.

김동리의 「청자」의 주인공 석운은 자기 특히 청자에 대해서 편집증적인 애착을 보이는 사람이다. 한국전쟁의 와중에서도 그가 관심을 두는 것은 오직 자기의 보존이며, 현실적으로는 마련할 수 없는 큰돈을 만들어서라도 좋은 자기를 소장하고자 하는 사람이다. '전통' 의식이라거나 미학적 가치 부여라거나 요컨대 소장의 의의에 대해서는 알 수 없게 되어 있다. 그저 좋아서 혹은 귀하고 잘된 것이라서 집착하는 것이라고 밖에는 달리 이유를 찾기 어렵다. 이쯤 되면, 전통의 준수나 하는 것 등이 아니라, 소유욕 혹은 집착의 열도를 보여 준 작품인 셈이기도 하다. 이런 작품을 쓰는 작가의식의 면에서 전통적인 것에의 집착을 읽어낼 수 있다 하겠다.

이 면에서 보자면 이범선의 「수심가」(『현대문학』, 1957.11)도 그 정도를 따지기 힘들 만큼 강렬한 면모를 보인다. 이 작품은 이념의 대립, 전쟁의 논리보다도 더 깊은 인간적 정리를 주제로 하고 있다. 지주 집안의 기독교인인 민이 월남하기 직전, 자기 집 머슴이었다가 공산치하에서 자신과 처지가 바뀐 천식을 만나 국수와 술을 먹게 되는데, 천식이 민에게 자신의 속을 알지 않느냐고 하고는, 못 먹는 술에 취해 잠이 든 민을 업어 주며 업어서래도 삼팔선을 넘겨 주겠다고 하는 것이다. 극한적인 대치 상황에서 민족성을 회복하려는 의지의 소산이라 할 수 있겠지만, 이데올로기와 체제의 문제를 이렇게 접근하는 것은 현실의 문제를 무력화하고 그 해법을 사사화(私事化)하는 것이라고 하지 않을 수 없다. 그만큼, 우리 민족 고유의 것, 전통적인 것에의 집착이 강렬하다 하겠다.

강태공의 고사를 소설화한 김동리의 「용」이나 '거짓 상사에 거짓말이 뭐가 문제냐'하는 설화를 작품화한 박영준의 「불효부」(『문학예술』, 1956.3) 등도 여기에 포함시킬 수 있다. 작품 세계의 면모 차원이 아니라 1950년대 한국 사회와는 아무런 관련도 없는 과거지사를 소설로 쓰는 작가의식의 차원에서 전통적인 것에의 집착을 읽을 수 있는 까닭이다.

앞의 항에서 살핀 김동리의 작품들과 함께 지금 검토한 작품들은 적지 않은 문제를 지닌다. 아무리 부정적인 측면이 많다고 할지라도 세계사의 일원으로서 근대화를 외면할 수는 없는 것이 엄연한 현실임에도 불구하고, 근대적인 요소들을 사상한 채 그와 무관한 전통적인 것에만 탐닉하기 때문이다.

물론 근대적인 요소들의 작품화 자체가 어떤 질을 보장해 주는 것은 아니며, 이들 작품이 아무런 의미도 지니지 못하는 것도 아니다. 근대사회의 모습이나 그 원리를 배제한 채 비역사적인 인간 운명의 일단을 그리는 것은 특정한 시간대로서의 근대가 갖는 권위를 인정하지 않는 태도를 함축한다. 작품 차원에 한정해서 보자면 작품의 효과 측면에서 근대성에 대해 거리를 띄우는 것, 나아가 외면·배제의 방식으로 비판을 행하는 것이라 할 수도 있다. 근대가 배제하는 유형의 삶에 대한 형상화 자체가 근대적 삶에 대한 비판적 거리 두기의 소산임은 자명한 까닭이다.

그러나 이러한 논리는 지극히 형식적인 것이어서 일정한 제한이 가해져야 한다. 무엇보다도, 근대와 거리를 두기만 할 뿐 그에 대한 비판의 맥락이 취약해지면 정반대의 효과를 낳기도 하는 까닭이다. 비판적 맥락이 작품에 담기지 않는 경우에서는, 현실의 참모습을 보지 않는 것이자 보지 못하게 하는 것으로서의 현실 외면이 기성 현실에 대한 암묵적 동의의 효과를 낳게 된다. 유감스럽게도 김동리류의 순수문학은 이런 혐의에서 자유롭지 못하다고 하겠다. 비록 식민지 시기에는 그의 문학 활동이 근대에 대한 초극의 의미망으로 해석될 수 있는 것이었다 해도,[14] 해방이 되고

---

14) 김윤식은 식민지 시기 김동리 문학의 의의로 '근대성에 대한 역방향 추구' 곧 근대성을 초월하려는 의지의 성과를 들고 있다(『한국근대문학사상사연구』 2, 아세아문화사, 1993, 292면).

독립 정부가 선 이후에다 스스로 문단의 우이를 잡은 상황에서도 계속 그러한 작품 세계로 일관하는 것은 나쁜 의미에서의 보수주의에 해당한다할 것이다.

5. 맺음말

본고는 1950년대 소설들 중에서 '전통'과 '근대성'의 관계라는 맥락에관련된 작품들을 살펴보았다. 작품의 전체적인 효과뿐만 아니라, 작품을이루는 이런저런 요소들 특히는 인식적인 요소 차원에서 이 문제와 관계있는 작품들을 분석한 것이다. 곧 전통과 근대성이 맞부딪치는 상황을 담거나, 부정적인 근대성에 대한 비판·반성의 계기를 포함하거나 혹은 정반대로 근대성을 외면하고 전통에 몰입하는 경향을 띠는 작품들을 검토해 보았다.

이상의 논의는 문학이라는 범주 내에 국한된 것이 아니라, 소설문학이반영 혹은 변형의 방식으로 관련되기 마련인 현실 사회와의 관계 차원에서 이루어진 것이다. 따라서 1950년대 비평계의 한 자리를 차지한 바, 우리 문학의 고유성을 따지는 전통 논의와는 사실상 관계가 적다. 미국식자본주의를 모델로 했지만 실상은 불합리·부조리한 방식으로 전개되던근대화 과정에 대한 비판적 의식을 바탕에 깔거나 작품 요소로 포함하고있는 작품들을 검토한 것이다.

이들 작품은, 부정적인 근대화 과정 속에서 사라져가는 전통적인 요소들을 작품 속에서 살려내거나, 그것들의 소진·몰락을 조상하거나, 그러한 현실을 부정하고자 하는 작가 의식의 차원에서 근대화 너머의 세계를 형상화하거나 하는 양상을 보인다. 이렇게 보면 그 양상의 차이에도 불구하고 이들 작품 모두 근대화에 대해 거리를 띄우고 있다는 점에서는 동일하다고 할 수 있다.

그러나 동일성 속에서의 차이를 밝히는 것이 더욱 중요하다. 전통과 근대성의 관계를 제대로 살피는 일은 궁극적으로 보아 양자 각각에 대해 반성적인 사고를 행하는 데까지 나아가야 한다는 점에서 이러한 차이는 강조할 만하다. 곧 전통과 근대성의 길항관계를 형상화하거나 부정적인 근대성의 면모를 폭로적으로 형상화하는 작품들의 경우가 반성의 계기를 포함하고 있는 데 반해서, 전통에의 매몰 양상을 보이는 작품들의 경우는 적어도 작품 세계 내에서는 아무런 반성적 사고도 행하지 못하는 까닭이다. 김동리류의 순수문학이, 비평에서의 주장과는 달리, 실제적으로 보여준 면모가 바로 이에 해당한다.

근대화의 부정적인 측면들이 극대화되는 사회 현실 속에서, 비역사적이고 초역사적인 작품 세계를 부조해 내는 이들 작품은, 사회 현실을 외면함으로써 '근대화에 대한 비판으로서의 근대성'을 약화시킨다. 더욱 부정적으로 본다면, 이데올로기적으로 순수문학·본격문학이라는 가상 곧 특정 시대에 구애되지 않는 보편적인 문학을 구축하기 위해서 전통을 오용하는 사례에 해당된다고도 할 수 있다.

이들 소설이 입고 있는 주요 외장으로서의 '전통적인 것'은, 이런 면에서 보자면, 문단 세력 및 문학 관련 소통 구조에서의 보수주의 강화라는 현재적인 기획에 의해 밑받침된 것으로서, 실상 최일수 등에 의해 제대로 조명되기 시작하고 1970년대 후반의 전통 계승 운동에 의해 인식 구조의 중심에 접근하게 되는 전통관과는 대단히 이질적인 것이다.

이러한 이질성이 제대로 포착될 수 없었던 것은, 계승해야 할 전통의 (사회 계층·계급 차원에서의) 소재지를 이들이 아예 갖고 있지 않았기 때문이다. 정확히 말하자면 사회 구조 내에서 소재지를 찾아야 하는 것으로서의 전통이 아니라, 시대의 변천과 무관하다고 생각될 만한 성질의 것만을 전통적인 것으로 끌어들였기 때문이다. 당사주나 무속 등을 꿰뚫고 있는 운명론이 그것이다. 그들의 작품이 추상적 무시간성의 형식을 띠게 되는 것은 이러한 사정에 말미암는다.

이와는 달리 전통과 근대성의 관계라는 맥락에서 1950년대 소설문학의 의의를 확보하는 작품들은, 부정적인 근대화에 대해서 비판적인 시선을 취하고 있는 경우라 할 수 있다. 그 기준을 전통적인 것에 두거나 말 그대로의 합리주의가 실현되는 이상적인 근대상에 두거나 간에, 이들 작품은 일상적 삶의 맥락을 외면하거나 왜곡하지 않고 있다. 한국 근대소설의 흐름 속에서 자신의 자리를 지키면서 급격하고도 무반성적인 근대화·서구화의 논리에 휘둘리고 있는 현실 상황에 대해 비판적인 시선을 유지하고 있는 것이다.

참고문헌

1. 자료

『靑春』, 『創造』, 『廢墟』, 『開闢』, 『朝鮮文壇』, 『新生活』, 『東光』, 『朝光』, 『四海公論』, 『文章』, 『人文評論』, 『白民』, 『現代文學』, 『思想界』, 『現代文學』, 『文學藝術』, 『自由文學』 및 기타 신문류

곽근 편, 『최서해 전집』 상·하, 문학과지성사, 1987.

권영민 외편, 『廉想涉全集』, 민음사, 1987.

김동인, 『金東仁文學全集』, 대중서관, 1983.

김윤식 편, 『이상문학전집』, 문학사상사, 1995.

박종화 외편, 『李光洙全集』, 우신사, 1979.

백철 외편, 『현대한국문학전집』, 신구문화사, 1981.

설성경, 『춘향예술사 자료 총서』, 국학자료원, 1998.

이동희·노상래 편, 『박영희 전집』, 영남대출판부, 1997.

한국학문헌연구소 편, 『新小說·飜案(譯)小說』, 아세아문화사, 1978.

현대문학사 편, 『신한국문학전집』, 어문각, 1982.

2. 국내 논저

강성도, 『종교다원주의와 구원』, 대한기독교서회, 1997.

강영주, 『韓國 歷史小說의 再認識』, 창작과비평사, 1991.

강인숙, 「노벨의 장르적 특성」, 『한국 근대소설 정착 과정 연구』, 박이정, 1999.

강진구, 「한국 근대초기 小說論 硏究」, 중앙대 박사논문, 2002.

고 원, 「'날개' 3부작의 상징체계－'날개', '동해', '종생기'에 설정된 꿈과 현실의 관계」, 권영민 편, 『이상 문학 연구 60년』, 문학사상사, 1998.

곽 근, 『일제하의 한국문학 연구－작가정신을 중심으로』, 집문당, 1986.

구인환, 「小說의 空間性과 時間性－'萬歲前'을 中心으로」, 한국비교문학회, 『비교문학』, 1978

＿＿＿, 『韓國近代小說硏究』, 삼영사, 1993.

권영민, 「이상 연구의 회고와 전망－이상 문학, 근대적인 것으로부터의 탈출」, 권영민 편, 『이상 문학 연구 60년』, 문학사상사, 1998.

_____,『서사양식과 담론의 근대성』, 서울대 출판부, 1999.

_____,『한국 근대문학과 시대정신』, 문예출판사, 1983.

_____,『한국 민족문학론 연구』, 민음사, 1988.

_____,『한국현대문학사』, 민음사, 2002.

_____,『해방 직후의 민족문학 운동 연구』, 서울대 출판부, 1986.

김경수, 「염상섭 장편소설의 시학」, 문학사와비평연구회, 『염상섭 문학의 재조명』, 새미, 1998.

김경일, 「근대적 일상과 전통의 변용—1950년대의 경우」, 박영은 외, 『한국의 근대성과 전통의 변용』, 한국정신문화연구원, 1999

김동리, 「偶然性의 硏究—小說에 있어 偶然性의 虛構面과 眞實面에 對한 考察」, 『신사조』, 신사조사, 1950.5.

_____,『문학과 인간』(1948), 민음사, 1997.

김명인, 「근대소설과 도시성의 문제—박태원의 '小說家 仇甫氏의 一日'을 중심으로」, 민족문학사학회, 『민족문학사연구』16, 2000.6.

_____, 「비극적 자아의 형성과 소멸, 그 이후」, 민족문학사학회, 『민족문학사연구』 28, 2005.

김문집, 「'날개'의 詩學的 再批判」, 『비평문학』, 청색지사, 1938.

김병구, 「염상섭 소설의 탈식민성—'만세전'과 '삼대'를 중심으로」, 한국현대소설학회, 『현대소설연구』18, 2003.

_____, 「廉想涉의 '사랑과 罪'論」, 한국어문교육연구회 148회 학술대회, 2003.

김상욱, 「'만세전'론—3·1운동의 소설적 평가」, 우한용 외, 『한국 현대문학의 이론과 지향』, 국학자료원, 1997.

김석봉, 『신소설의 대중성 연구』, 역락, 2005.

김성수, 『이상 소설의 해석』, 태학사, 1999.

김양선, 『1930년대 소설과 근대성의 지형학』, 소명출판, 2003.

김우종, 「構成 및 文體에 關한 古代小說과 新小說의 比較研究」, 『충남대논문집』3, 1963.

_____, 「김동리와 순수문학의 지향」, 『백사 전광용 박사 정년퇴임 기념 논총』, 1984.

_____,『韓國現代小說史』, 성문각, 1982.

김우창, 「안수길 저 '북간도'—시대에 걸친 주체성 쟁취의 증언」, 『신동아』, 1968.3.

_____,『궁핍한 시대의 詩人—現代文學과 社會에 관한 에세이』, 민음사, 1977.

김윤식, 「'염상섭 연구'가 서 있는 자리」, 문학사와비평연구회, 『염상섭 문학의 재조 명』, 새미, 1998.

_____, 「廉想涉의 小說構造」, 김윤식 편, 『廉想涉』, 문학과지성사, 1977.

_____, 「이상 연구를 위한 한 변명─생성하는 기호와 인간, 그것의 지우기에 대한 한 견해」, 김윤식 편, 『李箱 문학 전집』 5권, 문학사상사, 2001.

_____, 『안수길 연구』, 정음사, 1986.

_____, 『염상섭 연구』, 서울대 출판부, 1987.

_____, 『李光洙와 그의 時代』, 한길사, 1986.

_____, 『이상 문학 텍스트 연구』, 서울대 출판부, 1998.

_____, 『한국근대문학사상연구 2─문협정통파의 사상구조』, 아세아문화사, 1994.

_____, 『韓國近代小說史研究』, 을유문화사, 1986.

_____, 『韓國近代作家論考』, 일지사, 1974.

_____, 『韓國現代文學史─1945~1980』, 일지사, 1983.

김윤식 · 김현, 『韓國文學史』, 민음사, 1973.

김윤식 · 정호웅, 『韓國小說史』, 예하, 1993.

김재용, 「세계질서의 위력과 주체 부재의 저항」, 문학과사상연구회, 『채만식 문학 의 재인식』, 소명출판, 1999.

김종균, 「廉想涉의 '萬歲前'─自傳的 省察의 樣相」, 이재선 · 조동일 편, 『한국 현대 소설 작품론』, 문장, 1996.

_____, 『廉想涉 研究』, 고려대 출판부, 1974.

김종욱, 「역사의 망각과 민족의 상상─안수길의 '북간도' 연구」, 국제어문학회, 『국 제어문』 30, 2004. 4.

_____, 『한국 소설의 시간과 공간』, 태학사, 2000.

김주현, 『이상 소설 연구』, 소명출판, 1999.

김중하, 「廉想涉 文學의 社會的 意味─現實認識의 變化를 中心으로」, 김열규 · 신 동욱 편, 『廉想涉 研究』, 새문사, 1982.

_____, 「李箱의 '날개'─'날개'의 패턴 분석」, 이재선 · 조동일 편, 『한국 현대소설 작품론』, 문장, 1986.

김치홍, 「春園의 '端宗哀史' 研究」, 명지대 국문과, 『명지어문학』 10호, 1978. 2.

김현숙, 「'無情'의 플롯에 있어서 偶然의 機能」, 동국대한국문학연구소, 『韓國文學 研究』 9, 1986.

김혜동, 「루소의 고백소설 연구」, 한국불어불문학회, 『불어불문학연구』 34, 1997.

나병철, 「염상섭의 민족의식과 타자성의 경험」, 『근대서사와 탈식민주의』, 문예출판사, 2001.

_____, 『한국문학의 근대성과 탈근대성』, 문예출판사, 1996.

다지리 히로유끼, 『이인직 연구』, 국학자료원, 2006.

류보선, 「냉소와 숭고의 이상한 가역반응―채만식 문학에 있어서의 친일과 반성의 문제」, 『한국 근대문학의 정치적 (무)의식』, 소명출판, 2005.

민현기, 「민족적 저항과 수난의 재현―안수길의 '북간도'론」, 한국어문학회, 『어문학』 56, 1995.2.

박상준, 「김동리의 기독교소설 새로 읽기―예수에 대한 다시 / 새로 쓰기의 의미」, 『문학사상』, 2006.3.

_____, 「신소설과 우연의 문제―우연의 분석 방법 구축 및 영웅소설과의 대비를 중심으로」, 한국문학연구학회, 『현대문학의 연구』 33, 2007.

_____, 『1920년대 문학과 염상섭』, 역락, 2000.

_____, 『소설의 숲에서 문학을 생각하다』, 소명출판, 2003.

_____, 『한국 근대문학의 형성과 신경향파』, 소명출판, 2000.

박영은 외, 『한국의 근대성과 전통의 변용』, 한국정신문화연구원, 1999.

방민호, 『채만식과 조선적 근대문학의 구상』, 소명출판, 2001.

방민화, 「제3휴머니즘과 '화랑'의 소설적 변용 연구―김동리의 '사반의 십자가'를 중심으로」, 한국현대소설학회, 『현대소설연구』 24, 2004.

백낙청, 『민족문학과 세계문학』 Ⅰ, 창작과비평사, 1978.

백철, 「리얼리즘의 再考」, 『四海公論』, 1937.1.

사에구사 도시카스, 『사에구사 교수의 한국문학 연구』, 베틀북, 2000.

서영채, 「염상섭 초기 문학의 성격에 대한 한 고찰」, 문학사와비평연구회, 『염상섭 문학의 재조명』, 새미, 1998.

_____, 『사랑의 문법』, 민음사, 2004.

서재길, 「'만세전'의 탈식민주의적 읽기를 위한 시론」, 사에구사 도시카쓰 외, 『한국 근대문학과 일본』, 소명출판, 2003.

서준섭, 『한국 모더니즘 문학 연구』, 일지사, 1988.

손봉주, 「김동리 '사반의 십자가'의 분석적 연구」, 청람어문교육학회, 『청람어문학』, 1993.

손영옥, 「崔曙海硏究」, 서울대 석사논문, 1977.

손정수, 『텍스트의 경계』, 태학사, 2002.

송백헌,『우리 문학과 그 현장』, 국학자료원, 2001.

_____,『韓國 近代 歷史小說 硏究』, 삼지원, 1985.

신춘자,「기독교의 구원과 '사반의 십자가' 연구」, 한국현대문예비평학회,『한국문
  예비평연구』, 2000.

_____,「韓國近代 基督敎小說 硏究－1920년대를 중심으로」, 한국현대문예비평학
  회,『한국문예비평연구』, 1998.

양문규,「근대성·리얼리즘, 민족문학적 연구로의 도정」, 문학과사상연구회,『염상
  섭 문학의 재인식』, 깊은샘, 1998.

양승국,「'신연극'과 '은세계' 공연의 의미」, 한국현대문학회,『한국현대문학연구』
  6, 1998.

오종호,「新小說의 偶然性 考察」, 영남대 석사논문, 1983.

유병석,「소설에 투영된 작가의 체험」,『강원대학 연구논문집』4집, 1970.

_____,『20세기 한국문학의 이해』, 한양대 출판원, 1996.

_____,『廉想涉 前半期 小說 硏究』, 아세아문화사, 1985.

유인순,「광야의 소리와 별빛－'사반의 십자가'의 구조와 성서의 변형 수용」, 한국
  어교육학회,『국어교육』, 1994.

유종호,『동시대의 시와 진실』, 민음사, 1982.

유호식,「자기에 대한 글쓰기 연구 (1)－고백의 전략」, 한국불어불문학회,『불어불
  문학연구』43, 2002.

윤대석,「서사를 통한 기억의 억압과 기억의 분류」, 한국현대소설학회,『현대소설
  연구』34, 2007.

윤병노,『한국 근·현대 문학사』, 명문당, 1991.

윤홍노,『韓國 近代小說 硏究－20年代 리얼리즘 小說의 形成을 中心으로』, 일조각,
  1980.

이경훈,『이상, 철천의 수사학』, 소명출판, 2000.

이동하,「김동리의 소설에 대한 한 고찰」, 서울대 국어국문학과,『관악어문연구』9
  집, 1984.

_____,「이광수와 채만식의 해방기 작품에 대한 연구」, 배달말학회,『배달말』16,
  1991

_____,『한국 소설과 기독교』, 국학자료원, 2003.

_____,『한국현대소설과 종교의 관련 양상』, 푸른사상, 2005.

_____,『현대소설의 정신사적 연구』, 일지사, 1989.

이보영,『난세의 문학-염상섭론』, 예림기획, 2001.

_____,『염상섭 문학론』, 금문서적, 2003.

이상억,「'萬歲前'의 言語相 分析」, 권영민 편,『廉想涉 文學 硏究』전집 별권, 민음
사, 1987.

이선미,「'만주체험'과 '민족서사'의 상관성 연구-안수길의 '북간도'를 중심으로」,
상허학회,『상허학보』15, 2005.

이선영,「주체와 욕망 그리고 리얼리즘」, 문학과사상연구회,『염상섭 문학의 재인
식』, 깊은 샘, 1998.

_____,『리얼리즘을 넘어서-한국문학 연구의 새 지평』, 민음사, 1995.

이어령,「이상 연구의 길 찾기-왜 기호론적 접근이어야 하는가」, 권영민 편,『이상
문학 연구 60년』, 문학사상사, 1998.

_____,「李箱論-'純粹意識'의 完成과 그 破壁」,『문리대 학보』3권 2호, 1955.9.

이재선,「日帝의 檢閱과 '萬歲前'의 改作」,『韓國文學의 解釋』, 새문사, 1981.

_____,『한국현대소설사』, 홍성사, 1979.

_____,『韓末의 新聞小說』, 한국일보사, 1975.

이태동,「자의식의 표백과 반어적 의미-'날개'를 중심으로」, 권영민 편,『이상 문학
연구 60년』, 문학사상사, 1998.

이현식,「식민지적 근대성과 민족문학-일제하 장편소설」, 문학과사상연구회,『염
상섭 문학의 재인식』, 깊은샘, 1998.

임종국,「李箱硏究」,『고대문화』, 1955.12.

임 화,「續新文學史」,『조선일보』, 1940.

_____, 「朝鮮新文學史論序說-李人稙으로부터 崔曙海까지」,『조선중앙일보』,
1935.

_____,『임화 평론집-문학의 논리』, 서음출판사, 1989.

장성수,「진보에의 신념과 미래의 전망 / 채만식론」, 김용성·우한용 편,『한국근대
작가연구』, 삼지원, 1985.

장수익,「염상섭 초기 소설과 계몽주의」,『한국 근대소설사의 탐색』, 월인, 1999.

전광용,「李人稙의 生涯와 文學」, 김열규·신동욱 편,『新文學과 시대의식』, 새문
사, 1981.

_____,『新小說硏究』, 새문사, 1986.

전영태,「진보주의적 정열과 계몽주의적 이성」, 김용성·우한용 편,『한국 근대 작
가 연구』, 삼지원, 1985.

정병욱, 「우리 문학의 전통과 인습」, 『사상계』, 1958.10.

정선태, 「신소설의 서사론적 연구—이인직 소설을 중심으로」, 서울대 석사논문, 1994.

정호웅, 「채만식의 허무주의와 역사담당 주체의 문제」, 김윤식 편, 『해방공간의 민족문학 연구』, 열음사, 1989.

정호웅, 『우리 소설이 걸어온 길』, 솔, 1994.

정홍섭, 『채만식 문학과 풍자의 정신』, 역락, 2004.

조남현, 『한국 현대문학의 자계』, 평민사, 1985.

_____, 『한국소설과 갈등』, 문학과비평사, 1990.

_____, 『韓國現代小說硏究』, 민음사, 1987.

조동일, 『新小說의 文學史的 性格』, 서울대 출판부, 1973.

_____, 『한국문학통사』, 지식산업사, 1989.

_____, 『韓國小說의 理論』, 지식산업사, 1977.

조연현, 「小說에 있어서의 偶然性의 問題」, 『동국대논문집』, 1964.3.

_____, 『韓國 現代文學史—第一部』, 현대문학사, 1956.

조윤제, 「현대문학의 전통론」, 『자유문학』, 1958.5

조정래, 「장편소설 '북간도'의 서술 특성 연구」, 배달말학회, 『배달말』 40, 2007.

조창환, 「해방 후 채만식 소설 연구」, 현대문학이론학회, 『현대문학이론연구』 3, 1993.

조혜정, 『탈식민지 시대 지식인의 글 읽기와 삶 읽기』 2, 또하나의문화, 1994.

조희정, 「春園 李光洙의 歷史小說 小考」, 숭전대 국어국문학회, 『숭실어문』 3집, 1986.6.

주요섭, 「通俗化의 悲哀—'端宗哀史'」, 『東光』, 1931.1.

진병도, 「'明文'과 '신들의 미소'에 비친 기독교사상」, 임영천 편, 『김동인 · 김동리와 기독교문학』, 푸른사상, 2005.

진정석, 「염상섭의 소설시학을 위하여—최근의 연구 성과에 대한 검토를 중심으로」, 문학사와비평연구회, 『한국 현대문학의 근대성 탐구』, 새미, 2000.

채호석, 「'鬼의 聲'에 나타난 여인의 운명과 그 의미에 대하여」, 이용남 외, 『한국 개화기소설 연구』, 태학사, 2000.

채훈, 「萬歲前論」, 김열규 · 신동욱 편, 『廉想涉硏究』, 새문사, 1982.

천이두, 『한국 현대소설론』, 형설출판사, 1969.

천정환, 「한국 근대소설 독자와 소설 수용 양상에 대한 연구」, 서울대 박사논문,

2002.

최승락, 「고백 언어의 특성과 웨스트민스터 신앙고백서」, 『장로교회와 신학』 4, 2007.

최원식, 「開化期 小說 研究史의 검토」, 『新文學과 시대의식』, 새문사, 1981.

_____, 『民族文學의 論理』, 창작과비평사, 1982.

_____, 『한국 근대문학을 찾아서』, 인하대출판부, 1999.

최유찬, 『문학의 모험－채만식의 항일투쟁과 문학적 실험』, 역락, 2006.

최일수, 「歷史小說과 植民史觀－春園과 東人을 中心으로」, 『韓國文學』, 1978.4.

최재서, 「리아리즘의 擴大와 深化」, 『조선일보』, 1936.10.31~11.7.

최종덕, 「우리 인문학은 무엇을 질문하는가?」, 전국대학 인문학연구소협의회, 『현
       대사회 인문학의 위기와 전망』, 민속원, 1998.

최종순, 『이인직 소설 연구』, 국학자료원, 2005.

최종욱, 「인문과학 위기에 대한 담론분석을 위한 시론」, 학술단체협의회 편, 『한국
       인문사회과학의 현재와 미래』, 푸른숲, 1998.

최태원, 「'묘지'와 '만세전'의 거리－'묘지'와 '신석현(新潟縣) 사건'을 중심으로」,
       『한국학보』 103, 2001.

최혜영, 「그리스도교 관점에서 본 인간과 세계의 완성」, 종교문화연구회 편, 『구원
       이란 무엇인가』, 도서출판 창, 1993.

하정일, 「보편주의의 극복과 '복수(複數)의 근대'」, 문학과사상연구회, 『염상섭 문
       학의 재인식』, 깊은 샘, 1998.

하정일, 「염상섭 혹은 탈식민문학의 세계성」, 『실천문학』, 2002.5.

_____, 『20세기 한국문학과 근대성의 변증법』, 소명출판, 2000.

한국교회사자료연구회, 「'新生命'의 내용과 성격」, 한국기독교역사연구소소식 137
       회 연구모임 자료, 1996.3.2.

한기형, 「역사의 소설화와 리얼리즘－안수길 장편소설 '북간도' 분석」, 조건상 편,
       『한국전후문학연구』, 성균관대 출판부, 1993.

한수영, 「만주의 문학사적 표상과 안수길의 '북간도'에 나타난 '이산(離散)'의 문제」,
       상허학회, 『상허학보』 11, 2003.8.

한형구, 「채만식 문학의 깊이와 높이」, 김윤식·정호웅 편, 『한국문학의 리얼리즘
       과 모더니즘』, 민음사, 1989.

_____, 「한국 근대소설의 진정한 출발, 그 근대성의 기념비적 성격－염상섭의 '萬
       歲前論」, 정호웅 외, 『장편소설로 보는 새로운 민족문학사』, 열음사, 1993.

홍경표, 『韓國近代小說作家意識研究』, 형설출판사, 1989.

홍태식, 「'明文'에 나타난 동인의 기독교 인식과 부정적 인간관」, 임영천 편, 『김동인 · 김동리와 기독교문학』, 푸른사상, 2005.

Soong Hee Kim, "Literature as a Mode of Confession-A Case of The Prelude", 『문학과 종교』 9권 1호, 한국문학과종교학회, 2004.

3. 국외 논저

Althusser, trans. by, B. Brewster, *For Marx*, NLB, 1977.

Habermas, trans. by, Frederick Lawrence, *The Philosophical Discourse of Modernity*, Polity Press, 1987.

다이안 맥도넬, 임상훈 역, 『담론이란 무엇인가』, 한울, 1992.

루카치, 박정호 · 조만영 역, 『역사와 계급의식』, 거름, 1986.

_____, 반성완 역, 『小說의 理論』, 심설당, 1985.

_____, 이영욱 역, 『역사소설론』, 거름, 1987.

리몬—케넌, 최상규 역, 『小說의 詩學』, 문학과지성사, 1985.

미셸 레몽, 김화영 역, 『프랑스 현대소설사』, 열음사, 1991.

바흐젠, 전승희 외역, 『장편소설과 민중 언어』, 창작과비평사, 1988.

시모어 채트먼, 김경수 역, 『영화와 소설의 서사구조』, 민음사, 1990.

아우얼바하, 김우창 · 유종호 역, 『미메시스—근대편』, 민음사, 1979.

아이언사이드, 『구원에 관한 10가지 주요 용어 해설』, 전도출판사, 2004.

앵거스 맥래런, 임진영 역, 『20세기 성의 역사』, 현실문화연구, 2003.

자크 모노, 김진욱 역, 『우연과 필연』, 범우사, 1999.

제랄드 프랜스, 최상규 역, 『서사학—서사물의 형식과 기능』, 문학과지성사, 1988.

제레미 M. 호손, 정정호 외역, 『현대 문학이론 용어사전』, 동인, 2003.

칼리니스쿠, 이영욱 외역, 『모더니티의 다섯 얼굴』, 시각과언어, 1993.

캐럴 페이트만, 이충훈 · 유영근 역, 『남과 여, 은폐된 성적 계약』, 이후, 2001.

쿠키슈우조우, 김성룡 역, 『우연이란 무엇인가』, 이회, 2000.

쿤, 조형 역, 『과학학명의 구조』, 이화여대 출판부, 1980.

크레이그 키너, 정옥배 외역, 『성경 배경 주석—신약』, 한국기독학생회 출판부, 1998.

페터 뷔르거, 최성만 역, 『前衛藝術의 새로운 이해』, 심설당, 1986.

플라톤, 조우현 역, 『국가 / 시학』, 삼성출판사, 1990.

찾아보기

2. 작품